# 从戈壁滩走来

赵乐 著

陕西新华出版
太白文艺出版社·西安

图书在版编目（CIP）数据

从戈壁滩走来 / 赵乐著 . -- 西安：太白文艺出版社 , 2025. 1. -- ISBN 978-7-5513-2789-3

Ⅰ . I247.5

中国国家版本馆 CIP 数据核字第 20249F0Q78 号

## 从戈壁滩走来

CONG GEBITAN ZOULAI

| 作　　者 | 赵　乐 |
| --- | --- |
| 责任编辑 | 白　静　黄　洁 |
| 装帧设计 | 张洪海 |
| 出版发行 | 太白文艺出版社 |
| 经　　销 | 新华书店 |
| 印　　刷 | 西安盛业印务有限公司 |
| 开　　本 | 787mm×1092mm　1/16 |
| 字　　数 | 267 千字 |
| 印　　张 | 21.5 |
| 版　　次 | 2025 年 1 月第 1 版 |
| 印　　次 | 2025 年 1 月第 1 次印刷 |
| 书　　号 | ISBN 978-7-5513-2789-3 |
| 定　　价 | 80.00 元 |

版权所有　翻印必究

如有印装质量问题，可寄出版社印制部调换

联系电话：029-81206800

出版社地址：西安市曲江新区登高路 1388 号（邮编：710061）

营销中心电话：029-87277748　029-87217872

# 目 录

## 第一章

1 告别戈壁 / 001

2 再见故乡 / 007

3 新生报到 / 016

4 开学典礼 / 022

5 选课 / 029

6 开课 / 035

7 回家 / 041

8 交作业 / 048

9 向科研迈步 / 054

10 赶上步伐 / 060

11 快马加鞭 / 065

12 再遇滑铁卢 / 072

13 结课 / 078

14 期末考试 / 084

15 辅导学习 / 088

## 第二章

16 有限元课程 / 096

17 渐入佳境 / 102

18 清明节 / 108

19 校庆 / 113

20 思维训练营 / 119

21 上机实验 / 124

22 换专业 / 131

23 初学实验 / 138

## 第三章

24 重寻导师 / 145

25 着手科研 / 150

26 开题报告 / 157

27 全力以赴 / 162

28 开题答辩 / 168

29 设计师 / 173

## 第四章

30 项目交付 / 180

31 分工合作 / 186

32 调研训练营 / 193

33 毕业演出 / 199

34 会议风波 / 204

35 车祸 / 209

36 上小学 / 215

## 第五章

37 科研成果 / 222

38 仿真实验 / 228

39 仿真失败 / 235

40 投稿失败 / 242

41 峰回路转 / 246

42 过生日 / 251

43 老化实验 / 258

44 项目问题 / 263

45 台架实验 / 268

46 困境 / 272

47 看病 / 276

第六章

48 家庭矛盾 / 283

49 上网课 / 287

50 开学 / 292

51 过敏季 / 296

52 查重危机 / 299

53 论文盲审 / 304

54 网络答辩 / 309

55 提交论文 / 313

56 返校 / 317

57 第二次返校 / 320

58 重回校园 / 323

59 告别学校 / 326

60 结尾 / 330

# 第一章

## 1 告别戈壁

戈壁滩的天气素来变化无常。晚上八点半,太阳终于滑到西边,却不肯谢幕,地表的火龙仍在四处游走。板房外的温度计又吃不消了,上头的红线断成了几截。天空没有一丝云,阵风吹得旗子哗哗作响,滚滚热浪挟着沙尘扑面而来。顾不了那么多了,今天无论如何我是要出去的。

脚下的搓板路一来一回正好五公里,要算越野也说得过去。途中还要穿越两个落差巨大的深沟。待站上第二个陡坡,长跑就成功了一半。这里荒凉贫瘠,举目远望,满眼都是褐色。近处除了石头还是石头,甚至连石头颜色都无聊到一致。当然,这是初来乍到时最容易看到的景色。生活久了,兴许就能品出些别样的风情来。

站在坡顶视野辽阔,远处的天地渐渐融为一体。此时抒发些热爱自然的情怀又稍显做作,因为人在她的怀抱中脆弱得犹如婴儿。太阳永远是主角,只要出场就得捧着。风是送不走的客人,无论白天黑夜,她说来就来,高兴了就吹吹沙子,发起火来定要闹腾个天昏地暗。雨水是最难得的稀客,动静小点儿真讨人喜欢,可保不准总会有几次破门而入的豪横，只有待宾主尽欢后，才是留给我们恭维的时刻。那时风和日丽，朵朵白云如羊群悠然飘过，留下一地斑驳倩影，令人陶醉。

下了缓坡就到了折返点，向西远眺就是家的方向。左侧那条宽阔的大路承载了无数期盼，沥青油面很快就要铺到这个路口，到那时回家就方便了。可我等不到那一天了，研究生录取通知书已到，今天是最后一次长跑。不过我没有像往常一样在此休整，而是选择立刻返程。路口那面彩旗舞动得太过倔强，这可不是什么好兆头。

呼啸的风声渐渐淹没一切，天边一角隐约出现黑影，这是沙尘暴来临的标志。我加快脚步向深沟赶去，那里还有些老伙计等着告别。深沟是由季节性洪水冲刷而成，干枯的河床上积满了粗石沙砾。河道间零星分布着几处硕大的土包，立于之上的是几簇干巴巴的植物。它们浑身没一丝绿色，仅凭外表连死活都难以分清。虽然能从间歇性的洪水中积攒些沙土，吸收些水分，但其余时候，只能耐心等待雨水，别无选择。然而它们不畏艰难、顽强生长，在荒凉中创造出绽放生命之光的奇迹。

轰隆隆的雷声由远及近，天空渐渐变成橘黄色。狂风卷着沙石打在板房上发出沙沙的声响，板房里弥漫着淡淡的灰尘。我放着音乐开始了室内锻炼。这间板房细长狭窄，两张床就占去大半空间，剩余窄道仅能完成蹲起，俯卧撑和仰卧起坐则需要在床上完成。此时听着渐渐密集的雨点声，我不免紧张起来。照这个雨势，下到晚上就得准备"抗洪"了。

好在暴雨持续半小时就停了，项目经理老雷的电话也到了。老雷两个月来第一次回家，我让他只管放心多休息两天。他又惦记回去的车找好没有，我笑着说："你就别操心了！老总安排皮卡明早送我到C区赶班车。平板车和材料都到了，遗留问题顺路也能给你解决了。"老雷年底就要走了，爱操心的习惯一点儿没变。二十年的职业生涯几乎都在戈壁滩度过，他对这里的感情旁人也许难以理解。

晚上，老总带我去各工地告别。风不知什么时候停了，夜幕中只剩下发电机的轰鸣声忽远忽近。走出碘钨灯的光照范围，四周一片漆黑，深邃的星空犹如画卷般铺展开来。摸黑登上爬梯，大家挤在狭窄的房车里促膝长谈。少华与我一同来到戈壁滩，十年前他去读研，我去工地送他。没承想今天我们再次因读研而分别。少华重申研究生学习轻松愉快。"像你这样爱学习的人肯定没问题！"他自信地说，"我们的情况导师很清楚，会酌情安排工作的。完全不用操心！"

其实这个问题一直困扰着我。虽然一路磕磕绊绊上了岸，但最终能不能顺利毕业，我心里根本没底。"有啥好担心的呀！导师手下博士的东西随便给你分点儿就够了！"一旁的老梁谈起了方法论。"对了！老总，代职博士们啥时候回去？还没消息吗？再等下去我们秦博士的二胎都要出生了！"一席话引得大家都笑了起来。代职博士是院校招聘的科研人员，入职前先来基层锻炼一年。没承想第二批遇到政策变化，他们暂时无法返回原单位，这日子也就过得有些漫长。博士们给基层带来了不少新思想和新变化，只是他们在工地带着大部头英文专著的风格与这里实在不搭。

皮卡一早装好材料。同行的胡师傅担心赶不上班车，催促操作手小刚快点装好电瓶。我望着修理间前后堆满的旧零件一时感慨万千，我是搞装备维修的技术人员，在这里度过了难忘的三年。十几年的野外生活中，这个工地是我唯一花了一星期才适应的地方。从最初的不适应到工作之余坚持锻炼、学习，最终凭借规律的生活扎了根。可接下去的路该怎么走，我十分迷茫。

车子上了搓板路，卷起一溜尘土。大家不约而同地拉起面罩。以前坐车得备口罩，自从配了这个防晒又防尘的面罩，幸福感提升了不少。据说这是城市骑行族的标配，难得在戈壁滩也时尚一回。车子穿越深沟时产生强烈的失重感，大家不由得抓紧了把手。这条路上颠簸是小事，有几处路况险象环生。比如前方一处堆满瓶子的地方，多年前就出过车祸。因为等待救援时间过长，伤者不幸长眠于此。

临近沥青拌和站，便道被重车轧得坑洼不平，皮卡只能龟速爬行。好在要处理的故障不难，只要把挖掘机装上平板车就大功告成，准时赶到班车点问题不大。这台老卡特（挖掘机）是借来应急的，活儿没干多少就趴窝了。胡师傅说发动机下水管裂了，换完配件就可以了。老旧机型的配件太难买，赶紧修好还回去，都省心。

一到现场，胡师傅熟练地钻到车底忙碌起来。"哎呀！坏了！"他突然喊道，"水管装不上啊！口太小了！"我连忙说："再试试！差多少呢？"他直接拿着水管爬了出来，比画着说："差不少！重新发材料吧！"出师不利让人很是尴尬。

不过看到平板车两个立式排气筒，我忽然想到了办法——火烤法。于是胡师傅迅速爬上平板车，拿起水管对着排气筒烤了起来。不久，他再次钻到车底。"哈哈！装上了！"轻快的笑声让大家都松了一口气。挖掘机很快就启动了，不过望着发动机冒出的滚滚黑烟，我又相当担心。照这个状况判断，水管很可能是被缸内高压冲爆的。诊断故障有时和看病差不多，靠书本知识远不够，更需要实践经验。

难题顺利解决，气氛轻松了起来。说起来，小刚还是我的学生。我连续五年参加操作手培训班，给大家教授理论知识。我问小刚有没有用过学的知识，他支吾着没回答。其实关于操作手要不要学理论一直有争议，许多人觉得与其坐在教室打瞌睡，不如上车多实操一会儿，但理论能帮助理解问题本质，这是实操所无法比拟的优势。

小刚的这台装载机资历最老，据说前天干完活忘关电源总闸，第二天启动时没反应。这个问题没啥技术含量，我懒得下车。前面不远处就是修路的另一处工地，距离目的地才刚走一半。我正思索着要不要进去告个别，忽然听到起动机的异常声响。检测电瓶电压正常，我急忙让胡师傅尝试盘车（转动发动机）。

"一点儿也转不动！"胡师傅失声喊道。真遇到麻烦了。这个现象常常意味着发动机报废了，要想把装载机拉回去修理，只能动用大吨位吊车，还得出动机械先为吊车修路。现在正值雨季，这里又恰好在河谷，万一遇到洪水就惨了！地面升起的热浪让人焦躁不安。小刚坚称发动机熄火前没有任何异常。这又让情况变得复杂起来，因为从故障诊断的逻辑看，发动机不可能正常熄火。

后来胡师傅想起来会不会是发动机气缸里掉进东西了？这倒是个新思路，但涉及气缸的故障都不好处理，更何况是在野外。时间已过去大半，到底处不处理？大家都紧张地看着我。思前想后，就这么轻易放弃太可惜，无论如何得探个究竟。

打开发动机气门室罩盖后发现一缸排气门不见了，这下问题清楚了。气门应该是在发动机熄火后突然掉进气缸，导致了曲轴卡死。大家合力撬开缸盖，胡师傅伸手进去慢慢掏出变形的气门。虽然一个气缸已经废了，但是其他五个气缸不受影响。如果能用剩余动力开上平板车，麻烦迎刃而解。不过一缸不工作又会导致柴油进入油底壳污染机油，还需要提前处理好喷油器。这番操作也让小刚见识了懂理论的好处。拆装缸盖需要费不少工夫，我安排其他人去附近工地找平板车。戈壁滩上没信号，在这里你才深刻理解信息传递的成本其实很高。

当装载机艰难爬上平板车时，现场一片欢呼。可原本规划好的路程全乱了。皮卡飞速前进，车内的沙尘又混合了浓郁的柴油味。司机紧张地问："最后一个点还去不去？昨天刚下过雨，最难走的山路还改了道！再耽误可就真回不去了。"我想了又想，觉得还是得亲自去看看。虽然故障也没啥技术含量，可操作手反映了几次，不去现场总不合适。

太阳火辣辣的，挖掘机通体烫得不能触碰。我们爬上车顶发现还是老毛病——液压油箱漏油。另一台修完又坏了，这台换了新油箱也坏了。什么原因导致油箱频繁开裂呢？没来得及讨论，司机就大声招呼着："快走吧！再耽误连山都出不了了！"我们只得上车继续赶路。见司机紧张到冒汗，我安慰说如果下不去就去看看陈主任。老哥在这个点炸山修路三年，平时见不到面，不如索性留下来住一晚。话虽如此，其实我心里也很紧张。就这么一路狂奔至山区，没想到山路全线通车，直接省去多半时间。

进入C区好像回到了城市，多彩的世界让人有些不适应。马路上装了路灯，两旁杨树绿得刺眼。记得我第一次踏上这片土地时，这里只有一条光秃秃的马路和几处工地。我入职初期就是在编钢筋、搬砖、卸水泥中度过的。记得有次干活遭遇塔吊坠物，我险些丢了性命。后来转行干技术，为对抗失眠，我往后山扛过不少石头。再后来才发现这里是条件最好的工地。来到班车站点，胡师傅不舍地说："等你上学回来恐怕见不到了。"我笑着说："不会的！按照惯例，寒暑假还得回来上班。"我们互相拍了拍土，忘了彼此都是灰头土脸的。

班车驶向家的方向。沿途植被渐渐茂密，熟悉的风景让人思绪万千。我的管理者生涯几乎都留在了脚下这条路上。我那时是新官上任，任务则是从盖房子转为修路。如今这段路早已过了设计使用年限，依然被很多人奉为试车的理想场地。也就是在这片戈壁滩，我才明白古人的智慧绝非纸上谈兵。比如二十四节气的变化，只有身处其中才会感受到那细微差别，这与纸上得来的理解相去甚远。

路旁的班车休息区曾是修路大本营，现在成了放羊人的歇脚地。最西边一排"地窝子"是宿舍，望着这片残垣断壁，我的内心久久难以平静。这些平淡的历史早已被人遗忘，然而脑海中那些年轻面孔依然鲜活。许多小兄弟来戈壁滩两年只修了条路，在平凡中默默奉献了力量，而我在这里告别了阑尾和管理岗位，走上了技术路线。年轻时心高气傲，只顾做事却不懂做人，有了阅历才明白大家对我的包容。

前方不远处是 B 湖景区。经过三岔路口，就走出了戈壁滩。忽而想起我当年搭平板车回家做阑尾炎手术的情景。同行有个被选调到北京的小伙儿，就在这个位置，我问他心里在想什么，他犹豫半晌说："挺激动的。"我也问了自己若某天离开这里会是什么感受？现在它来了我却说不出答案。我不爱尝试新事物，这次却要面对全新的考验。

在夕阳余晖里，班车终于驶入生活区。孩子们在操场上奔跑欢笑，老人们在路上悠闲散步，一片祥和安宁的景象，看起来好像两个隔绝的世界。

## 2 再见故乡

妻子安兰的通知书也到了。这又是一个激动人心的好消息！我俩都是技术人员，只差一年就过了单位选培计划的报考年龄，好在最终都幸运地搭上了末班车。考虑到孩子上学，安兰选择了西安的学校。以便让住在市郊的岳父岳母帮忙照料。即将举家迁徙，我们需要处理的事真不少。

我们计划出发前带孩子回我家看看。自陶阳出生后，回去的次数少了许多。客观上确实忙，主观上我回家的意愿也不强。这些年我和父母因带孩子没少产生磕绊，"家家有本难念的经"这句话的意思，我是深切体会到了。好在孩子大了，生活才重归平静。然而，家中近来又颇不安宁。姥爷去年病逝，姥姥执意去了养老院。尽管她在电话里说衣食住行都好，应该也是无奈之举。而以往爷爷叮嘱最多的是干好工作，这次却希望我有空能回去一趟，印象中还是头一回。

家乡在离中哈边境不远的团场。六十多年前爷爷只身从老家来新疆闯荡，辗转在此处落脚。奶奶后来带我爸和大姑赶来会合，自此全家开始了屯垦戍边生活。由于地处偏僻，交通不便，最近通了火车才稍有改善，不过下了火车还得搭线路车。一路颠簸劳顿，寝食难安。而置身少数民族聚居区，安兰很不习惯。其实少数民族坦诚直率、热情好客的民风是本地文化的重要组成部分。就拿这趟车来说，一路有人上下车，拿重物的无须招呼，总有人出手相助。

到家后的头件事是上坟。姥爷去世时正赶上戈壁滩通信中断，我们未能回来送别，如今只能在坟前寄托哀思。姥爷生前只爱劳动、看书、写字。他没什么文化却自学无数技艺，不仅是种瓜能手，还能把《三国演义》《水浒传》中的许多人物做成栩栩如生的泥人。遗憾的是他的儿女无一人有这般耐心。姥爷卧病在床时，儿女轮流照顾。现在姥姥住进养老院，大家是解脱了，可旁人的非议都是压力。毕竟这是小地方，儿女养老才是常情，就连当年建养老院都引起了轰动。

午后阳光依然刺眼。在去看望姥姥的路上，我有些心不在焉。养老院在学校后面，这一路风景我都很熟悉。当年附近住着老师和轧棉厂工人，如今多数人像我家一样都住上楼房了。沿途小院破旧不堪，只有果树仍挂满果实，好像在等待主人归来。临近学校，我驻足凝望了很久。从三年级住校过集体生活，我养成了跑步和晨读的习惯。虽然我不是天资聪颖的学生，只练就了"读死书、死读书"的技能。但老师们给予了我莫大关怀，帮助我放飞了梦想。然而此刻重回故地，我又有些难为情，没承想我居然要迈进养老院去看亲人。

养老院门前坐满了人。两队老人在场上欢快地打门球，人群中不时发出阵阵喝彩声。姥姥正坐在轮椅上和旁人说笑。有个老人打趣说：

"这个老太太坏得很！"我尴尬到不知怎么接话。姥姥则笑着与人斗起嘴来，随即她坚持推着轮椅带我们转转。比起以前在家时病恹恹的模样，简直判若两人。养老院环境幽雅，宿舍条件也不错。两人一间，热水器、马桶一应俱全。"开水有人打，衣服有人洗，吃饭不方便也可以送。"姥姥说起这些，幸福的笑容一直挂在脸上。不过到了晚饭时间，跟着姥姥走进食堂，我只觉相当震撼。时间仿佛被拨慢一拍，老人们走路、吃饭的模样仿佛又退回了婴儿期。只是一个靠近起点，一个靠近终点。

百闻不如一见。离开养老院后，我感慨老年人挺适合回归集体生活。我妈强调很多老人过年都不愿回家。不过提起爷爷奶奶，我爸妈的话少了很多。爷爷奶奶还住在连队平房。团场的村落都以连队命名，我家和爷爷奶奶家同在十九连。正好我爸要回去照看院子，我们坐车一同前往。这辆面包车是安兰用我妈给的彩礼买的，为此还逼着我爸去学了驾照，他们退休后都体会到了会开车的好处。

刚进大门，三姑就招呼爷爷出来。爷爷拄着拐棍站在台阶上，激动得合不拢嘴。紧随其后的是小姑和冉冉，这让我有些意外。房间内光线昏暗，电视里播放的豫剧震耳欲聋。里屋门上的双喜字是我们结婚时贴的，那时奶奶耳聪目明，笑声爽朗。如今奶奶见到我们吃力地说："回，回来了！"此后再无二话。安兰很早就注意到奶奶不爱笑了，爷爷认为人老了耳背很正常。三姑强调前年车祸是转折点。那次爷爷骑三轮摩托带奶奶赶巴扎（赶集），回来的路上翻了车。奶奶没事，爷爷受伤住院几乎花光了积蓄。我没好意思接话，因为当年支持他买三轮摩托车的只有我。

爷爷一生坎坷，正经师专毕业，却阴错阳差一路变身司机、农民、马夫。四十岁时为连队赶马车遭遇车祸丧失基本劳动能力，五十岁时贷款创办了榨油厂才改善了全家生活，六十岁时成了喇叭里的"万元户"。

爷爷对这个头衔挺受用，但其中的艰辛我仍记忆犹新。那时榨油机一响，全家上阵，很多邻里也赶来帮忙。我们在高温下挥汗如雨，热浪中弥漫着瓜子的焦香味，彻夜不停的机器轰鸣声填满了儿时记忆。后来榨油机开动次数越来越少，院子里这栋土房子也成了危房，但爷爷一直不舍得拆。

暖融融的阳光洒满院子，枣树上挂满了青红相间的果子。奶奶径直走到菜地忙碌着。记忆中奶奶从没有属于自己的时间，夏天种菜做饭，冬天纳鞋底。她不识字，但会算账，比如三十六块八毛二分的日常开支数字总能脱口而出。爷爷奶奶虽然经历无数苦日子，但待人慷慨大方。他们对拮据的哈萨克邻里乐善好施，对七个儿女更是倾力扶持，特别是对我爸这个唯一的男丁。爷爷最早带他去异乡创业，后来奶奶多次劝我爸把榨油厂开起来，他只推说闻不惯油烟味。

我爸妈年轻时都不靠谱。我爸性格倔强，我妈好赶时髦，争吵打架是家常便饭。房子垮了半边，种地连年挂账。只有一年种打瓜挣了钱，这使我们家立刻成为全连第二个有摩托车的家庭。爷爷曾徒步数百公里赶回一群羊让我爸妈搞养殖，结果没解决温饱就卖了。不过卖羊的钱被爷爷扣了，说要留给我上学用。我爸妈从十连搬来十九连后，又想起养殖的路子，并安排我去要钱。我那时刚满十岁，记不清是如何开口的，只记得爷爷说："干正事可以用，不够再给。"此后我家靠着第二群羊才慢慢翻了身。

奶奶摘了菜，蹒跚着来到厨房，颤巍巍地点了火。土灶里燃起点点火星，映出她沧桑的脸庞。奶奶在闲暇时就这样坐在炉前乐呵呵地回忆往事。比起爷爷讲的奋斗史，她更喜欢忆苦思甜。从出生十一个月起，我跟着奶奶长到五岁。一提起打防疫针，奶奶每次都能笑出眼泪。因为我不是这里的孩子，卫生员坚持不给打，奶奶最后把小姑的针让给了我。我挨了这宝贵的一针后,号啕大哭地追着奶奶骂了一路。以前我对这段往事没什么感触,有了孩子后才听懂其中的心酸。

厨房布满烟尘的墙上还挂着个老相框,模糊的玻璃下依稀可见家庭成员的笑脸。不过有两张照片,我至今不忍直视。其中一张是五姑的。五姑仗义善良,那时我住校吃不饱,她常给我送吃的。在我爸妈争吵时,她也会挺身而出替我妈说话。没承想她在结婚前遭遇意外。正值花季的她不幸去世,那是我第一次得知亲人死亡的消息。另一张是四姑的独生女儿晶晶的。晶晶七岁那年在我家瓜地边遭遇车祸身亡。后来四姑又生了两个孩子,但这一伤痛仍难以抚平。

吃饭前,我和爷爷合力搬出角落里的折叠圆桌。这个老古董我太熟悉了。在这里,我不仅听到了爷爷少年艰难求学、青年拓荒戍边、老年异乡创业的精彩故事,还学会了待人接物的礼仪。所谓礼仪其实就是各种规矩,既有传统宾主待客之道,也有少数民族的风俗习惯。我听得津津有味,其他姑姑都不太喜欢这些。我爸更不用说,据说因为没遵守这些规矩他没少挨揍。我爸来到爷爷身边已十多岁,很多习惯改起来不容易。

"见到重孙可真高兴!"三杯酒下肚,爷爷脸上泛起红晕。"还有个事没做好,我心里不踏实。"他话锋一转,语气沉重起来。我心头一紧,担心他要重提那些理不清的家务事。

"我想让你帮着选个坟地。"爷爷缓缓说道。我一下愣住了,从没想过在这张桌上讨论这个问题。慌乱中,我喃喃回应:"有必要吗?你们身体还好着呢!"爷爷笑着说:"搁老家,棺材和寿衣都准备好了!"三姑附和着说:"好多人都提前选好了,像你姥爷那样临时找地方太麻烦。"我沉默了。所幸爷爷也没再提,他应该是心血来潮。三姑随口问起姥姥在养老院的情况。我本想尽量客观描述,很快就明白话不投机。三姑和小姑冷嘲热讽,仿佛这是家丑,她们作为亲戚都跟着抬不起头。近来家中难堪事真不少。大姑不知为何生了爷爷的气，过年都没回来。而小姑和我爸过年时闹了别扭，继而引发家庭矛盾。虽然我从小就知道如何扮演"调停人"角色，可眼下这个局面实在难化解。全家人除了奶奶都不太爱服软。

天色已晚，面包车在门外按响了喇叭。大家都出来送行，唯独不见小姑的身影。"上车！"我爸坐在车里垮着脸说。本想带陶阳回我家看看，透过门缝只瞄了一眼我就放弃了。院子里杂草丛生，彻底荒了。我爸妈退休后都搬到了团部，一年回来不了几次。二姑也在团部买了楼房，一直劝爷爷去住。爷爷却戏称不愿成为"路口闲聊的等死队"。他从不服老，我支持他买车的理由其实很简单：有些人天生就是驾驶员而不是乘客。

我们再回连队时，爷爷改了主意，他决定搬到楼房以免我们来回奔波。二姑的楼房一直没人住，搬家需要把被褥和日用品带去。爷爷早把摩托换成了电动车，他想骑着多跑两趟，我坚持让我爸开车过来。奶奶收拾好了铺盖，我帮着抱上车。奶奶上车就问："兴福！咋不进去坐？"我爸头也不回，淡淡"嗯"了一声，随即发动机的响声淹没了尴尬。

楼上很快热闹起来。四姑父把两个孩子送过来了，除了辈分上有些尴尬，四个孩子打得火热。然而爷爷再度说起选坟地的事，让我很为难。以往他的决定我都支持，不知这次为什么会如此抗拒，也许是不忍为告别做准备。三姑说砌墓工人最近有空，等秋收开始后很难找人。想想爷爷一辈子都为他人操心，现在终于能替自己考虑，我还有什么理由拒绝呢？最终我答应陪他转转。

我们驾驶着三轮车出发了。进入主路，我还在谨慎熟悉车况。爷爷嫌我开得太慢，坚持要亲自驾驶。望着熟悉的背影，我的眼角忽然湿润了。爷爷曾是全连第一个买拖拉机的人。在他的指导下，我很早就学会了开车。但爷爷教的很多要领都是野路子，比如空挡滑行，它的危险我在从事技术工作后才认清。回想曾经在大陡坡上体验着拖拉机的推背感，现在脊背都发凉。然而有一点要领从没忘记。那是我第一次兴奋地坐上驾驶座时，坐在翼子板上的爷爷大声说："记住，学开车的第一条原则是遇到有需要帮助的人要立即停车。"

爷爷走了不同的路，我很快迷失了方向。三姑说老陵园没地方了，现在陵园在东边。沿着农田向前，我们来到沙包窝。再往前路也没了，只能步行。我们先是沿土路走，随后又漫无目的地在沙包窝里前行，深一脚浅一脚地从一处走到另一处。爷爷走得很有劲头，我压根儿不在状态，什么样的地方合适？需要什么仪式吗？一想到是给爷爷奶奶找安身之处，我不敢乱开口，陪他走走算了。

最后我们来到一处僻静的红柳滩。这里紧临路边，两排杨树因缺水而干枯，大片野生的红柳却相当茂盛。爷爷左右看着，回头问："这个地方怎么样？"我们连声说："可以！可以！"三姑小声说："就这里吧！今天走了太多路，你爷爷脸都红了。"我们折了红柳枝做好标记。爷爷面朝东方，默默站了很久。我忽然明白爷爷虽常常告诫我说话时要避讳死亡，但他并不惧怕死亡。人终究要回归自然，亲眼看看自己的长眠之地是勇气，也是福气。

第二天一早，三姑约好工人准备动工。我恭敬地给大家发烟以表感谢。整个工程大概需要三天，墓穴挖好后再用砖砌起来，完工后会把顶部遮盖，待日后使用时再拆开。三姑问工头："地方怎样？"工头点头说："挺好！只要不是离路太远都好！不然以后下葬太难了。现在抬棺材都找不到年轻人了！"

工头用尺子量好位置，再用红柳枝画好线。我在中央点着鞭炮，工人们拿着铁锹在画好的圈里动土。望着淡淡青烟越过红柳飘起，我的心头异常沉重。爷爷是团场最早的建设者，包括沙包窝、地窝子、盐碱地、红柳，对这片不毛之地的历史，我从小耳熟能详。爷爷为自己选择了最熟悉的地方。而我以前对生老病死毫无概念，如今却不得不在悄然而至的离别中感受丝丝悲凉。

爷爷为准备好后事而激动，我却为现实而发愁。现在正值农忙时节，二姑在连队开商店，三姑忙着秋收。楼上很快只剩下两位老人。奶奶不识字，连电视都看不了，而且上楼后活动量少了很多。对比姥姥在养老院享受的服务，我突然觉得那是更好的选择。突如其来的念头把我吓了一跳。离别时，奶奶坚持让我们带走蜂蜜，这是奶奶为我们准备的礼物。我们年初换了公寓，本来想让爷爷奶奶过去住几天，却因各种原因没能成行。小时候常听爷爷念叨："等你工作了，我就留起胡子。去看你时，人家会说那个白胡子老头是袁满的爷爷。"爷爷从没留胡子，至今也不知道我在哪儿工作。真想实现这个场景才发现难度不在留胡子，而在我。

返回家中，出行方式成了焦点。买车五年只跑了一万公里，我主张把车开到西安方便使用。安兰担心我的睡眠，还有她自己半生不熟的驾驶技术。当然，最大的担忧她没直说：我极度谨慎，她有些粗心，开车少不了拌嘴冲突。争执不下，我转而提议先收拾家务。年初搬来就没整理过，安兰想处理掉杂物，我建议等毕业后再说。最后她收拾家里，我负责地下室。

狭小的地下室中，书占了多半空间。大学教材、专业著作、育儿读物等。这些年书是越攒越多，用心看的倒没几本，只育儿宝典发挥了很大作用。我妈育儿经验匮乏，大小事给不出有益建议。我们只能从书中寻求指导。陶阳生病从没打针吃药，而且自己学会了走路。实用效果让我们自豪。

打开尘封多年的皮箱，泳镜、水壶、背包绳等旧物瞬间把我带回过去。我从偏远农村考入军校，经历过高强度的极限挑战，感受过茫茫大海上独自追赶游泳编队的孤勇奋进，也品尝过排名倒数的辛酸。最终领悟到了教导员常说的"享乐人人都会，吃苦不是谁都可以"这句话的分量。尽管后来我干起了工程，但感谢那段经历能让我时刻看清自己。

整理教材时，我翻出了本科成绩单。这是复试所需材料，我从档案里拿出来复印好留作纪念。四年上了七十九门课，平均成绩八十四分。要论技术底子我也不差，但不如意的课程都和数学相关。由于军校实行全程淘汰制，在巨大的压力下，我成功实现从入学成绩垫底，到毕业挤进前五的蜕变。然而那不过是将死记硬背的技能切换了地点。无数个挑灯夜战却不敌那些上课睡觉下课玩游戏的学霸。离开校园那天我曾立下誓言：如果没有把所学知识用尽，绝不会再迈进校门。

话虽如此但心从未死。就拿手中这套泛黄的《高等数学》来说，它不光出现在家里，而且在办公桌上就躺了八年。其间，总有人问我是否要考研，当听到否定回答都很惊讶。我总想证明自己的实力，但翻来覆去没学完第一章。虽然最终我也走上了考研之路，但数学的短板怕是永远补不齐了。至于知识用没用尽也不好说，反正有用没用的又学了一箩筐。

所以自己定的目标还得自己亲手打破。就像我婚前宣称：一不找独生女，二不找戴眼镜的，最后找了一个戴眼镜的独生女。好在安兰不是特别倔，最终我以沿途旅游为诱饵打动了她，同意开车去西安。只是这趟跨越数千公里的旅程能否完成，我也没底气。我懂车但不擅长开车，就像对待数学，总想来个"正名"之旅。

所幸旅程并没有预想中困难，只是计划的旅游没能实现。我们不开夜车，每天只能纯粹赶路。好在顺利完成了这趟旅行，然而到达西安后，我变得焦躁不安。看着四处拥挤的车流，刚有的那点自信瞬间不见了。车是我主张开来的，但安兰将独自应对所有问题。我最放心不下的还是孩子。陶阳能否适应新环境？俗话说三岁看老，孩子教育到了关键期。而岳父对孩子太过宠爱，岳母则随时处于草木皆兵的状态。这种氛围如何培养孩子独立？一想到这些现实问题，我就心烦意乱。

# 3 新生报到

怀着惴惴不安的心情，我踏上了去往北京的列车。途中，高中同学包哥来电祝贺，言辞中难掩激动："这么好的学校大家都替你高兴啊！以后同学都是干大事的，说起来多牛啊！"电话这头的我仍然沉浸在纷杂思绪之中，竟一时语塞。

坦白地讲，如果不是校园拥堵的参观人群上了新闻，我几乎忘了是要去京新大学（简称京新）读书了。脑海中除了肃杀的初试考场，就是刻板的面试大楼。略微轻松的印象要数那一大群盘旋在树梢上的乌鸦，它们宛如主人般忘我高谈，留下一地"惨白"让人惊叹。不过要论软实力，数数那些掩映在苍松翠柏下透着历史厚重感的建筑足矣。我仍记得去开通银行卡时营业员夸张的表情，尽管我一再谦虚，但心里其实还蛮受用的。

第二天一早，列车缓缓驶入西客站。我与京新的亲密接触正式开始，是时候打起精神了！我推着行李，精神抖擞地向外走去。与前两次提心吊胆的心境完全不同，我现在手握门票，阴霾一扫而空。美中不足的是手中装被褥的条纹编织袋，这是岳母坚持要准备的。好在安兰准备的这个四轮皮箱机动灵活，使我得以轻松"合二为一"，免去了尴尬狼狈，感觉形象上也优雅了几分。

到达接站点后，志愿者引导进入等待区。此处有不少人，家庭组团的居多，更有全家倾巢出动的。目测单枪匹马的只有我一个。回想当年上大学第一次出远门，我爸带着我提前一周去报到。不仅没人接站，连通知书上的地址都没人知道。最后碰巧在停车场遇到一辆学校的军用运输车，这才搭车摸到了学校。没想到十多年后，又重新当了一回新生。

不久，志愿者组织大家排队出发。我推着行李跟在后面。同在队尾的还有一对浑身挂满包的夫妻，男的左右开弓着急追赶队伍，女的走走停停明显招架不住。看到这情形，我主动提议帮她提包。可她的包太重，包带又细，我只能一手推着行李箱，腾出另一只手帮她分担，紧赶慢赶总算追上了队伍。感激之余，她面露微笑地寒暄道："你也是来送孩子的吧？"我差点一个踉跄跌倒在地，尴尬地摇摇头。"那你是学校老师？"她继续问道。我轻声说："我也是学生。"场面出奇安静。我转而好奇地问："你孩子呢？"她一脸自豪地说："提前去学校了！她一录取就跟着导师工作了！"这让我十分惊讶。

接站的是公交车。车上坐了不少人，过道堆满了行李。我帮着司机搬开门口的行李，大家才艰难挤进去。送站的家长是要交两元车费的，直到发车也没人向我收费。钱虽不多但意义重大，看来刚才纯属误会，还得相信群众的眼光。窗外车流滚滚，令人眼花缭乱。对从荒漠戈壁进入繁华都市的新生活，我信心越发饱满。我承认对所谓"轻松愉快"的校园生活颇为神往，但选择继续学习也绝不是为了混文凭。我除了搞公式不行，其他绰绰有余。如能将个人经验对接理论，岂不是如虎添翼！

公交车缓缓驶入校门。车内人群指着窗外兴奋不已，我则努力盘算着下一步计划。从导航上看，先安顿行李再去报到最合理。在体育馆下车后，我简单问了路，就朝宿舍方向走去。此时那对夫妇已泰然自若，孩子推自行车来接站。同事小吴早两年考进来，前几日一再说要来接站，我婉言谢绝了。小吴正面临毕业，我实在不愿给他添麻烦。再说校园我也来过几次，虽然每次都是行色匆匆，连游客都不如，这次悠然漫步岂不美哉！

风轻云淡，绿草如茵，连空气中都仿佛散发着书香。运动场上的矫健身姿，林荫小道里的轻快脚步，花丛密林间的婀娜倩影，徜徉在古朴建筑群中的青春面孔让校园充满了生机与活力。想到即将在这座群英荟萃的殿堂里与莘莘学子携手并进，我的心情越发激动。校园如此美丽，宿舍也不错。我反复看过毛学长朋友圈的照片，床和书桌是一体的，小清新风格，既实用又好看。

辗转来到13号楼前，我的衣服湿透了，心也凉了半截。除了门口的楼牌，到处都显得陈旧不堪。楼外一锈迹斑斑的钢铁楼梯，土灰色的砖墙面，经年雨水冲刷的墙边零星点缀着几处青苔。门禁系统略有现代感。几个趿拉着拖鞋的同学鱼贯而出，系统不时发出清脆声响。

住宿登记由楼长负责，学完消防知识和管理规定后领取钥匙。大厅干净整洁，只是楼道里黑洞洞的，头顶晾着的衣裤，乍一看挺吓人。宿舍在三楼。开门瞬间，我不由得愣住了。如此狭小的房间内挤着三张床。黑灰色的水泥地面已分不清原来的颜色，几只鞋子悠闲地散落四处。桌上随意堆放着杂物，床头空当插着秃了头的扫把。我承认完全被学长那视野有限的照片迷惑了，以至于当被不明气味刺激到嗅觉时，本能地向后退了回去。

这时，靠门口的床上突然探出一张稚嫩而惊恐的脸。"你好！我是新生，不是查房的老师！"我连忙送上真诚微笑以避免误解，同时鼓足勇气尝试融入新环境。小伙儿明显松了口气，热情地与我攀谈起来。原来他本该五月份毕业，因为论文数据不够充分，毕业推迟了三个月，现在正通宵达旦地做实验。这番话让我差点惊掉下巴！

安顿好行李，我即刻前往兆业楼报到。我在复试时学会了使用共享单车，临走时退了押金，现在又忘了支付密码。给安兰打电话，得知陶阳顺利度过了幼儿园的第一天。通话没持续太久，因为加入自行车大军还得比拼驾驶技能。风驰电掣的阳光少年，技艺娴熟的滑板少女，窃窃私语的情侣，夹杂着不同肤色的别样风采，犹如奔腾不息的河流，激荡着多彩青春。人群中的高手们总是尽情绽放本色，这边一个撒把前行的思考者飘然而过，那边一个吟啸徐行的豫剧票友迎面而来；这一拨三五成群打字聊天两不误，那一路学术研讨如火如荼。让人目不暇接，叹为观止！

兆业楼是机械系大本营。整栋楼宏伟气派，现代科技感十足。正门有同学接待新生，我忐忑上前说明来意，同学热情介绍了流程。整个过程很顺利，只是登记信息的同学误以为我是博士，所幸被我及时纠正。每人领取一个带有机械系 logo（徽标）的纸袋，还有一件为开学典礼准备的新生专用 T 恤。使用微信扫码入群时，我又犯了难。后来在同学的帮助下，我才顺利加入新生群，最后进入主楼大厅站在机械系标志前照相留念。

返回宿舍，舍友走了。我坐在桌前有些沮丧。难道要在这个环境中度过三年？戈壁滩的板房也比这强啊！不过冷静下来想想，这很可能是习惯了整齐划一后的惯性思维。客观看住宿条件还是不错的，楼内设有浴室、卫生间、开水房、洗衣房等，公共卫生有专人打扫。宿舍有空调，组合式床铺将室内空间分割开，每人都有专属领地。事在人为，舒适的小环境得靠自己创造。

我开始收拾床铺，此刻庆幸带了被褥，不然今晚得睡光板了。眼下除了毛巾，还需要购置暖水壶、脸盆、拖鞋等生活用品。听说校园里面也有超市，我只熟悉校外的，于是再次骑着小黄车奔了过去。超市日用品丰富，不过对我而言，选择越少越好。到收银台结账时，突然注意到身后两个年轻人居然很惊讶的样子。我从不用钱包，所以手握一把钞票看起来有些阔绰。这一丝气派还没来得及显摆，人家已用手机支付完离开了。看来要改变的习惯真不少。

临近中午，小吴打电话要来看我。这次我没再拒绝，开通网络和饭卡的操作实在太复杂。从皮质电脑包中取出小黑T61（电脑型号），开机时屏幕上闪现经典的xp操作系统画面，我的电脑和车一样，买得早用得少。十年前的新款电脑如今成了"鸡肋"。小吴一来就告诉我不需要用电脑，在手机上就能操作。学校为每个学生提供了ID，这个账号不仅绑定了学籍信息，还可以用来上网，每月有5G免费流量。设置网络就是重置原始密码，搜索校内无线网络，然后输入账号、密码登录即可。这一系列操作让我目瞪口呆。

原来宿舍就有无线网络，只是信号不那么好。每人床下的端口是有线网络，小吴还有根闲置网线，拿来就可以用上。听说他也住在这栋楼里，出于礼貌也出于好奇，我决定跟着一起去看看。但门只开了条缝，我就决定不进去了。房间里堆满了箱包，几乎没下脚的地儿。小吴踮着脚，左右腾挪到床前取了网线。看到我惊讶的表情，他笑着说："宿舍就是个睡觉的地儿！"

小吴帮我在龙香园餐厅的充值机上开通了饭卡。复试时他带我去过不少食堂，除了人多、拥挤，没啥印象，不过对基本技能也略知一二。比如吃饭前一定要先占座，否则就得端着餐盘尴尬地等位置。再者送餐具时要把筷子单独取出来，以减轻后勤人员的工作量。这次我主动准备慷慨回馈，小吴一再谢绝。此时客流量明显增加，想想一个中年男人为这点餐费客气不值当，最后各自去窗口排队点餐。从餐厅这头走到那头，望着琳琅满目的美食，我一时没了主意，干脆还是吃面吧。

小吴时间宝贵，可我仍有许多问题急于请教。他之前讲过不少读研的事，由于我一直没把握最后能来，很多内容都听得不走心，现在才发现准备得太不充分。比如我一直以为所谓的研究生专指硕士，现在才明白原来包括博士和硕士。小吴这次又介绍了选课、学分、做课题流程。我对这些内容没概念，加之突然意识到要面对这么多环节，更加六神无主。小吴吃完饭就准备回实验室，我琢磨着不如跟着直观感受一下，这样一切不都明白了吗？

龙香园门口有一排展板。听说都是讲座信息，我忍不住停下探个究竟。这一看就惊呆了。不仅有名家讲座，还不乏商业精英、政界要人、学术界大师等著名人物的面对面交流。我兴奋地问："这些讲座你都参加了吧？"小吴笑着说："没有！除了特别感兴趣的。"我拿出手机边拍照边问："都是名额有限，能抢上吗？"小吴说："讲座很多，不用着急！""看！这边更有趣！"我激动地指着社团广告说，"这些课外活动你参加了吗？"小吴耸耸肩说："没时间。"他没细说，但我能理解。小吴毕业于地方大学，对于这些自然不稀罕。军校课外生活除了练队列就是搞体能，现在看到"满汉全席"我怎能不心动？"来对了！"我情不自禁地脱口而出。为了不耽误时间，我强忍住好奇心，没再疯狂研究下去。

小吴的实验室离初试的第六教学楼（简称六教）不远。从进楼开始，他就刻意压低声音，动作也轻缓很多。电梯周围的人都在小声讨论着问题，而我大大咧咧的，一时还难以转变。出了电梯又穿过走廊，我们来到一间大房子。房间里面坐着不少学生，有的在电脑前忙碌，有的挂着脖枕小憩。我还以为是摆满仪器的实验室，这不就是办公室吗？

小吴的工位很普通，但桌上一堆书极为显眼。这些颜色各异的书都要摆成一座塔了，好像随时要倒下来。我惊恐地问："这些书都要看吗？"小吴点点头说："好多都要现学现用。"我不解地问："研究生还需要这样？"他苦笑着点头。"这和本科还有什么区别呢？如此一来哪有时间做其他事呢？"这些不是问题，更像是我的自言自语。小吴本想打开电脑介绍项目，我已无心关注。这样的学习真的是我想要的吗？我开始变得忧心忡忡。

# 4 开学典礼

第二次与小吴见面名曰答谢实则答疑。这次他将碰头地点改在百合园，打开导航发现它就在宿舍后面。因学校食堂太多，近期我开始出现"选择困难症"，每天都在为去哪儿吃，吃什么发愁。小吴准时赴约，还带了同学。羡慕之余，我又怅然若失，别人能带小弟，而我仍是茕茕子立。传说中的精彩校园生活似乎并不存在，我的社交活动单调到只有讲座。不但名家讲座不好挤，很多高端英文讲座没实力参加不了。而开辟社团的"战线"同样不顺利。在高端讲座的驱使下，我本想去社团接触下学术大牛，没想到入个会居然还要面试。

小吴和他同学两人轮番传授的选课技巧超出了我的理解范围。我好奇地问："你们都几点起床？"小吴疑惑地说："你想几点都可以啊！"我说："每天几点吃饭呢？"小吴笑了，指着手表说："你愿意几点吃就几点吃啊！"我又问："那几点熄灯总该有规定吧？"两人大笑起来。于我而言，失去时间表的生活犹如断了线的风筝，一不小心就过成了浑浑噩噩的状态。小吴安慰说："没关系！上课就好了。到时候没时间想这些。"

可我等不及了，当晚就决定恢复状态。可该去哪儿跑步呢？我像一只探路的蚂蚁，站在洞口向四处张望。宿舍西侧有条河，两岸蜿蜒的小道在路灯映照下依稀可辨。沿着河道摸索前行，我终于找到一处热闹的运动场。不过身处其中怎么也找不到感觉。器械场上一群中老年人正秀着肌肉，跑道上熙熙攘攘的人群都沉醉在手机中，微微光亮映衬着我落寞的身影。何时才能摆脱这种低迷的状态呢？我期盼着课程早点开始。

然而在接下来的开学典礼上，我敏锐地发现情况并非如此简单。开学典礼设在体育馆。入场前先在正门广场集合。我一眼就认出那个数学满分的小伙儿。复试时学硕名额只有两个，他凭实力占有一席。系里另一个选培硕士廖俊也来了，我们打了招呼就站在后面闲聊。随着集合队伍越来越庞大，我有些困惑了。复试总人数不过二十来个，现在怎么突然冒出上百人？

我们在体育馆中央就座。正前方是主席台，四面人群俨然成了欢乐的海洋。右侧不远的走廊上，突兀地停着一辆轮椅，一个小伙儿安静地坐在上面，目光坚定而柔和。不知他克服了多少困难才走到今天。此刻每个追梦人都得到了赞许和尊重。从这点看，既没有天生的弱者，也没有天生的强者。

典礼开场干货满满。有超级学术大牛介绍每周工作六十小时以上的经验，还有女学霸分享流连于众多餐厅而长胖的经历。我的最大收获是理解了科学研究就是对可重复现象的探索。除此之外，很多观点我并不太苟同。比如食堂给我的体验截然相反。还有每周拿出一小时干些别的，会不会更有利于那五十九个小时的工作呢？此外，有关研究方向之类的内容，我是越听越糊涂。难道在选定方向上一定能发现问题并做出成果吗？还有大家反复提及的SCI（科学引文索引）、EI（工程索引）又是什么？

最后出场的老师介绍了研究生学习的具体要求。我得承认自己被当场吓到了。原来硕士毕业标准是要在核心期刊上发表论文。坦白地讲，写论文我并不怕，工作时也发过不少与排查故障相关的论文。可那都是经验总结，形式上属于无摘要、无公式、无参考文献的"三无"产品，与核心期刊的文章明显不是"一条道"上的。一想起那密密麻麻的公式，我就头皮发麻。此后再也无心观礼，思来想去感觉情况不妙，虽然我仍坚信自己并不是为了毕业证来的，结果却发现连毕业都困难，心态瞬间崩了。

裂纹般的伤痛在随后的班级见面会上大幅增加。我本以为找到组织能寻求点安慰，结果发现这个所谓的班级与本科时的完全不是一回事儿。尽管大家都是机械专业，但分属不同研究所的不同专业，没有任何人的专业相同。这意味着我只能孤军奋战。同学们都是1994年左右出生的，彼此间常以"姓+博"或"名+神"相称，绝大部分同学都是应届本科生保研的，压根就不参加考试。还有几个是外校的，无一例外都是保研的。这意味着开学典礼上百分之九十以上的都是保研生。我这才明白原来在我眼中遥不可及的标准是给这群人制定的啊！压力就像被吹爆的气球一样急速膨胀。

学霸中的直博生居多，其中还包括几个女生。日后被理工男神碾压就算了，再被这五六个妹子吊打，我这张老脸可往哪儿搁呢？更颠覆三观的是游戏几乎是学霸们自我介绍的主题。每人都有专长的游戏，就像专业方向一样让人迷惑。我对游戏的记忆还停留在CS（《反恐精英》游戏）和红警，水平有些拿不出手。轮到我介绍时，尽管大家给予了热烈的掌声，我还是紧张到语无伦次。一想到这个混迹于"小鲜肉"中的"老腊肉"要亲自上场比赛就不寒而栗。虽然我曾趾高气扬地手握"入场券"，但是今后能不能完成比赛却是个未知数。

垂头丧气地回到宿舍，白天静得让人发毛的楼里终于恢复了人气。

隔壁不时传来欢快的键盘敲击声，澡堂里飘荡着嘹亮的歌声。可热闹与我无关。晚上躺在床上辗转反侧，觉得自己到哪里都像是局外人。脑海中一首熟悉的旋律反复播放：我是不是该安静地走开？还是该勇敢留下来？我是带着很高期望来的，但很明显这里的一切标准根本不适合我。如果明知道是竹篮打水，又何必继续浪费时间呢？马上"跳车"应该还来得及。然而仔细想想，"上车"不易"下车"更难，回去怎么交代呢？可安心读书的话，我还能拼得动吗？思前想后我决定至少得正经上一课，哪怕要走也没遗憾了。

"机械前沿"是最先开始的一门课，我一早赶往六教，找了很久才找到位置。这栋楼和兆业楼类似，不仅大门多，楼内又分为多个区域，极易迷路。不过与兆业楼安静的氛围相比，这里要热闹得多。只是很多教室都是空荡荡的，这与我当年上自习靠占座的情形完全不同。上课的教室很大，几乎坐满了人。

在众多洋溢着青春活力的同学中，竟然还有个绝对算得上是大爷的人。我暗自窃喜，跑不过"小兔子"还爬不过"龟爷爷"吗？考试总轮不上我垫底吧？后来才知道大爷是攻读博士的某大学副教授。课程没有考试，主要由不同老师讲授各领域前沿技术，以便大家了解专业方向。这倒提醒了我，差点忘了自己的机器人梦。复试时，有老师很认可我的工作经历，建议选择液压方向，我婉言谢绝。遵照网上教程，我特意在学校官网上搜寻并拜访了机器人专业的唐老师，算是复试前做的唯一准备。只是如今面对不理想的校园生活，我一直犹豫不决。如果选择打道回府，少道手续自然更好。

机械前沿的第一课恰好是关于驱动机器人的。由于工作接触较多，我很清楚吊装作业的局限性。而这项在 FAST（项目名称）中成功应用的技术完美解决了吊装中的诸多难点，令我大开眼界。课间休息时，我意犹未尽地找到老师请教问题,老师耐心地做了解答。那一刻我有些膨胀,觉得出来长长见识没错。不过第二节课的难度明显增加了,面对一堆推导分析公式,我完全吃不消。最后提问环节,现场气氛并没有想象中热烈。我有很多问题,但终究没开口。别人发言前都先"自报家门",这多少让我有些尴尬。

廖俊也联系好了导师,不过他导师还在国外,专业方向暂时没定。这样看来我还快那么一点。笨鸟先飞总没有错,我决定现在就去找老师敲定专业方向。现在一切都是我想要的:机器人专家,机器人方向。相信在澎湃动力的驱动下,我一定能够求得真经,衣锦还乡的!到那时候,如果再有夸奖,我可要名正言顺地受用了!我一路狂喜,脚下自行车蹬得飞快!

我兴冲冲地找到老师,迫不及待地表达了希望尽快确定专业方向的想法。唐老师惊讶地看着我,委婉表达了印象中似乎并没有见过我。我顿时方寸大乱,结巴着提醒我给他发了邮件,他这才想起来。不过很快发现搞错了对象,他想要的是博士。我在尴尬状态中不知所措。唐老师安慰说:"没关系!你去沈老师的团队,她那儿有博士也有硕士,正好需要人。"我小声说:"我想学机器人技术。"老师笑着说:"沈老师组里就是搞机器人的呀!不过沈老师正在外地出差,我给你电话,你可以先联系一下。"忐忑地记了电话后,我又说明了个人困难。老师安慰说:"不用担心,研究生和本科不一样,分数满足最低要求就可以。"

我面带微笑地离开,心里却有说不出的酸楚。感觉就像悬在空中的伞兵,即将着陆时发现指点江山的大格局没了。原来自己之前一门心思沉浸在美好愿景带来的幻象中,根本没考虑是不是背了降落伞。小吴说过,如果导师好说话,像我这种基础有解决办法,我决定先探明情况。

然而想打听导师情况谈何容易，官网信息太少，系里唯一联系过的毛学长基本处于失联状态。慌乱中想起同学群来，我决定斗胆在群里"喊一嗓子"。

幸运的是很快就得到回应，有个叫思宇的同学主动加了我。思宇是沈老师的直博生，看到我这个新来的同学很好奇。简短寒暄后，我询问了沈老师的情况，他答复说沈老师很好说话。我放心了，当即给沈老师发了短信。沈老师很快回复：刚下飞机，等回来见面细说。顺利的开局让我再度燃起了希望。为了更深入地了解一些情况，我约思宇在六教见面。

思宇非常年轻，面对我主动送上的"握手礼"显得有些尴尬。好在我们的谈话并不尴尬。思宇热情开朗，耐心解答了我的很多疑惑。原来所谓的直博是指本科毕业直接攻读博士，中间没有硕士环节。说到沈老师，思宇说："沈老师很好沟通，有什么问题直接说就行。"听说组里有个硕士也是在职考来的，我彻底吃了定心丸。不过我们的对话总有些隔阂。比如我说起数学差时，思宇回应他数学也不好。我觉得：这大概不是在同一个层次上讨论问题。当得知他的高考成绩时，我一时羡慕到失去控制，竟不自觉聊起孩子的培养，思宇也能跟上节奏。不过，很快我就言归正传。课题组现有机械臂和复合材料加工两大研究方向，听说思宇大四就跟着老师做机械臂，我表示对软硬件都挺感兴趣。思宇说："这个项目需要软硬件结合，可以带你去看看。"

来到实验室门前，思宇熟练打开密码锁。眼前琳琅满目的设备让我兴奋起来。房间被不同设备分割成几块，所有人都在紧张忙碌着。来到侧面两排长桌旁，思宇指着一个颇具现代感的机械臂介绍起来。这台设备相当精美，通体六个关节，动作非常灵活。尽管它并不是我心目中的机器人，但感觉也不错。旁边另一台机械臂正处于维修状态。桌上散落着导线，思宇认真地说："这需要动手能力，感兴趣的话可以先学学接线之类的小活儿。"我笑而不语，立刻上手忙活。

后来思宇出去找材料，只剩我一人在现场。不久，两个同学走过来，一直围着我看。其中一个问："这两天能否修好？"我解释说："我是新来的研究生，不太清楚具体情况。"两人笑着说："还以为是厂家派来的工程师呢！"原来小孟和小宁都是沈老师的直博生。我们热情攀谈起来，我结合课上的学习内容，饶有兴趣地提了些问题。听说前沿课上我收获颇丰，他们都很惊讶，因为他们对概述类课程一般不太在意。当我问起一定能做出成果吗？两人都表示不确定，需要不断尝试。当着大神的面说出"毕业是不是很难"这句话时，我都有些脸红。

说到这个话题，两人不约而同地严肃起来。小孟感叹道："确实很难，大师兄正为毕业发愁。"而对于我这样的选培学生，小宁面色凝重地说："大组里确实有退学的。"小孟安慰说："也不一定，上届庞师兄就很厉害。"我沮丧地说："还要在核心期刊上发表一篇论文才能毕业，这个标准太难了。"两人面面相觑，表情夸张地望着我，许久才回过神来。小孟笑着说："还以为你是博士呢！"我尴尬地说："我也刚分清硕士和博士。"小孟笑着说："硕士好毕业，没问题的。"

我知道他们口中的好毕业很可能又是"理解偏差"。就拿机械臂来说，我们讨论的技术并非一回事儿。在我看来能让机械臂动起来就很牛了，可这根本就不是他们关注的重点。他们是要研究机械臂力矩控制、运动轨迹等问题，需要依赖大量理论推导、计算，数学绝对是基础中的基础。经过实地寻访，我得承认我内心又有些动摇了。好消息是安兰已成功和导师对接，据说老师严谨细致，对学生关爱有加。眼下我只能把希望寄托在沈老师身上了。

# 5 选课

周末,我去了趟超市,刚回宿舍就收到沈老师的短信。我客气地请老师先休息,准备约定周一见面。没承想老师回复说现在就可以来办公室。于是我立刻出发,直奔兆业楼。主干道上车流少了很多,我一路骑得飞快,心情愉快又紧张。经过几日慎重思考,我终于捋清目标。就我这个年龄来说,需要的是合作而不是单干。这个想法并非心血来潮,当年第一批代职博士到技术室时,恰逢我临时代理主任,如何整合力量提升基层技术实力一直是我想解决的问题。如今有了很好的机会。

我以标准礼节敲门、报告进入办公室。房间整洁有序,几乎看不到杂物,窗边几盆花鲜艳明亮。此时烧水壶发出了咕嘟的声响,我连忙帮着倒了水,随后站在桌旁待命,直到老师示意我坐下。沈老师表情严肃,不苟言笑。为消除误解,我开门见山亮明基础薄弱等劣势,又简要阐述了学习动机,希望能争取些印象分。然而老师回话不多,情况有些出乎意料。

反复打底铺垫无非就是希望老师能给指条明路,可老师并没有接话。我只能果断转移话题,说起希望通过学习掌握带团队搞科研的方法。比如怎样分解任务、如何找到合适的人。没等说完,老师打断说:"这样不行啊!你自己也得学会啊!"我犹豫着说:"我也要学,只是基础不好需要时间。"问及我的考研成绩,老师说:"还不错!"我赶忙解释说:"除了专业课,其他都是自主命题,主要是数学成绩不好。"老师问:"英语怎么样?"我摇摇头说:"也不是很好。"

现场再度安静下来,我那两只放在膝盖上的手开始微微颤抖。之前满脑子想的是如何"跳车",现在又变成了怎样"上车",这一上一下着实颠簸。系里要求上报导师和专业方向,再拖下去不是办法。我单刀直入问起专业方向，老师沉思片刻说："你还是做复合材料加工吧！"有关机器人的想法早已动摇，但内心仍感失落，竟不自觉地念叨出来。老师说："那个你可能拿不下来。"我附和道："这两天跟思宇看了，以我目前的基础确实有困难。"

谈话结束，老师主动邀请我参观实验室，还逐一介绍了整个团队参与过的多个重大项目，原来课题组研发的机器人面向生产线等大型应用工程。机械臂是面向人机协作的项目，参与人员全部是博士。复合材料加工项目同样与生产线中的机器人有关，主要研究钻孔工艺，其中也涉及大量理论分析。我强打着兴趣听着介绍，两腿却像灌了铅一样沉重。恍惚中一个问题不时闪现：我能行吗？

晚上窗外嘈杂的虫鸣声让人心烦意乱。梦想着游山玩水、以茶会友，结果发现三十五岁的老同志还要和年轻人站在同一起跑线，只感叹廉颇老矣，尚能饭否？然而理智的做法还是接受现实，先想想怎么毕业吧。我半夜躺在床上翻来覆去睡不着，回想自己以前在住板房、喝西北风的戈壁滩上三五天都能谈笑风生，现在身处繁华的都市中心却怎么也进入不了喜迎新生活的状态。来吧！要来都一起来吧！我愤懑地默念着。

就在这时，我注意到一个现象：每当身体翻到左侧，几乎听不到虫鸣。仔细琢磨一番，我明白了其中的道理。我的右耳被火箭弹的啸叫声伤过，听力受损，虫鸣可能恰好是丧失的那段高频声响。这个有趣的发现让我很快冷静下来。尽管校园生活十分短暂，但也为我打开了许多新思路。我一直认为自己求知欲强烈，看来那不过是叶公好龙罢了。幻想着改变环境却惧怕改变自己，面对不确定和未知总想回归熟悉的生活。此时转身容易，但前进需要勇气。当年在海上奋力追赶编队时，如果不是告诫自己绝不回头看岸，我可能早就放弃了。现在又到了相同时刻。

第二天一早，我去系里正式填了表格。沈老师在一间大办公室给我指派了工位。这里至少有二十个学生，大家各自忙碌，默不作声。在靠窗一侧，老师介绍了同研究方向的两个博士：阿星和吕博士。我的任务除了上课就是看文献，还要学习建模软件，为参与新项目做好准备。组会是一周一次，大家轮流报告。老师强调交流内容可以是工作总结，也可以是新技术介绍，凡是对大家有启发的都可以。签订完一系列责任书后，老师拉我入了群。里面的同学我已认识多半，彼此称呼一时有点犯难。叫师弟年龄不对，叫师兄辈分不符。

老师离开后，现场气氛轻松起来。小孟把我拉进另一个学生群方便交流。有人打趣道："阿星，钻孔事业后继有人了！"满屋人都笑了起来。阿星笑着说："钻孔好！钻孔好！"经过简短交流，我了解到这个方向是通过试验不同加工工艺参数实现复合材料最优加工效果。至于能否做出成果、文献指什么这类基础问题，我没好意思当众开口问。想深入了解专业只能靠图书馆了。此时距离选培新生见面会还有不少时间，我决定先去图书馆一探究竟。

从宿舍骑车三分钟便来到主馆。进入馆内，我瞬间惊呆了。所有位置满满当当，原来学生都挤在这里，怪不得教室空空如也。徜徉其中，我盘算着得把学习计划提上日程，这也是增强前进动力的有效方法。主馆以专业技术类图书居多，关于复合材料加工的书并不多。我寻思着去看看专业杂志，可楼上楼下转了个遍也没找到。服务台工作人员介绍说，电子版杂志都在网上，纸质版没有馆藏。

选培新生见面会是培训办组织的官方活动。会前气氛与班级见面会迥然不同，大家无须引荐，熟悉得很快。众人感慨初试时也是满房间人，如今只剩寥寥几个。虽然我也觉得自己挺幸运，但笑容始终难以绽放。现场大龄青年并不多，系里还有一胖一瘦两个博士，精密仪器系（简称精仪系）有个硕士魏尧和我年龄相仿，不过他们都来自大学院校。新生自我介绍完后，由学长分享经验。

通过主持人介绍，我才知道原来选培团体中很多人都在京新取得了不俗成绩。学长们一再告诫大家千万不要以为时间很多而挥霍无度，等回过头来就会发现三五年时间相当紧张。此外京新丰富多彩的生活，在学有余力的情况下绝不应该轻易错过。当然，最让在座单身小伙儿们心动到爆肝的，还是那些拿了学位还顺带解决终身大事的幸运儿，在校园里能俘获天之骄子的芳心简直和中大奖一样。年轻学长则分享了选课技巧。有的建议要争取一学期修完所有学分以便专心搞科研，也有的介绍不要贪多，以免最后吃不消。这倒给我及时敲了警钟，我本想列出更多学习计划以激发动力，看来还得量力而行。

总之，见面会十分成功。经过鼓舞感召，我认识到路途虽然坎坷，但前景一片光明。想想之前太过悲观，以至于根深蒂固的不自信占了上风。为了展现焕然一新的面貌，我当即做出一连串"战术安排"：一是立即报名研究生会（简称研会）面试活动，即刻向不自信状态宣战。二是马上赶到校外超市买了三盆小花，拿出戈壁滩生活的看家本领。三是细化之前的规划，包含体能训练、基础强化、专业学习等。完成这些任务后，我觉得自己在奋斗的道路上迈步出发了。

然而这份完美计划很快就因选课报名而搁浅。选课是研究生培养计划中的重要部分，直接关系着能否获得足够学分以取得毕业资格。本以为加倍努力至少毕业证有保证，仔细翻看课程说明后，我才感到大事不妙。首先三十七分的最低要求中基础课程必选，而专业课程不仅有范围限制，也有最低分数要求，以我的基础能不能拿下来都是问题。不过我仔细研究一番后，又松了口气。机械前沿算专业课，再选三四门专业课，最低学分就到手了，而且焊接、故障诊断等专业我都有经验，这样看来毕业难度也没想象中那么大。我仔细做了标记，赶紧找导师定夺。

导师见面就问建模软件学得怎么样，我只能硬着头皮如实相告：电脑配置不行，书还没来得及借。导师没再说话，低头翻看起选课说明。还没等我说完想法，她已勾选完毕。担心导师忘了我的状况，我只得委婉问了一下以我的能力能否拿下来。导师说："仿生学是课题组老师开的，对大作业很有帮助。有限元分析是精品课，以后要用到。机电控制课程和工作关系密切，再选一个科技论文写作方面的，这些应该都没问题。"除机械前沿外，其他全部落选。我头脑中闪过一丝分辩的念头也放弃了。这些课程加起来正好超出最低要求一分，再多一门都可能成为压倒骆驼的最后一根稻草。

正准备致谢离开，导师突然说："还有个任务交给你，这个你肯定在行。你去找孔老师，他会给你安排的。"顺着姓名牌找到办公室，我见到了年轻的孔老师，这才理解自己近来屡屡被人叫老师的原因。我比他大不少，可他安排的活却让我犯难。具体工作是从网上筛选招聘简历，然后交给老师。任务看似简单，可对于我难如登天。从登录网页开始的一系列蹩脚操作让孔老师露出了惊讶的眼神，最后孔老师给了账号同意我回去先研究。

回头再看要选的专业课，我更加心慌。去实验室问了一圈都说是新人必选课程，没啥问题。我担心又是"理解偏差"，只好向小吴求教。小吴思路和大家一样：研究生课程的学习和本科不一样，想考高分不容易，想不及格也不容易。小吴提醒："现在需要关注的是基础课能不能选上。"按他的说法，基础不好就必须选上用板书授课的左老师，另一个老师速度快得跟不上，连本校出身的硕士都有退课的。此外，英语也是热门，小吴建议如果人多就选外教，相对好过，但对话多。这么多注意事项听得我一头雾水。小吴嘱咐说："你去网络学堂（校内网页名）上，熟悉一下选课操作流程就懂了。"

进入选课系统，我发现操作挺复杂。每门课都有课容量限制，每人可以填报三个志愿。热门英语课程报名人数已远超课容量，我只能填报外教的课程。数值分析课容量达二百人，应该能顺利选上。专业课报名人数不多。所以我用第一志愿选了数学，第二志愿选了英语。查看其他院系课程时，我又有了选课冲动。想起学长的教诲，还是暂缓动手。

导师交代的任务我不敢怠慢，可变身为面试官并不容易。熟悉完招聘网站，又发现要过目的简历不止百十份，我尽可能细致地翻看每份简历，希望既能公平对待每位应聘者，又能满足招聘的岗位需求。但面对条条要求，颇感经验不够丰富，很难找出拒绝或接收的理由。倘若当面交流，我那点经验还有用武之地，可要在前端把关，我着实心里没底。恰好此时收到研究生会的面试通知，我打算去现场找找灵感。

这是以组为单位的集体面试。现场很多人准备了英文稿，一看这阵势，我又有了退却的想法。转念一想，既然分了组，说明社团并不排斥中年人，索性当个"东郭先生"也无妨。我跟着一排"小鲜肉"进场，发现眼前一排面试官也是"小鲜肉"。面试官安抚大家不要紧张，重点讲讲特长即可。不听不知道，一听吓一跳，小组中随便挑出一个都是金光闪闪，大多数人有省市乃至全国级别的奖项。我彻底打消了"拿个人爱好充当特长"的念头，最后只提了下经验丰富就草草结束了发言。遗憾的是不该强调自己是全场年龄最大的，因为刚出来就看见门口还有个老大爷正焦急等着面试。

临近截止日期，选课情况突变。很多基础课程报名人数激增。权衡利弊后，我将英语课程由严重超员的外教课改成电影欣赏课，以便将第二志愿用到其他课程。科研伦理课是汽车系要优先选择的课程，不动用第一志愿落选概率很大。而数值分析就相对好一些，课程虽然已经满员，但超出人数不算多，动用第二志愿足矣。我已竭尽所能，做了最优选择，至于能否全部选中，心中还是有些忐忑。

意外的好消息是居然收到了研会的录取通知。待熟悉了相关流程，我才知道原来这只是初选，之后的岗位还要筛选。不管如何，这对我来说已是极大鼓励，所以我毫不犹豫地报名了第一次任务——保障新生音乐晚会。会场设在体育馆，组长安排我把守舞台侧门。尽管任务不算重要，等了半天只过了一个人，但我也跟着享受了福利。音乐会开始后，执勤人员被安排坐在了最前排，近距离观赏了明星风采。水木年华的出场将气氛推向高潮："多少人曾爱慕你年轻时的容颜，可是谁愿承受岁月无情的变迁……"回想逝去的青春热泪盈眶，如今已过而立之年的我又该如何面对新挑战？

# 6 开课

选课结果新鲜出炉。有同学愤怒晒出只中了两门课的截图。我忐忑不安地打开课表，却发现我的课程全部命中。首战告捷让我信心倍增。略有遗憾的是有限元和机电控制都在下学期开课，一学期搞定所有课程的目标落空了。此外课表中还留有大片空白，顿时后悔没选几门人文类的课来打发时间。

课题组于周末在东南门的一家餐馆见了面。组里只有我和邵伟两个硕士，他是工作了两年回来读研的。唯一的直博女生喜妹热情直率，知识水平相当了得。传说中的大师兄是个腼腆的大男孩。导师来得晚，我没好意思说招聘任务毫无头绪，只感叹三十五岁后求职不易。说起实验室刚毕业的博士，导师赞叹道："大家工作都找得不错，其中一个博士应聘到了中学。"我疑惑地问："为什么不留校呢？"现场没人接话。导师头也不抬地说:"现在小学老师都要求学历是博士了。"

我总有想把气氛搞起来的冲动,可学习和科研方面的话题哪个都接不上话。最后说起食堂,感觉总算有了共同话题。我觉得自己做饭好,而导师认为吃食堂好,因为可以节省更多时间搞科研。我又想到挤点时间做饭是否更有利于科研的问题,但终究没敢说出口。聚餐完毕,导师让把剩下的菜打包。我找来服务员,思宇帮着装进袋子,之后他将袋子交到导师手里。回去的路上,看着导师独自拎着袋子,左思右想觉得帮忙提个东西总不能再错了吧?于是我快步上前接了过来。

开始正式上课了,慢悠悠的生活戛然而止。不惜动用第一志愿选中的这门科研伦理课果然没让我失望。课程没有考试,最终以出勤及论文评定成绩。课堂以科研学术规范案例教学为主,所以我权当副课对待。不过授课的谭老师开篇就探讨人工智能话题让我刮目相看。最近AlphaGo(谷歌人工智能)首次战胜人类围棋高手,校园里到处都是关于它的火爆讨论。此外在课堂上,我也彻底改变了对博士的肤浅认知。

原来博士的研究工作常常被视为对现有知识边界的点状突破,形象地讲就像在气球上刺穿一个洞,由此向外拓展了某领域的认知。而我总以为到了博士自然是全能型选手,无论是大洞小洞,气球篮球等材质都应该能轻松搞定,如今才明白自己想得有多离谱。

难度最大的是数值分析课。站在达理楼两百人的阶梯教室,我很快就明白抢座才是"必修课"。与其他课不同,这节课的前排座位很抢手。授课的左老师温文尔雅,所有知识点一字不落地写在黑板上,同学们都在紧张地抄着笔记。我很好奇那些有教材的人为什么这般忙活,我还在等着老师发教材,但向左右一问才知道,压根没有这个环节,人家手中的教材是从师兄师姐那里传下来的。听说此课程还有期末考试,压力感瞬间上头,我只能跟上队伍,抄写笔记。第一节课讲误差分析,我胆战心惊地划拉了几页纸。生怕落后同学太远。

好不容易上完课，转场途中却遭遇了严重堵塞。教室附近的路口挤满了自行车大军，密密麻麻的车轮彼此交错，只能一点点挪动。在拥挤的人潮中，我忽然间意识到我和学霸们的差距除了笔记和车技，最重要的是还差个书包。总觉得我这个年龄背书包怎么看都别扭。好不容易挤出车流又在下个路口被堵住了，一路只能走走停停。路过龙香园，我一眼就看到谷歌 AlphaGo 团队的讲座预告，赶紧报名预约。

晚上是科技论文写作课，我正在宿舍忙着准备，小吴突然来找我。说起金博士，我才想起今晚的活动。小金是首批代职博士，前不久想来看我，我以学习任务太重婉言谢绝，没想到他又联系了小吴。我为难地说："第一堂课敢翘课吗？万一点名怎么办？"小吴拍着胸脯保证肯定不会点名。我放心不下，提议周末再约。小吴笑着说："金博士从昌平往这儿赶，关系一般的谁会费这劲儿？"话说到这份儿上，我只能硬着头皮去了。

我们骑着单车上路。说起手头的招聘，我坦言目前骑虎难下，既拿不下又不好意思拒绝。小吴建议该推就得推掉，不然写作业时间都不够用。关于课程作业，特别是数值分析，小吴提醒抄作业要不得，但抱个大腿很有必要。所谓的"抱大腿"是指向成绩好的同学寻求帮助。毕竟有些作业难度很大。我庆幸跟着来了，这一路又学到不少实战经验。

时光荏苒，相聚于此分外高兴。回忆在戈壁滩的经历，金博士感叹收获很大。苦难拉远了看总是美好的，身处其中却容易被琐碎的事情一叶障目，我坦言如今我也理解了代职博士们的境遇。其实我们的困境本质上并没有区别，大家在原本的环境中如鱼得水，但当前新的挑战迫使我们必须重新适应。小金当年以发过多篇 SCI 论文而广受赞誉。我迫不及待地询问 SCI 到底是什么东西？两人轮番解释，我还是不大明白，不过总算听懂了所谓的文献不过是对论文的另一种叫法。小金建议要发高质量期刊，以得到更好反馈。小吴感叹因为着急毕业，后悔没投个 EI 试试。这些都离我遥不可及。现在我只管投石问路，哪敢抬头看天啊!

把酒言欢总能暂时忘掉烦恼。回归现实，头脑瞬间清醒。我可是翘了课的人，课堂情况如何得尽快侦查清楚。这门课是精仪系开的，找谁打听呢？只能在同学群里碰碰运气。幸好同学欣雅也选了此课，我一问情况，喜忧参半。喜的是果真没点名，忧的是第一节课就布置了作业。慌忙登录网络学堂，发现作业是：以编辑视角审稿！我心想，连走路还没学会呢，这不直接让飞了吗？所幸老师已上传课件，这一看我后悔不已。这节课恰好讲了与文献相关的内容，比如 EI、SCI 等专业词汇都有详细介绍。

很快，新的挑战再度来临。本以为英文电影赏析课只是看电影的休闲课，不料老师全程英文教学，以我有限的听力也明白了这门课并不好过：除了期中、期末两次考试，每节课都有作业。课堂以小组讨论交流为主。教室座椅是可移动的，在马老师宣布自由分组后，众人瞬间完成结盟。环顾四周，选培见面会上因交流失眠经历而熟识的瑞仔也在，落单的我们赶紧抱团。正好后排一个女生也落单了，一番邀请后，她欣然"入伙"。眼见其他组都顺利开张，我们还没达到基本条件。瑞仔直接吆喝起来，这时后排一个胖乎乎的男生示意还没着落，这才凑够了人数。

四个人抱团后总算踏实不少。可一听大家的英文介绍又让我慌了神。相比周围地道流利的伦敦腔和纽约调，我们这组除那位女生外全是土味十足的中式乡村味儿。最终我呼吁趁乱改用中文说说各自情况。瑞仔来自水利系，考研时的英语成绩比我还差。陆淼虽然是外校统考进来的，英语恰好是弱项。女生淑瑶是交换生，仅在这里学习半年。这么一来，小组中非但没大腿可抱，日后能否"迈出腿"都是问题。

伴随着影片主题曲的美妙旋律，大家异口同声地说："小马王！"四处欢呼雀跃，我的心里却暗流涌动。选课制度中还有退课选项，两周内可自由退课，但超过时限退课，则会在成绩单中计入"F"选项。于我而言，绝对不能接受成绩单上有这样的"污点"。所以整堂课我都在打退堂鼓。不过眼下四人已按组上报，我悄然离去又不太仗义。况且这是首次与同学合作，还是咬牙坚持吧！

快下课时，教室外人头攒动。尽管时间吃紧，老师也没忘记布置作业。本次作业共三项：学唱《小马王》主题曲，预习《功夫熊猫》片段，找助教练习自我介绍。正好接下来没课，大家相约顺路去文苑楼看看练习口语的场地。本学期学校引入留学生助教团帮助大家提高口语水平。关于助教团的细节，大家都没听太懂，经过一番拼凑才搞清规则。助教预约表会张贴在文苑楼助教室门上，各组可预约两个时间段，每段交流十五分钟，每周至少交流一次。淑瑶课最少，第一次预约由她完成。闲聊中得知陆森与我同上数值分析课，好歹以后可以互相帮助。

仿生学是第一门专业课。扫码进群，我发现都是同学，立马有了回到自己地盘的感觉。临近上课，从后门又进来个女生，其穿着风格与教室氛围差别之大，一度让我怀疑她走错了教室。授课的谢老师风趣幽默且慷慨大方，课前即在群中大发红包，现场气氛轻松愉快。这门课没考试，大作业由小组合作完成。第一堂课是概述，我很快就意识到原来这才是"最正宗"的机器人课程。课堂展示的仿生机器人视频令人极度震撼。开场机器狗的灵巧步伐绝对称得上"黑科技"，待"人形机器人"在测试中被又踢又打却踉跄挣扎着完成任务时，全场一片惊叹，甚至有女生直呼："打他呀！"此时我脑海中闪过一个念头：机器人有了情绪怎么办？

课堂在欢快气氛中结束。讨论热情一度转移到群中，其间有人抱怨自己可能会垫底。对此类战术谦虚，大神们向来毫无怜悯之心，所以一时无人回应。而我以为遇到了队友，当即摆出同病相怜的姿态。了解后知道她正是那个我以为走错教室的女生，她是搞工业设计的美院学生，以为这是跨学科课程，想借此拓展自己的设计思路。这种大胆的跨界尝试让人敬佩。于是我明知自己铁定趴在地板上，还是决心拉一把这个有想法的人。

第二次数值分析课难度进一步增加。误差估计、病态问题都涉及大量公式，尽管我手上记着笔记但早已心不在焉。研会群里又在召集人组织周末的彩跑活动，我估摸着这次应该是去现场当翻译吧？于是愉快领了任务。好不容易熬到下课，一看作业又是计算又是证明，没教材根本下不了手。图书馆已没"存货"，同门博士不上这门课，大家都推荐去综合服务中心H楼购买。一看导航离宿舍仅百十米，我居然从未涉足。

此处是学生宿舍区，操场上满是人，原来年轻人都聚在这里。H楼内部集合了超市、银行、理发店等，以后再不用往校外跑了。我在书店找到了老师推荐的教材，可惜没参考答案，于是我又买了套带习题集的教材。然而手握两套教材仍不知如何下手。苦苦煎熬许久，想起小吴的提示，我赶忙向廖俊求助。他当即答应施以援手，我心里总算踏实许多。

临近周末，淑瑶约好了助教。大家进门怯生生地轮番"Hello"后就没了声音，任凭助教如何询问都不开口。我发挥了应变能力，一番比画把自我介绍的意思说明白了。助教雪妹曾担任过南非警官，据说还培训过警察。她提议按照座次每人先介绍一遍。淑瑶不仅打了草稿还背了下来，我们都是现场发挥三五句，十分钟不到就准备起身离开。雪妹不愧是培训专家，她首先说明了要求，然后逐一指出存在的问题，最后每人再重新来一遍。这套组合训练花费了很长时间，以至于后一组着急敲门，我们这才致谢告辞。小组顺利迈出第一步，大家交流的兴致空前高涨。而我尴尬地站在一旁接不上话，因为我被指出的问题最多。

彩跑活动出发点在东操场。这是一座四面封闭的专业训练场，阶梯看台足以容纳上万人。研会小组中除了我和组长都换了人。本次任务又是体力活儿——防止彩弹打到草坪上。原来彩跑就是个开心参与的游艺活动，大家互撒彩粉，不分先后名次。活动现场人气爆棚，不同肤色的人都来热情"参战"。大家用护目镜、头套把自己包裹得严严实实，很多人已变成五颜六色的"艺术品"。随着主持人一声令下，众人在尖叫声中你追我赶地出发了。组长是直博新生，待人群出发后，也背着装备加入"盛宴"。

现场很快恢复平静。百无聊赖中，我爬上台阶向远处眺望。操场对面"为祖国健康工作五十年"的巨幅大字在夕阳下闪闪发光。算算我在戈壁滩工作了十多年，这样看来自己并不算老。然而想起英语交流，我依然惆怅。雪妹指出我的最大问题是：过多强调年龄大，这会给人留下信心不足的印象，没必要强调自己年龄大可能做不好。本以为那是不同文化视角下对"谦虚"的误解，现在看来她的话也有道理。无论是自驾旅行还是面对新环境，我都在质疑自己能否完成目标。然而树立自信又谈何容易？如果人生中的一切都像彩跑活动这样单纯快乐该多好！可不敢面对压力又哪来的自信呢？希望这趟学习之旅也能让我有新突破。

# 7 回家

谷歌团队的讲座预约成功。当我把讲座信息慷慨分享给那个美院女生时，她却回复"准备退课"。仿生学论文我一口气写了三页半，现在全班唯一可能参考我作业的人要走了。据说是老师劝她退课，因为课程和她想学的不一样。此外，她有留学计划，每门课成绩都要拿到优秀。听到这儿，我心里五味杂陈。不仅是对老师的"逐客令"导致跨学科尝试失败的惋惜，也为自己不知深浅地夸口援助而深感羞愧。

讲座安排在主楼。这是正对东南门的标志性建筑。楼内大厅十分气派，进门就是一溜长长等待的队伍。主办方临时决定将队伍分成两队，一队是有优先权的计算机学院，其他院系则另排一队视座位情况进入。组织者一再保证目前排队的人都可以进去，包括精美小礼品也会足额发放，但现场很多人在焦急等待中离开了。我坚持到最后并顺利领到印有谷歌Logo 的软皮本。进门前还可领取同声翻译设备，我决定挑战原声。

报告由 AlphaGo 团队技术负责人分享。我的词汇量当场捉襟见肘，直到最后也没从技术上弄明白 AlphaGo 为什么能赢，倒是想起在科研伦理课上听过的一句话：人工智能是不断寻找最优解的过程。不过汇报人分享的一则幕后故事，我听懂了。他说："比赛现场感受最深的是当所有人都在休息时，AlphaGo 还在学习。虽然我也知道这是团队在争分夺秒地跑算法，但那一刻我仍感受到机器为什么会如此强大，因为它可以把所有时间都用来学习。"我理解这里所说"学习"的含义不同，其精神内涵倒有异曲同工之妙。

讲座结尾设有提问环节。为活跃气氛，主持人宣布提问的人都可以获得专属礼品。计算机专业的学生主导了现场。在佩服同学们专业和外语功底扎实的同时，我也感受到顶尖学者的谦逊，他们直言一些问题暂时没有答案，至少目前没有答案。就在演讲者翻看 PPT 时，我脑海中又想起那个机器人被又踢又打的场景，以及我当时产生的疑问。犹豫多时，我决定抓住机会发问。没想到我这个外行人的问题还引起了不小的争论。演讲者连连夸赞："这是个好问题！"他随后耐心做了解释，遗憾的是我并没有听懂。然而自豪感油然而生，至少这个富有想象力的问题有人认可。

我拿着两份精美礼品直奔龙香园吃饭。最近三餐定时定点，这恰好符合减少非必要时间的机器学习精神。邻座一对年轻夫妻正在给孩子喂饭。男人拿出专业术语苦心劝导，孩子左顾右盼就是不往嘴里吃，女人则在一旁怒目而视。这场面过来人都不陌生。我也思绪纷飞，惦记起陶阳的状态。为了国庆节能回家团圆，我正火力全开地赶作业。忽然想到能否用机器学习找出生活中的最优解呢？仔细分析又觉得不现实。比如站在父母角度看孩子吃饭，当然得吃饱吃好。可在孩子眼里吃饱和玩哪个重要呢？不知是新时间表制定后有了奋斗的方向，还是五花八门的讲座"混合发酵"产生了作用，总之这种全新的思考方式连我自己都很惊讶。我仔细记下这些想法，并以此作为科研伦理课程作业的提纲。有了上乘材料，作业越写越顺，感觉生活也越发充实。

然而当我把"自信的利刃"果断劈向科技论文写作课的作业时，刃口轰然崩裂。面前是篇有关发动机燃烧学的论文，作者洋洋洒洒写满四页公式，审读这样的文章，让我由衷体会到了啃硬骨头的感觉。在焦急中等来第二次课，我早早赶到教室占据了最有利位置，可直到打铃，老师也没出现。左右一问，原来这次课以自学为主。听到这个消息，我心头一紧，旋即故作镇定地问起此次作业的思路，发现大家似乎都感觉无从下手。更糟糕的是每人审阅的论文都不一样，直接断了借鉴他人的"非分之想"。

怀着极度沮丧的心情，我摸黑回到宿舍。本想争取回家前完成全部作业，仔细一合计，头皮都发麻。真没想到开局任务就如此艰巨啊！开学第一周上了八门课，五门课布置了作业，下周提交三门课的作业，现在连一门都没完成。冷静下来想想就当赶鸭子上架吧！反复研读课件后，豁然开朗，我现在的身份可是编辑啊！虽然当个好编辑很难，可我就是个新手，发现一些问题就行，可以做出拒稿或者退回修改的决定。心态一摆正，似乎一切都顺了。独立完成这份高难度作业让我心里乐开了花，感觉十一假期可以好好休息了！

仿生学课前气氛依旧热烈，谢老师再度发了红包热场。而我依然豪情满怀，自以为撰写出了高质量的论文，侃侃而谈的气势不输任何人。然而一看课件就泄了气，开篇就是机器人运动学的坐标变换，终于明白老师的"逐客令"是真心关怀。原来上次的概述内容不过是大神们最不屑的"餐前小甜点"，而这才是机器人的核心技术。

随着老师的讲解，我的大脑频繁短路。矩阵是什么？只知道它可以解方程，现在坐标变换居然也要用到它。不要说左乘右乘，单是叉乘和点乘就让人崩溃。曾经夸海口的"帮扶人"瞬间成了"帮扶对象"。熬到课间，我赶紧向同排的喜妹和大立请教。两人轮流在稿纸上比画，我仍然是云里雾里。喜妹建议看看教材，可一想起那本最薄却废掉无数能人智士的《线性代数》，我手心都在冒汗。

压力很快再度来袭。虽说靠着"移花接木"勉强应付了作业，鉴于仿生学课程的教训，我变得极其小心。果不其然，数值分析的铺垫也结束了，课程将从"浅海"驶向"深海"。而且老师郑重提醒以后作业要提交电子版。听到这个消息，我脸色煞白。廖俊的作业就是电子版，那个复杂程度让人抓狂。陆森作业也是手写，尽管他也颇有微词，但神情要镇定得多。

我几乎要垮掉了！矩阵不懂，公式不会，文献没看，车票没订。这边刚刚鼓足勇气推掉招聘任务，那边新项目又即将启动。终于明白为什么开始上课就不会想别的，因为时间少到连考虑退学的念头都没有。正如英语课上讨论的 Inner Peace（内在平静），眼下恐怕唯有回归家庭才能让我尽快平静。组会后，我向导师请了假。归心似箭，忍痛割爱放弃了一节前沿课。遗憾出手太晚，车票只剩一等座。

　　如今高铁出行翻天覆地。车厢安静整洁，感觉不到一点振动。乘客们戴着耳机沉浸在个人世界里。这一个月过得如此充实，我连听音乐的心思都没动过。窗外郁郁葱葱的田园绿野飞驰而过，熟悉的旋律在耳边响起，时空仿佛瞬间穿越。大漠、狂风、黄沙、星空扑面而来，广袤无垠的戈壁滩出现在眼前。寒来暑往，风沙漫漫。在酷暑中坚守，在寒夜中忍耐，在颠簸中孤独前行。这不就是平静的力量吗？眼前的困难有什么好怕的呢？时光的魔力必将点石成金，铸成逐级而上的台阶。

　　辗转回到家中已是傍晚，久违的团聚让我暂时忘记了压力。安兰有课回不来，我带着陶阳玩得很开心。看他干啥都挺利索，真纳闷安兰为什么总说孩子动作慢呢？第二天一早，我满心欢喜地期待着陶阳的起床表演。吃饭、穿衣这些动作仿佛是人类与生俱来的本能。只有亲眼见证孩子的正向学习过程，才明白大自然并不总是那么慷慨体贴。比如就连如何把衣服披在后背这个小动作，他至今也没"进化"出来。陶阳采用的是以前幼儿园教的"反面抓领、向后直抛法"，整套动作简洁有力，一气呵成，过去一直是他的"扛鼎之作"。可这一回，他却几度失手，不是拿反了衣服就是甩不过头顶。费了九牛二虎之力终于套上袖子，拉链又对不齐了。最后在岳母的不断催促下，我只得出手相助。

　　岳母解释说："保温碗盛汤凉得慢，放到现在拿出来喝正好！再晚就要凉了。"饭桌粗糙简陋，但一切都是精心安排的。靠近我们一边的是刚出锅的西红柿炒鸡蛋，还有香喷喷的卤肉配烙饼，他们那边则是昨晚的剩菜。我伸手调换，岳母急忙制止说："这是专门给陶阳准备的，他最爱吃这个了！我们不吃！"岳母絮叨着搬出电视里的健康知识，还一个劲儿地叮嘱："快给孩子喂啊！他自己吃不上！"两人急得要轮番上阵，这让我隐隐有些不快。

等安兰回来，一切水落石出。原来岳父岳母想让孩子多睡会儿，早晨总是很晚才叫他起床，为赶时间就帮着穿衣服。所有训练都退回起点，我憋了一肚子火。一再强调要想办法锻炼孩子的独立能力，岳父岳母根本听不进去。而安兰更担心的是孩子的学习。以前的幼儿园注重生活技能训练，这里却早早开始了文化学习。陶阳没学过数学和英语，适应起来相当慢。联想我和安兰自身的状况，我们又觉得孩子不能有太大压力。

我决定晚上带孩子去超市转转。安兰想开车去，我坚决反对。岳父岳母家附近是典型的乡村道路，况且又是夜间开车，我实在没把握。安兰笑着说："我都带陶阳进城补了两次牙了！"我很惊讶，也很佩服，同时提醒她勿忘谨慎小心的原则。最后我们还是选择了坐公交车，这是陶阳最喜欢的出行方式。

尽管这里地处市郊，在我眼里也很繁华。街道上灯火通明，来往车辆络绎不绝。路两旁挤满了商贩，多是附近农民担着自家水果叫卖。此时正值石榴上市，又大又红的石榴很吸引人。下了公交车，陶阳迫不及待地冲进超市。我们买完日用品，陶阳赖在玩具区不走。岳父对孩子有求必应，这几乎是打开了"潘多拉魔盒"。我没理他，转而和安兰商量起买电脑的事来。电脑小黑宝刀已老，目前，数值实验做不了，陆森推荐的北电网登不上，数学和英语学习都受到影响。我提议去电脑城看看，安兰笑着说："现在谁还去电脑城？网上就可以买了！"

好不容易从超市出来，我注意到门口卖石榴的老人还蹲在原地，两个竹筐里的石榴原封未动。与其他商贩不同，他既不叫卖，也不揽客。我小声说："买几个石榴吧！"安兰不解地说："家门口就有卖的，还比这个好。"我笑着说："多少买几个吧！"她没有反对。老人见我们要买石榴，慢吞吞地站起来拿袋子。安兰想挑，他要求挨个拿。安兰说多的五毛钱就不要了，他坚持要给我们找钱。看到后面摊位的石榴又大又便宜，安兰话锋一转说："我知道你为什么要买，你想起了爷爷，是不是？"我笑而不语。自从我爸妈得了姥爷的种瓜手艺后，我和爷爷包揽了卖瓜的活儿。那时整天东跑西颠，巴不得路人能停下来买点儿。爷爷和这个老人一样，即便剩再多瓜也不愿降价。当时我不理解，现在明白爷爷开榨油厂起家，做生意讲究公平，可这种策略用在卖瓜上很不合适。

回家打开石榴，从不挑剔的岳父都说不好吃，岳母听了，马上叮嘱岳父："他们不会买，你明天出去买几个回来！"我只得连连劝阻。我和安兰都是独生子女，但几乎过着两种极端生活。我从三年级住校就开始独立生活。而安兰上大学前从没离开过家。我从小体弱多病，住校时通过跑步改善了体质。而安兰原本体质不错，在岳母的照料下，隔三差五就得去医院打针吃药，直到离家后才有所好转。

尽管我对岳父岳母溺爱孩子保持高度警惕，却也难以阻止陶阳的"原形毕露"。起床非要大人给穿衣服，饭不喂就吃不到嘴里。大人这边举着筷子，他那边就玩去了。加之岳母整天念叨着：这个是给陶阳的，那个是留给陶阳吃的。我几乎到了发火边缘。预想的培养计划轰然倒塌，我甚至后悔着急买了电脑，心想还不如放弃学业，回家带孩子算了！安兰冷静地说："自孩子出生，你每年大部分时间都在戈壁滩。除了遥控指挥，也并不能产生多大作用。即使我们现在回去，结果也不过如此，因为都没时间管孩子。"听到这儿，我沉默了。

临行前，全家出去吃了饭。一路上，我和安兰对着陶阳轮番批评，算是对岳父岳母的委婉提醒，希望大家共同努力帮着孩子培养些好习惯。现在是不该关心的地方太关心，真正要用心的地方又不用心，但老人能听进去多少就不得而知了。岳母自幼丧母，从小缺乏关爱，又特别好强。岳父家境贫困，退伍后又进了工厂，生活才渐渐得到改善。想想他们的经历，我对这些行为多少能理解。然而问题终究要解决。我们在改变，孩子也在改变。只是目前来看言传不如身教，讲得再有道理，孩子没阅历听不明白，最好还是用行动帮他养成好的习惯。最后商议每天跑步，以此锻炼毅力。陶阳接受了挑战，同意在我下次回来前，达到五圈标准才能买玩具。

# 8 交作业

  天空下起小雨。一上火车，我就拿出数值分析教材学习。自从进入线性方程组后，学习彻底脱离轨道。我是个实用主义者，习惯于先理解知识点的用法，可这种方法目前很难奏效。因为除了解题，我暂时还找不到各类公式的其他用途。半路上，高中同学包哥再度来电慰问，我坦言："状态很差，能不能毕业都难说。"包哥安慰说："以你的工程背景，随便拿点什么出来不都是成果？"我无奈地笑着说："这根本不是一个套路！"想当初豪情满怀，现在能修够学分拿上毕业证都是奢望。

  夜晚冷风不断，我几乎一夜未眠。第二天一早，隔壁大叔大妈热络地打开了话匣子，这边的年轻人则继续保持"自我隔离"的状态，我恰好处于两者接合部。回想当年我上大学时，坐火车很遭罪，还要警惕扒手和骗子，但邻座间也会相谈甚欢，甚至还会互留联系方式。如今这样的行为显得有些唐突。感觉就像在校园一样，想交流又怕误解，所以我也不太爱说话了。即使大叔们聊天有意带我，我也只是礼貌性地插句话就回避了。

  从万春园地铁站出来，地面满是积水。考虑到背包里的新电脑，我准备打的回去。司机好心告诉我西门的士进不去，得绕远路去东门，划不来。最后我就这么在雨中狼狈地向校门走去。没想到万春园景区这么近，我却从没有留意过。幸运的是进门就碰到了校园巴士，也算乘车逛了校园。由于对大部分地方都很陌生，我只得频繁询问司机和其他乘客以免错过站点。

回到宿舍，我换掉湿衣服就赶去上科研伦理课。这次课是作业展示，内容是关于人工智能能否超越人类的话题，讨论十分热烈。第一个同学的作业条理相当清晰，但听起来有些枯燥，因为通篇都是介绍文献上说了什么。我对自己的作业很满意却没有站起来的勇气，因为终于明白了大家的差距。大部分同学的发言像是学术报告，不管观点如何平淡，无一不是通过阅读大量相关文献得来的。而我那些观点全部来自神奇的想象力，相比之下，新颖得有些"花里胡哨"。

有个不善言辞的同学恰巧坐在我旁边。谈到智商、情商、逆商时，他径直走向黑板画出一个套一个的框框，最后以一个想象力的大框将所有小框囊括其中。发言末尾，他激动地说："有人不爱说话，因为事情摆在那里。"课间休息时，我有意夸赞了他画的那张图，又问他为什么要用智商涵盖逆商和情商呢？他思索良久后缓缓说道："之前不是先有智商吗？后来那些智商不行的人不就搞出来情商之类的吗？"我笑着说："应该不是先后问题吧？不管有没有被发现，它们应该都在。"他再次陷入沉思，最后坚定地说："只要智商高的，情商、逆商都会高的。"我倒觉得情商补得了智商，智商却补不了情商。

课后匆忙冒雨赶回宿舍写作业。手头还有两门作业没提交。数值分析前几道题还有点思路，但关于函数误差运算，我怎么都找不到要点，我打算先搞定仿生学作业再说。上次组会后，我问喜妹要了上届师兄的秘籍，心想：只要不动声色地用好"移花接木"法即可。然而仔细查看作业后，心头掠过丝丝凉意！作业题目都做了改动，还增加了好几道题！大量旋转矩阵只要变了次序，对我来说就是个噩梦。

窗外的雨一直下着，气氛真的不算融洽。我目光呆滞地坐了半天，决定还是试试，总不能不战自败吧！我已通过自学课件直面过"审稿困境"，可这一次翻阅数遍课件都找不到头绪。这两门课差别太大。审稿可以避开细节，而仿生学作业核心内容就是细节。比如机械臂几个轴怎么动？坐标系怎么变化？用数学方法表征这个过程，正是让人搞不懂的矩阵理论。老师推荐的教材全是英文版，而反复阅读课件并结合练习题的办法有点效果。不过整整一晚上只搞懂一道题，恐惧再度死灰复燃。

　　眼下只能求助别人。在看重成绩的同学中，我如何开口呢？这可是专业课。我决定先向邵伟求助，作为大哥应该可以从他那儿找点突破。邵伟有些紧张，只给了几道题的解题思路，反复嘱咐要参考不要照抄。但这点水难解燃眉之急啊！最后我只能厚着脸皮再次求助喜妹，喜妹毫无保留地把她的作业都发过来了。单看人家作业的整洁度就让我佩服得五体投地。虽然最后勉强对付了作业，但我决定无论如何要向老师摊牌。刚走了个美院的，接下去可能就是我了。

　　赶在课前，我就猫在门口等着老师。望着来来往往的人群，内心十分忐忑。退课实在难以启齿，毕竟是导师"钦定"的课。可如果拿不下来，不如提前放弃。等老师从楼梯间走过来，我赶紧上前委婉表达了"想学好但基础差"的窘态。谢老师笑着说："别着急，只要跟得上就行。作业也不要有太大压力。只是成绩想要太高可能不现实。"老师如此宽宏大量，我哪敢奢求好成绩呢？大不了就像数值分析那样蚂蚁啃骨头吧！课堂讲解作业时，忽然有了跟在队尾的感觉！看来之前的学习也没白费。这不就和孩子学穿衣服一样吗？面对困难只满足于精神解脱远远不够，还得沉下心从每个细微动作入手。

　　第三次科技论文写作课，我也终于找到了队伍。本次课是交流和讲评作业。现场气氛活跃，同学们分享了很多审稿方法，让我明白了同为新生的差距。人家不仅对专业非常熟悉，很多评审意见都得到周老师的高度赞扬。周老师特别提醒说："参考文献一般列出二十五篇左右比较好，太少显得不了解这个领域。"这直接把我吓蒙了。我一直以为参考文献不过是装点门面的，罗列这么多有什么用呢？

不过考虑到反面案例也能有所启发，我鼓足勇气也上了台。谈及对公式的误解以及审稿时面临的困境，大家都忍俊不禁。课后，我找到老师坦承底子太差，作业完成得不好。周老师说："你有勇气站起来就不错。学习需要慢慢积累，看多了就好了。"我如实说了自己的困惑，特别是对于可能做不出科研成果的担忧，周老师安慰说："以你的经历肯定没问题，你现在就是缺乏系统的专业知识和技能。从下节课开始就由高老师讲授英文写作技巧，遇到困难和老师多沟通。要对自己有信心，你一定可以做出与众不同的成绩来！"老师温暖的鼓励缓解了我的焦虑，可心中的疑问挥之不去：经验能在这里用上吗？

英语交流活动因预约火爆再度错失机会。无奈之下，我们选择课后去现场"捡漏"，正巧门口只有两个小伙，热心的南非助教祖玛招呼大家一起进去。祖玛热情豪爽，不过口音让人蒙圈，大家面面相觑接不上话。我尝试以访谈形式让场面活络起来。祖玛介绍了和非洲人沟通中最常见的误区就是称呼，非洲由许多国家组成，礼貌做法是记清楚国家名称，而不是全部冠以非洲。气氛一下子上来了，我也聊得停不下来，后来才注意到那个主场小伙一直面露愠色但也不开口，我惊觉自己喧宾夺主，忘了顾着旁人，但也只得硬着头皮把时间拖到终点。出门后，另一个小伙问我是否准备留学。

虽然这不过是沟通技巧娴熟而非语言功底扎实，我也享用了这难得的夸赞。然而小组内这种对话不均的状态亟待改善。眼下英语课堂重点从背台词切换到发音训练，这明显超出小组能力现状。我建议采用扬长避短的策略：暂时放弃对发音的纠结，将主要精力放在听说训练上。具体方法为每次找助教交流后，还可以就感兴趣的话题再讨论，争取每人都有更多开口机会。大家纷纷表示赞同，瑞仔当即把小组名改为"Deep Talk 小组"。这是模仿了学校的"Top Talk 访谈"，以此作为大家的奋斗目标。

问题逐个得到解决，我的信心开始恢复了。准备推进数值分析作业，却发现写了一半的纸稿作业落在了家里。想想反正手写也是最后一次，干脆直接迎难而上！于是我从编辑平方公式开始，如履薄冰地向电子版作业迈进。看着公式被分解再逐一显现在屏幕上，成就感溢于言表。尽管只是录入了几道题目，我却激动到忘了吃饭。赶往龙香园途中，我又看上了一门选修课。这门课涉及创新研究、管理思维、人文社科等不同领域，听够七次课就能拿到学分。只是目前已讲了两次课，接下去一次课都不能逃。

最近我在宿舍附近的小树林开辟了新场地，日常锻炼得以恢复。晚上出门锻炼前，研会群里发来选岗通知，每人三个志愿，可以选择不同部门，我正犹豫该如何选择时，组长又以负责人身份盛情邀请我加入后勤部。但我的初衷是去接触学术大牛，所以最终选择了国际部，只把后勤部填作了第二志愿。刚到小树林，就接到顺仔的电话。顺仔是我高中兼大学同学，毕业后留校工作，这两年又从院校调到机关，一路顺顺当当。顺仔刚得知我读研的消息，正好高中同学阿磊也来北京了，想组织大家聚聚。考虑到目前状态仍不稳定，我只能婉言谢绝。很快阿磊也打来电话，原来他是以访问学者身份进修，想旁听京新大学课程。当年桀骜不驯的阿磊转身已达到这个高度，我庆幸自己没冲动退学。

第二天一早，培训办在东操场组织了出操。解散后，瘦博士咧着嘴问："课听得咋样？"我摇摇头，说："崩溃边缘！"话没说完，瘦博士剧烈地咳了起来。他叹气道:"最近不知怎么了,感冒两次了。"胖博士说:"戴口罩!你看我们都戴口罩了!"瘦博士焦急地说:"你俩啥时候买的?咋不叫我?"胖博士说:"他是从家里带来的,我是媳妇给买的。"我笑着说:"人家后勤搞得很不错啊!你这回去该讲评工作了!"大家都笑了。瘦博士随即跳上胖博士的车后座走了。其实把咳嗽当作自身需要锻炼的信号也未尝不可。陶阳也开始跑步了,整个计划向前迈进了一大步。

研会选岗毫无悬念。组长周末发来贺电并相约晚上在临风园聚会。考虑到群中数百人的体量,我犹豫着要不要参加。当初幻想交四海朋友,机会来了又想退缩。眼下数值分析作业完成多半,编辑公式还有些上瘾。在目前稳中向好的局势下,我是该谋求些新突破了。

天空下着蒙蒙细雨。我骑着小黄车艰难找到临风园餐厅,进门就寻思着我"早龙香晚龙香"的生活规律是不是也该换换了?现场只来了五六个人,我一来,对面同学过来给我添茶倒水,让我非常惊讶。原来小伙曾在知名大企业工作,后来选择辞职读博。天南海北聊起来,我那好为人师的毛病又犯了。先是大谈智能手机将时间切割得支离破碎,此后又将火力对准社交软件,坚称发朋友圈没意义。我越说越兴奋,直到看到组长沉默地低头看手机,忽然意识到这不就是英语小组讨论的场景再现吗?虽然初心是想当个避免尬聊的救火队员,结果谈话完全被自己把持,让别人无话可说。

晚上安兰打来电话祝我生日快乐,我这才想起自己正式迈过了三十五岁。安兰刚带陶阳跑完步,陶阳哭着说想我,安兰情绪也不高。细问才知道家中近来极不安宁。据说岳母一听别人谈论房子就受刺激,谈任何话题都要往买房上引。此外安兰听不懂课,担心考试过不了。我分析后认为她没拿出应对方法,完全是自身不努力的结果。冷静下来想想又感觉不妥。安兰只小我一岁,她面临的压力同样不小。而我所谓的指导尖锐严厉，那不过是一种居高临下的指手画脚。

我给爷爷打电话，他们身体都好。只是奶奶似乎忘记了我的生日，奶奶以前能记住每个人的生日，如今连电话也不爱接了。现在正值农忙时节，二姑在连队开商店，三姑忙着秋收。家中只有两个老人，想来十分难受。刚放下电话，导师发来消息问起软件学习的情况。我一度惊慌失措，期盼着千万别再来新活儿了。不过当得知任务后，我立刻恢复活力，总算能做件力所能及的事了。

# 9 向科研迈步

新任务非常简单。合作工厂的刘师傅在学校附近培训，临近结业想来校园看看。我一早在东南门外接上人。说来十分惭愧，在校园待了两个月，却连校内景点都不知道。好在刘师傅多年前就来过，对几个地方还有些印象。我们靠着导航一路向老校门走去。刘师傅是来院校参加高级技师深造，面对理论学习和数控编程同样"水土不服"，所以话题一打开，我们就停不下来了。

相比我的困顿窘迫，刘师傅显得气定神闲。他相信经验丰富的优势，尽管目前看来学生更胜一筹。刘师傅说："学生对很多问题理解并不深刻，有些知识在学校看似没用。到了实际工作中，才发现自己的理解有偏差。"想起课堂上对智商和情商的讨论，我感叹道："其实学生生涯不过五到八年，回到社会却要学一辈子。"我们都觉得以后遇到的实际问题才是最佳的学习方式。

沿着老校门附近转了一圈，刘师傅在每个景点都拍了很多照片，说要带给孩子看。遗憾的是走了一路却没有找到荷塘景观，后来询问路人才得知已经偏离很远。于是我们顺道在典雅气派的史文思学院（国际人才培养教育学院）门口照了相。送别刘师傅时，我还有些不舍，不仅是他的鼓励，还有一路的深刻启发。身处美景却视而不见，这是缺少豁达的表现。回想地方施工队在戈壁滩灰尘弥漫的板房里还能摆着茶具淡定喝茶，这样看来以苦为乐并不是空话。

眼下暂时解决了怕公式的问题，可数值分析始终"消化不良"。当务之急是尽快摆脱"双拐"，真正实现"直立行走"。本打算利用科研伦理课"补补钙"，拿着教材却沉不下心去。课堂上科研失范的案例实在鲜活有趣。讲完最新案例，谭老师提议随堂写出日常中遇到的科研失范行为，同时打开e课堂（线上课堂）的弹幕，提高参与度。同学们议论纷纷，我是一脸疑惑。当现场大屏幕上滚动闪过一条条评论时，我这才恍然大悟。随堂作业只有五分钟，我随手写了工程实践中的问题当作业。突然想到这个失范的"范"不就是数值分析中那个百思不得其解的范数的"范"吗？说白了不都是规矩吗？

谭老师计划选几个作业详细讨论。同学们对论文、实验环节把握得非常精准，这帮助我很快理解了很多与科研有关的细节。随着一个个精彩评论出现，老师决定挨个过。我立刻紧张到汗毛直立。"这个就算了，不讨论了。"老师话音落地，我长舒一口气。应该是我的作业，因为内容看起来和写论文没一点关系。马上就要下课，此时刘博的朋友圈赫然写着：上课还能发弹幕，这个操作真的妙！这门课除了我俩，其他同学都是汽车系的。

就在这时，忽然听到谭老师说："把简单问题复杂化和把复杂问题简单化应该都算是失范行为。这是谁的作业？叫什么名字？"老师提高了嗓音，向台下问道。我慌忙举起手来。谭老师笑着说："非常好！大家看看，这个简单的问题复杂化，个别博士生是不是这样干的？用一堆公式、图表包装出一个其实没有价值的结果。"由于担心出现棍扫一大片的局面，我赶忙示意："问题主要限定于工程领域，可能和论文没太大关系。"还没说完，下课铃声响了。

谭老师问："你下节有课吗？等我收拾完，咱们再讨论一下！你提的这个问题非常有意义。比如就简单问题复杂化能不能阐述出案例来？"我的意思是工程领域许多成果只是经验总结，由于缺乏完善机制更容易出现偏差。谭老师一路仔细聆听，并不时发表意见。我说："用在工程上内涵简单，可与科研失范行为有所不同，同学们的认识非常深刻。"谭老师笑着说："同学们缺乏工程实践经验，这也是他们的短板。这样，你把观点写下来，以后可以补充到我们的案例库中。"

想到我的经验终于能派上用场，心中无比激动。路过文苑楼时，心情稍稍平复。原本交代陆森预约助教的事迟迟没落实，我干脆顺道去一趟。不料一到现场就"捡了宝"。门口签约表上还有大段空白，没想到唯一的北美助教杰克也是空着的，我直接签下两段时间。通过近期训练来看，口语能力的提升并非一朝一夕可以完成。我计划改变口语练习策略：每人轮流确定话题并担任主持，以保证大家有话可说，避免一个人唱独角戏。

回到宿舍，我即刻动笔写案例，却发现想把一个观点表述清楚并非易事。工程属于知识应用，由于实践条件复杂，往往很难给出对错判断。复杂的问题很可能并不复杂，而简单的问题也并不简单。有时候需要化繁为简，有时把简单问题复杂化也会有新发现。然而不可否认的是，很多领域也存在着避重就轻和故弄玄虚两种情况：明知道需要小心谨慎却因为怕麻烦而简单对付，明知道很简单的事但偏要弄得花里胡哨。比如管理中人的工作最复杂，需要高超的管理技巧和人文关怀，管理者却容易以简单说教了事。反倒是人际关系本该是很简单的事，却在各种考量中变得十分复杂。生活中又何尝不是这样呢？教育孩子同样是个用心费神的事儿，比如现实中常遇到的要么打骂要么溺爱。所以现实问题探究起来都不简单。然而无论是科研还是生活，追根溯源大概都得回到初衷上来寻求答案。

周三晚上是科技论文写作课，我在赶往六教的路上，顺路又去了趟文苑楼。本想看看能否捡漏，结果发现我们的时间段居然被别人捡去一半。端详许久，大概是我的签名没完全覆盖到上半段，导致它看起来像空的。更突出的问题是当天时间段被占满，这意味着如果运气差点儿，连进门机会都没有。这样的经历我们已经有了两次。左思右想，我在群里提醒那一组同学及时调整，同时发出倡议请各组控制好时间，切莫让下一组等到抓狂。

科技论文写作课开始重点介绍科技论文发展史，博学多识的高老师讲课引人入胜。原来论文不过是一种标准化工具，目标就是以大家公认的方式将你的成果展现出来。印象最深的是国外某老师指导学生发了大量高质量论文的事迹，老师说还带回来一本"葵花宝典"可以发给大家。我窃喜，如果能掌握此方法，学位证又有盼头了。然而打开网络学堂就蒙了，课后作业是翻译一篇19世纪的论文。这已不是词汇量的问题，到哪儿找这种古老文献呢？

请教欣雅后，我才知道原来图书馆网站才是宝库！上面不仅有大量文献，还有各类专题讲座，再也不用四处求教了！可惜外文文献找不到，欣雅给了我一篇1820年的研究文献。这篇文献虽然年代久远，但内容并不难理解。当时人们普遍认为冬天伐的橡树比春天伐的橡树质量好，于是作者通过对比试验来验证这个结论。读完文章恍然大悟，这不正好诠释了如何探索科学规律的具体方法吗？回味课堂上老师讲到的工程师与研究人员的思维差异，忽然明白之前的许多困惑都源于此。查阅作者生平更让我惊讶，他是牛津大学的高才生，却一直从事园艺学研究，一生秉持实用原则，对果树的改良做出了重要贡献。看来工程与科研之间并非"泾渭分明"，希望自己能早日跨越这道鸿沟。

上完课刚回宿舍，保安上来让我通知舍友尽快离校。小伙儿终于完成答辩，随即重启了"乒乓生活"。我也恢复了进屋戴口罩的"防御状态"。还没来得及坐下，我就注意到英语群里有了回复。对方毫不客气地指出我的签名问题并附上原图。来者不善啊！本想分辩，转念一想算了吧！回道：你赢了！"It's your time now！Have fun！"对方用英语表达感谢，我仅用"Pleasure"一词做了回复。这是从讲座上学到的技巧，据说能让口语听起来"高大上"。近期学英语的最大收获是理解了语言背后的文化内涵。有些表达方式往高了说叫礼貌，往低了说就是虚伪。明明是想骂娘的事儿，还得强压着怒火让自己显得大度。

英语交流前，我还有两场数学讲座要听，夹杂在讲座间的这十五分钟就成了鸡肋。一番乾坤大挪移，我总算踩点赶到，然而站在门口的瑞仔示意里面还没结束。我们就这样眼睁睁看着时间被蚕食干净。正好马老师路过，得知情况后她建议直接进去。我们犹豫着敲门进入，两个女生正在改作业，她们说上一组也推迟了十分钟。虽然两人出门时表达了歉意，可留给我们的时间已不足三分钟。我开门见山地问："在国外小孩是不是都要承担家务？"杰克说："差不多是，也要看父母态度。"这时一个阳光男孩推门而入，向杰克打完招呼就站在一旁。无奈之下，我们只得起身告辞。

交流再度失败，让人颇为沮丧。瑞仔提议不如周末去参加"未来科学家大会"长长见识。打开报名链接，我立刻平复了心情，大会涉及量子力学、人工智能、数学等前沿学科，规格相当高。只是门票折扣低到让人不敢相信，上千元票价凭学生证居然只要二十五元。这点钱吃不了亏上不了当，先报名再说吧！唯一的限制条件是正装出席，这下又有理由网购了。最近借助网购，我已成功实现"足不出户"。

晚上史文思学院有一场新加坡教授带来的前沿讲座。赶到现场发现门外聚满了人。我上前一问，他们都是外校学生，要等里面有空位才能进去。本校学生凭学生证领取一个标志就可以进入。穿过大门，即进入典雅大方的中央主厅。主楼有三四层，讲座地点在地下一层。报告厅已坐了不少人，因为询问空座的话用英语怎么说，一时也想不出来，我只得挑了前面没人坐的位置坐下。

讲座主题是《探究第四次工业革命及其影响》，涉及人工智能、信息化等热门话题。很多专业内容听不懂，不过我的过往经历似乎开始冒出"新火花"。回想新技术的普及之路坎坷漫长。从我第一次接触286计算机到网吧遍地开花，再到个人电脑走进千家万户，这期间至少历经了几十年。如今智能手机加速了这一过程，甚至让中老年群体也成功"入伙"。然而当人们沉浸在虚拟世界，离现实越来越远后，会不会抑制其创新能力？一句话：技术会不会杀死自己？在交流环节，我抓住了提问机会。然而以我当时的英文水平，既问不出精细的问题，也听不懂复杂的答案，最终不了了之。

周末小组结伴去了盛会现场。原来大会名称是"未来科学大奖"，用以奖励在相关领域中做出突出贡献的科学家。本次授予的奖项为量子力学、生物学和数学。颁奖现场人山人海，入场和就座都需要排队等候。说到中国量子力学的开山之人，我特意拿出手机搜索对比一番，确认就是台上获奖者，这才相信了活动的真实性。前两个奖项人气很高，但持续时间太长，以至于颁布数学奖时，前排大佬都有离场的。当主持人介绍此次获奖者是"80后"的年轻人。这瞬间让我这个台下的"80后"不淡定了。获奖者随后的演讲果然不同凡响，深奥的数学问题被他"肢解"得通俗易懂。演讲过程中，会场不断有人离开，这应该和数学给大众的印象有关。相比前两个专业性过强的大奖，这门基础学科才是吸引我来参会的目标。

颁奖典礼后是主题演讲活动。人工智能会场最火爆，一群西装革履的人挤在门口进不去。我去了几个冷场，其中有个讲座提及儿童教育。演讲结束后，我本想上前请教问题，转眼间嘉宾已被冲到台上合影的人群包围。我们就在拥挤的人潮中简单对了话。我感觉孩子的学习过程好像并非单纯依靠语言。嘉宾说他也注意到这种现象，但自己并非儿童教育专家，很多问题也不能肯定。

舍友走了，我重新调整布局后，宿舍变得整洁有序。只是地面灰尘太厚，仅凭半截扫把头无力应付。马上到"双十一"了，正好买些清扫工具。此外，我还入手了一套茶具，以此作为开启新生活的标志。不过家中却传来坏消息——陶阳流鼻涕了，电话里他的声音明显不对，我有些担心。

# 10 赶上步伐

临近中期，英语交流的"堰塞湖"状态得到极大缓解，小组得以体验到不同风格的助教。来自印度的阿尼口音难懂，但认真负责；活泼开朗的丹麦华裔助教林妮分享了自己如何走出抑郁的经历。出于现实所需，我最关心的话题是孩子的教育。最终我发现，尽管教育方法上有差异，但各国父母对孩子的期盼都是一致的。当然国外也有父母对孩子完全放任，可这并不是社会主流。而中国家长的大包大揽，在国外家长看来也是不妥当的。所以好坏并无明确标准，相互都有可取之处。在培养孩子独立性方面是我们要借鉴的。

坏消息很快接踵而至。陶阳病情加重，晚上咳得吐了一床。听说岳父一晚上给他盖了八次被子，我是又急又气。孩子明明怕热，却偏要盖厚被，他们还将孩子蹬被子归因于跑步，所以早不让孩子跑了。安兰最近和岳母频繁争吵，她不想再为这事引发不快。我只得亲自上阵劝说岳母别把孩子带得太精细。岳母说："医生说要多喝水少剧烈运动！孩子晚上冻得发抖也不敢吭气，安兰回来就为这吵架。"任凭我百般解释，孩子要通过锻炼来增强抵抗力，她一概不听，最后我说："要是大人睡不好觉都生病了，谁来管他？"岳母这才勉强同意给孩子换薄被子。可对于恢复跑步的建议，她说什么都不答应。

疲惫不堪时，我想到了图书馆音乐导聆。小时候总把音乐当副课，现在才知道离艺术有多远。这次导聆内容是莫扎特《魔笛》片段。现场只有一块小黑板和一台音响设备。老师先讲解创作背景和表现手法，然后放一遍音乐。尽管没有歌词也缺少画面感，沉浸其中却产生了奇妙体验。我整个人慢慢放松下来，甚至体会到了余音绕梁的美妙感觉。而脑海中的问题也在萦绕：作品靠什么力量成了不朽经典？科技对艺术有什么作用呢？机器人可以创作吗？

在答疑环节，等现场提问的人少了，我趁机说出了疑惑：在教育培训手段不断丰富的情况下，为什么流芳百世的作品少了呢？这个问题让现场议论纷纷。老师坦陈很多作品差别明显，一听就知道是现代人创作的，但想探究原因并非易事。课后有人特意过来找我交流。"天赋说"占据主流，我倒认为不应忽视环境对艺术的影响。舒适安逸的生活会不会制约创作？至于机器是否可以创作之类的问题，因为学科跨度太大，我没好意思问。

带着这份"小有收获"的喜悦，我去了仿生学课程，没承想又遭遇意外。谢老师布置了一篇论文以备后续讨论。我在课间紧急向喜妹和大立求教,他们一致认为最好的老师是翻译软件。不知是不是听到了我的"呼救",再次上课时,谢老师特意谈起个人留学经历。他说国外学分要求很少,每学期只有一两门课。但学习非常辛苦,因为基础知识全靠自学,课堂只围绕应用开展。谢老师由此引出了培养目标是知识传授还是能力锻炼的差异。这场及时雨缓解了我的焦虑。知识是死的,应用却鲜活生动。七个固定音符就能幻化出奇妙的音乐世界。看来被基础羁绊只是一时之困,如今懂了点方法也感觉慢慢踏上了科研之路。

阴霾很快一扫而空。我的数值分析作业竟然得了 9.5 分,这让陆森都有些沮丧。其实原因在于我的推导步骤更详细而已。左老师还通报了两个作业相同的同学,当堂宣布:成绩无效,下学期重修。我庆幸自己当初下决心啃"硬骨头",不然"擦边球"还得一直打下去。这次在课堂听懂了百分之八十的内容,真正体会到了重拾信心的喜悦。

从教室出来,我迅速赶回实验室。导师安排我们三人去西楼搬电脑,思宇和邵伟都在兆业楼等我。关于如何将电脑从西楼搬到兆业楼出现了分歧。他们想用小推车多搬运几趟,我主张求助快递三轮车一趟干完。无奈附近快递小哥都闲不下来,最后只得向物业借了小推车。来到西楼门口,再度出现分歧。两人计划合力把小推车抬到楼上,先装一台电脑再抬下来。西楼没电梯,光爬楼梯就得崩溃。我觉得是时候展示一下"指挥才能"了,于是安排邵伟留在楼下看车,我和思宇去搬电脑。结果到楼上才知道只搬两台,连"秀肌肉"的机会都没有。

中午还有选修课,我匆匆赶到百合园餐厅吃午饭。排队等餐时,听旁边女生感慨自己三观已定,不可能再改变,我忍不住笑了。如今渐渐摆脱"套餐模式",我的生活明显有了新变化。芬芳园的包子,观潮园的酱排骨,百合园的大碗骨汤,美味改变了我对大学食堂的刻板印象。回想初来时的不适，感觉生活还需要多样性。年轻时以为理解本质就掌控了全部，其实放回生活不是一回事儿。比如就幸福而言，并没有统一标准，你可以认为做出研究成果很幸福，厨房里这对夫妻今天多卖了百十块钱也是幸福。具体的表象都有不同的特点等待发掘和体验，这并不是简单用本质反推回去就能理解的事情。就好像总结公式和应用公式都有意义，并没有孰优孰劣的问题。

本次选修课是由建筑学院老师讲建筑师的职业技能。我在建筑行业干过不少年，还险些葬身于塔架下，这个职业真谈不上美感。排队打完卡，我找了个角落坐下，准备攻克仿生学课程上老师布置的那篇论文。

然而第一次阅读长篇科技前沿文献很不顺畅，读了很多遍都沉不下心来。此时听老师谈及建筑的艺术作用，我一时又来了兴趣。联想到机械前沿课程中介绍的工业4.0，忽然意识到艺术的价值就在于非标准化和不确定性，这与工业化所追求的目标完全相反，大概这也是人类技能中难以被机器取代的部分。课后交流时，老师认同未来艺术领域的大发展，强调浮躁的社会风气最终会洗尽铅华，回归平静。我忽然意识到浮躁大概也是制约创作的因素之一。如今外在的物质条件丰富了，内在的宁静却少了。仔细想来这些特征也存在于自己身上，比如有了一点成绩就想显摆，却忘记了真正需要的是什么。

近期英语授课重点又升级为课堂表演。马老师要求各组自行选择电影片段进行表演，两个男生跃跃欲试，但这个作业我想想就头大。不过最后由电影情节引出的家庭问题倒引起了我的兴趣。老师感慨：引发家庭矛盾的双方往往都想赢，最后的结果却是两败俱伤。正好刚刚斩获诺贝尔经济学奖的泰勒在《赢家的诅咒》里也有类似观点——赢就是输。这与东方辩证思维不谋而合——赢在现在却输了未来，或是赢在局部却输了全局。我觉得放在家庭关系、孩子教育上都相当贴切。

063

有几个同学也对这个话题挺感兴趣,但下课铃声已经响起。马老师下节还有课,实在不忍占用她的休息时间,大家一路边走边聊。他们的儿时记忆中已出现辅导班,印象最深的是父母逼着跳舞或练琴。安兰最近也想给陶阳报辅导班,我一直没同意,总担心强迫孩子学习会引发反感。尽管这些同学都表示现在很理解父母当时的做法,但我依然心存疑惑。说话间,我遇到几个中年女游客。她们正捡起地上的落叶,玩斗叶梗游戏,欢乐的笑声不时引来路人的侧目。我的儿时记忆中几乎填满了这类游戏,我更希望孩子能有个快乐的童年。不过对比现状,又让我快乐不起来。这些同学都是文科生,准备回去睡个回笼觉,而我这个理科生却要忙着准备组会。

尽管聆听博士的交流压力很大,但我也长了不少见识。小孟介绍了机械臂,小宁分享了国外进修收获。大师兄从不出席,据说因刚达到毕业条件而压力巨大。开朗的阿星以不学MATLAB(一种数学软件)著称。吕博士是这个方向上成果最丰硕的学生,最近刚发表了一篇高影响因子的论文。这次轮到吕博士交流,我听得格外认真。他的讲解让我理解了更多技术细节,遗憾的是他讲得太全面,感觉我近期的文献都白看了。

交流结束前,导师意外说起了礼节问题。原来导师带的本科生最近"乌龙频出"。几个准备交换出国的学生给国外老师发邮件时,要么只有附件没正文,要么全是中文。更有甚者,宁愿待在宿舍打游戏也不愿出国学习。大家听后议论纷纷。导师生气地说:"给学生讲过很多待人接物的道理,这样的做法确实让人难以理解。"我接话说:"年轻人可能需要历练才能明白。"原本是安慰老师的话,刚说出口又后悔了。在座的都是年轻人,我总在不经意间摆错位置。组会马上轮到新人,我连一篇英文文献也没找到。吕博士建议先用中文文献打好基础,他答应发给我几篇,这让我松了一口气。但我心里清楚这不是长久之计,我总得学会自己找文献。

正好晚上图书馆有"核心期刊投稿导引"的专题讲座，我早早到了现场。没想到这个"大礼包"相当不错，包括数据库介绍、查阅文献、选刊投稿等一系列内容，解决了我的诸多困扰。一番小试牛刀，我很快就找到了欣雅发给我的那篇论文。激动之余，注意力也开始放到顶尖杂志上。兴致盎然地打开《自然》杂志，虽然被泼了盆冷水，但内心异常激动，至少我已经找到专业研究的大门了！

天气越来越冷了。一夜之间，主干道两旁又挂满了五颜六色的条幅。"高智慧生物"打造出既符合专业特点又颇具调侃意味的标语争奇斗艳。在这个颇具喜感的"男生节"来临之际，我的新生活也正式启航了。去快递点取茶具的路上，心情轻松愉悦。路旁的垂柳依然翠绿，银杏树却已满树金黄，河岸的爬山虎换上了紫红袍。远远望去错落有致，层次分明，美不胜收。

茶具虽不精致但明显改变了房间气质。我用了五桶水才将地面变回原色。在水房洗纱窗时引来很多人惊讶的目光，不知是因被染黑的洗漱池，还是我的勤劳能干。有个同学问："你是不是选培生？"我满心欢喜地问："怎么看出来的？"他说："年龄大些。"这倒提醒我很久没在意过这个问题了。如今学期过半，个人状态大为改观。回望来时之路不免感慨。尽管这个适应过程有些漫长，终究也迈向了新阶段。我甚至担心自己又陷入舒适区，反而丧失发现新问题的机会。

## 11 快马加鞭

机械前沿课只剩最后一节课。听老师讲解润滑知识时，我想起了和同事杨工做过的润滑油老化实验，当时实验设计过于简单，结论也不可靠。认真听完课后，我觉得有了探究答案的机会。课程作业要求任选主题或结合本人研究方向写一篇论文。助教提醒会查重，让大家务必独立完成。我觉得这门课带来如此多的感悟，写一篇论文应该并不难。

写论文需要阅读文献，可我的相关技能仍未取得实质性突破。科技论文写作课上，高老师介绍的"顺藤摸瓜法"解了我的燃眉之急。这种方法是从"高引文献"入手，力求看懂文后所有参考文献。不过我总觉得应该先有实践后有总结，仅靠看文献能发现问题吗？课后交流时，高老师建议我先系统学习相关专业知识。原来书本是地基，文献是台阶，而我是悬在空中爬台阶。

后八周的自然哲学开课了。课程主要讲述科技发展史。听完概述，我就理解了其实所谓的科技发展史就是"名人史"。听说教室附近就有不少知名学者的雕塑，我准备课后去看看，却意外接到安兰的电话。原来英语老师留了作业，陶阳做不出来都急哭了。虽然题不难，可看不懂没法做，岳父也不会视频通话。我劝阻了准备亲自回家辅导的安兰，提议请邻居帮忙。一来大人免去了奔波，二来孩子还能锻炼交际能力，一举两得不好吗？安兰勉强接受了建议。最终陶阳顺利完成了作业。虽然问题解决了，但我们商议尽快给岳父岳母换智能手机。提起陶阳的生日，我沉默不语。安兰抱怨说："我的选培同学都是两星期回家一次，你两个月也见不了孩子一面，比在戈壁滩的时间还久。"想想是该抽出精力陪陪家人，我决定课程收尾后就买票回家。

仿生学课程进入作业开题阶段，小组雏形渐定。喜妹的专业是机器人视觉，大立是搞辅助康复机器人的，两位大神欣然同意我的"入伙"申请。后排一个同学也要求加入，于是我们四人课后留在现场讨论课题方向。构思良久，大神们都憋着不发力。我首先提出"灵魂画手"机器人，即利用实验室机械臂进行人像漫画创作。方案结合机器人视觉与轨迹控制，正好可以让大神们发挥各自优势。然而大神们都觉得像景区收费玩具，在专业领域没挑战性。讨论一直持续到教室响起关门音乐，仍然没有拿出酷炫方案。

回到宿舍，想起前舍友的课题以及他的爱好，我又谋划了用手势指挥机械臂打乒乓球的方案。群中无人回应，只好作罢。回想昨天的选修课上，美术学院老师讲了艺术设计中"融"的概念，强调创作的学科交叉融合。我忽然想到：未来在完成核心创意设计后，是否可以将具体技术方案交给人工智能完成呢？毕竟它们最擅长解决确定性的最优解问题。这样想来不免对理科生的未来有些担忧了。

英语中期测验一结束，课堂表演就得提上日程。瑞仔建议利用午饭时间在芬芳园搞定剧本。我以年龄偏大不适合演青春戏为由，请求不上台表演。两个男生一致同意，但大段对白谁也没把握拿得下来。直到餐厅打烊，大家才敲定以《灰姑娘》中王子和国王的对话片段为蓝本，因为这段台词最少。

讨论改编又陷入困境。我提议最好能贴近本土文化来个"国产化"改造。淑瑶想到如果王子听从国王建议娶了公主会是什么结果呢？这个思路瞬间打开局面。我提示接下去王子和公主必然是争吵不断，大家自然想到等王子老了幡然悔悟，最终感悟到人生需要的是真爱。故事立刻活了。

经过细致讨论，三幕场景基本确定。剧情算不上跌宕起伏，但充满了生活气息和教育意味，应该算一部较好的现实主义题材剧。淑瑶主动请缨承担了写剧本的重任，这让大伙儿都松了口气。然而很快争议再起。瑞仔希望在王子醒悟时用上《大话西游》的经典独白："曾经有一份真挚的爱情摆在我的面前……"陆森则提议在夫妻争吵时加上"吵架王"出场的音乐，瑞仔受到启发要求加入《大话西游》的主题音乐《一生所爱》。我认为，过于浓烈的喜剧元素会导致严肃主题陷入油滑的境地。瑞仔丝毫没有让步的意思，因为他要以此"致敬"星爷。争论未果只能暂时搁置问题，先规划了剧情。

我本着"审慎包容"的态度，重新聆听了《一生所爱》，这次有了不同感悟。经历过悲欢离合才明白人生处处需要洒脱从容。一口气听了十遍后，我同意用它作背景音乐。淑瑶也很快完成了剧本，希望尽快抽时间排练。大家纷纷表示赞同，我却陷入了沉思。因为剧情平淡得好像白开水，一些场景怎么看都不像在演戏。不过眼下剧本已得到认可，贸然出手又将陷入反客为主的尴尬境地。再次翻到剧本首页却发现我的名字被排到第一位，淑瑶把自己排在最后，一时间心里有种说不出的滋味。作为"天外飞仙"组合，小组共度无数艰难时光。如今仅有的亮相机会又把我推到前排。面对这份信任，我却因担心误解而选择明哲保身，实属不该。

我首先私信淑瑶指出问题，征得同意后开始操刀。通过砍掉冗余对白，增加剧情对抗性让剧本生动鲜活起来。美中不足的是大量运用了中式英语，正好让瑞仔下午带着剧本去求助助教。至于排名，我直接和淑瑶调换了位置。然而麻烦再度出现。尽管林妮助教给予了高度评价，但我却并不想接受她的修改建议。助教没看过这些电影，对白"倒了两手"反而"不土不洋"。如果考虑现场观众，保留中式英语更方便理解。于是我"冒天下之大不韪"又做了改动，直到晚上十二点确定最终版本。可惜只剩一天排练时间。大家白天都有课，只能晚上在清新快餐厅碰头。排练当晚，我去现场打了照面就匆匆赶去上课。

科技论文写作课程已进入英文写作阶段。高老师特意举了"实验室最吃亏的人"的例子以强调三段论的重要性，这类人从早到晚看着最辛苦，最终只得出一堆数据却没能提炼出观点，以至于迟迟出不了成果。整堂课很精彩，可我一直惦记着排练情况，根本沉不下心。不过课后作业着实吓了我一跳。以往都是简单的翻译，这次却要求针对热点写篇论文，热点是关于小学生暑假作业的，据说很多孩子把调研报告写成了论文，甚至也用到了三段论。我瞬间对这种格式规范没了好感。

课后，我匆忙赶到排练现场，却遭到"当头棒喝"。两个男生的发音几乎毁掉了所有戏剧元素。陆森决定放弃，瑞仔也犹豫不决，整个场面陷入僵局。这时淑瑶说自己可以反串角色。于是经过调整，由淑瑶扮演了台词最多的老国王，两个男生的台词大幅减少。随后的排练明显顺利许多，再配合两段音乐，整个情景效果已经有模有样了。不过已到餐厅关门时间，户外又刮起了大风，大家只得在餐厅门前坚持练了两遍。

原计划第二天到教室再练一遍，结果前面已有两组同学等着排练。我们只得筹划了开场细节。同学们的表演都很精彩，比如灰姑娘的表姐们在"某宝"买到假水晶鞋的剧情，引来哄堂大笑。我也明白了创作风格差异，庆幸加了两段音乐让整个剧作偏向喜剧化。我们的演出也博得了阵阵笑声，可精彩部分没能展现，瑞仔和淑瑶都忘了几段重要台词。其实责任还在我。如果别那么执着剧本，多留些排练时间就好了！反思自己很多时候都是在寻找最优解的过程。好比对待孩子，我直接告诉你答案，你照做就行了，免去试错过程也少走了弯路。然而看似每步都取得了最优，却在其他层面丧失了探索的可能。所以失败也有特殊作用。

演出完毕，马老师请大家点评剧中人物。有人竟然不喜欢灰姑娘，觉得她什么也不扛着。有个女孩说应该自己改变命运。我本想接话说："接受现实同样也需要勇气。每个人在生活中，都得学会妥协。有时接受改变不了的现实也是一种智慧。"忽而又觉得"智慧"一词用在此处究竟是褒义还是贬义？所以终究也没开口。看来英语学习让我对词义的辨析更敏感了。

下午去参加仿生学开题答辩的路上，安兰打电话说准备回家，这次是要给孩子辅导功课。陶阳上英语课从没得过"小贴贴",我觉得孩子应该是学不好想放弃。听说岳母也催着让教孩子发音,我很奇怪。原来是上次帮忙的阿姨说过,岳母记在了心里。我生气地说:"妈怎么能当着孩子面这样说?四岁孩子发音不准很常见,这需要时间来改变。"安兰委屈得流下了眼泪,据说现在房子和二胎都成为搅动岳母内心不安的导火索。想想这种艰难处境,我赶紧道了歉,心中越发忧虑起来。

直到走进仿生学开题答辩现场,看着同学们五花八门的创意,我的心情才好转起来。我在现场提了很多问题,也深刻感受到工程师思维和科研思维的差异:我关心的是如何实现,而同学们更关注创新点。我们小组的项目是利用机械臂玩摸鱼游戏,喜妹凭一己之力完成了所有内容。这个创意引起了大家的浓厚兴趣。提问阶段,喜妹再次力挽狂澜,撑起了场面。其实我也有很多问题,只怕被别人当作背后捅刀的猪队友,所以什么也没敢说。

晚上本想问问孩子的学习情况,没想到一接通电话就传来他的号啕大哭声。原来安兰不小心弄坏了积木,陶阳嘴里念叨着:"都是你的错!都是你给我弄坏了!"我生气地说:"妈妈为了你来回奔波,你就这样对她?"此时安兰面对孩子糟糕的表现无动于衷让我恼怒,想到老人的溺爱也让我担忧。挂掉电话,我久久难以平复,思索孩子到如今这个地步,恐怕要动用更严厉的惩罚措施才能奏效。

去北操场跑完步,回到小树林,我的心情才慢慢平静。我总认为奖惩分明是最佳方法,可爷爷奶奶连句重话都没对我说过。而我对孩子的惩罚有无必要?是不是讲故事效果更好?再打电话,一切已风平浪静。安兰刚带孩子跑步回来,陶阳重新拼好了积木。他激动地向我介绍这台多功能车既能吸雾霾又能吸土里害虫。我本想说雾霾和虫子差别太大,要同时实现这两种功能不容易,话到嘴边又咽了回去。这不就是我们成年人所缺乏的想象力吗？我立刻夸赞："这车太好了！"陶阳说："爸爸你快点回来，我能跑四圈了！"

说到回家我又很尴尬。眼下完成前沿论文的计划基本无望。虽然我敲定了以"快速制造技术在修理中的应用"为主题，不过按照"顺藤摸瓜"法越摸越害怕。要从别人的工作中扒拉东西，几乎是不可能完成的任务。原本还有些思路，没想到下载一堆文献后，越看越迷茫，一不小心居然体会到了邯郸学步的感觉。

回家前还有一次数值分析课。我请陆森明天去选修课现场帮忙打次卡，否则听课总数凑不够。下周回来还得找他拿卡，不然赶不上科研伦理课。这一系列协同动作让陆森直呼头大。讲课迟迟没开始，原来是左老师找不到"小蜜蜂"（胸麦）了，他让前排同学去教务处找人，顺手从讲台里拿出有线话筒应急。很快那个同学进门摇摇头直接回了座位，看来还得老将出马——我帮老师换过电池，还指挥过同学擦黑板，很多问题轻车熟路。

我当场联系教务处说明了情况。很快有工作人员从侧门进来，但他匆匆看了一眼转身走了。于是我只得再次打电话，特别强调需要胸麦，这才解决了问题。课间休息时，老师径直走来表达了谢意。我不好意思地起身，佯装出门接水。正好遇到廖俊，他的课程快完了，目前正忙着CAD课程作业。眼看着人家毕业证到手了，我实在羡慕极了。

回到教室，老师还在现场。老师教学严谨，不愿浪费大家一分钟时间，因此说起刚才的事还很生气。陆森附和着说："那个工作人员进来什么也不管，没任何反应就走了。"等老师走了，我说："老师已经够生气的了，没必要火上浇油。"陆森并不服气。我继续解释说："刚才进来的人并不了解情况，他看到老师在用有线话筒，可能以为问题得到了解决。这就是误解，并不是有意为之。投诉是解了一时之气，无形中也增加了管理成本。那人可能平时做事很认真，结果因为这个误会受到影响，明显不公平。"陆森听了也认为有道理。虽说"冤家是宜解不宜结"，现实生活中误会绝对是易结不易解的。设身处地和换位思考才是化解矛盾的关键。

## 12 再遇滑铁卢

我回到家已是傍晚。陶阳正在球场和小朋友玩滑板车，这是不久前他刚上手的"新项目"，现在他已经学会了加速、转弯等技巧。岳母加入了广场舞队伍，还不时跑过去盯着孩子。我劝她不用这样费劲，她说："怕孩子磕着！我和你爸轮流看着。"我说："肉可以长好，养成坏习惯可不好改。"岳母没接话，我知道说了没用但总管不住嘴。

等孩子们玩累了，我捡起地上的树叶教陶阳玩"斗叶梗"游戏。很快就有孩子加入进来，大家玩得挺高兴。有个孩子说想发明时空机，周末就不用去城里上辅导班了。我苦笑半晌，不知说什么才好。我们这代人的童年记忆中是干了什么调皮捣蛋的事，现在的孩子则是学会多少技能。联想到科技论文作业，我顿时来了灵感。如果用"软知识"代表非标准答案，"硬知识"代表标准答案，面对不确定的世界，当然需要先建立"软知识"系统。当晚我趁热打铁重新完善了论文。这次我"掉转枪口"直指逼迫孩子学习各种技能的家长，我痛斥了这种"专业训练"的危害。大家都在争先恐后地关注起跑线前的孩子，没人关心终点线后的身影快不快乐。童年不仅需要书本的陪伴，还应该有朋友、家庭、自然带来的乐趣。整篇文章一气呵成，尽管中式英语特征明显，但它毕竟是我的第一篇英文得意之作。

睡觉前，我给陶阳读了小熊维尼的安全故事。这本书从他小时候起我已经给他读了无数遍，这次突然有了提问的冲动。我问急救包里有什么？他很快回答出来。还可以放些什么？他支吾着答不上来。于是我们一起想了很多能用作急救的物品。这样的问答训练连我自己都很惊讶，也许是综合训练让我能快速抓住文章核心，抑或是学习带来的思维变化。

然而当我带孩子睡下才明白他为什么久病不愈。房间里热到无法入睡，孩子却还盖着厚被，半夜起来七八次发现孩子什么也没盖。第二天起床后，我希望立刻换成薄被，岳母却还在担心孩子被冻着。室温已达到29°C，最好的办法就是把暖气关掉。岳父岳母都怕暖气关久了就坏了，最后只能妥协为白天开、晚上关的方案。

陶阳生日当天，我送他去了幼儿园。老师和家长都不认识我，陶阳主动做了介绍。我看了现场不免有些担心。这间教室直对户外，孩子们吃饭时都穿着厚衣服，这样很容易生病。而且老师很年轻，应该没有太多经验。下午我开车去学校接安兰还买了两盆花，希望能为她即将到来的考试带来好运。听说安兰课程几乎没作业，我非常担心。之前幻想着没压力的研究更有趣，现在看来根本不现实。

晚上全家在餐馆为陶阳庆祝生日。我叮嘱岳父岳母得让孩子多干些活，"勤快家长"很可能带出"懒孩子"。这样裹着"糖衣"的话岳母应该能听进去。然而私下讨论孩子的现状，又不免令人担忧。安兰抱怨陶阳情绪控制能力差，手指数数连四都数不到。我安慰她只能等回去再改吧！好在孩子跑步勉强达标，走走停停需要鼓励才能完成。安兰给他买了积木作为礼物，听说他能看图纸拼搭，这也算是让人欣慰的"小亮点"吧。陶阳还想再设个目标，但我元旦可能回不来了。

返回校园已临近中午，我马不停蹄地先去二教找陆森取了卡。一进宿舍就注意到茶具上多了张字条。仔细一看是楼长对违章使用电器的警告，要求尽快处理掉。望着崭新的茶具，我实在是于心不忍。在装箱过程中，我才意识到罪魁祸首应该是烧水壶！谁叫我一时心急居然还把它摆在最显眼的位置呢！只可惜了费力搬回来的四大桶水了！

科研伦理课主要讲解专利写作。这些内容离我太远，还是写数值分析作业吧！结果一道题还没做出来，小孟又发来信息提醒我后天组会交流。这个额外任务让我彻底慌了。从科研伦理到自然哲学，两堂课都在极度紧张中度过。好在之前读过文献，现在只要把内容总结出来即可。按要求交流的内容要先发给导师把关，小孟建议交流完再发也行。我决定遵守惯例。

晚上身体出现不适，应该是在火车上受凉了。可我丝毫不敢懈怠。数值分析久攻不下，前沿课程论文也找不到方向，我最后决定还是看看组会交流稿吧。然而打开邮件顿时五雷轰顶，导师只回复了五个字——不适合交流。我慌忙解释最近忙着写作业，文献看得不扎实。导师没回复。后来小孟说："老师让你拿工作中的内容上组会也可以。"这也算网开一面，可心头的沮丧感挥之不去。小孟安慰说："别太在意，老师要求高，每人都得修改好多遍。"晚上十二点，导师回复说："希望交流让大家都有收获。"可我什么时候才能达到让八个博士都有收获的水平呢？

直到科技论文课，我的心情才略微好转。这次又是作业展示。第一个同学围绕小学生的论文格式发力，他认为"论文没有致谢，孩子们没学到科研精髓"。这样的观点居然都能获得老师认可，想到自己的撒手锏我立马恢复了生机。于是没等他坐稳，我就迫不及待地冲上了讲台。我先是痛批写论文对孩子的摧残，进而又对准家庭教育不断开炮，最后讲了标本兼治的应对办法。整场讲解慷慨激昂，颇具鼓舞力量。

本想迎接鲜花和掌声，现场却是死一般的寂静。"What's the point？"高老师问道，我一时没反应过来。"你的观点是什么？逻辑关系呢？"老师似乎完全没有被感染。我说："就是这种培养方式会扼杀孩子的想象力和创造力啊！"老师反问道："你怎么知道呢？"我笑着说："这不就和逼孩子上辅导班一样吗？"老师严肃地说："有数据支撑吗？"我支吾着回答不上来。老师说："你这个和三段论结构还差得远，你应该看看上一位同学的论文。"

我满脸通红地回到座位，恨不得挖个地洞钻进去。认真听完其他同学的发言，我找到了问题根源，原来人家都用了连接词让逻辑更清晰。课后我再度找老师请教。老师说："你的作业问题不在观点对错，而是没理解三段论，论文形式上没有内在逻辑支撑。"尽管我不断点头以示赞同，心里仍然很不服气。生活经验不算论据吗？孩子需要"软知识"的观点多新颖！而所谓的"三段论"不关注观点只拘泥于形式，可不就是"八股文"吗？

我在困惑与无助中熬到了组会。我准备了两篇排查故障的论文。好在导师没出席，最后斗胆加了点感悟以期让交流物有所值。我提醒大家注意从技术和管理两个不同角度看问题。搞技术只要把自己的事做好即可，而管理是对集体负责，要考虑把大家团结起来发挥合力。其实还有很多感悟，现在一句也说不出来，因为意识到没"数据支撑"。

提问环节，大家都说看不懂。这倒给了我发问的机会。我首先请教看文献搞研究到底该怎么看？经过大家轮番解释，我才明白原来是要聚焦研究条件、方法、结论中有没有缺陷或可以改进的地方，比如机械臂的轨迹运算时间，通过优化算法提高了计算效率，这就是成果。其次是如果进行到一半发现方向是错的怎么办？小孟解释说："即便是错的，总结出来对别人也有帮助。"可这种高水平的错误我哪敢指望呢？会后，我向喜妹咨询了大作业进展。她说正在推进，不过那两人都干不了啥。原来搞康复机器人的大立运动时摔伤了腿，刚打了石膏等待康复。我真心

075

想承担一些工作，可眼下就我的能力哪敢开口啊！

午后，我拖着沉重的步伐沿着河边小路走着。寒冷的冬季悄然来临。风冷冷地吹着，河边垂柳枝条摇曳，片片黄叶随风而下，肆虐地打在脸上，这一刻我觉得特别失落。明明感觉自己已经起步，却为何频繁遭受打击？我不就是"最吃亏的"那类人吗？放弃了所有休息时间，甚至连友情、亲情都不顾，得到的却还是这样的结果。我究竟适不适合搞科研呢？

连续几天状态极其低迷，我连一个字也看不进去。在去教室的车流中，有个驾驶轮椅的小伙格外显眼。昨晚正好看了篇对残疾学生的采访内容，他抱怨京新老师都会假设你很牛，什么都会，所以学习压力很大。毛学长近来也是唉声叹气，朋友圈中最后一张笑脸定格在了运动会上。看来大家感受差不多。想起昨天吃饭时听到邻座学生抱怨"理解一个知识点就费了半天时间"，我还惊讶大神也花这么多时间。现在才意识到自我要求可能有些不切实际。就在这时，轮椅突然打转，原来前轮被浇花的水管挡住。我立刻跳下车和其他同学合力将车子推过水管，小伙表示感谢并坚持自主前行。

望着他渐渐远去的背影，我又十分惭愧。别人身残志坚反倒没把自己当特殊人群，我却巴不得别人把我当残疾人照顾。本质上还是不自信。曾经为适应新生活而走过的弯路悉数出现在眼前，如今仍在寻找自己的路。总觉得时间利用效率不高，恨不得一口吃成个胖子，却忘了积累是个缓慢过程。此外我仍没有重视重复的力量，这不仅需要用在学习上，也需要用到对自我的鼓励上。

经过一番艰苦努力，前沿课程论文总算完成。总体思路是新方法应用于老问题，文献仍然只能当点缀。作业要求先扫描再上传，我赶到图书馆摸索着学会了使用扫描复印一体机。提交完作业又收到北电网警告，原因是分享率过低，账号即将关闭。我硬着头皮打开帮助文件却大吃一惊。与互联网服务平台"顾客就是上帝"的风格完全不同，帮助文件第一条就开宗明义地写道：所有问题你得靠自己解决。忽然感觉之前遇到新问题就害怕的状态好像不见了。

然而科技论文依然有很多挑战要面对。我接连改了两遍，都没能获得认可。高老师认为我修改后的论文仅罗列了观点而没有论据支撑。他强调科研人员需要从现象中提炼出观点，但这与事实并不是一回事儿。我带着疑惑重新翻看课件，这才搞清问题内涵。原来事实是被公认的内容，而观点需要用事实佐证。我凭空强调自己观点的重要性就是无本之木。科研思维的核心是忽略你是谁，只看证据。这个关键环节恰好需要科研伦理规范来保证其真实有效。至此我终于理解了整套体系的运行规范。

晚上原本说好和安兰、儿子视频通话，结果两人又在争吵。安兰指责陶阳写作业不认真，而陶阳满嘴都是理由。我问上次带回去的小花如何了，他抱怨是姥爷养死的；问起英语课上有没有趣事，他直接叫安兰跟我说话。安兰接上电话就说心里像压着大石头。原来有门课要做展示，她担心拿不下来。我劝她主动找老师说下个人情况。这时陶阳又在一旁嚷着想写字。安兰生气地说："数字还写不好呢！这孩子没一点儿毅力，遇点困难就……"我立刻打断说："千万别当他的面这样说，人常说孩子跟着话长，既然不希望他成为那样的人，就应该正面鼓励。我在这里感悟最深的就是永远不要把自己定义为我只能这样了。"安兰立刻改了语气。

周末我们四个在外读研的同事见了面，预祝小吴下周答辩成功。我查了那天正好有课，不然真想去现场看看。听说管理学院的小张学制两年，北航的小林也计划两年半毕业，这让我又紧张起来。原来申请答辩除了硬性条件外，从开题到答辩必须间隔一年以上时间。小吴建议最好下学期末就开题，可一想到目前的专业状况就让我焦虑。小吴安慰说："不用着急，到时候导师会催着你开题的。"

安兰最终没找老师沟通。看过别人的展示后，她有了信心。陶阳在电话里一直唱英文歌，还要写英文名字，原来他终于在英语课上得了"小贴贴"。此时天气晴朗，阳光驱散了寒冷。我顺着河道走到尽头。河里有一群鸭子正在觅食。本以为是谁家养的鸭子走丢了，还未走上前，这些鸭子竟然从水中一飞冲天。

# 13 结课

小吴毕业答辩顺利结束。他身着正装站在答辩横幅下的照片，在朋友圈引来无数赞誉。我竟也开始畅想起正装从哪儿借呢？直到拿起书本才清醒意识到自己正在为毕业证努力。眼下编程没做，论文没写，数值分析课的期末考试更像一座大山，翻不过去连毕业都是妄想。

安兰的期末考试陆续开始，可她依然每天往家赶。幼儿园元旦要表演节目，陶阳编了故事需要排练。说起寒假，安兰想留在家过年，她希望我元旦回去，可我想全力备战考试。眼看又要争论，我随口询问暖气的情况转移话题。安兰没好气地说："陶阳嫌冷，我妈又把暖气打开了。"我气愤地说："他说冷就冷？你不知道自己感受一下？"安兰怒喝道："我又管不了我妈！你冲我发什么火！"于是我们在争吵中挂了电话。

此时对面宿舍传来一阵惨叫："我不要参加组会！我不要参加组会啊！"这嘶喊恰如其分地表达了我的心声。晚上导师召开特别组会，大家轮流汇报本学期的学习。其他人不是忙专业就是做项目，只有我还在打基础。不过当我说到还有六门课没结束时，大家都发出由衷感叹。当初还计划一学期搞定所有课，如今看来太不自量力。我也如实说明仿生学作业没参与，数学学习效率不高的局面。导师当即建议："来实验室学习，可以找师兄弟帮忙。"本想说明个人基础远未到点拨阶段，但这个解释并不会得到认同。我索性不再说话以免带有狡辩意味。

待大家总结完毕，导师先介绍了新项目，随后便谈起在职硕士答辩情况。据说某大企业的九个人中有四个人没通过，其中一人正要调整领导岗位。导师意味深长地说："我没手下留情的原因是至少要对得起学校的牌子。别等到以后走到岗位上，拿出论文过不了关就更麻烦了。"导师并没有特指，然而谁是困难户不言而喻。其实我也很委屈，确实尽了最大努力，但很多问题并不能在短时间内得到解决。临睡前，导师转发了一篇谈工程研究与创新的文章，提醒大家应用需求才是创新的源泉，长期坚持是成功的关键，希望大家做出有学术水平和应用价值的成果，而不是仅仅发几篇论文。这不正是我学习的初衷吗？没想到这条路如此艰难。

怀着烦闷的心情，我去史文思学院参加了一场新书发布会。这是一本传记，由于受多位国际政要推荐而备受瞩目。书中详细讲述了船王赵老先生青年时只身到美国闯荡，从底层船员成长为一代船王的经历。赵老先生携家人和传记作者一同出席现场，我有幸了解到很多感人细节。除去船王、董事长、慈善家等头衔，老先生最认可的还是博士。无论身处何种逆境，他从不忘学习，甚至放弃事业去攻读博士。老先生讲述最多的是家庭和子女教育，这对我来说就是一场及时雨。在问答环节，我询问了处在全新文化氛围中如何考虑孩子的教育问题。赵老先生总结的经验是中国文化教做人，美国文化教做事。

活动结束后，现场有很多同学等待签名。八十多岁高龄的老人手都有些颤抖，但他尽量满足每个人。老先生会先问清同学姓名，然后在扉页上一笔一画地写上：某某同学，惠存指正。这场面淋漓尽致地展现了老人家做人做事的态度。我趁此和传记作者做了交流。说起家庭教育，大家都认同孩子应该受到爱和鼓励的教育。传记作者强调："虽然环境在变，但孩子心里已埋下种子，未来就有勇气面对挑战。"这应该就是所谓的"以不变应万变"的道理。

回到宿舍，我一口气看完整本书，感慨颇深。赵老先生和爷爷同处一个时代，他们一生颠沛流离，都在为家人的幸福而努力。而自己人到中年屡遭挫败，动辄对爱人和孩子大喊大叫，想来确实羞愧。以前总觉得做比说重要，现在看来也不能像老一辈那样刻板。我急于将感悟分享给安兰，但电话一直打不通。后来她打来电话说刚进家门，陶阳又开始咳嗽了。只听她问："姥爷去哪儿了？"陶阳说："姥爷也感冒了，正在床上睡觉。"眼看事情一步一步变糟，真让我又气又无奈。

天气越发寒冷，大风吹了一整天。自然哲学课即将结束。课间休息时，我无意间发现原来荷塘景观就在教室旁边。此时湖面已结冰，只剩下满塘枯枝败叶。秋去冬来，美景不再。而我仍被现实压得喘不过气来。我记得曾在TopTalk访谈上问过一个参加极限运动的嘉宾："那么危险，不怕失败吗？"他笑着说："失败了也有重新站起来的机会。"我并非不想成功，只是惧怕失败的念头往往占据上风。想起老师课上讲的马太效应，我突然意识到用在很多方面都有道理：身体练得越多就越强壮，抱怨多了就会有更多的抱怨，害怕多了就会有更多的害怕。所以还得尽快振作起来，努力跳出负面循环。

葛老师布置的作业是写一篇文章，内容不限。由于这种要求宽泛到无从下手，许多同学都留下来询问作业，魏尧也在其中。听着葛老师耐心给他讲解如何从专业中抽取亮点，我改变了应付差事的想法。原本想着拼凑个与人工智能相关的感悟，现在决定另起炉灶谈谈科技对生活的影响。我经历过日出而作、日落而息的农村生活，也经历过从写信、拍电报到传呼机、座机的时代变迁，如今科技将各种落差沟壑逐步拉平，所以通信方式的变迁是个不错的视角。如果再借助课程中介绍的方法论，将科技力量向前投射，未来将会更加有趣。

排队请教的人很多，我一直纠结要不要离开。因为只有我的问题和作业无关。葛老师说牛顿当造币厂厂长是大材小用，但很多人认为牛顿在造币厂发明的金本位制完全可以与万有引力定律相媲美，因为这一发明极大促进了世界贸易的繁荣。葛老师的学识非常渊博，这很可能是视角问题。尽管有班门弄斧的嫌疑，我还是坚持下来，为偶像正名义不容辞。等同学们都走了，我说出了这一观点，老师当即表示了赞扬和感谢。

这个突如其来的小成就让我很快又有了新想法。在上一节科研伦理课上，谭老师列举了汽车行业的不规范用语，案例鲜活有趣，可惜数量不多。这与行业现状并不相符。由于从事修理的技术人员多数文化程度不高，所以这个行业有着数量庞大的行话俗语。我刚入行时面临的最大困难就是听不懂行话。如今这些内容总结出来正好可以给谭老师的案例库做补充。

天色已经很晚了，安兰又准备往家赶。原来陶阳只上了一天幼儿园又病了。我仔细问了情况觉得并无大碍。安兰慌张地说："我妈正着急呢，想给孩子吃退烧药！"我顿时火冒三丈："不能给孩子乱吃药！该怎么处理还要说几遍？"安兰委屈地说："我说她不听啊！动不动就跟我吵架！"我说："那你还想留下来过年？"这直接引发了战争。安兰抱怨说："你最近脾气太古怪！"我说："每次主动道歉还不够吗？"安兰哭着说："我每天来回跑你根本不关心，孩子生病你帮不上忙还乱说话！"最后又在争吵中挂断电话。

我的情绪低落到极点，可问题没解决，心里又不踏实。想想其实问题很简单，关键孩子没什么大事。于是我给岳父打了电话，他还头晕鼻塞。说到陶阳的病情，岳母抢过电话解释。我说："孩子生病没个三五天能好吗？不要弄得紧张兮兮。天气这么冷，安兰马上又要考试，天天往家跑让她咋学习呢？"岳母说："我们没想让她回来。"我苦劝半天，她终于放弃了给孩子吃药的想法。

晚上去六教的路上，大风吹得人睁不开眼，好多女生都在推车前行。忽然意识到不出力就能风驰电掣时，就是在走下坡路。正如赵老先生书中所说：能让人飞翔的恰恰是逆风。仔细分析这不就是个很棒的模型吗？这条朝向教室和实验室的路是上坡，想克服上坡阻力只能加速，要想加速必须有更大能量，要获得更大的能量又得靠日积月累的锻炼。无论外界如何变化，最终都取决于自身。这才是适应环境的根本之策。

今晚是科技论文的最后一节课。高老师再次强调论文的核心就是创新，这也是科研的魅力所在。我的论文终于得到认可，不过老师指出主题仍不够聚焦，科研论文不要说得太宽泛。我意识到学习也是这个道理，只有把精力聚焦于某一方向才能更快突破。离开前，我在教室门口拍照留念，这大概是本学期最有意义的照片了。

总结的行话俗语得到了谭老师的称赞，我的学习状态也逐渐好转。第一次在数值分析作业中找到解题乐趣，甚至都忘了吃饭。一直以为解方程需要借助方程组，可迭代法说：答案就在你自己身上。通过指定初值反复迭代，最终找到合适解。不过只有无限接近的答案，没有精确无误的标准答案。再努力也总与理想差那么一点。这不就是现实生活的模样吗？

第一次提前交了数值分析作业，我的内心也平静了。黑暗已离我远去，我知道它还会回来，但已不再害怕。多年来内心的不自信总是以"谦虚"的样子出现，它是如此迷人和高尚，以至于让我一再迷失其中。我能做到吗？这种怀疑成了自我的枷锁。经过历练，我相信无论做什么，只要愿意投入时间就一定能完成。这一瞬间，我感觉自己站起来了，不是靠解压放松，而是双脚坚实地踏在了地上。

组会还在轮流进行分享，吕博士分享了他最新发表的那篇论文。我终于理解了数学在科研中的应用方法。感觉和处理故障很像，都需要考虑可能因素及应对办法。不同的是科研要先建立数学模型，然后再通过实验中获得的数据去验证。我终于明白了从事科研需要掌握的全部内容。算来目前还缺个实验环节，下学期要尽快接触。新项目也如期启动，厂家提出的需求都偏向工程应用。除了具体技术细节，很多问题都能理解关键点，这让我对做好专业工作信心更足。

最后一次英语交流，我带着《灰姑娘》剧本继续修改。看着文中密密麻麻的改动对比，杰克非常惊讶。我一直试图从语言文字上了解东西方文化的差异，经过写作训练后越发清晰。就拿哲学上的"对立统一"来说，西方思维关注对立，强调一是一、二是二；东方思维更关注统一，强调合二为一。这是不同文化下的视角，难分对错也各有优劣。我原以为西方思维比东方思维更加客观理性。在校园接触到不同文化之后，我才明白无论哪种思维，都摆脱不了主观影响，稍不注意就容易以偏概全。此外，由于多次被瑞仔提醒使用"美女"称呼太老套，我特意向杰克考证了这个称呼在欧美语境中是否可行。杰克提醒说："夸女孩长得好看是很没有礼貌的行为，因为人家会认为你只看重外表。所以使用这样的称呼要非常小心。"

我们再次聊到孩子的教育。杰克认为国外更鼓励孩子独立，从家庭到社会都只告诉你怎么做，没人帮你做。杰克说："国外学校确实很注重鼓励，有时候也会做过头，比如设立参与奖让所有人都能得奖。"谈及家长对孩子"爱的表达"，我们感到差异明显。我说："中国父母习惯做而不喜欢说，其实年轻父母也应该学会鼓励。"瑞仔问："那我们中国教育方式有什么优点？"我说："应该是强调内在自信，而不要外露成张扬，这不符合我们的文化习惯。"杰克点头说："我好像从没有在美国文化中听到'谦虚是美德'这种说法。"

幼儿园演出结束了。陶阳的故事反响不错，据说他还自己在家练会了用手指数数。安兰说演完节目老师专门开了家长会，因为班里孩子生病太多，园长多次点名让老师也有压力。正好群中有家长焦急询问孩子生病发烧怎么办。其实生病需要时间恢复，可家长都想追求立竿见影的效果。陶阳这次没打针吃药，相信对岳母也是示范。不过事物都有两面性。如果换个角度看，孩子失去了一种体验。比如我从小饱受牙痛之苦，自然懂得爱护牙齿。可陶阳没有这种体验，现在刷牙很不认真。

晚上给爷爷打电话没人接，后来听二姑说两人看着电视又在沙发上睡着了，这个状况让我有些不安。好在二姑已回楼上，家里总算有人照应。说起姥姥的情况，我觉得让爷爷奶奶住养老院也不错。二姑一听连忙说道："这事不能说！不能说！其他人都反对。"我知道二姑有口难开，想着不如假期回去由我把这个想法提出来。

# 14 期末考试

新年前后的日子并不太平。安兰在考试上遭遇了沉痛打击，在操场走了一晚上还没平静下来。我安慰她不用定太高的目标，有收获就可以了。她哭诉道："不能拿这个当借口。宿舍小姑娘一看就懂，我怎么努力就是不行。"我笑着说："你看我一天到晚学成了书呆子，即便这样，考试可能还过不了，那又能怎样呢？不能因为眼前的失败来否定努力的意义啊！"

元旦假期,安兰一早就带陶阳进城玩。我则开始为大决战做准备。翻看另一本数值分析教材时,我才知道样条曲线源于早期工程师制图时用的细长木条,而插值计算就是利用数学方法生成一系列这样的点。原来工程人员解决问题在前,理论建模在后。看来只有了解历史才能更好地看清现在。所以我立刻请求科技论文课的高老师推荐一本介绍线性代数发展史的书籍,相信利用这种刨根问底法必能开启新的思路。

正当暗自高兴时,熟悉的铃声突然响起。我预感情况不妙。果然安兰开车出了事故。她一口咬定是对方责任:"隧道里那么多车,他偏要往我这边插队,剐蹭了我的车头。我开的都是一挡。"得知车还在隧道里,我惊出一身冷汗,焦急问道:"为什么不先把车开到安全的地方?"她生气地说:"对方不同意赔偿,坚持要叫交警来处理。"此时电话里传来警笛声,安兰立即挂断了电话。

这是安兰出的第二次交通事故。五年前她开车时被三轮车碰了保险杠。这次在闹市区出事更让我坐立不安。好不容易打通电话,我赶忙问:"交警怎么划分责任的?"安兰生气地说:"交警说对方不负全责。"还没来得及细说,她又和别人争论起来,声称自己是外地车没法出险,坚持要让对方修车。对方说要和我商量,她却只顾争论。我反复拨打电话,最后终于接通。此时我已火冒三丈,当即质问:"为几百块钱至于把自己和孩子的生命置于危险地步吗?再说交警已经划分责任了。你后车撞前车还有什么好争论的?"安兰说:"是我撞他吗?明明是他非要插队。"争论中她再度挂了电话。

看她情绪失控,我只好让岳父打车去现场看着孩子。虽然我有意轻描淡写,其实早已急火攻心,想想隧道现场头皮都炸裂。再打电话过去,安兰说车已移到别处,我才如释重负。强忍着怒火听她描述了事故过程,我坚定地说:"没什么争议!人家没逃逸,你的车也没停下来。"

安兰哭着说:"真后悔给你打电话,你除了说我,没做任何事情!"我气愤地说:"那你要我咋样?跟你站在一条线上?明明是你做得不对,还鼓励你去争论?"一番唇枪舌剑,听说我让岳父过来,安兰情绪更激动,当即挂掉电话。

新年第一天异常压抑,我很担心,但憋着没打电话。后来岳父赶到现场也没看到人,又打电话说没事了,她们开车去玩了。晚上和爷爷通话时,他关切地问:"安兰和陶阳咋样?你岳父岳母咋样?"我支吾着回应了。爷爷说:"我现在脑子不好了,说了上句会忘下句。出去遇见熟悉的人,嘴边的话一说完也没话了,只能干坐着。"我眼角的泪水慢慢滑落。我去操场走了一圈想起英语老师说过家庭冷暴力也是暴力,于是决定放下了。陶阳接通电话就说:"你和妈妈说一会儿。"我问:"事情处理得咋样?"安兰低沉地说:"赔了一百块钱。"我苦笑着说:"冒着生命危险就为这个结果,值吗?"她不说话。和陶阳视频时,我问:"你妈妈今天咋样?"陶阳凑过来小声说:"她隔一会儿就抹眼泪。"想想家中的冰冷场景,我又很后悔。

元旦过后,课程陆续结束,在最后一节科研伦理课上,谭老师分享了很多实用"干货"。比如科研工作中遇到论文署名排序及与导师如何沟通、换专业等棘手情况怎么处理。老师叮嘱大家要学会欣赏他人,学会合作,追求个性的同时还要注意团队共同利益,面对挑战要对事不对人。最后谭老师语重心长地说:"我去很多学校参加过会议,学生在待人接物上很用心。我们很多同学觉得只要把科研搞好,其他都不重要。其实学习的含义很广,不仅仅是书本知识。"

然而在仿生学的结题答辩会上,小组遭遇了尴尬——我们的摸鱼机器人并不出彩,视频中仅有模糊黑影闪过,相比其他小组差距很大。喜妹从台上下来后就失落地趴在桌上。我安慰说:"我们这组'老弱病残'

太多，拖了大佬后腿。"大立刚去了双拐，我是心有余而力不足。

不过之后我又重拾了信心，因为数值分析作业再度获得了 9.5 分。助教还回复了我写在最后的致谢，并预祝我考出好成绩。左老师在最后一堂课上详细说明了考试时间、地点、试卷题型及分值情况。算来正好有十天复习时间。

闭关冲刺的日子漫长又孤独。除了早晚锻炼外，其余时间我都待在宿舍学习。体会到了从日出到日落的循环，感觉自己几乎快到极限了。窗外拉杆箱的滚轮声越来越密集，我告诫自己想安心回家就得咬牙过了这关。努力并没有白费，当逐个攻克知识点时，我渐渐有了撬动巨石的感觉。考试应该能轻松通过，我甚至有了拿高分的信心。

闭关结束前，去年领小黄车免费券的群中发生了小插曲。有人因无法忍受点赞推荐而义愤填膺地威胁要退群，我因主张转不转发都不应受到干涉而成了对方的火力宣泄点。看他名称备注心理学，我建议他不如搞个问卷调查看看为什么大家喜欢在陌生群中发这种推荐，说不定还会找到一些有趣结论。这话也算是照顾他的面子，最后这位仁兄赞道："还是老哥心态稳，竟然处处都能找到不错的研究题目。"不知他的夸赞是否发自肺腑，我是真心想知道这个问题的答案。

数值分析考试当天，天空有些阴霾。我怀着激动的心情，早早来到考点。考场正规程度与考研不相上下。每人学号和姓名都提前贴在桌上，不允许带走一片纸。左老师强调题很简单，用心做肯定没问题。可试卷发下来后，我顿时露了怯。题目是不难，可条件一变，我就完全没办法了。考试结束铃声响起时，我才意识到在惊恐不安中度过了两个小时。好几道填空题没做出来，大题只草草完成几步。走出考场，举步维艰。四面八方的人仿佛都在盯着我，头顶乌鸦的叫声如此凄惨。想到助教的鼓励更是脸红，那六份高分作业简直让人无地自容。此时我心中只有一个念头：今晚启程回家。

返回兆业楼，我沉痛地向导师汇报了结果：考试彻底砸锅，下学期可能重修。导师只说了一句话："你这学期学了什么？"我失魂落魄地站在原地不知所措，分不清到底是问句还是感叹句。导师无奈地说："你这学期数值分析要重修，仿生学作业也没做……"我已无力争辩，她大概把我当成了每天躲在宿舍打游戏的新生了。导师最终同意我离校，但强调下学期尽快上手专业。

去图书馆还书的路上，我的内心茫然无措。路过工地时，头顶忽然掠过一团黑影。我抬头望着天空中的塔吊，内心一下清亮许多。脑海中想起了西西弗斯推巨石上山的故事。西西弗斯一次又一次地推着巨石上山，巨石却一次又一次滚落山底，于是他不断从头开始。这种无聊透顶的重复有什么意义呢？然而谁又能说清楚那个第二次推巨石上山的西西弗斯还是原来的他吗？

我与小吴告了别，他正忙着毕业收尾。小吴劝我别担心，平时作业都算成绩，想不及格也没那么容易。我也想开了，大不了重修吧！只是心有不甘，从实战角度看做题太少。怕我有包袱，安兰连打了两次电话，其实我已调整好状态准备出发。我用桃罐头盒做了底座，将三盆小花放入盛满水的盆里，以保证它们能坚持到开学。收拾完宿舍，我骑着小黄车驶入拥挤的主干道。想想有多少人在这条路上为梦想而拼搏，我这点挫折算得了什么呢？成功总是好的，失败也没什么，所有经历都是财富。

# 15 辅导学习

幼儿园因雾霾停课。陶阳和同学可米约好上午一起玩。可米妈妈独自带孩子还要上班，我们正好帮着照看一下。两个小朋友分分合合，现场一度剑拔弩张。安兰想干预，我建议让孩子自行解决矛盾，最后他们选择各玩各的。可米一会儿展示跆拳道，一会儿朗读英语。陶阳没什么拿得出手，就展示新学的字，结果写出来是反的，我们都笑了。他生气地说："你们嘲笑我！"安兰说："不是给你说了不要怕被嘲笑吗？"想起家中有本儿童读物就叫《不怕被嘲笑》。很多理念听上去不错，可稍不注意就变了味。其实不怕被嘲笑的本意应该是专注自己的事，可孩子却只记住了别人有没有笑话自己。

临近中午，岳母关切地问："陶阳想吃啥？让姥爷去食堂买。"我说："为什么要问他吃啥？"岳母说："你不问他，怕买回来他不吃。"我说："咨询孩子意见得有明确目标。吃饭穿衣要他做什么主呢？"岳母阴着脸不高兴。两代人有很多观念难以调和。比如我们鼓励陶阳多分享，岳母总认为好东西自己孩子还吃不够，怎么拿去给别人？

第二天岳母以为继续停课，就没叫陶阳起床。陶阳一听要迟到，就躺在床上大哭，并抱怨还没吃饭。于是全家开启总动员模式。陶阳刚穿上一只鞋，岳父就举着杯子喂水，那边岳母又拿了吃的往嘴里送。整个场面可笑又可气。我越发觉得所谓鼓励和爱的教育也是有前提条件的，否则必然是邯郸学步。我们商量上完积木试听课后就赶紧回家。这个假期注定不会轻松。

这是陶阳参加的首个培训班。听可米妈妈说小朋友都报班了，我也不敢太固执。这次是家长组团，培训机构带教具来现场教学。免去进城奔波之苦，自然大受欢迎。不过关于培训内容倒有些分歧。有些家长认为自己孩子拼搭积木很熟练，希望能增加难度。而我不希望培训和孩子自己在家玩没区别，提议增加合作训练。没想到这个建议遭到多数家长反对。大家一致认为所谓的分工合作会让那些能力弱的孩子完全不干了，只在旁边看。回想起自己的经历，我尴尬地笑了。

出发前，安兰从幼儿园取回课本，在家带陶阳做数学作业。这是道简单的连线题，可陶阳在找到数字"5"后就迷糊了。整个场景仿佛回到了他学扣扣子的状态，只是现在因完全插不上手而抓狂。我在一旁翻起了他的作业本，仔细一看惊到说不出话来。我刚被数学"揍得鼻青脸肿"，没承想儿子也被打倒在地。作业中类似题全是错的！原来他只能找到三个数字。安兰多次说陶阳认不清"4"和"6"，我没当回事儿。上次看他用手指做加减法，还以为他已进入应用阶段，结果连数数这关都没过。

观战多时，我觉得安兰方法上有问题。她总以大人的理解去辅导孩子，难免陷入争论。我决定亲自出马，尝试采用启发式教学。在完成小蝌蚪找妈妈的数字连线后，我问该如何让妈妈找小蝌蚪呢？陶阳知道要倒着数，可认不全数字是硬伤。无奈之下，还得和学穿衣服一样，既然认不清"4"那就从它练起。结果他上手一写，我就看出了问题。这些笔画应该是他模仿别人的，可照猫画虎走了样。重新纠正笔画后，陶阳虽不情愿，也坚持写完了半页纸。

岳母对于我们逼孩子学习很不高兴，我也不想让学习过程太痛苦。为帮他认识到如何写出大小不同的数字，我甚至在纸上画了大小不一的格子供他练习。就这样在艰难探索中，陶阳慢慢上了道。在练完"1"和"0"后，我让他把两个数字写在一起，陶阳看到两位数也笑了。晚上陶阳拿着书本要给我讲故事。他不识字却能讲得一字不差，这让我相当惊奇。安兰说老师也发现他听故事特别认真，复述能力很强。此前我一直觉得出来上学弊大于利，现在看来他也得到了锻炼。

回家的旅途中，学习没有间断。我们在飞机上用呕吐袋当练习本，在火车站用旅行箱当桌子，希望尽快帮他补足基础。在路边等车时，陶阳问："为什么公交车走过水里有泡泡？"这种观察力让我惊讶。看来对未知的探索哪个年龄都可以。细想要探索这个问题还得先了解现有研究成果。忽然想到牛顿所谓的"站在巨人肩膀上"不正是这个意思吗？科研不能闭门造车，要想有所成就必然要向他人学习。

家中到处是积雪。姥姥最近发烧住进医院，我们赶去看望。她的精神状态不错，抱怨在医院吃不好睡不好，想尽快回养老院。我们让陶阳送上从西安带来的草莓，姥姥不断向病友夸赞陶阳和我小时候一样懂事。我站在一旁若有所思。我从小就不喜欢说漂亮话，一直把很多东西都当成好面子，其实换种方式理解未尝不可。

爷爷奶奶身体还好，只是冰天雪地出不了门。爷爷激动地拿出一个会转圈唱歌的小鸟给陶阳玩。二姑说这是爷爷在巴扎上买的，两人现在不是看电视就是围着看小鸟。奶奶孤零零地坐在沙发角落，安兰陪着她说话，其他人很快都各自玩起手机。陶阳则坐进装草莓的纸箱里玩起来。我灵机一动说："待会儿可以用箱子做个雪橇！"陶阳激动地说："这个可以吗？"我笑着说："可以啊！你先看看遥控器上的数字认识几个？"

我用胶带和包装绳把纸箱改造成雪橇。陶阳坐在里面一路开心地大笑。快到小区门口时，碰到一个妈妈拉着塑料雪橇。两个雪橇交会瞬间，她笑着说："给孩子买个这样的啊！那边商店就有卖的！"陶阳说："我不要，这个才好呢！"不过在接连遇到不少人好心提醒后，我妈觉得面子上挂不住，陶阳也开始动摇。回想我童年时，所有玩具都要手工制作，很多手艺代代传递。如今工业化让手工玩具彻底断代，想起来就觉得十分惋惜。

姥姥出院即返回养老院。楼道有暖气，老人们都在串门聊天。姥姥说住院时很多人都挂念她，包括那个很不招人喜欢的室友。联想到奶奶的情况，我不禁感叹道：这个年龄能有人吵架也是一种幸福啊！情绪无论好坏，都能让我们的生活丰富起来，从而体现出人的社会属性。试想要是能借助人工智能来陪伴老人聊天交友，会造福多少人呢？不过眼下养老院是爷爷奶奶最好的归宿。

说到送爷爷奶奶去养老院，我爸妈都支持，但表示说了没用。至于缓解家庭矛盾的建议，我爸提起琐事仍耿耿于怀。从小姑说到爷爷再到榨油厂，他意见都很大。我爸一直坚称爷爷最早去异乡创办的榨油厂是在他离开后，开不下去才搬回来的。因为爷爷酒后打人，导致亲戚都不愿干了。不管具体情况如何，那确实是爷爷力图扶持老家亲戚失败的案例之一。

与姑姑们沟通时，我改变了策略。首先提出奶奶听不清和社交减少密切相关，由此引出去养老院的想法。三姑一听就说："奶奶本来就不爱交往，爷爷爱吃肉，去养老院伙食不行。"远在外地的小姑听到提议当即反对："儿女都在！去什么养老院！"只有二姑表示可以试试，我知道她无论如何也不能像我这样大张旗鼓地表达赞同。

讨论许久也没达成共识，我只得当面向爷爷提出这个想法。爷爷先是惊讶，而后推说好多人都不想去。我反复强调去养老院的好处，爷爷摆摆手说："后事准备好了，要走就走了，不想再折腾。"我急切解释着奶奶的问题，爷爷被逼急了，又推说是奶奶不愿意去，他回过头大声地问："叫你去养老院！去不去？"重复几遍后，奶奶说："要去你去！我不去！"说完抹起了眼泪。我知道如此大喊大叫让她感到了压力，可现在除了我没人能推动这件事。爷爷最终勉强答应等开春去试试。

坐火车回家的旅途不太顺利。半夜上来两个人，既不知道车票分上下铺，又好奇车上有窗帘，一直兴奋地探索着。我耐着性子一番解答总算让他们明白卧铺不是坐的而是躺的。最后两人探讨如何爬到上铺时，一人打开手电直接照到了陶阳脸上，把孩子照醒了。气得我当即训斥他们什么素质，两人这才安静下来。躺在床上，我也后悔不该说这种话。这里毕竟是偏远地区，我也不过是上大学才第一次见到火车。如果不是通了这趟车，很多人可能一辈子也没机会坐火车。

到家后，我们忙着打扫卫生，中午来不及做饭就买了炒面和烤鸭。陶阳嚷嚷着："这两份都是我的！我全都要吃！"吃饭时，他又摆弄玩具停不下来。安兰开玩笑说："你再不来，烤鸭吃完了。"陶阳生气地说："你们都是坏蛋！不要给我吃完了！这都是我的！"气得我严厉训斥了他。陶阳以前没有吃独食的习惯，眼下也只能慢慢解决吧！

代职博士们陆续返回了岗位。同事们十分关心我的校园生活，我笑言骤减六公斤的体重应该能量化压力。听说杨工又回来帮忙修设备了，我连忙打电话问候。杨工是我的领路师傅，退休多年，仍然随叫随到，深受大家爱戴。谈及那个润滑油老化问题，我高兴地说这次有机会研究清楚了。

周末滑冰场开放了。陶阳想学冰刀。我告诉他想学这个技能就得先学会摔跤。他很坚定地答应了。现场还有个孩子也是初学，妈妈和奶奶一左一右架着在冰上走。我只拉着一只手让陶阳先学站立，陶阳摔了很多跤后，慢慢能滑行了。那个孩子练了两天仍被架着，一放手就会摔跤。家长不断责怪孩子，最后气呼呼地走了，至此也没意识到问题出在自己身上。

小吴从学校正式毕业回来了。在他的帮助下，我登录校园网查了成绩。除科研伦理的成绩是 A 之外，其他都是 B。数值分析成绩是 C，惊险过了第一关。但接下的路也并非坦途。假期过了大半，可我的基础没补，专业没学。每天下班回来就得忙着做饭，连学习时间都挤不出来。眼看后勤实力不足的问题越发凸显，最后商量还是把我妈叫来帮忙吧！

我妈喜欢背着我们放纵孩子。陶阳玩具多了，学习状态迅速下滑。以前还能自己完成作业，现在非要等我们回来才动笔。之前学会的数字忘了一半，写字母也不认真。我让他擦掉重写，他拿着橡皮懒洋洋地擦两下就在脏兮兮的纸上继续写。气得我把本子扔到地下，转头去了书房。安兰亲自出马，没想到矛盾迅速升级。安兰让这样写，他要那样写。反复多次，我又担心把孩子折腾到厌学，于是我们又发生了争吵。冷静下来想想是不是目标和要求偏离了最初想法？学习是件严肃的事情，可过于严厉应该也没好处。我和安兰分析现状后，觉得还得像滑冰一样靠奖励调动积极性。于是趁着陶阳有了小进步时，我们带他去超市买了冰激凌。然而结果并不理想，我们嘱咐不要吃太多，他却东躲西藏怕我们看见。

鉴于我妈的到来并没有太多正面作用，年前我就让她回去了。陶阳又恢复了自己在家的状态。我注意到他有些离不开平板了，安兰说她早就发现书架下面总有糖纸。为防止事态扩大，我停止了讨论。虽然是顾及孩子的自尊心，心里却久久不能平静。记得有次陶阳问："为什么有人会说谎？"我说："可能因为管得太严厉。"现在看来自己是不是也犯了这种错误？晚上洗漱时，安兰情绪非常低落，因为陶阳说一写字就想吐。我大声说："我们不能简单试了一种方法就认为孩子不行。陶阳懂事早，我们更应该多鼓励。"这些话也是故意说给陶阳听的。总得鼓励孩子讲实话，即使有些话并不是我们想听到的。

为了激发孩子的学习动力，我将写字练习改为互相出题比赛。可陶阳的兴趣只保持了两天就开始敷衍。尽管他声称自己是不会才写不好的，我更担心他为了看平板而撒谎。年三十当天下班，我改了路线，结果一进门就发现他坐在窗边看动画片。我让他靠墙罚站，下楼找了根树枝。等安兰回来，陶阳哭着讲了事情经过，之后我狠狠打了他的手心。这一刻，我心里异常难受。所有正面努力都被老人的负面做法抵消。一边是明着宠，一边是暗着惯。小时候养成的那么多好习惯转眼灰飞烟灭。我们出去上学有什么意义呢？万一把孩子耽误了怎么办？

年三十我爸妈都去了二姑家，一家人终于团圆了。我也重归平静了。回头想想其实孩子进步很大，假期不仅学会了写数字和字母，还学会了滑冰。我们陪伴他的时间太少，孩子在家待一天很无聊，换作大人也难受啊！然而日后该如何应对，我也一时没了主意。以前担心加压太多适得其反，现在感觉孩子做事不认真，一遇困难就想放弃。无论如何也没能找到两全其美的办法。所以换个视角看，带孩子就好比一场不可重复的实验，你还无法进入其他家庭去观察体验。

# 第二章

## 16 有限元课程

进入校园，我脑中纷繁杂乱的念头顿时烟消云散。由于临近注册截止时间，II 楼自助终端前排着长长的打卡队伍。我果断赶到注册中心通过人工完成报到，转身站在门口感慨万千。如果去年选择回头，今天就不会出现在这里了。这学期只有两门课，还得尽快谋求专业上的突破。我已做好了准备，相信只要投入足够时间肯定能拿下来。

"在家待了这么久，休息好了吧？"一进门导师就问。我尴尬地笑着报告了数值分析不需要重修的好消息。说起这学期课程，导师很担心有限元这门课："你别花很多时间又只学这一门课，这样还是参加不了项目。不行换门课吧！"我犹豫着说："现在还能退课吗？这些课都是上学期选的。""我帮你问问去年选过课的学生吧！"导师开了免提。同学介绍这个课有考试，要上慕课，还有讲解演示，最后大作业得独立完成，而且对力学知识要求很高。导师关切地问："每周学习花多少时间？对掌握软件有多大帮助？"同学说："至少得花一天时间！如果只想学软件完全可以自学，听课就太浪费时间了。"听到这里，我吓得开始想退却，慌忙中想起廖俊说过有门CAD课程挺好过。

没等我开口，导师忧心忡忡地说："他可是应届毕业生第一名啊！他都要花一天时间！"我得承认这句话产生了反作用，心中那股倔劲又隐隐蹿上了头。既然数值分析都扛下来了，这门课又能怎么样呢？导师翻出培养计划发现这学期课程并不多，而那门CAD是秋季学期的课。我鼓足勇气说："我想试试这门有限元！上学期八门课让我手忙脚乱。"导师说："那不就是听听课吗？"我说了一堆理由，导师说："要不把这门课退了！等下学期再学那门CAD。"我忧虑地说："万一政策有变，完不成基础课就太可惜了。毕竟单位以往政策是学满一年要回去做课题的。"导师最终同意了，但要求不能在宿舍学习。

返回实验室，我立即向小孟咨询。他没上过课但明确表示不推荐，理由都差不多。我很好奇慕课是什么，小孟解释说："一种视频教程，挺费时间。"旁边同学插话说："你可以选其他的，最好是那种合作的，相互还有个帮助。"我有些后悔，早知如此就不该逞强，现在没了退路。去年前沿课讲过有限元，我因回家过节恰好错过，不然现在就可以决断。其实选择退课皆大欢喜，导师满意，我没压力，多好。

思前想后，我决定还是去图书馆借些书看看再说。乘电梯时，迎面进来几个学生。"我们组又一个博士退学了！"有个学生低声说。另一个关切地问："又一个？不是休学吗？"我庆幸自己熬过了最艰难的阶段。去图书馆的路上，四处都在议论考试成绩。前面有个学生抱怨数值分析绩点只有3.0，想去找老师问一下结果，另一个说可以评课时给个差评。我刚弄明白绩点的作用，没想到这也是大神们角逐的目标。从管理者角度看，设置评论的初衷是想改进教学效果。但众口难调，有时也难以跳出个人视角。

抱着一堆书回到工位，我注意到对面的邵伟用上了新电脑，看来自己得加倍努力了。仔细翻看有限元教程，我感觉课程应该没想象中那么难。只是这种软件教程在电脑上按步骤操作即可看懂大半，还需要老师讲课吗？如果课堂都在看视频中度过，确实不如自学。另一门机电控制涉及拉普拉斯变换、鲁棒控制等内容，看起来难度不小。不过这门课是控制技术的核心，能拿下来必然可以提升专业能力，还可以借此提升数学应用能力。这样盘算下来，我逐渐有了信心。

在本学期首次组会上，导师明确了任务分工。新项目已经开工，其他人寒假期间都参与其中。我的任务是协助思宇调研。此外，每周组会交流增加为两人。导师特别强调："每天不晚于八点来实验室，不早于十点离开。不要待在宿舍学习！实验室方便交流，也能更好利用资源。"会议结束时，导师让大家尽快上交本学期学习计划，同时让我按邵伟的标准也配台电脑。不知为何，我本能地表达了婉拒，大概是被这突如其来的新规吓蒙了。人家都劝我别太在意，哪个博士每天工作不超过十个小时？可如此一来，我又如何利用其他资源呢？

直到有限元课程开始前，沮丧感依然萦绕心头。我怀着忐忑的心情来到六教，大教室里座无虚席。一个身影老远就向我挥手，原来陆森也选了这门课。邵伟也在，看来导师还是认可他的实力的。课程内容与大家讲的基本一致，只是漏了中期考试，而且个人讲解从下节课就要开始。所以当老师提出课堂要求是不能接电话和看手机时，我胆怯了。这几乎是目前听过最严的课堂要求。万一翻车，老师能不能高抬贵手都是问题。唯一的诱惑是那些绚丽多彩的图，掌握这个技能应该对科研有帮助。

课程先介绍了有限元的发展史。有限元同样诞生于工程应用需求，而且算比较年轻的技术。因为授课的曾老师和学界泰斗有交集，他本人的著作在国内也属于顶尖。所需知识并非力学一门，材料力学、流体力学、热力学等十多种知识都是重要基础。老师最后打趣说:"有限元最大特点是上述泰斗几乎都是高寿,所以选这门课肯定没错。"这引来大家阵阵笑声。鉴于多次领教过此类课程的玄机,这种故作轻松的时刻我自然笑不出来。它的真容展露之时会给我带来难以承受之痛。上午一共四节课,我计划等第二节课就直接从后门溜走。无论如何第一节课总要给足老师面子。

出乎意料的是,老师很快关掉投影仪,开始像数值分析一样全程板书教学。所谓慕课视频是课后自行完成,课堂主要讲解数学知识。如此贴合需求的机会让我决定再斟酌一番。结果,老师的必杀技一亮就让人不能自拔。课程知识点的来龙去脉和应用方法清晰透彻,这不正是我梦寐以求的技能升级法吗?而且有限元的分析思路提供了看问题的全新视角。老师强调虽然有限元用到的数学知识很难,但一旦掌握了,其他的都不在话下。这让我彻底改变了主意。

所有人都要完成讨论题讲解。老师强调讨论完全开放,欢迎畅所欲言。由于讨论题难易程度不同,老师建议主动报名,先到先得。三名同学课后主动自选了讨论题,而我找老师说明了基础薄弱的现状。老师听完说:"没问题!学过材料力学吗?"我犹豫着说:"十几年前学过。"曾老师笑着说:"那没任何问题,肯定能学好的!"

晚上刮起了大风,户外锻炼无法进行。安兰的奔波生活又开始了。陶阳又咳嗽到不能入睡。家中太热肯定不利于恢复,可面对倔强的岳母,我们实在没辙。说起孩子学习,安兰气不打一处来:"我小时候都是写完作业才出去玩,你也是做事认真的人。可你儿子就不一样,让他写字非得讲条件,要等我回来才写,可我回来他还是不写。一让写字就哭,看着别提有多烦。也不知道跟谁学的!"我劝她不要着急,改变也需要坚持。虽然一再提醒鼓励很重要,有时也容易抛在脑后。毕竟我们都是普通人。

项目任务陆续展开。邵伟正忙着给建模软件录入数据，思宇安排我帮忙读数据以提高效率。看我带着有限元教材，邵伟说："看书没用，最好直接学软件。"我笑着说："我这个基础用得上。"邵伟寒假工作很久，干起来轻车熟路。我们赶在午饭前就完成了任务。去食堂的路上，我特意夸奖了他们的软体机器人，也想把仿生学重学一遍。思宇建议学好微积分和线性代数即可。至于我想通过有限元学好数学的想法，他俩观点一致。思宇甚至觉得学数值分析都是浪费时间。不过换个思路看这其实是我的优势，就像学习机械前沿课一样。别人的路看着再光鲜也不一定适合自己，因为基础不同。

正式进入慕课学习才发现分歧果然如此。这个在大神眼中的累赘，简直就是为我量身定做的"保姆教程"。视频中将各知识点掰开揉碎了讲，正好弥补了我的短板，而且可以反复回看直到把内容弄明白。上学期数值分析中没搞懂的差商、逼近问题，结合有限元分析法都理解了。遗憾的是由于时长限制，视频比课堂讲解内容差了很多，缺少数学知识体系的精髓。我当即下单购买了曾老师的著作。本以为课后习题很难，没想到一次性全做对。信心大增时，我想起挖掘机油箱漏油故障能否用有限元分析一番呢？灵感一来顿时打开了思路。正好也有空关注润滑油老化问题了。如果能把这两个工程问题解决，岂不是直接解决了发表论文的难题？

机电智能控制课程也非常不错。授课中还有神经网络等前沿内容，课程大作业同样是以组为单位完成软硬件开发。随着温老师的介绍，我脑海中不断闪现工作中遇到的各种问题，发电机切换、电路故障排查等，这门课几乎可以满足我的所有需求。课后我找老师反映个人情况，温老师安慰说："基础差没关系！最后实验分组，多向其他同学学习。"这让我吃了定心丸。很多同学都是一个班的，那个数学满分大神知贵也在。

两门专业课敲定，我开始制订学习计划。这学期课程不多，加上复习、大作业等内容勉强凑了六项，我又把开题立项提上日程才使学习内容看起来饱和些。千万不能让导师误以为我只想混日子。查阅研究生手册时，意外发现原来最短结业时间是两年。这不禁让我怦然心动。如果能两年毕业，当前面临的诸多问题不就迎刃而解了吗？我迫不及待地把想法告诉安兰，她更担心我吃苦受累。虽然同年入学的还没人开题立项，可毕竟情况特殊，值得尝试。

临近妇女节，条幅大战的热度进一步消退，而我筹划高效毕业的劲头越发高涨。我给前沿课讲润滑的詹老师发了邮件，希望能得到指点。同时开始培养学习时关闭手机的习惯，这让我的学习效率迅速提升。当我第一次理解了机电控制模型后相当有成就感。直到走进食堂，我才想起看手机，这才发现导师两个小时前就叫我去讨论学习计划。没来得及吃饭，我匆忙返回实验室。

导师对照学习计划逐一进行指导。首先课程复习计划被否决，导师说："用到什么就学什么，不能再抱着整本书看。"说到大作业，我连忙插话说："没想到这两门课居然可以把以前遇到的难题都解决了。"导师没接话。我意识到这可能不是关键，赶紧踩了刹车。短暂沉默中，我猜开题立项很可能是焦点。果然，导师摇摇头说："这个肯定不行！课题组还没有两年毕业的硕士，而且以你目前的情况不可能在五月完成开题。"我说起计划以及面临的诸多难处，导师没松口。

经过尴尬僵持，我放弃了。转而解释说只想设个提前量，不至于最后太慌乱。导师这才缓和了语气："一年半或者两年开题还差不多。现在延迟毕业不是六个月而是三个月。"原来导师担心的是推迟半年对我可能还不够用。至于专业规划，我说："目前正准备学习钻削实验。"导师连连摆手说："不用了！直接看新项目内容，现在得看磨削或铣削了。你建模可能不行，只能做实验。"

晴朗天空下，阵阵寒风依旧刺骨。我是个善于沟通的人吗？好像是又好像不是。情商补了智商吗？好像补了又好像没补。一切突然变得如此迷茫。走在路上，我告诉安兰两年毕业的愿望破灭了，前期积累的文献都白看了，可能需要考虑"降落伞"了。安兰劝我接受现实，不要如此倔强。跌宕起伏的日子都忘了吗？想起英语课上我大言不惭地想劝别人接受现实，其实自己从不愿妥协。我认为正确的事就去做，别人不对就要证明给他看。我把这些理念理直气壮地灌输给孩子有意义吗？不知不觉，又走到了塔架下面。我默默地停下了脚步，站在这个庞然大物下思索良久，豁然开朗。我不奢求能做出多大成就，只要比昨天的自己有进步就是收获。

# 17 渐入佳境

到第二次有限元课上，我的状态完全恢复。开场首先由三位同学做讲解，曾老师逐个点评并提出意见。这种开放式讨论教学很有趣，讨论题对课程知识点形成细致补充，随堂点评则展现了老师在各知识层面融会贯通的深厚功力。这不正是自己可望而不可即的目标吗？我听懂了很多数学问题，甚至连仿生学的坐标变换都有了用武之地。不过随着讲解不断深入，基础不牢的缺陷暴露了，我坐在第一排也难免走神。课后，老师决定将个人讲解改为按学号顺序来。由于我学号靠前，所以当场就"中奖"了。

曾老师一直强调前面的讨论题没什么难度。然而我拿到讨论题就傻眼了。两道题目都和广义逆矩阵有关，熟悉的恐惧感再度袭来。眼下我线性代数没复习，想找人求教只怕耽误别人的时间。直到走进龙香园，脑子里都在盘算着如何应对。此时前方两个小学生正比拼各种技能，不占上风的男孩最后亮出了撒手锏。他说："我撒尿最快，每次都是第一！"女孩支吾着说："男孩好像是要比女孩快些吧！"说话间男孩已冲向了厕所。如此可爱的竞争让我开心地笑了很久。当年自己也是处处争先，如今深刻品尝到了落后的滋味。

不过直面"老友"我也有了丰富经验。最终化繁为简从定义起步，翻教材、找文献，趁着周末完成了讲稿。如果没有上学期的积累，很难想象能在短时间完成任务。而且重新学习矩阵也为我带来了全新感悟。

去图书馆还书时，我顺道取回了参加校内读书日活动的赠书——《量子物理史话》。这是葛老师推荐的，读起来爱不释手。当经典牛顿力学显得不可撼动时，量子力学却在不可见之处横空出世。科学的力量让人类的认识不断深入。忽然意识到中学化学做的实验其实是按图索骥，现在的实验才是探索未知的工具。虽然这些工具威力强大，但我没一样能玩转。懂点数学知识却不知怎么运用，懂点实验方法却不知如何组织。唯一能自我安慰的是少了固有观念限制，可能也会有点不同视角。就像当年海森堡也对矩阵产生疑惑，只是人家用想象力重新改造了这个工具。

眼看摸到了起跑线位置，我越发希望尽快站上跑道。然而导师又布置了调研自动化装配生产线的新任务，这个方向的资料少到连概述都困难。思前想后，我决定推进预想的科研内容。正好詹老师刚出差回来，我赶到摩擦所当面请教了问题。听完介绍后，老师认为这项研究如果能形成一套老化判定标准还是有价值的，但要作为学位论文肯定不行。因为都是很传统的检测方法，基本没有创新点。至于结论是否可靠的问题，詹老师说："这个不难，再增加些实验即可。"我仔细记下交流内容，计划拿这个问题练手。论文即便发表不了，对工作也有指导意义。只是不知道詹老师提到的四球机、烧结等实验该如何开展。

有限元讨论课当天恰好赶上国际数学节。前两位同学讲得非常出色。为防止意外，我准备了两套方案。如果突遇尴尬，后半段就直接闪过。开场讲完逆矩阵正好下课了，我注意到曾老师一直在纸上演算，到课间也没停。我主动上前帮着打杯水，老师推辞再三终于同意。打水回来，我才看清原来老师是在计算广义逆矩阵。说起我刚才的讲解内容，老师认为结论有问题，希望抽空再把这段重新交流下。待上课后，我及时更正了讨论题结论。看时间还宽裕，我又讲了学习矩阵的感悟。

"从生命诞生起，我们就在解方程。出生是 X，既有无限可能也什么都不是。人无法孤立存在，X 必须进入方程式变成 $X_1$、$X_2$……之后才有意义。随着年龄的增长，方程组越来越多，得到解的可能性越来越少。面对这种情况，孔子用两句话给出了答案。一是君子不器。人不能固化，不能退化成一个解。尽管每个人都需要通过别人来定义，依然要努力成为理想中的自己。二是随心所欲，不逾矩。每个人都在方程中找到自身价值。只有到曾老师这种德高望重的阶段，不需要向别人证明自己，人生的方程才规范。难就难在我们这个年龄，高不成低不就，方程式逐步增多，解的可能性减少。这大概就是所谓的中年危机吧！"讲到这里，现场同学都笑了。

此外，结合前沿课程的思考以及冬天制作纸箱雪橇的感悟，我讲了标准化与非标准化的问题。标准化在提高效率、降低成本、提升品质的同时，也不免让事物失去多样性。借此提醒大家注意任何事物都有两面性。曾老师最后点评说："讲得不错。就是有两点需要更正，第一，我还算不上德高望重；第二，在科研界四十五岁以下都算青年人。"大家都笑了起来。课后打水时，老师交代接些温水。我这才反应过来老师没时间等水凉。本想拿着教材找老师签名又觉得太张扬，干脆再等等吧！反正课程结束还早呢！

回到实验室，我重新对讨论题中的方程进行仔细推算。经过再三验算发现计算过程和结论并没有问题，只是我当时没领悟概念，也没敢展现完整的推导步骤。现在一切都明朗了，我又犹豫该不该为这个小问题较真。思前想后，我还是给曾老师发了邮件说明重新验算后的情况，希望当面展示计算过程。晚上八点发出邮件，十点就显示已阅读。但老师一直没回复，这让我非常忐忑。

组会交流内容终于获得导师批准，不过差距依然明显。我通篇以概述为主，其他人都是讲具体技术。比如对加工中产生的热量研究，针对问题从建模开始，找出各参数间的变化规律。受此启发，我将这种思路借鉴到油箱故障分析上，接连想到密闭容器内的流体建模，焊点受力分析以及油液进入裂纹内部的影响等。看似简单的问题换一种视角却很不简单，这正是科研赋予的魔力。会后，我向吕博士请教了实验。他介绍说和润滑相关的高端设备都在摩擦所，不过费用不菲，想做实验肯定需要先取得导师的支持。我以为系里的设备对内都是免费的。这样看来润滑油方向的实验得暂停了，只能借助机电智能控制的大作业来寻求突破了。

机电智能控制课程开始介绍神经网络。老师讲解的应用案例是学习装载机换挡，这引起了我的强烈兴趣。课后，我向老师指出了这项研究的局限性。由于装载机是多用途机械，换挡时机的选择并不能体现出操作水平的高低，若应用在吊车等单一功能机械上倒有可能体现出算法优势。老师非常赞同我的看法，认为研究者可能没实际操作经验，考虑问题不能面面俱到。回到实验室，我又找小孟详细探讨了神经网络的应用问题。他认为目前难以实现工程应用，因为模型只能表征已知因素，应用中未知因素太多。不过他认为我提出的利用算法提供参考、决策靠人工的方式还有可能实现。如此一来，我感觉终于找到新方向，工作经验即将派上用场。

晚上终于收到曾老师回复：明天10:25可以见面讨论。这让我非常激动，不过这精确到分的见面时间着实让人捏了把汗。我赶忙又把计算过程检查了几遍，最后重新誊抄一遍以便看起来美观一些。实验室与曾老师办公室同在一层楼，第二天我一早赶去没见到人。离约定时间还有5分钟，老师正好从楼梯间走出来。开门进入办公室，老师从包里拿出一张纸，上面是新的计算过程，纸面简洁工整。对比之下，我的这张纸惨不忍睹。不过我把所有可能情况都列了出来，老师结合自己的计算过程探讨许久。

曾老师最终同意了我的算法，并把我的名字和时间写在纸上还拍了照片。他笑着说："这个问题很有意思，之前我们讨论到这里发现不是单位矩阵就没再往下算，这么看来还是可以的。"我的心情十分激动，为老师的谦虚随和，也为自己的坚持。借此机会我又描述了油箱故障，老师说："精确建模没问题，有限元都可以解决。"最后老师看了看表说："只能先讨论到这里了，我还要参加博士生答辩，得赶紧下去。"原来老师是特意为这个小问题上来的，这让我深受感动。

冬去春来，转眼就到了春暖花开的季节。柳叶有了淡淡的绿色，河岸两旁焕发出勃勃生机。陶阳病情好转，逐步恢复了学习。安兰夸赞他放学后知道先写字，自己能完成英语作业，画画也有了进步。我们都很高兴，分析原因应该是孩子运笔能力增强了。陶阳两个月写完两个本子，用了两支铅笔，也算是熟能生巧吧！想想自己小时候遇到难题总觉得是脑子笨或方法不当，其实是缺乏练习。不过陶阳现在又有了新毛病——喜欢吵架。我觉得问题根源还在我们身上。再说解决不良习惯是个长期过程，管理中也没有一劳永逸的办法。

说起清明节，我才想起又快放假了。为了顺利回家，还是得先完成作业。比起上学期，压力小了很多，不过有限元作业难度越来越大。慕课中仅有三次提交答案的机会，很多人都抱怨稍不注意就丧失改正机会，为此还自发建立了作业互助群。面对眼前"求逆"的难题，我一筹莫展，折腾一天都没得到结果。本想在群里问答案，最终还是忍住了。我试着上网看看有没有类似问题，结果发现原来是把求逆方法弄错了。于是乘胜追击将MATLAB编程内容搞定。迈出重要一步，我心中无比激动。

清明节前，班里组织了参观奔驰工厂活动。在蒙蒙细雨中，大家乘坐校园大巴赶到顺义。虽然参观只是坐电瓶车绕生产线一圈，但我还是被自动化程度震撼到了。整个工厂几乎看不到人，所有工序由机器人完成。机械臂自行翻转、加工、运送工件，工作人员只需在围栏外操作。对比课题组的人机协同机器人，终于明白应用场景的显著差异。

参观完毕进入交流环节。总经理特别提到机器狗，希望同学们能详细介绍相关技术。其实这种综合工程应用与实验室的研究并不是同一条路线。同学们结合专业介绍各自研究方向以及对智能制造的理解。我围绕智能制造中人的因素谈了一些看法。我以某重卡建厂时引进了生产线却组装不出车为例，说明无论自动化程度多高，制造的核心还是人。同时我以亲历国产车由弱变强，以及全程见证某手机大厂选择不跟随而倒闭的例子，强调科技核心在于创新，产品性能的一致性、连续性，以及服务标准化这些更需要沉淀。最后我给同学们提了一点建议：日后工作时要特别注重基层历练。很多一线工作看着不起眼，甚至没技术含量的工人也能干，但理论加实践产生的效果绝不一样。这个观点得到工厂的高度认可。

## 18 清明节

乘坐火车回到家中已是傍晚，室外一直刮着大风。陶阳进步很大，已经能熟练写出所有数字和字母。关于下一步学习计划，安兰希望向前推进，我建议继续专注基础。安兰还想多报几个辅导班，可亲眼看到她早出晚归的状况，我下不了决心。积木培训班还不错，就是课堂缺少启发性。安兰说老师的问题都有标准答案，我觉得与其引导孩子说出正确答案，不如让孩子讲个故事。老师省事，孩子也培养了想象力。看来大批高学历人才进入中小学未必是屈才，只是效果的显现还需要时间。我们商议后决定趁这个校庆日带孩子去大学长长见识。

院里小朋友假期都去城里上辅导班。陶阳白天找不到人玩，我带着他在家折飞机、打四角、做弹弓，几乎把我们小时候的游戏都体验了一遍。但他只关注输赢。比如玩弹弓宣布结束，他又搞偷袭，一连好几次。我拿弹弓打了他的手，他大哭半天。等他平静下来，我告诉他想赢就得在遵守规则的情况下不断提升技能。然而很快，他的其他问题也暴露出来。孩子吃饭、穿衣无不退步，安兰说陶阳现在能保持半天不发火都不容易，一不高兴嘴里就絮叨不停。面对如此棘手的局面，我也只能劝安兰冷处理。

回程的火车上，邻座两人一路聊天。其实和陌生人交流也是种学习方式，而我也逐渐适应了不聊天的出行方式。年轻人没社会阅历，保持距离感也是明智之举。就像小时候的玩具，不是说它们不好，而是时代变了，新的需求出现了，由此社会才能前进。半路上接到包哥的电话。他的声音低落消沉，据说近期状态低迷到几乎要吃抗抑郁药的边缘。我大吃一惊，一向作为人际关系中转站的包哥怎么会这样呢？聊了很久，我猜他应该是遇到了中年危机。我们这个年龄在技术或管理上理应能独当一面，否则必然会感到来自上下的压力。我安慰他说："谁也帮不了你，只有靠自己的力量才能走出阴霾。每天坚持学习新知识，不断正向激励。目标不在多大，只要往那个方向走起来就是进步。"

春天悄然临近。河边柳树有了绿意，五颜六色的花草都渐渐苏醒过来。漫步在校园中，我忽然对学习提不起任何兴趣，满脑子都是孩子和家庭。来到龙香园二楼点了份香锅，打了碗汤回来又遇到意外——我的饭好像被人端走了。点菜的小伙犹豫片刻让我拿走下一份。我看出他肯定是个新手，这样干的结果只会让麻烦越滚越大。僵持不下，从后堂过来个小伙，简单问了几句就接管了现场，并很快处理好了问题。生活中类似场景并不少见，遇到新手出招着实头疼。不过想想自己也好不到哪儿去。我是老手也是新手，夹在中间同样难受。

回到实验室，我重新聚焦神经网络学习，感觉状态慢慢恢复。我意识到毕业之路还很漫长，浸润在生活中容易忘掉目标。倘若日后能顺利毕业，还得想办法保持学习定力。不过眼下得重燃完成毕业计划的雄心。正好阿星晚上要做实验，他同意带我去现场看看。阿星的准备工作花了不少时间，我三番五次的催促让他很不理解。我解释说："不见实物就迷糊，总想尽快接触下，好为日后的实验做准备。"

阿星带着我在楼里绕了两大圈才来到实验室。亲眼看到复合材料、刀具、设备，我立刻明白了组会上讨论的很多问题。不过他开机试了两下就说："机器坏了，实验做不了。"本想发挥下故障诊断本领，得知这台机器正是那个选培博士庞师兄做的，我就没好意思开口。房间里只有我们两人。我好奇地问："大师兄平时是不是都在这里？"阿星说："不常见，应该在宿舍多些。"我惊讶地说："他不是着急毕业吗？"阿星摇头说："可能压力太大。他都签了公司但迟迟没毕业，拿不到学位证公司肯定不要他。"说起来大师兄当年是以外校第一的成绩考进来的。我这才明白导师大概担心我在宿舍学习也走上这条路。

谈及专业，我坦言希望尽快确定课题，最好能去现场提早工作，否则就得考虑换方向了。这点阿星非常不认同，他说："大家最不愿去现场。大师兄就是因为在现场太久，导致后来没时间做自己的研究。"我诧异地说："问题不就是要在现场发现吗？"阿星摇头说："学生能见过多少问题？大家只擅长理论，可现场和科研完全没关系，都是操作机器之类的活儿，说不好听点连个工程师都不如。"这种认知差异不是亲身经历也难以体会，我能理解但并不认同这是造成困境的原因。

天空飘起蒙蒙细雨。家中又传来了坏消息。陶阳再次咳嗽，安兰觉得可能是积食不是感冒。据说生病当天吃了面条，小朋友都特别爱吃，结果第二天班里九个孩子生病请假。我觉得这背后既是经验问题也是信任问题。老师不该让孩子吃太饱，可如果家长知道孩子没吃饱又不高兴。现实中有时想得太复杂并没什么好处。幼儿园马上要组织春游活动，我担心孩子病情加重不想让他去。安兰抱怨说："两次开放日只有咱们没参加，你还是六一回来陪陪孩子。"我笑着说："别太当回事儿，不是靠努力得到的结果都没特殊意义。"

机电智能控制授课内容结束。温老师提前分好了组，接下来是合力完成大作业。小组专业优势突出，不仅有数学满分大神，还有个做软件的陶博士。我思忖着手头难题找到答案很有希望，又变得活跃起来。结果前两人开口都是："咨询了上届师兄从网上买小车开发比较容易。"我犹豫片刻，还是说了两个想解决的工程问题。经过讨论，大多数人都同意做小车开发。分配任务时，我想跟陶博士学编程。组长提议不如每人都做一份，再将所有内容优化组合。如此一来，我担心合作又变成各自为战，所以也降低了目标，力争先学会工具。大家都是初学者，想依靠这个临时团队去解决工程问题很不现实。

眼下有限元成了我的主要突破方向。为了提前发力，我请小孟帮忙装软件。安装过程很不顺利，小孟不断在手机上搜索着方法，从下午忙到晚上才搞定。这期间小孟还分享了很多算法、编程、画图等科研技能。我意识到想过科研关，这些基本功无论如何都绕不过去。

软件装好了，但用起来更费劲。由于软件版本不同，多数操作与课程中介绍的不一致。我也不好再向小孟求助，他根本没用过这款软件。很多同学建议再装个低版本解题用，我又不想走回老路。幸好群里有高手指点，新版本能勉强用起来。不过忙碌到晚上还是一无所获，软件不是报错就是失败。我有些沮丧，但仍不想后退。此时图书馆的开题立项讲座早已开始，我只好停下手头的工作前往现场。

紧赶慢赶还是错过了不少内容，不过剩余部分也让我收获满满，终于明白了文献调研和文献综述的完整含义。原来科研工作的起点是前人开拓的疆界。由此也理解了看文献搞研究与发现问题再研究并不矛盾。实践中边干边学其实是试错法，科学的做法是磨刀不误砍柴工。阅读文献好比有了最佳初值和计算方法，必然大幅减少迭代过程。图书馆的讲座还有 PPT、EXCEL 等常用工具介绍。这应该能帮助我掌握部分基本功。

在图书馆查阅有限元教材时，我意外发现有章节讲到了大脑，瞬间与神经网络知识联系起来。神经网络模仿了大脑神经元结构，本质是将孤立信息联系起来形成新的认知能力，我由此联想到奶奶的问题。她不识字又听不清，输入减少使得大脑中的信息逐渐成为孤岛，如此恶性循环导致听力每况愈下。现在正需要努力重建神经元间的联系，而新环境、新技能都会形成新的输入刺激，必然有利于大脑恢复。回到宿舍后，我对照教程很快搞定了有限元软件。看着屏幕上鲜艳的图形别提有多高兴了！终于体验到了学习的乐趣。

节前的组会上，导师请来庞师兄为大家分享经验。他在这里读了四年博士，不仅设计出了钻孔机器，还翻译过专业著作。那种敢想敢干、做事细致的风格让人佩服。在这期间我一直在反思自身问题。师兄是驻厂代表，很多经验是和人打交道的。我是搞修理的，很多时候都是单枪匹马解决问题。虽然嘴上说要团队合作，但真正干起来总不顺畅。从英语小组、作业组，甚至到家庭都是如此。我总是过分强调经验，妄图找到最好的方法策略。这恰好陷入寻找最优解的过程，却忽视了不是最优但充满更多可能的方向。

回到宿舍，意外在洗漱间看见一个中年妇女在洗鞋，原来是对门同学的家长。妈妈一来就忙着给孩子晒被子、洗衣服，爸爸则帮忙收拾宿舍，场面幸福又温馨。我忽然意识到这对夫妻应该是来参加校庆的，而我还没有为迎接家人做好准备。为赶时间，瞬间火力全开。无奈有限元慕课的难点明显增多。我花了一整天时间总算把数值积分弄明白，可回头又被形状函数矩阵和力学积分搞崩溃。想到诸多计划毫无进展，我只能不断安慰自己别太要强，毕竟打基础就是这样一个过程。

然而，很快我就发现错怪了自己。很多人包括陆森都感到困难，邵伟甚至还向我求助答案。课后我和陆森一起去吃午饭，终于用上学校赠送的节日欢乐套餐券。陆森说：“好几次参加活动都看到你，离得太远也没打招呼。”我说：“去年浪费了大量时间，不过熬过来感觉成功了一半。”这时旁边又坐下一个人，原来是选培的同学小胖。一向开朗的小胖明显有了愁容，一落座就抱怨：“作业写不完，老师又布置一堆任务。我们这个年龄感觉坐不住，哪能像学生那样一坐一天啊！"我窃喜自己越来越像个学生了。

本学期我参加的活动少了许多，不过这个心理学实验室招募被试（实验对象）的实验看起来挺有趣。到现场才发现所谓实验就是在电脑上填写量表。测试大约一小时，直到遇到畅想十年后场景的题目，我才明白人家是想调查大学生对未来的憧憬。虽然这种非典型情况对调查的意义不大，我也如实写了个人认识：十年前在理想和现实中寻找平衡，希望十年后还有勇气去挑战新事物。实验报酬是给饭卡充值四十元。登记卡号时，我才意识到耽误了大家的吃饭时间，其他测试者早走完了。我有些不好意思。不过从心理学角度看，这种总怕给别人添麻烦的心态也值得探究。出门看到安兰发来消息说带着陶阳上车了，我立刻高兴起来。

# 19 校庆

我一大早赶到西站迎接。陶阳还有些咳嗽，得知安兰昨晚不仅错过了公交车，上火车还坐错了车厢，我是哭笑不得。之前多次提醒她早做规划，没想到一路还是遇到这么多麻烦。好在一家人总算团聚了。我原计划把附近景点转完，转了一圈发现并没有太适合孩子玩的，于是参观完军事博物馆和玉渊潭公园后，我们就返回了学校。

喜鹊在枝头上蹦蹦跳跳，地上开满野花，校园里弥漫着淡淡清香。许多头发花白的老人在林间漫步，脸上洋溢着幸福笑容。校庆正式拉开序幕，北操场上人山人海。陶阳一头扎进社团组织的趣味活动中玩上瘾了。由于参观时间有限，我们行程安排得很满。马上就到史文思学院的开放时段，错过就没有合适的时间了。

最后在安兰好言相劝下，我们连哄带抱地总算及时赶到。史文思学院的参观由解说员带队，整个环境氛围让游客们赞不绝口。陶阳一直心不在焉，我不得不多次提醒他注意听讲解。自由参观时，本想给他拍张纪念照，结果他不是遮脸就是吐舌头。最后在不愉快中结束了参观。

再次回到操场，我缓和了态度。陶阳慢慢高兴起来，爬上蹦床跟着众多孩子兴致勃勃地玩起来。看到这个场景，我内心开始后悔不该那么严厉。其实对孩子来说，所谓的高雅氛围还不如这个充气床垫有意思。中午在紫苏园吃饭时，我郑重向孩子道歉。晚上回到宿舍，陶阳咳嗽明显加剧。安兰说："史文思学院空调太冷！当时我都感到很冷也没敢说。"想买瓶止咳糖浆又苦于药店太远，上学期为了买治拉肚子的药跑了很远。安兰当即在网上下单买药。虽然我已是网购达人，却还没有点过一单外卖。

离开校园后，转战到科技馆，我们发现这是一个好去处。科学知识被转换成儿童喜闻乐见的游戏，如此新颖的教育方式确实有趣。不过由于知识点过于丰富，感觉很多需要思考的内容都成了快餐服务。转念一想，自己又何尝不是抱持着同样的理念呢？参观游览总想一站式服务，一分一秒恨不得都利用起来。而商业化运作也在迎合放大着这种需求。回想儿时制作玩具既要克服诸多困难还要经历漫长等待，如今强大的工业力量改变了一切，此时，我对快慢有了不同感悟。

馆中最受欢迎的是儿童科学乐园。现场人山人海，所有项目都得排队。这里其实就是集合了农林牧渔的大型游乐场。陶阳体验开拖拉机播种时，我站在一旁笑了。当年爷爷从翼子板上放心地坐到拖斗里，也是对我驾驶技术的认可。如今高科技的模型拖拉机安全了，却也失去了那种紧张刺激感。想到爷爷，我当即打了电话。春天都快过去了，仍不见他们去养老院的动静。电话也一直没人接，二姑说前几天去楼上看过，爷爷奶奶都挺好，应该是没听到铃声。

逛完动物园后，安兰带着孩子回家了。重新回归一个人的生活很不适应。在操场跑步时，想起陶阳玩蹦床的开心模样，真后悔为那点小事训了孩子。生活中，我们并不需要时时处处按计划进行，也不需要每件事都收获满满，只要大部分时间开心就好。回到宿舍，手机显示两个未接来电。包哥接通电话就抱怨:"最近咋不好联系你?"我笑着说:"每天两眼一睁忙到熄灯,晚上也不带手机。"包哥说:"你这个年纪还有必要这样忙吗?"这番话让我对他是否转变认知产生了疑惑。包哥情绪依然低落但跑步坚持了下来。我安慰他说:"坚持是第一步。很多事即便一时做不好,回头看也是提升。"

然而我很快认识到转变观念远比改变观点困难。连续给爷爷打了五天电话都没人接,无奈之下,我一早起来就开始打。这次终于接通,不过电视背景声音太大,我喊着把声音关小一些,他也听不清。爷爷问:"有没有事?"我问:"你们身体咋样?"爷爷说:"我身体还可以,就是你奶奶身体不好,现在就像痴呆了一样,话说得少,老爱忘事。"我连说了几遍去养老院吧!爷爷没说话,也不知是没听见,还是不想说。刚放下电话,同事又来电询问设备参数。单位正统计装备为调整合并做准备。得知待修车辆都处理完了,装载机厂家也完成回访,我心里踏实了。不过想起家事又无比伤感。我处理过无数故障,甚至视装备为生命体,现在却眼睁睁看着最亲的人如此而无能为力。

思前想后决定出手干预。我立刻给三姑打了电话。三姑坚持认为八十多岁的人就是这个状态,没什么可以改变的。我激动地说:"学校老教授九十多岁还打网球呢!现在两人住楼上就像坐牢,一天说不了十句话,连吵架都没有了。这有什么意义呢?"三姑说:"奶奶本来就不爱说话。"我说:"五年前奶奶根本不是这样,就是到楼上才慢慢成现在这样的,再往后可能连人都不认识了。"最后三姑勉强说:"那过两天我回去说说!不过去不去得征求他们的意见。"我说:"老人现在和孩子一样,能做得了什么主呢?明知道前面是沟,为什么还要看着他们掉进去呢?如果对他们好就去做,不能再拖了!"

我又联系了二姑,二姑接了电话就说:"现在两人每天起床不是看电视就是打瞌睡，咋说都不爱下楼。吃饭就是面条加点菜叶。"我焦急地说："问谁都说养老院不好，可没一个人亲眼看过。如果所有办法都试了，以后至少不会后悔。而且奶奶一旦痴呆就得专人照顾，到时候谁也别想过自己的生活。"二姑说："我说过这个问题，但全都反对。不让他们看电视说是怕费电，想让他们扫扫地又说让干活。"我说："大家要统一想法尽快采取措施，不然晚了可就麻烦了。"

整整一天，我都提不起精神。想到奶奶独自生活在无声世界而无能为力，心如刀绞。我给安兰打电话，她正在回家的路上。安兰说："幼儿园马上要排练六一节目，我准备下周每天赶回家。"我说："咱没必要什么都和别人一样吧？不行就别参加了。"安兰坚决地说："不行！我妈小时候就以我身体不好不让我参加活动，我心里特别难受。"说起奶奶的现状，我忍不住流下眼泪。我说："希望奶奶能像正常人一样有喜怒哀乐，这才是有尊严地活着。现在这样和机器有什么区别？"安兰建议等暑假时接爷爷奶奶来住段时间。想想目前能做的只有这些，只是如何出行又有一堆问题要解决。

有限元基础理论讲解即将结束。曾老师再次展示了课程开篇"有限单元无限能力"这句话。不知理论与实践结合之路还有多远，反正筹划中的大作业着实让我头疼。我原以为这个油箱故障很简单，然而调研了相关文献后才发现，要把现实问题抽象到理论高度难度不小。此外软件建模需要尺寸参数，而我手头只有几张油箱图片。求助厂家被告知参数保密；想找人现场测量，设备都在工地。没料到起步会这么艰难。

失眠很快不期而至。由于各项任务都没有推进到理想状态，我再度掉进习惯性自我否定中。躺在床上睡不着时，仔细分析问题在于过分苛求，无论是对自己还是家人总希望事情能按计划推进。我已经投入所有时间和精力，不能幻想一步登天，只求能够一步一个脚印走过无人区。至于奶奶的问题，思索再三觉得还有转机。眼下搬回连队平房也不失为权宜之计，至少在那里还有朋友，或许可以刺激她重新进入社会。

第二天一早我给三姑打了电话，她说，周末带爷爷奶奶去四姑家了，确实发现奶奶不爱说话了。去养老院的事情也说了，他们不想去。我说："那现在只能尝试第二种方案，让他们先搬回连队去。现在就是要不断转换环境逼着她去重新想问题。"三姑原本住着爷爷奶奶的房子，这个方案还算合理。我也担心给她带去太大压力，继续解释说："回去后继续做工作，每年至少去养老院待上一两个月换换环境。"三姑最后答应尽快把他们接回去。我悬着的心终于放下来了。

两轮平衡车到了，组长通知大家去陶博士宿舍碰头。一路上看到很多穿正装的同学在拍照，我这才意识到又临近毕业季了。在博士楼活动室，大家讨论后决定用神经网络替换原有 PID 控制（比例积分微分控制）。初步任务划分是陶博士负责软件开发，我承担一个子程序，知贵和另一个同学负责调试。小组原计划是先熟悉程序，可大家更关心毕业后干什么。我本想谈些感悟，又怕拿捏不准尺度挫伤了年轻人的积极性。其实无论前途如何光明，回归平凡之路可能是很多人不得不面对的重要一课。就像邵伟在有限元课程上分享的经历："工作后人家一听你是京新的，都这样仰视你，最后还得重新认识你。"光环终究会褪色，唯有成长之路没有止境。至于成不成功那是别人眼中的你，努不努力才是内心的自己。真材实料的平凡生活终究也能酿出甘甜美酒。

有限元基础测试时，换成了卢老师，她是曾老师在慕课中的搭档。考前还有四位同学讲解讨论题，很多人都围着大神紧张地做着考前辅导。最后一个同学的讲解时间很长，语速快到听不清。不过从内容上看，他做了充分准备。我特意问了节点编号和刚度矩阵的关系，他又详细解释了一番。专业选手都在赛前忙着热身，我这个半吊子却显得闲庭信步，还不时干扰着比赛节奏。

晚上安兰打来电话问考得咋样，我笑着说："就我这个基础还想满分？"其实比起数值分析考试，我的状态好很多。只是知识点掌握不牢，有几道题明明有印象，却无论如何都想不起解法。安兰感叹说："名校学生基本功太扎实了。我刚做了个实验项目，与同学合作压力太大！感觉本科生做的东西都很厉害！"我安慰说："不要太担心，咱们至少在讨论环节还能对上话。"说起幼儿园布置的卖东西任务，安兰抱怨又要打印海报又要画图，家里谁也不会。我建议带着孩子动手画个海报效果可能更好。就像那个纸箱雪橇，其实并不需要在乎好坏。有时我们用大人的眼光反而把事情搞复杂了。

晚上跑步时，我注意到夜幕下的北操场灯火通明。操场中央打着聚光灯，四周聚集了不少穿着统一的中年人。灯光下，一个中年男子正在采访一个年轻女孩。我总觉得声音很熟悉又想不起来是谁。凑过去一打听才知道男的是著名篮球比赛解说员，女的是年轻作家，旁边这群人是跑"半马"的。看着一群中年人听年轻女孩谈人生、聊转变的画风有些怪异，不过细听很有道理：无论哪个阶段都要有目标。就像我现在虽然查文献、写程序能上手了，可没目标指引很难发挥效能。

然而想确立目标也并非易事。手头生产线任务还没摸清方向，导师又安排了调研工装夹具的新任务。不出意外，可查到的文献又不多。去图书馆借书回来时，正巧在电梯里碰到龚博士。龚博士是企业定向生，工作三年后出来读博。此时近距离听着他和老师讨论项目问题，我是又羡慕又着急。班里有同学都发SCI论文了，我还在频繁转换方向。看来想突破只能按自己的想法来了。

## 20 思维训练营

  课题组又添了新成员。两位保研的本科生加入组会交流，这大大缓解了我的焦虑。手头那点生产线知识快榨干了，再这么轮动下去实在拿不出干货。导师没出席，气氛相对轻松。两人介绍了各自的毕业设计，无论是专业水平还是分析能力都相当出众，整套科研流程比起研究生毫不逊色。我感叹道："你们都是这水平了还上什么研究生呢？这要工作两年再回来可不得了。"大家都笑了。

  话虽如此轻松，可一想到自己那点单薄的自信即将被本科生碾压，也有不小压力。前期规划的方向逐个夭折，导师布置的新任务又毫无头绪。我准备先从积累论文知识开始打基础，这是日后必然要用到的技能。此时有限元的数学知识和工作经验也逐渐发挥作用。在熟悉的工程机械领域，我真正看懂了第一篇文献。作者采用了模糊算法解决压路机路径规划问题，无论是内容上还是结构上都为我提供了很好的参考。我甚至能看出作者研究的局限性，也有信心做出更好的研究。

  连续几日细雨绵绵。在去实验室的路上，我收到家中的好消息。三姑终于把爷爷奶奶接回连队。据说奶奶收拾完东西跟着就走，但爷爷全程激烈反对，他甚至要自己一个人住在楼上。我非常惊讶，想了半天才明白这大概和他反对去养老院的情形一样。爷爷搬到楼房两年又重新搬回连队，该如何向别人解释其中的原因呢？可眼下顾及面子有什么意义呢？我给爷爷打了电话。爷爷生硬地说："你奶奶还是那样，没变化。"尽管他的语气中透着不满，可我说的每句话他都能听清。三姑接过电话说："连队很多人都来看他们。你奶奶除了不爱说话，人和事都记得。"我高兴地说："即便他们不理解，只要开始动脑子就成功了。第一步看看吃饭和睡觉咋样？能不能适应？"三姑说："这两天睡得还可以。就是第一天你爷爷受不了，絮叨了一晚上，因为没电视看。"我笑着说："这样逼着他干点别的，促使他们调动自身潜能，重新适应生活。"

放下电话，我的心情无比激动。想想学习神经网络虽然没取得什么成就，但它极大地拓展了思路。说话间，我意外走入兆业楼北二门。这个门我还从没走过。来到电梯口，一个宣传牌引起了我的兴趣。这个思维训练营活动号称专注最前沿的智能驾驶与区块链技术。目前手头事情还足以应付，我盘算着不如跟着上车看看远方的风景。

然而我的好心情并没有持续太久。老人的问题解决了，孩子的烦心事又来了。安兰打来电话说周末带陶阳去可米家玩，不知怎么两个小孩就打起来了。一开口就是告状，都说自己没错。我担心是从动画片里学的。说起平板，安兰直叹气："你儿子最近起床都抱着平板看，放学就想出去玩，连一行字都写不下。"我安慰说："在外面玩总比跟老人看电视强吧！"安兰说："可米干什么都不急，自己在操场练球很长时间，就是要把球踢到球门。现在人家已经认识很多字了。"这么一分析我觉得孩子暂时不会写字没关系，养成浮躁的习惯就麻烦了。

晚上躺在床上，我辗转反侧难以入眠。算算自己是进步了，孩子被耽误了该怎么办呢？花这么大代价值不值呢？第二天，我去芬芳园吃早餐的路上，意外看到路上散落着不少树皮。仔细查看，原来北操场周围种的都是梧桐树。上次开车去校园接安兰，她特意带我看了一条栽满梧桐树的大道。拍照留念时，安兰说这个树总掉皮，我也没有在意。此时此刻才明白校园里种梧桐真是寓意深远啊！因为无论是小树还是老树都在不断脱皮、无畏生长。

我决定去思维训练营换换心情。经过网络面试，我被分配到区块链小组。活动以授课和讨论为主，强调开放式交流。唯一的障碍是前沿知识储备不足，好在如今我的文献调研能力已大有长进。经过疯狂充电，很快就了解了不少。授课主要是介绍思维方法。在老师讲解刻意训练法时，我提出相比自然学习法效果差异有多大？将这种方法用到其他方面是否合适？我总觉得应该先发展想象力而后有专业训练，过早开始标准化并非好事。当然我也知道这样的表述不是事实而是我的观点，不过这个开放式讨论会并不设太多限制。

进入头脑风暴环节，现场明显"冷热不均"。几个不太爱说话的男生都是本科生，有个女生倒是风趣幽默，她以自家农村大院的知识进行类比，总能很好地活跃现场气氛。组内发言最积极的是阿勇，他也是工作后来读博的。还有几个事业有成的校友，他们希望参加活动来提升认知。最终中年男人成了讨论主力，因为阅历在这里也发挥了不少作用。

在智能驾驶小组讨论中，同学细致列出了各环节涉及的新技术，如激光雷达、传感器、扫描地形图等。我结合上学期参观汽车系智能驾驶活动，提出目前所谓的智能车还没有脱离传统驾驶思路，未来要想跨越式发展必须联网。一个女生问："联网的车和手机有什么区别？"这个问题瞬间打开全新思路。跳出技术细节后，想象力都被激发出来。大家共同建言献计，描绘出一个互联互通的未来智能交通世界。讨论精彩热烈，以至于都没时间讨论区块链了。

阴霾一扫而空，我的状态迅速恢复。我迫不及待地想把收获分享给安兰，可惜她的状态并不好。安兰抱怨海报没做好，家里也没挂海报的架子。我建议贴到纸箱上，再让陶阳写几个单词，这样还能把所学知识用起来。安兰又支吾着嫌麻烦。想到孩子的滑坡状况，我生气地说："在这上面花心思远比给他买衣服或玩具重要得多。如果没目标，再苦再累也毫无意义！这和你妈的做法是一样的。"没等我说完，电话就挂断了。我也知道孩子教育的复杂性，就是无法忍受看到问题却无动于衷，所以这些刺耳的话就脱口而出了。

周六在计算机系主楼参加了人工智能讲座。图灵奖获得者坦言人工智能还不是智能，目前仅能在图片识别领域取得些优势。比如通过数据学习，机器可以知道图片显示的是自行车，但并不知道它在现实中的用途。而他三岁女儿见过一张消防车图片就可以推断出现实中的消防车。这是有史以来我听得最深入的内容，其中涉及的函数映射技术细节我也有所了解。讲座让我明白了之前对人工智能的期望太过理想，想要将其应用于工程还有很长的路要走。如此看来选定的一个方向又要黄了。

回去的路上，碰到一群美院学生在京新学堂前义卖艺术品。各种小物件新颖别致，展现的创意不同凡响。正好安兰发来陶阳卖玩具的视频。陶阳在现场很高兴，据说只剩一个玩具没卖掉。我笑着提醒安兰："正好教他用加减法来计算收支。"这时有个妈妈带孩子从台阶上下来，一路嘱咐："小心点！别摔着！"忽然想到一边是机器学习，一边是人的学习。两者不经意间形成了竞争关系。人的优势是有无数的学习机会：从现实中学习，从失败中学习，从挑战中学习。当然前提是你要意识到所有经历都是学习过程。如果被情绪左右，那么所有过程都可能会变成累赘。而机器就没有这样的顾虑。

周日思维训练营小组组织了讨论。活动目标是每个小组形成研究报告。智能驾驶组已推进不少，我们区块链组迟迟没落地。老师特意邀请了一个做区块链的博士做线上语音辅导，但他的讲解没有达到预期效果，反而让大家对这个技术产生怀疑。讨论交流时，我结合上学期课程的思考，提出区块链技术在未来社会中身份认证的作用：身份证可以证明你是谁，而你是什么样的人往往需要他人来定义。未来现实世界与虚拟世界形成映射关系后，你将由你自己产生的数据来定义。此外借助区块链的共识概念，未来教育、合作等现实问题都会有全新解决思路。这个视角引起了大家的广泛兴趣。

从量子力学到区块链技术，我第一次感觉站在了时代前沿。回到宿舍后，我把讨论观点总结后发在群里，希望能集思广益尽快形成蓝本。组长阿勇很快对这些内容做了细致梳理。看他如此尽心，我决定干脆趁热打铁把报告框架打好。为了顺利推进讨论，我又花了一上午整理出提纲。所幸这份提纲得到老师的高度赞赏，区块链小组终于有了"路线图"。阿勇随即组织了分工，号召大家争取在下次讨论前把相关内容完善。接下去就是发挥各自优势，利用文献阅读能力完善论点。这种新尝试将证明合作会产生 1+1>2 的效果。

强烈的自信持续到了组会。听完小宁介绍的机器人装配示教，我就理解了其中的难点。目前轴孔装配的路径规划解算耗时长达一天，最复杂的是向下插轴时的力矩控制，过程很难处置。等导师提问后，我建议用拨轴示教，再反向解算插轴过程，以此缩小解的范围。这个思路让大家热烈讨论起来。同时我认为应该充分结合机械臂变刚度的独特优势，将示教重点放在对负载的适应性学习上，路径规划不如采取红外或视觉等方法辅助完成。大家都提醒这是示教学习，借助传感器就不搭界了。看来我的工程师思维有些用处，但和科研思维还没搭上界。导师会后鼓励大家以后要多讨论。

我又接到了新的调研任务。去图书馆的路上，我给三姑打了电话。听说奶奶说话声音大了，走动也多了。我建议让奶奶养些小动物以更好地帮助大脑运转。利用农村生活打通神经元联系有没有科学依据我不知道，但这个转变让我兴奋不已。爷爷则告诫我不要耽误学习，因为最近打了太多电话。刚到图书馆门口又接到包哥来电，听声音明显恢复了状态。原来自治区出台了青年人才培养计划，马上就要进京选拔，他想听听我的意见。包哥的顾虑是单位没完全拍板，也怕选不上面子挂不住。我建议及早和上级沟通，不行就自费参加。包哥最终愉快采纳。看来中年危机也是伪命题，一个机会比什么药都抗抑郁。

123

导师布置的新任务可查的资料少得可怜。我正发愁怎么交差，安兰又打来电话。据说陶阳想回去，不想在这里上幼儿园了。他还特别强调没见过老年人送孩子的。我说："班里那个女孩不也一直是奶奶接送的吗？人家怎么没抱怨呢？"安兰说："这两天也改成爸爸送了。"开导半天，他又觉得老师太严厉。以前上课说话老师不管，这里的老师要罚站的。这些理由更像是认知出了问题。想想六一还是回去看看吧！

回家最大的障碍仍是作业。很多同学是攒着慕课，到最后来个一次性突击解决，而我必须逐章推进，否则基础知识就接不上茬。眼下求解特征方程弄了两天毫无进展，想着再试一下就放弃吧！对着教材深思熟虑半天，忽然想到为什么不用MATLAB试一下呢？教程没介绍，群里求助也没人回复。一番搜索发现用MATLAB还真行。于是把作业重新写了一遍，没想到居然一次性计算成功，我非常高兴。这时群里有人回复说用MATLAB算了但结果不对，我想直接发答案又怕太张扬。

在操场跑步时，我脑子里一直盘算着怎么开口请假？六一并非法定节假日，找导师当面请假又免不了会谈及暑假，保不准又得引发不愉快。回到宿舍，发现有限元作业群里异常热闹。原来大家以为明天是截止日期，那道质量阵的作业成了拦路虎，很多人用完三次机会也没找出答案。于是我顺势扮了回英雄角色，同时提醒大家下次课是上机课，作业最晚下周才提交。其实比起群中纷至沓来的致谢，即将应用有限元解决实际问题更让我激动。

# 21 上机实验

上机实验前仍然是讨论题讲解。如今讨论题越来越难，同学的展示也越发出色。很多工具我还没搞懂，人家已经用得炉火纯青。本打算课后再找同学请教些问题，结果一听老师讲课，我就慌了神。上机实验至少要完成四个实例，卢老师让不会用软件的同学举手示意，只有我和邻座同学举了手，老师随即决定跳过实例，直接讲最后的作业范例。

随着老师的讲解，我又逐渐恢复了信心。这些范例充其量只能算步骤完整，而我的作业是要解决工程问题，单论目标就足以超越。然而等老师宣布开始练习时，我才认识到理想与现实的差距。我还没找到软件在哪儿，人家都示意老师验收了。后来在陆森的指导下我终于打开软件，看到熟悉界面才稍稍回过神来。邻座小伙也凑过来取经，他是一点儿也不会，我们同病相怜，一边讨论一边操作。

也许是看到我俩茫然无助的眼神动了恻隐之心，卢老师临时决定讲一个实例。跟着操作我才想起之前的练习内容。不过软件版本太低，各种操作都不一样。陆森旁边的同学是高手，不时过来指点我们。他说本科就学过，现在也忘了很多。其实我对建模思路比较清晰，就是不熟悉操作细节。正好老师过来，我请教了边界条件和位移限制问题，这些内容和我想解决的实际问题密切相关。老师耐心做了解答，也提醒先掌握基本内容。毕竟我是个连布尔运算都不熟的人。

对照案例摸索许久，总算熟悉了整套流程。完成第一个实例后，我顾不上激动，赶紧叫老师验收。卢老师看完说："误差太大，网格划分最好再加密些。"等我改完已经下课，可结果还是有问题。老师这次把位移加载改在边上才得出正确结果。我立刻明白了刚才并不是误差问题，这个看似错误的加载位置恰好为分析油箱故障打下基础。虽然老师手中的验收表显示大部分人至少完成一个实例，我却非常坦然，感觉找到了正确方向。

回到实验室，我查阅了文献，原来确实有不少人研究过类似问题。

第一次带着问题认真看完长篇专业文献，收获颇丰。不仅解开了我的疑惑，也让我认识到了科技论文写作风格的差异。以前自己写的那种论文好像侦探小说，为了让读者了解故障现象的来龙去脉，用大篇幅介绍问题产生的各个环节。可那种写法在科研领域根本站不住脚，这里需要开门见山直指问题核心。思路一转变，我心情激动到忘了订车票。眼下连一张晚上出发的卧铺都没了。

好在请假机会终于来了。导师安排我配合思宇做任务。工作内容很简单，就是采集当地两年内的天气数据。思宇计划一人读数据一人登记，预计一下午应该够了。不过他手头正忙，不知什么时候能开始。我希望尽快完成以便明天能回家给孩子过六一。听说我正犹豫要不要找导师当面请假，思宇建议发个短信就可以了！可这并不符合我的做事习惯。

我忐忑来到导师办公室请假。果然没说几句就谈及暑假计划。一听我还要回单位上班，导师说："这个时间正好是做项目时间，而且按校历还没放假，你可以给单位说啊！"我反复解释按照以前要求，上完基础课程就得回去做课题，只是这两年才开始允许脱产学习。导师严肃地说："那你不做项目怎么毕业呢？"我说："无论结果如何都能接受，只要有收获就可以了。"在长时间沉默后，导师同意了请假。我本想谈谈手头研究计划，最终也没开口，万一完不成怎么办？

采集数据只用了二十分钟。我转而又向思宇请教了数据表格的制作方法，算是填补点尴尬时间。想起车票还没着落，我匆忙中订了高铁票。回家的准备是完成了，心头却压上了一座大山。思前想后还是换个课题吧！第二天一早赶到车站，取完票大惊失色。我居然不小心买成了返程票。又重新买完票，距离开车还有两小时，我只能去快餐店看书。邻座小姑娘是初中生，她妈妈示意要像我一样拿出书本学习。如今学习专注度提高了，却迟迟找不到发力点。多方咨询换课题的事，有人建议长痛不如短痛，更多人表示既然做了一年还要慎重。这让我犹豫不定。

六一儿童节当天，幼儿园举办了亲子活动，家长和孩子一起参加集体游戏。原来可米妈妈和爸爸都是我同年校友，我们曾是同一个校园里的陌生人，经历不同人生变化，因孩子才认识。可米妈妈独立要强，坚持自己带孩子的效果让我们羡慕。在她的推荐下，安兰又物色了新辅导班。这是网上一对一外教英语培训课，既免去进城奔波之苦，还能让孩子坐下来学习，也是一箭双雕的好办法。只是担心全程英语对话挑战太大。不过陶阳在试听课上很专注，表现超出预期。我们商议后准备报名，希望通过这个网课计划让平板发挥些正面作用。

然而谈及假期计划又引发了不快。安兰抱怨人家每年都带孩子旅游，我们夏天从没出去过。我说："没必要和别人比，单位一年到头就冬天能闲点。"想到为这个暑假引发这么多不快，我就难以抑制心头怒火。安兰转而平静地说起陶阳想回去上学，因为那里什么都不用学。我觉得这和孩子身上的毛病一样，都是大人没引导好造成的。

六一的欢乐气氛很快烟消云散。陶阳一早起床不想穿衣服，开始哭闹。我们在里屋教训孩子，岳母在客厅絮叨不停。两面夹击的态势气得我摔门而出。我在操场上走了一圈又一圈，生活中的磕绊一幕幕闪现。几年前同样在此处，我与我妈因带孩子的问题产生矛盾。原本想让安兰打电话调解一番，没承想她又和我爸大吵一架。熬了这些年好不容易平静了，不料教育孩子又成了问题。想想眼前诸多困境，心想我干脆退学回家算了！

回到家中，陶阳迎上来打招呼，岳母忙着去厨房热饭菜。我没说话，径直走进里屋告诉了安兰新计划。她一听坚决反对："这不是要引发更大矛盾吗？你还让不让我妈活了？"这番话不禁让我回想起曾经逼着安兰给我爸道歉的情景。那次我甚至不惜以离婚相威胁，吓得岳父岳母差点病倒。他们最终大度包容了我的蛮横，而我每每想起总是羞愧难当。家务事难断对错，老人不就是想把最好的东西留给孩子吗？再说问题也不能全怪他们。从这几次活动看来，陶阳的毛病在其他孩子身上多少也存在。

下午趁着外出吃饭的机会，我恳求岳父岳母不能再这样惯孩子了，如此下去后患无穷。岳母气鼓鼓的，大概一半是对这些话不以为意，一半是因为又出来花钱。陶阳一直在认真听我们谈话，看得出他也想改变。想想孩子虽然有老人带着，这种陪伴和他自己在家没啥区别，看平板也许成了他的寄托。我们不在身边又很难把握管理力度，还是等暑假回去再纠正吧！

回去的路上，一座桥边聚满了人。人群中有人摆着支架，对着手机说话。我以为是街头歌手，可等了很久也没见展示才艺。后来听旁边人介绍说这是在直播，不知为何如此火热，甚至还带动了附近的大量商贩。有农民牵来自家的马出租，这让陶阳过了瘾。不过因为没买玩具，他又开始念叨，强烈的负面情绪持续不断。我提议如果他十二天不发火就可以奖励玩具。陶阳这才平静下来。等我们返校时，陶阳想看平板，也没出来送行。结局不算完美，但我在控制情绪上也有了进步。

踏上返程之路，换方向的念头又开始在心中发酵。换到什么方向呢？课题组谢老师不错，不过内部交换总有些尴尬。而且就我这个基础到哪儿能立足呢？想来不如先把规划内容做好再说。回到学校，我立刻着手有限元大作业。这是目前最有希望做出成果的方向。前期靠着估算法勉强解决了油箱建模尺寸问题，正式推进发现理论才是拦路虎。液体冲击力是导致故障的关键，可惜文献的计算公式并不适用。忙碌一整天一无所获，一时间，我又被沮丧感重重包围。

第二天赶上选培集体早操。我特意问了其他人的专业情况。所有人都明确了方向，唯独我还在东一榔头西一棒槌地打游击。时间不能再拖下去了，我准备正式推进换课题计划。大家热心提了不少建议，魏尧建议来精仪系。尽管科技论文写作课带给我很多温暖回忆，可到哪儿去寻找适合自己的方向啊？魏尧笑着说："这不用担心！我都换了两三个方向了！很多人做了一半拿不下来，导师也能体谅。"去年科研伦理课上老师特意讲到换专业的情况，没想到居然要在自己身上发生了。要不要去谭老师的汽车系试试呢？毕竟是我最擅长的领域。换方向能不能做出成果呢？胡思乱想一番，猛然意识到怎么转了一圈又回到了起点？

下午组会讨论自动化打磨技术。我基本没听进去，一直盘算如何实施计划。最后还是忍不住提了些建议。同学们都感觉打磨自动化不难实现，其实只要亲手用过磨光机就知道这与装配工作一样，看似简单但面临的困难不相上下。看来单纯靠文献理解是有偏差的。我的优势是经验，所以换专业得把这个优势发挥出来。我已放弃了组内交换的想法，不想给别的老师带去麻烦。可该换去哪里？如何向导师开口？

左右为难之际，家中再度传来坏消息，陶阳又被小朋友抓烂了脸。安兰生气地说："陶阳就拍了他一下，没想到他上来就抓脸。"我安慰说："很多事不可能完全预料到。"不过晚上视频时看到孩子脸上的抓痕，我的怒火噌噌往上涨。安兰反倒开导起我来。真是说起来容易做起来难啊！安兰已决定给陶阳报名英语网课。虽然花费不菲，好歹能减少他看动画片的时间。

我本想再去思维训练营找找灵感，却发现现场讨论人数却持续减少。区块链小组只剩下我和阿勇。分配的任务迟迟没人推动，这让阿勇很失落。我安慰说："每人目标不同，只要有收获就好。至于任务能做到多好，还得靠团队力量。所以说创业不易，找到志同道合的创业者更难。"阿勇希望我能操刀为报告写几段内容，我婉言谢绝了。老师说小组报告要按工作量和贡献大小来署名。我的目标已达到，署名与否没意义。只是这对阿勇也是巨大打击，尽管我的内心非常愧疚，但学会拒绝也是重要的一课。

包哥考完试就赶了过来。原计划先带他观赏一下校园风景，没想到他一口回绝："我就是来看你的！看景点干什么呢？"聊天中得知他父亲因动脉血栓差点去世，中年人的压力总是不期而至。此后从血管支架聊到中医再到统计分析软件，我甚至一度有了换到医学方向的冲动。晚上顺仔设宴款待包哥，我正忙于换方向和写作业，还是参加不了。据说顺仔又从大机关调回学校了，这次来办签证准备去欧洲游学半年。顺仔这么多年一如既往地优秀，不过像他这样家境好、学习好、工作好、长得好、体能好的五好人生毕竟是少数，就我的条件选择脚踏实地最好。

第一版油箱模型完成了，终于向着应用迈出了第一步。由于大作业要按发表的标准写成论文，动笔就发现连写摘要和前言都困难。工程中只需要解决问题，研究则需要查明现象背后的原因。真没想到从工程师到科研人员的转变这么痛苦。我也不断安慰自己别太要强，毕竟从一窍不通到搭建模型也不过三天时间。然而我忽然意识到这是第一门能直接解决工程问题的课程，这些内容对日后工作也很有帮助，何不转到这个方向上来呢？头顶乌云顿时消散。

晚上给奶奶打了电话，她的精神状态明显好转。爷爷接过电话就问："陶阳咋样？上次没听清你回去干啥？一直担心孩子是不是病了。"从安兰到岳父岳母，爷爷挨个问了一遍。听说他们连小鸡和小鸭子都养上了，两人也完全适应现在的生活了，我又提出了更高难度的任务——识字。三姑一听教奶奶认字就笑个不停。在详细说明好处后，她想不出反对理由，只说等买些给孩子用的看图识字的书再说。我指出奶奶和孩子不一样，她熟悉实物，只是不认识字而已。我让三姑把这个任务交给爷爷，这样两人都有事可干了。

正准备把好消息告诉安兰，她又在等车回家。原来宿舍总开着风扇，小姑娘都怕热，她虽然嫌冷，但也不好意思开口。我一时不知如何应对。安兰话锋一转说："昨天又和我妈吵架了！我准备报网课，我妈劝了半天不要乱交钱，最后支吾着说我爸前两天被骗了一万块钱。"这一问才知道原来岳父去城里看房，人家让交一万块钱才能参加摇号，岳父交了钱最后也没看上，钱也打了水漂。我问："交钱之前说清楚了吗？"安兰说："提前说了。"我说："那就当花钱买个教训吧！"

# 22 换专业

天空电闪雷鸣，仿佛是戈壁滩沙尘暴来临的前兆。撰写论文依旧很不顺利。本想用这份作业递个"投名状"，没承想眼下对论文结论都没了底气。经过调研，我发现目前研究大都针对大型油罐，没有文献涉及这种小问题，究竟是不是油液冲击导致的泄漏故障根本没有参考。左思右想不如来个电话调研。接连问了几个修理师傅，都说这种情况遇到过但并不多见，应该是焊接导致的问题。于是我又调研了薄板焊接问题，这又有一大堆知识需要学习。

晚上，我终于弄清岳父被骗的原委。原来岳母看我们没房着急，执意让岳父四处看房，结果掉进了"诚意金"的套路。后来商家许诺退收据还能返六百元，又派专人过来取走收据。我觉得找开发商沟通应该可以解决，安兰无奈地说："我说去找商家，我妈暴跳如雷。她说跟人家之前说好的，还威胁说我去要钱她就跳楼。"一听这状况真不知如何是好。

安兰劝我别管了，我也确实没精力分心。明天是有限元最后一节

131

课，我准备带上油箱模型找老师请教。这个问题看着简单可越做越复杂，理论上还没搞明白，模型表征也遇到不少难题。此外，我准备课后向老师提出换专业的请求。曾老师带的都是博士，我就不奢求了，跟着卢老师应该不错。由于事出突然，情况不会太乐观，但总得尝试。美朝"特金会"都成了，希望这事也能成。

早晨天空下着小雨，我打着伞又背上了电脑。虽然课程实例还没完成，我却早已不再担心。回想第一节课的窘迫，简直有些不可思议，因为现在看那些实例太简单。我首先向老师请教了油箱建模。卢老师看完建议用 Shell 单元，不用画出整个形状。我明白了问题关键，可费力做的模型要废掉实在可惜。顺利完成实例后，我继续研究油箱模型，直到教室里只剩下两个同学。

趁老师走到后排时，我赶紧上前委婉表达了想转到这个方向的想法。这让卢老师很紧张，她反复强调："你要和导师先谈好。"见老师有顾虑，我解释换方向的主要原因是与工作不符。后来感觉老师松了口，我简单介绍了个人情况。也不知说清楚没有，我手中并没有课题，只是在工作中遇到一些难题。离开前我向老师表示了感谢，但内心却又回到了飘忽不定的状态。

中午暴雨如注，大家都困在食堂出不了门。校园四处都是汪洋大海，雨水剧烈撞击地面形成一片片水花。有人冒雨往回赶，大多数人和我一样，站在龙香园侧面楼梯上等待雨势转弱。雨点飞溅在脸上，冷冰冰的。虽然卢老师的反应在我的预料之中，但我还是感到莫名失落。疑问总是在软弱无助时出现：是不是我的认知有问题？也许在别人那儿不是个事儿，到我这儿都是问题。有句话说：努力和进步就是每一秒解决这一秒的问题。我的生活态度从来不是得过且过，现在路口再次摆在面前要我来选择。

晚上安兰发来陶阳制作的计划表。这是之前十二天不发火的约定，没想到他居然做了表格，还在前三天画上了小星星。我很高兴，烦恼几乎烟消云散。想想自己是有家的中年人，静下心做好手头事情才是立身之本。重新建模又发现很多没考虑到的细节，如焊点的表示、冲击力的选择等。而且油箱是封闭空间，如果完全按实物建模，内部隔板根本看不到。这才明白建模的关键不是外观看着像，而是要能准确表征问题核心。临睡前，导师发来消息让我准备与厂家的讨论会。

讨论会在西楼，会议室我已提前清扫。课题组全员出席，我的任务是做会议记录。厂家技术人员关心的问题是工厂应用必须考虑很多细节，过于新颖的设计如果不经过检验，很可能会对生产线造成潜在危害，所以他们更倾向于运用成熟技术。我理解这些工程师希望寻求新思路，但工程应用同时又受可靠性、安全性等因素制约。当所有要求糅在一起时，恰恰是学生们最不擅长的。导师表示会尽快整改，拿出大家都认可的方案。讨论一直持续到晚上，导师又安排了新任务。我已坚定了换专业的想法，因为新项目的周期和进度远不是硕士生能等到的。

回到宿舍电话不断。楼长号召合并宿舍，打电话询问个人意见，我只要求新人作息规律。包哥初试已过，准备参加面试。听我还在忙着调研，他不解地问："你都决定要走了，还干活吗？"安兰打来电话说陶阳英语作业全是A，但坏消息是十二天计划出了问题。他在幼儿园和小朋友吵架，哭了好几次。安兰让他重新计数，经过开导，他也同意了。说起换专业，安兰建议去培训办问问有没有其他要求。想起来去年还有份表格一直没交，正好去探探情况。

第二天一早，我去了培训办。负责人说换专业属于教学上的事，这边没任何限制。眼下所有障碍都已扫除，只待交出手中的"投名状"了。想想还是正式给卢老师发个邮件，如果得到允许我就准备和导师告别。我又给安兰打了电话，没想到她还在为孩子伤感。昨晚陶阳悄悄告诉我妈妈老训人，不想让她带了。我以为事情不大，没想到他挺认真。安兰沮丧地说："我也让步了。比如十二天的计划，我答应一天算两天。"我插话说："十二天控制情绪连大人也做不到，定目标就是希望能帮他养成习惯。有进步就表扬才是目的，而不是具体天数。"安兰没说话，这表明她听进去了。

晚上思维训练营还有最后一次课。我在路上给家里打了电话。奶奶关切地问："什么时候放假？回不回来？"这一刻我的心中无比激动，当即准备实施下一步计划。然而再次谈到送爷爷奶奶去养老院，三姑说什么都不同意，坚持认为养老院不好，还说什么老人要有亲情陪伴，现在伺候又不麻烦。我不知她是什么意思。但俗话说久病床前无孝子，我不想给任何人造成负担，所以我一再强调去养老院是改善奶奶听力的好机会，也是希望能以此减轻三姑所面临的压力。可眼下也得不到任何支持。

赶到教室，颁奖环节结束了。很多消失的同学都出现了，课堂也恢复了人气。本次课正好讲到价值观，老师让大家给人下个定义。我突然意识到这不就是一种对信息加工处理的认知模型吗？细想这和机器学习也有相似之处。随着阅历增加，价值观在不断变化。这相当于机器学习样本不断发生变化，参数不断调整。尽管教育能优化迭代过程，但也不是决定性的，因为认知模型受到多种因素影响。就像姥姥和爷爷这两个家庭的差异。姥姥愿意妥协以适应新生活，爷爷却从不轻易认输。不同的家庭氛围在他们孩子身上也有所体现。这让我又获得了一种新视角。

卢老师一直没回复，我也不想再拖延下去。这是破釜沉舟之举，只要开口就没有回头路。如何开启话题？万一导师不同意怎么办？举棋不定时，干脆来个快刀斩乱麻。我当即去了导师办公室，首先汇报了新任务调研情况，随后委婉说起专业和需求不符的问题。简单说了几句，导师就同意了。准备的一堆话也没用上，我也没说具体要去哪儿。走出门外，我感觉轻松自在。一年前忐忑走进这间办公室，如今又要翩然离去。虽然前途未卜，但也意味着全新的开始。

我不再去实验室，重新恢复了宿舍学习，效率大幅提高。有限元大作业已到了"收官"之际，我前后做了三十多个油箱模型，终于从仿真图形上看到了想要的结果。然而理论上又出了问题。油箱建模后计算出的冲击力非常小，几乎不可能引发故障。茫然无措时，忽然发现脖子动不了了，这才意识到时间过了这么久。此时距离大师兄的预答辩会很近了，我赶忙返回兆业楼。

大师兄如愿进入答辩程序。我全程旁听报告，获益匪浅。老师们的点评也很有启发，比如工程问题如何上升到理论层次，这恰恰是我面临的难题。预答辩结束后，评委闭门讨论。大家陪着大师兄在楼道等待结果。博士生只有一次答辩机会，而且还有淘汰率，所以预答辩非常关键。此时，大师兄额头上布满了汗珠，身体僵硬地靠墙站着，崭新的正装前后都湿透了。我一直鼓励他放轻松，但其实内心对自己的未来也紧张又茫然。

卢老师迟迟没回复，我去了办公室两趟都没见到人，只能继续焦急地等待。就在这个节骨眼上，我又发现有限元软件应用存在问题。由于一个被疏忽的细节非常关键，我果断推倒重来，脖子再度僵硬到不能动弹。出去骑车闲逛一圈，满脑子都是换专业会不会被老师婉拒？要不要试试其他方向？不知不觉路过了一座室外游泳馆，想起实验室提供的福利还没尝试过，我转身回去取了游泳卡下水找找感觉。

进入泳池，我瞬间找回活力。小时候玩水被淹，差点丢了命，到军校经过训练才彻底克服了对水的恐惧感。我忽然意识到现在的状态不就是害怕不确定性吗？科研不正是在挑战不确定性吗？它需要有探索未知和承担失败后果的勇气。

返回实验室的途中，我在手机上正好看到一则四岁孩子在车内没了呼吸的新闻。悲痛之余又想到能否开发一套车内救援系统呢？这不就干回老本行了吗？于是又有了去精仪系或汽车系试试传感器方向的想法。直到晚上班委换届选举活动开始时，我依然神思恍惚。现场十分热闹。想着即将与这群热心的同学分别，我的内心又舍不得。不过既然已经上路，还有什么好犹豫的呢？

机电小组计划上午碰头调试程序。我先去系办咨询了换专业的流程。教务老师说换系基本不可能，涉及太多审批手续。不过系里几个所可以随便换，只要填个表格就可以。这个消息让我有些沮丧，想想既然经验毫无用武之地，不如回去自己做课题算了。垂头丧气地赶到博士楼，忽然看到卢老师回复了邮件。她说昨天忘了这事，今天要开会，问我什么时间有空。我火速返回了兆业楼。这次卢老师口气更软，一再嘱咐我先把专业方向搞清楚。虽然话没说死，但我心里踏实了。如果坚持赖在这里，老师应该不会拒绝。这样至少有了安身之处。

机电作业马上就要答辩，时间所剩无几。经过两天调试，大家对模糊算法有了更深的认识。组长带来的模糊PID程序效果很好，但我们的算法连小车直立问题都没解决，尝试各种方法均以失败告终。最后我的故障诊断经验派上用场。通过多次实验发现模糊算法起作用了，只是程序中缺少实时扫描更正角度功能。经过反复摸索终于让小车直立了。我提议把作业重点放在不同负载条件下算法的适应性对比上，大家都反对，希望赶紧做展示。想想PID本就是控制领域老大，妄想轻易超越并不现实。

完成所有工作已是深夜。月光柔和地洒在云朵上。我和知贵就着河边昏黄的灯光向宿舍走去。聊天中得知组里除了我俩，其他都是本校出身。知贵有些腼腆，经常看到他像我一样独来独往。我问："你科研做得怎么样？数学建模方面应该碾压很多人吧？"知贵苦笑着摇头："数学优势没啥用，现在压力也很大。"这让我非常惊讶。

机电课程答辩安排在九楼会议室。我仔细看了橱窗里的各类获奖证书，原来这才是真正做机器人的。同学们的项目都很不错，有的发挥了视觉识别优势做了避障小车，有的做了"跳一跳"的游戏。我们小组的项目没特色，但分工明确。讲解组介绍了算法的优势，调试组展示小车的动作，我在一旁防止车子掉下会议桌。温老师还能叫出我的名字，这让我很激动，甚至又冒出转到这里来的想法。最后想想还是当作个人爱好吧！

安兰请好了假。我让她提前给老师打个招呼，如果单位不让脱产，下学期可能来不了。据说老师非常体谅，还安慰说不让来也不要闹情绪。我找导师当面请了假，又和课题组同学告了别。博士都陆续出去参加实践锻炼，听说阿星去某地代职副局长，即将开启入职体验。而我下载了很多文献，准备启动实验规划。

实验室举办了欢送毕业生晚宴，我急于提交有限元作业没参加。仿真结果仍不理想，一整天都在反复加载测试。提交论文前又发现老师要求的命令流没保存，只得重新做一遍。不知这份耗费无数心血投名状能否让老师满意，反正它让我见识了科研工作的艰难。遗憾的是有限元软件和理论间的联系，我至今也没找到，两者似乎不搭界。

出发前一天，网购的空调风挡到了，这是我为合并宿舍准备的利器。晚上有个小伙敲门说楼长让他来看看，我热情邀请他进屋。小伙叫汪雷，是工物系的硕士，据说还有几年工作经历。他一直住五楼，想换下来。我笑着说："欢迎随时搬过来！我马上离校了，万一下学期来不了，还请你帮忙照应下这三盆花。"

## 23 初学实验

我在晚上飘雨前赶到家里。连续几日阴雨绵绵，家中同样阴云密布。据说岳父大病一场，岳母虽然停止了唠叨，但整天唉声叹气。我本想去要回诚意金，又遭到安兰的强烈反对。家中刚恢复平静，她不想让我再惹是生非。

我们就在家带孩子学习。陶阳这学期作业写得不错，不过问题又从不会写变为不愿写。单词写不出来，加减法也不熟练。为了提高积极性，我不断改变训练方法。最后发现他只习惯手算，只能从简单的"1+1"开始训练。然而刚教的方法转头就忘，换个思路就做不出来，这让安兰非常失落。我更担心的是孩子不买玩具就哭闹，拖延问题相当突出。

我们计划回家时顺路旅行，算是兼顾各方需求。谈起旅游，安兰又惦记起在北京睡过的床垫，抱怨家里床铺太硬。我准备先买一个试试，如果不错就给岳父岳母也换上。没想到床垫到货当天直接引发了冲突。我和快递小哥刚费力搬进门，岳母就拉着脸絮叨着要退掉。我没在意顺手打开了包装，岳母当场发了飙："这是在我家！我不让你们乱买东西！你们要买回你们自己家买去！你们要是自己有房子，你们爱干什么干什么！"

场面十分难堪，我也没接话。岳母并非不明事理之人。我和安兰结婚后，我爸妈从没在大事上操过心，双方家长甚至至今都没见过面。岳母从未向我抱怨过，即便这次也只是旁敲侧击暗示我买房。我知道受骗的余波仍未消除，试了网上投诉的渠道，也石沉大海。我们当晚规划了回家的行程。由于担心岳母会节衣缩食地省钱，我又给她网购了很多东西。我特意将送货时间推迟到我们离开后，以免再次引发不快。其实我们都是真心关爱对方，却都选择了自己喜欢的方式来表达。这大概也是家庭中难以避免的困境吧！

来到青海，我们感受到不同的民俗风情。参观塔尔寺的路上，很多人一路跪拜。陶阳好奇地问道："他们为什么要这样？"我忽然意识到这可能就是重复的力量啊！据说要行跪拜礼几十万次。经历这番朝圣之旅后，大师没变，佛祖没变，偶像一个都没变。只有你变了，你在枯燥的重复中找回了内在力量。杂念少了，需要的外在之物也少了。以前总质疑《西游记》有逻辑问题：为什么孙悟空不背上师父驾着筋斗云直奔目的地呢？其实所谓的真经并非写在纸上，你自己的变化才是真经。过程远比结果重要。想想这与我的求学之路颇为相似，只是我要朝拜的科研圣殿不知何时才能到达。

在去青海湖的路上，途经日月山时，听司机大哥讲起了文成公主进藏的故事。我随手在手机上查阅了这段历史。如今为人父母后才能理解历史的厚重，有了阅历更能体味到其中的家国情怀。此后也无心看风景，一路追随和亲史，居然回溯到了我的家乡。原来当地很多耳熟能详的品牌中竟然隐藏着不少和亲公主的故事。这期间跨越了千年历史，我却浑然不觉。看来是该重新学学历史了。

这趟行程开阔了视野，然而爷爷奶奶的旅行计划又搁浅了。三姑说奶奶每天坚持走路，状况好转很多，时不时还会主动问起些事情。不过爷爷关窗户时闪了腰，走路不太利索。小姑接过电话说刚带爷爷灌肠回来，我吓了一跳，得知原因后又哭笑不得。原来小姑这次带回家的茶叶号称能治疗便秘。爷爷这才说自己便秘二十多天了，于是小姑赶紧带着他去了医院。小姑说爷爷现在胃口有了很大改善。我只能一再提醒老人要多活动、多吃蔬菜水果，尽量少折腾。这让小姑很不高兴。

单位人事变化很大。老雷和老梁年初走了，陈主任退休了，但人还在工地。老总带人转战在最艰苦的L区修路。那里路途遥远艰险，一路不时能看到大车翻下路基的痕迹。工地生活保障非常困难，人员住在房车里，晚上热得睡不着觉。亲历工地的恶劣条件后，我正式启动了车内救援系统研究计划。虽然有了很多奇思妙想，起步前先看文献也渐渐成为习惯。为了使理论与实践同步，我特意借了少华的车在楼下开展车内测温实验。少华正忙着冲中班，若能成功上岸，我们有可能在校园相见。

如今我和安兰都明白了科研要先学习他人经验，然而带孩子却是个例外。安兰看书也知道不能对着孩子吼，要正面管教，可回归现实又发现好像并没有什么灵丹妙药。陶阳能自己在家上网课，可数学怎么也入不了门。比如教完"10+3"后，他并不能如愿算出"10+4"的答案，坚持认为还等于13。为了提高学习兴趣，我从改题型、用教具再到互相出题比赛，教学方法一变再变。可上班前留的二十道加法题，陶阳只能做出三四道。我们安慰半天，他却大喊大叫，怪妈妈改错了，还摔了东西。

周末安兰在朋友圈看到陶阳的同学圆圆骑车去了B湖，这让我们都很惊讶。陶阳不服气地说："我也可以做到。"我说："你连自行车还不会骑就说大话。"以前幼儿园宋老师常说陶阳上课最专注，以后不用担心学习，而圆圆连十分钟都专注不了。可如今的现实情况让人汗颜。安兰生气地说："人家圆圆在家一学一上午从来不对抗。你不是想出去玩就是看平板。"圆圆是他爷爷带大的，据说妈妈在家管得很严。我们也反思是不是和孩子太过亲密了？多数老人带大的孩子都有向父母回归的过程，包括我自己。

换个思路想想，谁没被训过呢？某天没鼓励了还能不能对抗挫折呢？打骂孩子就是缺乏爱的表现吗？俗话说"棍棒底下出孝子""慈母多败儿"也不是没有道理。所以眼前困境让人迷茫，陷入忙乱后的状况与寒假何其相似。不过客观看，孩子最近发脾气少了，买玩具也提得少了，自己吃饭、洗袜子都是进步。也许是我们太着急了。鉴于寒假教训，我主张让步。与其过于严厉导致孩子说谎，不如坦然接受现实。

然而主动让步并没有换来理解。陶阳在家又看了一天平板，我们都没责怪他，还主动拿出计数工具教他计算。可他全程心不在焉，不是盯着玩具就是玩弄橡皮，最终耗尽了我的全部耐心。安兰赶过来劝导，陶阳哭着说："不知道为什么爸爸突然发火，还撕了本子。"我把零食和玩具扔了一地，最后摔门而出。孤独地走在路上，内心几近绝望。幻想着培养孩子的毅力、自信、勇气都化作泡影。别的孩子可以做到大人都做不到的事，我们的孩子却沉迷于看平板和吃零食。我漫无目的地四处游荡，直到院子里的路灯都熄灭了。回到家后，我又把他狠狠批评了一顿，最后陶阳没说一句话就回了房间。

半夜起来看孩子脸上还挂着悲伤，越发自责是不是"矫枉过正"了？我躺在床上翻来覆去睡不着，忽然间明白了问题的关键所在。个人修养提升与孩子教育都是长跑，怎么可能仅凭一两次转变就大功告成呢？想让孩子具备优秀品质没错，但这并不是短期能改变的。想靠发火解决长期积累的毛病也不现实，下猛药解决慢性病很可能适得其反。所以我们不能拿别人的优点与孩子的缺点比较，否则看到的都是不足。想想自己在最难时不也想放弃吗？不能由结果倒推出所有过程都完美无缺。很明显我掉入了急功近利的怪圈。

第二天下午，单位组织了采摘活动。漫步于果实累累的李子园，大人孩子脸上都挂着笑容。我忽然意识到"孩子记吃不记打"的内涵是说明奖励更有力量。虽然惩罚必不可少，可并不是让人学习的最好途径。我当年在管理中忽视的大概就是这种艺术。多年来我总觉得只要初衷是好的，别人就应该理解这份良苦用心。其实再好的想法也得考虑如何贯彻，不是以自己习惯的方式去说教，而是以大家易于接受的方式去引导，就像老师在课堂上的互动交流或是 e 课堂的弹幕。

我们决定改变方法。首先目标不能太高。就像对别人的孩子，因为没期望反而更能客观评价。其次绝不能随意套用别人的方法。每个孩子都有不同特点，别人的方法再好并不一定适合自己的孩子。于我而言，这次教训十分深刻。我自以为提高了情绪阈值就解决了问题，其实要做的是减少压力。我们带着陶阳出去吃饭，还买了饮料，孩子慢慢高兴起来。不过让步总会引来问题反弹。我们全天依着他，到超市一见到玩具，他又恢复了以前的状态。

再次接到去 L 区的任务，我准备带上仪器顺道开展测温实验。然而出发当晚看着陶阳作业本上密密麻麻的错题，我也震惊了。之前最多错十道，这次居然达到二十多道。努力平复了心情，我耐心讲解该怎样化简计算。陶阳情绪低落，完全没兴趣听。我索性把标准一降到底，只挑出一道题做完就让他出去玩。可他怎么都不明白如何先算后算。讲了很多遍后，我恍然大悟。这些题目都是我每天上班前出的，有算加数的，还有算减数和被减数的。回想第一次做"1+1"时，他练了很久才明白，现在一下对付这么多类型当然不现实。就像练习穿衣服一样，大人总以为简单，其实对孩子来说很不简单。我们决定今后只练一种题型。

去 L 区的路途依然辛苦，不过第一次结合文献做实验也让我很兴奋。这趟任务还算顺利。只有一台水车在搓板路上颠坏了转向机，往返百十公里也没找到所需的小油封，最后靠着人工助力强行开到了工地。送完装备返回小镇，听说附近有个遗址，连日本游客都来看过，我们也去转了一圈。原来是一座古老的佛寺遗址。听说本地曾盛行佛教，让人惊讶，可眼前一堆堆废墟也看不出名堂。带队的科长来过多次，他说那个看门老太太懂得很多。比如日本人爱看这个圆圆的东西，就是生殖崇拜。

回到家中，陶阳已掌握了加减法技巧。每天几乎没错题，学习兴趣也很浓厚。想想若不是及时发现问题，又会把责任归结为孩子不认真。陶阳做完题就着急出去玩。此时操场流行的运动已从踢球变成了骑车。看着陶阳只能骑着滑板车神情落寞地跟在人群后面，我当即拿出自行车让他先坐上找平衡感。一个抱孩子的妈妈路过说："在车后面安个把，你扶着他，那样很快就学会了。"我笑着说："让他自己练吧！不摔几下怎么叫学车呢？"她惊讶地说："怎么还没学就想让孩子摔跤呢？"陶阳自己学会了走路和滑冰，相信学车也一样。

第二天转到了操场练习。一个小姑娘说："叔叔，我学车的时候，爸爸在车后面插了根棍子，我慢慢就会了。"我表达了感谢，这种方法就像练习冰刀一样，看似安全得到了保障，孩子却也失去了寻找自身平衡的机会。我只扶着他肩膀，坚持骑了两圈，辅助力量越来越小。陶阳很用心但一直担心学不会。我听了有些内疚，急躁和严厉打击了孩子的信心。快到家门口时，安兰突然喊道："快看！陶阳会骑车了！"松开手后，他能骑一小段了。陶阳兴奋地叫着："妈妈帮我学会骑车了！"我们异口同声地说："不对！没之前的积累，你不可能学会。"算算总共花了两个小时。想想教育也一样，快慢无所谓，关键是找到合适的方式。

晚上包哥打电话说复试没入围。他问起我换专业的情况，我说就等开学去办手续。最近沉浸在实验中，早把这事忘在脑后了。登录网络学堂查看，两门课成绩都是B，课程这关算是过了。不过有限元绩点很低，看来作业并不理想。正好F区还有个损坏油箱，我又去现场重新测量了尺寸。检查内部结构时，发现正对隔板的位置上有一排孔，瞬间明白了故障原因。这是液压系统回油管路，真正的冲击力来自回油背压。这下问题迎刃而解。

去修理厂查看装载机故障时，我又冒出了做实验的想法。这次实验难度更大，很多细节都是在经历失败后才发觉的。比如阳光直射会导致仪器花屏，开门会使温度快速下降。为保证数值平稳只能关着门抄数据，实地体验了汗流浃背才知道如果被困是多么需要救援系统。此外实验中最大的问题是仪器是单通道的，不能同时对比室内外温度。少了关键的对比数据，实验结果大打折扣。不过第一次用图形展现数据变化让我激动不已。虽然没什么成果，每一步都微不足道，我也向着实验迈出一步了。

  我们如愿踏上了返校之旅。在我的强烈建议下又去了趟交河故城。当地天气很热，所有景点都要在户外步行。我们想找个地方存包，小店的维吾尔族女孩说没存包业务，但可以帮忙看管。她还特意给找了个空柜子。这让我很不好意思，赶紧在店里买了根雪糕。正是靠着它，陶阳勉强走了一半。密密麻麻的遗址非常壮观，想必当年这里也是生机盎然。也许繁华景象终究会褪色，然而善良和朴实却在这片土地上永续流传。

# 第三章

## 24 重寻导师

返回学校,两位新舍友都已入住。新生凌霄是隶属天津校区的专硕,上完基础课就回天津做项目。汪雷已进入课题收尾阶段,计划明年毕业。聊天中得知,他们都是两年毕业,对发表论文也没强制要求。相比而言,我的状况实在尴尬。马上就要开课了,换专业迫在眉睫。卢老师的回复仍不那么肯定,这迈出去的半步又不踏实了。

我再次约了卢老师面谈。走进兆业楼忽然有了强烈的陌生感。卢老师热情接待了我。然而结果确如所料,老师觉得手头并没有适合我的课题。她展示了一个砌墙机器人视频,其复杂的技术又让我胆怯。说起课程作业,老师直言完成得并不好。我连忙解释终于找到了原因,不过这个问题又不足以支持课题研究。最后老师说:"要不我给你推荐邹老师吧!他是做工程的,手里大项目挺多。"一听大项目我就发怵,可又不好直接拒绝,只得改口回去再了解一下。

我神情恍惚地游荡在主干道上,心里苦涩又失落。以前是跌跌撞撞摸不着门,现在想发力还是找不到门。究竟换还是不换?换没有路,不换也没有路，不知不觉间，我已步入死局。俗话说好马不吃回头草，眼下还是硬着头皮往前走吧！可万一又不合适怎么办呢？我的脑海中忽然冒出了一个想法：为什么不通过学生问问情况呢？

回到宿舍，我立刻搜索了邹老师指导的毕业论文。这样既能了解专业方向，还能找到学生邮箱。不管能不能得到回复，只能先广撒网。挨个发完邮件后，我冷静下来。与其让别人替我选择，为什么不重新找找方向呢？系办老师说过可以随便选。我开始在学校官网上细细搜索，这仿佛又回到了入学前。这次运气还不错，我很快在设计所寻得目标。聂老师项目都不大，成果中专利居多，应该很适合硕士。只是没有了解具体情况的渠道，于是我又给他的毕业生发了邮件。

在焦急不安中度过一整天，所有邮件都石沉大海。看眼前的情况，继续等下去很可能会错过选课时间，我鼓起勇气给聂老师发邮件表达了对项目的兴趣。晚上家中倒传来了好消息。安兰说陶阳一道题都没做错，还把作业提前写完了。听到我们的谈话，陶阳鼓励我不要沮丧。我也渐渐平静下来。汪雷劝我多尝试不同方向，凭工作经验做项目肯定没问题。在详细请教了所谓的项目后，我这才明白原来并不是每人都要做出重大成就。经过锻炼，个人能力都会有不同程度的提升。汪雷的项目要用到数据分析，他是零基础学习Python。看他已经能调用函数从Excel表格中抓取数据再用图形显示，我顿时着了迷，当即调整状态开始制订学习计划。

假期旅途让我有了对人文知识的探索欲。原本想选门课程，却看到聂老师回复了邮件。老师说目前手中项目很多，感兴趣的话可以当面了解一下。这个消息让我乐开了花。设计所在兆业楼顶楼，聂老师笑容和善，热情招呼我坐下。课题组主要专注密封研究，这让我想起了去L区遇到的油封故障。我坦言虽然目前自己的学习基础有所进步，但比起其他学生还差很远。老师安慰说:"基础差不是问题,团队协作很重要。具体方向可以根据兴趣自行选择。"至于开题立项,设计所的同学上学期都做完了。老师说:"你过来的话,这学期肯定能完成。"我解释说:"因为学习机会难得,希望每学期都能学些课程。"老师笑着说:"多学课程好!完全支持!"这彻底打消了我的所有顾虑,我当即表达了转来的想法。老师说:"不着急,你再看看还有没有更合适的方向。"我知道这并非拒绝而是谦虚。

晚上陆续收到学生回复。邹老师的情况和预想差不多,项目很大且周期长。聂老师的学生也回复了,不过他怕说不清误导我,让我加微信了解详情。这不免让我紧张起来。原来他是在职硕士,所谓的误导主要是希望我慎重考虑这个专业方向能否解决今后就业,因为密封方向有些小众。我当即表达了感谢,更加坚定了自己的想法。

等沈老师出差回来,我当面汇报了情况。"你最好再详细了解一下。你现在要完成的是硕士学位论文,不是本科毕业设计,光论文都要写四五十页的。"老师说着拿起桌上一本杂志,"至少这么厚一本。"不知这是挽留还是好言相劝,我表示了谢意,答应再去了解一下。不过既然决心已定,也不需要再犹豫。我去系办要了表格,教务老师说如果已经开题就比较麻烦。我这种情况只需要找两个导师签字就可以了,班级和组织关系都不用换。

填完表格后,我盘算着是不是等下周再签字,可已经给聂老师说了,再拖下去不合适,况且我需要尽快熟悉工作,否则开题愿望就无法实现了。下午我先去实验室找小孟,拜托他把零食转交给大家,算是告别。小孟听说我要转专业很惊讶。我坦言项目周期太长,跟今后工作也没太多关联。小孟笑着说:"设计所好!有几次周末去那边找不到人,感觉压力没那么大。"

出了实验室，我拿着表格找到沈老师，简短说明情况，我特别提到这个方向以后回去也能用得上。老师热情告诉我毕业论文该怎么写，有哪些重点需要把握，最后在表格上签了字。整个会面很轻松。我笑着说："如果做不下去，再回来继续。"这应该是我开的第一个玩笑。

接着我赶到楼上找聂老师，房间里有个学生正在谈论课题，我坐在一旁的沙发上等待。聂老师的办公室更像车间，四处堆放着各种零件。这个学生做的是一种弹射座椅，我很快就听懂了问题的关键，看来自己的科研基础有了明显提升。等他们讨论完，我递上表格。老师笑着说："小梁也是转过来的！马上要毕业，想去搞金融，这不跑出去半年才回来忙课题。"这种宽松氛围我挺喜欢。问起什么时候能了解项目，老师说明天就可以。走到门口，想起明天是周末，我特意提醒了老师。老师笑着说："我在呢！你要有事就算了。"

我给卢老师发信息说明情况，老师向我表达了祝贺。室友们听说后都替我高兴。我告诉安兰这个消息，希望她也能尽快专注专业方向提前发力。据说陶阳现在进步很大，几乎没错题了。安兰笑着说："同班的小朋友一天只做十道题。我不准备再教数学了，怕明年上小学他会了反而不听课。现在每天只辅导英语。"我提醒说："你还得注意学习儿童教育，尽快帮孩子养成独立习惯。"

周六一早我就赶往办公室。聂老师带着我去了十楼的一间大办公室，里面至少有三四十个位置。老师叫门口的一个小伙儿给我介绍项目。小伙儿叫诚诚，是联合培养博士，手头正在做精密减速器项目。除了屏幕上看起来很高端的3D模型外，很多内容我听得云里雾里。我迅速在手机上查了资料，原来这个项目主要面向未来机器人方向。项目涉及设计、测试、装配等多个环节，正好可以帮助我提高理论和应用能力。返回办公室，聂老师问："不了解下其他项目了？"我说："就做这个吧。"老师让我周一来，给我安排座位。

教师节当天，我和原课题组同学一起去看望沈老师。我站在人群后面没说话，很多同学不知道我转走了。虽然老师要求严格，但也帮我养成了严谨细致的习惯。在这里我丢掉了混日子的想法，坚定了靠自己的决心。出了办公室，我向小孟请教了精密减速器。机械臂正好用到它，我去现场看完实物，更清楚了项目内容。不过当前不懂的内容太多，还得借助图书馆来补充基础技能。

我的工位被安排在四楼413。房间里只有一个女生。见我们进来，她热情地迎上来打招呼。聂老师介绍说："小西也是联合培养博士，刚生完孩子回来。写专利可以问她。"我们把一张空桌抬到门边，又拉了一把折叠椅。聂老师问："小史毕业后的电脑放在哪里了？"小西指着墙边一排落满灰尘的电脑说："应该都在那里。"我拣了一台搬到桌上组装试机。电脑运行速度有些慢，看文件这个学生应该毕业很久了。聂老师又带我去二楼实验室搬回另一台电脑，结果这台运行更慢。聂老师摆摆手说："能升级就升级，不行就买新的。"我说："等收拾完再处理吧。"

等聂老师走后，我开始打扫卫生。小西介绍说聂老师要求宽松，这里的组会都是以大课题组为单位的，每学期只有一两次交流机会。这倒是挺符合我的需求。不过这个房间没窗户，门特别多，过往打电话的人又多，环境条件不太好。这时诚诚发来信息说也在楼上给我找了个位置，听说我在四楼就座还有些遗憾。他随即发来设计文件，准备给我安排一些小任务练手。

设置完电脑，我开始投入工作。任务是要把设计中的标准件整理成清单。整套图纸从装配图到零件图共有三百多张，对我来说可不是小任务。眼下只能从安装建模软件开始逐步熟悉。上学期还得靠别人帮着装软件，现在完全得靠自己解决。好在真正动起手来也不是那么麻烦，很快就适应了节奏。然而仔细了解项目后，我又变得犹豫不决。目前最有可能的研究方向是测量和控制，我们承担的设计部分难以用作毕业课题。情况再度变得不明朗。

选课已接近尾声。我选了测试技术作为专业课，文科类只有西藏历史勉强能满足我的需求。此外，我还选择了一门心理学实验课程。汪雷对我还在选课很惊讶，提醒我答辩前每门课都得合格。想想课程带来的收获，我做好了吃苦的准备。临睡前，聂老师发来两个文件，说是某风电厂家提出的工程需求。看完文件我激动到睡不着觉。这是液压系统在风机中的应用，我的经验完全能派上用场。项目周期正好一年，现在入手就能完整经历全过程。唯一的劣势是从头开始，可能没人可以求助。

聂老师让我和小西讨论下能否写个专利，但小西表示对风电不了解，这个项目硕士做应该很合适，涉及实验室最擅长的密封技术。这让我更激动。由于没见过实物，需求还拿不准，我只得先把思路和构想整理出来，随后找到老师就其中的难点谈了一些看法。项目测试压力远超现有工程机械标准，由此会带来一系列问题。聂老师又给我展示了其他项目。不过这些项目大都在前期沟通阶段，能不能签下来还不确定。

我把整理好的清单文件发给诚诚。他本想继续安排小任务，我告诉他自己准备做其他项目了。经过调研后，我决定围绕风电项目补充基础知识，眼下关于密封、设计、风电等内容都需要了解。晚上我接到了少华的消息，他成功跳过"龙门"，准备周末来找我。

# 25 着手科研

周末一早，我提前去了实验室，继续学习建模软件。当少华到东南门时，我已完成简单零件设计，一时有了强烈的成就感。老友相聚分外激动。回想少华曾经描述得轻松又愉快，经历后才发现是这般刻骨铭心。在景点拍照时，我们才体会到岁月的痕迹。时间带走了我们年轻时的锋芒，却从未磨平我们的棱角。少华是南方人，我带着他在芬芳园四楼品尝了火爆的湘菜。少华好奇我啥时候开始吃辣的，我笑着说："跑了几趟L区才明白为什么路边都是川湘菜馆！没胃口的时候，这个确实下饭！"

本学期课程陆续开始。心理学课程专注一般实验，这与我的目标相去甚远，于是我第一次做出退课选择。测试技术课程主要围绕测试实验进行，作业同样是以组为单位完成实验报告。课后我向授课的苏老师征求意见，老师介绍时说课程与工程应用结合紧密，鼓励我可以尝试。而西藏历史课程排在晚上。我靠着导航摸黑赶到一栋小楼，教室里只有五六个人。老师还没来，助教说这个课福利好，老师喜欢送书，希望大家能动员同学来学习，如果达不到最低人数，课程就开不了。

授课的段老师是西藏历史研究领域的知名学者。课堂氛围很轻松，大家先做了介绍。其他人虽不懂藏语，但好歹都是历史系的，唯独我一个理科生。老师笑着说："要学分没问题。"我说："只是对历史感兴趣。"其实除了旅游时接触的一点历史文化，其他一窍不通。老师原计划是读藏语文献，不得已改了授课内容。课程专注于探究细节，所以我那些天马行空的想法完全没施展空间。下课前，我提了旅行时想到的问题：为什么吐蕃信仰佛教还追求扩张？段老师和蔼地说："欢迎你下次再来，我们再讨论一下。"

我一直犹豫要不要退课。原以为文科的研究会更有趣，原来文理科的研究都差不多，这种从出土文献中找到相互佐证的内容，我压根儿提不起兴趣。而且周五风电厂家过来讨论项目，导师说顺利的话课题就能定了。这意味着今后将非常忙碌。不过助教有言在先，这样跑掉又不太地道。回到宿舍，我向舍友推荐了此课，两人都没兴趣。凌霄正为上课忙得不可开交，汪雷要准备实验还得忙着求职。与其他人不同，汪雷的愿望是从事养猪行业。他说在建筑工地时感觉行业很落后，预测下一步传统行业会有大的技术升级。这让我挺佩服，不过这一天可能比预想的还要漫长。

天气渐渐变凉。沿河边散步时，我仿佛嗅到了秋天的味道。从春天拖到现在，爷爷还没动静。我给三姑打了电话，得知爷爷又摔了一跤，气得我想发火又不知该对谁发。再次说起养老院，三姑只推说没办法劝他们去。我提醒说："马上就要秋收，你那么忙照顾不方便，不如让他们去养老院过上两个月。"三姑笑着说："秋收不忙啊！现在都是机械化，哪有人干活？棉花都是机采，全连这么多地几天就收完了，当场就在地里卖了。"我听了非常惊讶。想当年每到秋收，全校都要勤工俭学，大家早出晚归在地里捡棉花、挖甜菜。如今科技离生活越来越近，可老人什么时候能享受到科技的福利呢？

在与风电厂家的会议召开之前，我与导师的学生见了面。与我同年的硕士康康是做电机的，组里还有个非洲留学生老杜。我提前准备了茶壶、水杯，小西忙着给大家倒水。准备的投影设备没用上，厂家副总大致介绍了项目情况。他坦言很多都是全新课题，可能有失败的风险，希望借助院校科研实力以解决工程中遇到的干涉、焊缝开裂等问题。这不免让我产生一丝隐忧。我们做的内容虽不是项目主要方向，但工程与科研间的巨大鸿沟仍免不了要跨越。

会议结束后，我们一起送厂家出门。老杜一路热情和我聊天，看来平时和他交流的人太少。作为同龄人，我们面临的问题差不多。他的老婆孩子都在家，他与第一个老婆好像离婚了，现在是第二个老婆带着孩子。具体细节我也没听太懂，因为心里一直惦记着课题。导师回来后说项目基本确定，可以着手做课题了。我立刻重新规划内容。由于之前不了解项目整体计划，很多内容没关注到，这次正好能及时修正过来。当前难点是厂家需求不明确，无法确定关键技术指标。这样摸着石头过河，风险很大。

于是我找导师汇报了新思路，希望能和厂家详细沟通以确定技术细节。导师同意改动，但由于是全新实验，只能根据前期调研进行微调。楼上楼下跑了三趟，初步确定了任务需求。我们负责为其液压系统开发全新设计结构，同时验证高压力下系统的密封可靠性。最终落脚点是要为项目开发试验设备。对我而言，密封和设计知识都是空白，还要在半年内完成开题。眼下连建模软件都没搞定，更别提从无到有搞开发。一想到这些困难，就让我心急如焚。

周末我一直沉浸在项目中。眼下亟须补足密封实验内容，查阅文献又发现欠缺知识越来越多。开发试验装置既要充分了解项目背景和规划，还得熟练掌握密封原理和结构设计技能。团队中每人都是不同方向，所有内容都得靠自己解决。经过艰苦努力，我首先明确了两大战略任务：一是了解全新结构设计的资料；二是了解试验台的方向。而当务之急是要尽快掌握建模软件。

我将所有内容整理成文字材料，希望尽快和厂家沟通。导师安慰我说："先不急！等签完合同再说。你先帮着小梁做实验吧！"一听实验，我来了兴趣。此时站在一旁的小梁因论文投稿被拒而显得十分沮丧。导师说："毕业肯定要满足条件，而且假人都买回来了，实验要做好啊！"出门前，我向导师请假准备中秋回去看看孩子，导师欣然同意，还让我再选个课题组——付老师的磁流体课，顺带又送了本书给我。付老师也是本领域名师，可由于方向小众，也面临报名人数不多的困境。

听说课题组实验设备都在603实验室。我正好去熟悉一下现场。两处相隔不远,小梁想借个推车,我提议直接把假人抬过去更省时间。我们就这样边走边聊。小梁是因导师出国转到聂老师这里,前段时间忙着找工作,耽误了实验。我一路请教了项目和专利,也有了不少启发。课题组实验室在最偏远一侧,需要上下很多楼梯。实验室设备都和密封有关,包括小西用的那台往复密封实验台。电脑里有它的图纸,对照实物挺震撼。自己能否走到这步还不敢想象。

小梁找来负责安装设备的老师傅,随即对着假人讲解实验。我感觉他搞错了方向。果然一番专业解释让两位师傅不知所云。孔师傅不耐烦地说:"你到底想怎么干得说清楚,这玩意儿我们不懂。"我插话说:"现在就是要考虑假人怎么固定。"马师傅说:"那至少得需要个台子。"我提议就近找个地方方便实验即可,孔师傅说:"还得加工个座,具体怎么干得小梁拿主意。"小梁思考再三决定暂时放弃,等地方收拾出来再说。

中秋节前,我第一次用抢票软件抢到回家的车票。下了火车,安兰陪着我先去了一趟医院。现在异地看病方便很多,我多年的脚气得以根治。安兰打趣说:"背靠一流医疗资源却没时间看病,看来你是找到了科研乐趣。"我苦笑道:"项目迫在眉睫,开题立项还没着落,这次本来连家都不想回了。"谈及孩子,安兰说最近看了几个教育视频,一个星期没训孩子了。而且陶阳也不像以前那么排斥学习。不过说起上周去可米家做客的情形让人不安。陶阳吃饭没规矩,一上菜就想先吃,什么都要自己吃够。看来还得好好管教。

这次回家,我买了积木船和龙须酥提前寄给安兰。回到家中,陶阳只顾拼船。我让他拿龙须酥给岳父岳母,他抱怨说:"他们又不是不会拿。"岳母说:"你拿给我们,我们就不给你吃完了,要我们自己拿就给你吃完了。"我赶紧插话："妈妈说你变了很多，是不是展示一下呢？"好说歹说他总算动起来了。

假期没计划出去。我在火车上着了凉，感冒症状越发明显。我本想找几片药吃，却发现柜子里空空如也。我好奇地问："上次家里到处都是药啊！"安兰说："我妈可能都吃了。"我惊讶地问："难道是怕过期浪费了吗？"最后药没找到，我却注意到书桌下垫了张字条，上面赫然写道：对父母的孝顺就是听话！我们看了都很无语。这应该是床垫事件后，岳母有意写来提醒我们的。按照这种观念，我逼着爷爷奶奶去养老院简直就是大逆不道了。

我想包揽做饭又怕岳母多心，犹豫再三还是开了口，没想到她这次满口答应。可随后两天都不见岳父和岳母的人影，楼下晾晒的玉米又多了好几堆。一问才知道，原来他们是忙着去附近地里捡玉米。岳母笑着说："就当锻炼身体呢！反正闲着也是闲着。"我说："你捡一点够吃就行。上月你说腿疼，还归结为吃油多控制不住嘴。现在你们比农民秋收还忙，腿能受得了吗？你要是摔伤了，我们还得雇人照顾你，一个月几千块，你算算哪个划得来？"两人都笑着不吭气。

陶阳上网课还不错，只是平板速度太慢，我在里屋忙着升级系统。安兰在浴室喊着："又没热水了！燃淋早该换掉了。"岳母在客厅絮叨："我们在家用时都是好的，就你回来搞不好。"两人又差点吵起来，我也不知如何开导。下午开车出去时，岳母又唠叨总出来吃饭。我说："爷爷奶奶的状况让我明白很多事。老人趁着能吃得动就尝尝美味，能走得动就看看美景。让你们把以前没条件经历的都体验一下就尽到孝心了。到吃不动走不动时再谈孝顺意义不大。"晚上忽然发现桌下压着的字条翻了面。看来岳母又想多了，我并非针锋相对。

返回学校后，导师发来信息让我写合同，悬着的心总算放下。虽然从没写过合同，不过前期调研充分，摸索着也列出不少内容。兴冲冲地写满一整页纸，忽然有了不祥预感。整个项目涉及调研论证、结构设计、制造加工、测试验收等多个环节，目前参与人员只有我自己，逐个填平这些内容难度不小。不过换个角度看也是机会，能完成这个项目，学习目的就彻底达到了。

课题组研究内容集中在密封领域，细分还有很多方向。对我来说，通过组会交流补基础比阅读文献更快。老师们的点评直切要害，我很快明白了做项目和搞研究的区别，看来还得调整工作方向。开完会，我上楼找导师询问合同情况。导师说："合同不错，没啥变动的。厂家暂时也没提意见，你先忙自己的事吧！"我如释重负。这两个月工作实在饱和，终于有了闲暇时光。

晚上摄影社团开班了。第一次遇到社团课人满为患的情况。授课人员都是本科生，言辞幽默风趣。现场很多人携"长枪短炮"急于学好技术拍妹子，我是赤手空拳只想为爷爷奶奶拍些纪念照。课后我本想和安兰商量入手个二手相机，却得知平板出了问题。据说卡到进不了课堂，系统也没法退回老版本，只能买新的。

第二天起床，我去北操场跑完步又去芬芳园吃了包子，身心无比放松。路过 H 楼，迎面碰到了瘦博士。他见面就问："现在咋样？"还没等我说完，他就大倒苦水："你知道我上学期压力多大？头发都快掉成'地中海'了，身体越来越差。"瘦博士声情并茂地诉说了个人遭遇。原来老师前后拿出三个项目，他换来换去都不想上手。我听出他的意思是怕做不出来，希望能有人带，这种想法对博士来说根本行不通。我开始担心自己所谓的"软着陆"会误导他，转而劝他慎重考虑，换专业要面临全部重来的局面。瘦博士说："实在不行我下学期不来了。"他大概还没进入状态。现在胖博士和我同在一层楼，每天都是早出晚归。

厂家很快反馈了合同要求。总体没问题，这给我的开题立项吃了一颗定心丸。不过难点是压力指标高，完成时限紧，产品最终要应用于设备。考虑到上述要求事关重大，修改完合同后，我逐一列出后续问题，希望引起厂家重视，导师看了非常满意。我表示会尽量多学些专业知识，但涉及软件编程等内容可能需要借助专业力量。导师说："需要人力、物力、财力，随时支持。"我转而问起开题安排，没想到导师说："开题再等等，合同能不能签还没明确。"这个说法让我惊出了一身冷汗。

# 26 开题报告

周末小西邀我去北航参加往复密封项目结题会。当初参与这个项目的学生都毕业了，只剩她一个人。"首鼠两端"的我同意去凑个数，正好借此了解下做项目的流程。尽管能否开题还未明确，研究工作还得向前推进。经过调研，我将新型旋转密封作为研究重点，这也是不错的创新课题。不过课题组专长是唇封和往复密封，这意味着我又得孤军奋战。

第一次走进北航校园，小西带着我直奔报告厅。项目很大，子项目汇报结题情况就占去不少时间。翻看资料时意外看到本科校长的名字。毕业前我们上百人和校长合了影，如今老人家已满头白发。中间休息时，正好校长出来，我上前做了介绍。校长热情与我攀谈起来，他清楚记得我们"4+1"学员，很多细节都能娓娓道来。想当年我们有着"黄埔二期"的美誉，如今论成就自然无颜以对，不过作为平凡一员，学校传授的知识和理念都尽力实践了。

开完会，我在校园见了小林。他是我的学弟，说起校长倍感亲切。我们当年的培养目标是：懂技术、会管理、能指挥的复合型指挥人才。

经过亲身体验，感觉技术是用知识，比学知识容易；管理是学知识，比用知识容易；而指挥则是多种能力的综合运用。无论如何，不忘本是关键。小林正忙着毕业答辩，我不忍耽误他太多时间。得知他论文已发表，让我非常羡慕。马上在外学习的只剩下我自己了，拿不下来就太难堪了。

很快，甲方技术负责人过来证实了坏消息。项目需要招投标，他这次是来实地考察科研单位的。针对我们反馈的问题，他们坦言研究方向是新材料，对液压并不熟悉。我再次提醒指标过高会导致综合成本指数级增加，最终可能面临"我们能设计出来，企业造不出来"的尴尬局面。此外项目涉及制造加工，我希望留有充足时间以便做好沟通衔接。技术负责人表示会综合考虑。陪同甲方参观603实验室时，我注意到现场只有一台旋转密封设备，看来以后做实验又是个问题。好在经过沟通后，我对甲方的需求更清晰了，也意识到前期调研方向偏差太远了。

测试技术课即将转入实验，苏老师接连安排了两场活动。首先是请博士学长分享经验。学长重点介绍了技术应用，也分享了自己如何从学生转变为工程师的历程。提问环节，同学们多关注技术细节，我更关心如何平衡工程可靠性和科研创新性的关系，这个问题得到学长大力夸赞。其实它不仅来源于自身感触，还来源于网上流传甚广的解决生产线空盒子的故事。据说博士团队花了几千万开发出能自动识别的机械手抓走空盒子，工程师只花了二百块买了个大风扇就解决了问题。不论故事真假，这确实体现了两种思路的差异。然而也不能用一个去否定另一个。毕竟风扇只能解决眼前问题，机械手的技术却可以平移到很多问题上。

在第二场参观计量院活动中，我们见到了高端的授时中心。其中"原子喷泉"正好是上次课的讨论内容，大家格外感兴趣。看着大屏上的时间，我这才想起来自己又长了一岁。院子里有棵由剑桥引进的苹果树，据说正是源于砸中牛顿的那棵苹果树。我站在树底下颇有感触，不过看着现状又不免唏嘘，担心项目前功尽弃的顾虑困扰了数日，我意识到要着眼于战略调整。做项目毕竟只是过程，科研才是关键。

我将近期学习目标调整为密封研究。万一项目没签下来，这些核心技术可以迅速切换到其他项目。然而内心的忐忑始终难以消除，特别是在组会上看到其他同学的研究更是羡慕。邻座小伙的课题是利用流体知识研究止血。为了保障血液新鲜，他已能熟练给自己扎针取血。老师们在高度赞扬这种跨学科研究的同时，也质疑研究结论能否获得医学专业人士的认可。有个刚入学的直博生研究的是磁流体气泡。小伙坦言气泡是假定的，因为实验结果和理论计算不符，查阅文献也没找到相关依据。尽管这些内容已投稿，但遭到老师们的无情批判。看来科研之路无论哪段都不好走。

回到实验室，导师让我在学校官网上找些横向项目。小西解释横向项目就是和企业合作的项目。我强打起精神开始在网上搜索。企业发布技术需求的确实不少，可与密封相关的真不多。好不容易在两个车企的子需求中找到了密封问题，我赶紧发邮件毛遂自荐。尽管我将措辞拿捏得相当得体，心里却越发担心风电项目要黄，一下又回到漂浮状态。

同时可能要黄的还有小黄车。最近网上疯传小黄车退押金出问题，我的退款过了一周还没到账。网上攻略说要凶一点才能让客服重视。我只强调要照顾老客户的信任，没想到他们真把押金退回来了。拿到押金我又莫名失落，毕竟它陪着我从考研一路走来。很多人都表示不愿看到企业倒下去。不过就企业自身来说，练就真功夫才是王道。

测试技术课程转到603实验室做实验。第一个实验是用电涡流传感器测量尺子振动。本想抱个大腿，结果发现邻座小伙儿连拧螺丝，接线都是半生不熟。聊天中得知他是研究混凝土的，我惊讶地问："这么成熟的技术还有什么可研究的呢？"小伙儿笑着说："我原来也觉得科研都是高大上的。"不过细想这与样条曲线挺像，也是先有应用后有研究。应用时靠经验，研究后才逐步认识背后的机理。

我俩忙碌半天总算拿到数据。原以为就像暑假做的测温实验一样，利用EXCEL表格将数据生成曲线即可。直到编写实验报告时，我才发现测量数据仅仅是万里长征的第一步，如何处理分析数据才是关键。这下，我总算理解了科技论文写作课上的内容。处理数据又要用到Matlab软件，这个级别的应用短时间根本驾驭不了。艰难推进中，意外了解到实验中用到的LabVIEW软件就能处理数据，这让我喜出望外。于是我很快就熟悉了操作并完成了数据处理。

晚上刮大风，户外锻炼无法进行。安兰说新买的平板到了，上网课终于不卡顿了。说起陶阳生日，她希望我能回去一趟。可我实在抽不出时间。据说月底就是开题答辩的时间，项目又生死未卜。我想早点准备开题报告，可基础不牢的问题越发明显。此外组会轮到我汇报，滥竽充数的路子又走不通。正发愁如何应对，导师突然通知我尽快做好竞标准备，厂家即将招投标。这顿时让我胆战心惊。两家企业都没回应，这个项目也不确定，真是命悬一线了。导师说其他的都不做了，争取把这个谈下来。

测试技术大作业要求每组两到三人，选题只要是和测试有关即可，每个项目都有一定的经费支持。老师介绍的以往作品中既有脑电波等前沿技术，也有简易桥梁测试模型。我忽然想到能否对油箱问题再深入研究一番呢？仔细分析困难一大把。先不说内容低端，模型如何加工都是问题。课后我请教了老师。苏老师认为解决工程问题很有价值。至于担心做不出结果，老师笑着安慰说："工程应用问题本来就和实验室研究差别很大，能得到些有益结论就非常不错了。"于是我决定放手一搏。

由于和邻座小伙合作两次都是半瓶水晃荡，为确保高质量完成目标，我打算招募新队友。在群里发了消息，很快有人回复愿意加入。随后又说可能搞错了，还要再确认以前小组是不是满了。我做好一切准备，实在不行就单干。晚上新队友亚芬确认加入，她是外校保研博士，实力不容小觑。小姑娘认真细致，但对课题内容完全不熟悉，我安慰她等油箱模型建完再详细讨论。

刚松了口气，突然又接到安兰的电话。我以为是孩子生病，没想到情况更严重。单位通知不能继续脱产读书，要求她尽快返回。眼下课题还没确定，安兰急成了热锅上的蚂蚁。我让她先沟通协调，同时做好最坏打算。而我也改了主意，还是回去一趟吧！然而回家前还得争取完成开题报告框架。如果一旦中标，开题就得马上推动，哪个都不敢怠慢。我当即调整了规划，开始全力备战。

本以为凭借现有水平能轻松搞定开题，没想到一个开题报告就让人抓狂。它并不是文献阅读大杂烩，而是一份完善的研究规划。我之前准备的内容都是围绕超高压方向的工程总结，压根儿没涉及密封研究核心，要上手就得重新准备文献，想到这儿我顿时心慌不已。其实这些内容在课程中都讲过，经过这么一圈又回到了起点。只是有了亲身实践后，才明白每句话背后都需要相应知识和技能支撑。本学期第一次失眠正式光临。

持续一周超负荷工作，我终于体会到了学霸们吃饭、骑车、上厕所时看手机的苦衷，因为时间实在宝贵。好在开题报告和竞标内容都已成型。我找导师做了汇报，并说明希望月底完成开题答辩。导师安慰说不用着急，忙完随时可以安排。这样算来时间也宽裕了，我当即请假踏上了回家的旅程。

陶阳生日当天，我们出去吃了饭。安兰的情况也明朗了，她们单位因情况特殊决定遵循往年标准，经初步商议同意她读完这个学期。我建议她及时和老师沟通以便提前准备，安兰担心课题完不成，孩子也上不成学了。我觉得既然没承担项目，回去做研究也可以，而把孩子留下来上学的方案肯定不行。明年上小学也得回去，提前适应也是好事。

提及寒假，我们都想到为什么不带奶奶出去吃顿饭呢？她有多少年没去过城市了？安兰建议把旧平板带回去，留给奶奶看豫剧也好啊！眼看天冷了，去养老院的事又告吹了。奶奶马上回到楼上，这个平板倒也是解决听力问题的希望。只是陶阳听说要离开这里又很不高兴。

# 27 全力以赴

返回学校后，我开始筹划测试技术大作业，眼下如何加工模型是个难题。学校周边找不到实体店，网上有店家能做但都要求提供图纸。仿真加画图要双管齐下，算来要学的内容实在不少。虽然我前期看了教程，真正应用软件建模才发现每个操作细节都得摸索。眼下只能先解决"有无"问题，日后再谋求好坏吧！

焦头烂额之际，竞标会又即将开始。我们一早开车赶往昌平。坐在副驾驶的我高度紧张，生怕出现任何差错导致前功尽弃。我编写了讲稿以控制时间，还准备了两个U盘存放材料。导师泰然自若，走错路也笑呵呵的，一点儿也不着急。反思自己遇到问题第一反应是：坏事了！导师总会说：挺好玩的！看来我要学习的东西还有很多。得知我正发愁制作模型，导师说："你找实验室的师傅就能搞定啊！"这的确是个好办法，这么复杂的板材结构能现场加工最好。

参加竞标会的过程挺顺利。导师亲自上场做了讲解，完美展现了技术方案。由于评审结果暂时出不来，我们随即踏上返程。我一路忐忑不安，导师安慰说换别的项目也来得及。事已至此，我也只好听天由命。再说经过这个环节收获已经很多，有了这些技能很快就能用到其他方向。

回到学校已是中午。简单吃了顿快餐，我就赶到实验室找师傅，结果一问连钢板都没有。网上加工又涉及出图和报账，无论哪一步都绕不过去。此外，最大难点是油箱隔板的弯折角度未知，这个尺寸出错会导致模型无法连接。经过一番苦思冥想，我利用数学知识算出了角度，磕磕绊绊地画完了图。我联系到亚芬，希望她能从测量角度提些建议，等实物模型一旦做出来再想修改就难了。

下午我接到了入学以来最激动人心的消息——项目中标了。虽说我们仅以微弱优势险胜，但这一瞬间我感到前所未有的放松。眼下终于可以放下一切怀疑全力推进。靴子已经落地，不再有退路可言。虽然心态比前期好很多，可一想到要独自探索未知领域还有些不安。开题答辩也箭在弦上，往年开题时间已过，所里仍没有任何动静。导师说这学期肯定能完成，我索性也不着急了。前期速成模式导致很多内容带有敷衍赶工的痕迹，正好多花些时间完善报告。

亚芬晚上赶来兆业楼。我对着电脑里的仿真模型详细介绍了研究背景，可她表示既没看懂模型也没听懂问题。亚芬是精仪系的，对这种抽象模型接触甚少，不过我相信等她见到实物后肯定能理解。眼下我只能化繁为简，仅挑重点介绍。我们的研究落脚点就是通过测试分析找到油箱开裂的原因，而我最大的担心是完全拿不到数据。为此我预想了三套测量方案，分别采用应变片、加速度计、电涡流传感器来获取数据。最终分工是我负责制作模型和仿真，亚芬负责搭建测试系统。经过讨论，我决定在预算范围内再做个全尺寸模型。为得出最优性价比，客服不厌其烦地

163

反复报价，我都有些不好意思了。

周末班里组织大家去中国国家博物馆参观。参观活动全程由喜妹讲解，没想到她担任了中国国家博物馆的义务讲解员。喜妹对唐代历史相当精通，无论是研究文献还是正史野史，都能娓娓道来，这是一般讲解员难以企及的高度。最后自由活动阶段，喜妹推荐看青铜器。我首选历史书上认识的司母戊鼎，到了现场却发现这个大鼎叫后母戊鼎，这大概是考古认知深入的必经之路。流连于各朝代文物时，西藏历史课的知识点有了用武之地，我居然也能看出些门道了。

在返回学校的路上，得知欣雅上学期已经开题，我一路请教经验。她提醒说，开题早评委的问题相对也少，越往后工作量太少肯定不好。说起参考文献又把我吓住了。本以为三十篇就够了，欣雅引用了五十多篇，另一个同学引用了八十多篇。

测试技术中期检查时，我们的工作依然没进展。就在上台答辩前，我收到模型的到货通知。简单列了近期工作要点交给亚芬，我只身赶到快递点取件。店家发了两个包装，五块厚钢板只能拆开搬运。爬上爬下多次，终于弄到实验室，累得我筋疲力尽。不过看着设计变成实物是真开心。接下来就得解决焊接问题。孔师傅会电焊，他说等手头闲下来帮忙搞定。亚芬发消息说老师特别提醒加速度计可能并不好用，这些问题只能等模型组装后再看吧。

晚上，导师发来了开题时间表，所里计划本月 15 号组织开题答辩。厂家也反馈了合同修改意见，他们坚持一年内完成所有内容。其中三大项设计工作则要在四月前完成，可我连建模工具都还不熟。这些问题堆在一起，逼得我再度进入工作狂人的状态。连续三天忙到抬不起头，终于把合同连同开题报告一并发给导师。

好不容易腾出精力准备组装模型，孔师傅却说还得等几天，因为焊机刚借出去。我愣在原地不知如何是好,再耽误下去课题肯定完成不了。情急之下,忽然想到了校园里的建筑工地。新建的科韵楼正在进行室内装修,估计用焊机的地方不多,而旁边的工地刚做基础肯定会用到它。我带着小模型来到门口,给工头说明情况,很快获得同意。走进熟悉的环境中,一时思绪万千。当年毕业后从指挥员变身施工员,心理落差真大。现在回头再看,每一段经历都是台阶。在土堆里深一脚浅一脚地四处寻找,终于在角落里找到正在焊接钢材的工人。我说明来意,他们很惊讶,也很乐意帮忙,上手点了三下搞定。

亚芬对照模型彻底理解了问题。我计划先采用加速度计测试,如果能采集到故障位置数据与别处不同即可得到答案。但上手就发现要把传感器固定在模型上得用胶,这个问题没考虑到,于是只好下楼找师傅求助。马师傅从柜子里拿出一瓶502,反复示范动作并叮嘱别把手粘住。我郑重接过这价值一元钱的实验用品,忍不住笑了。来回跑了多趟总算找齐材料。

本以为接下来就到了揭秘时刻,没想到一试机又发现了大问题。商家自带的软件无法同时读取三个传感器数据,这和暑假做测温实验时遇到的问题一样。无法对比数据差异,实验就没意义。联系卖家、厂家都无能为力,最后我们只能忍痛放弃,准备启用电涡流传感器,可实验室没支架又用不了。我找师傅用亚克力板做了两个,结果很不理想。由于应变分析仪远超预算,我们只买了应变片,这个测试方案也启用不了。眼看三套方案全军覆没,脚下没了退路。

我垂头丧气地返回413,房间里多了个新人。导师介绍说:"这是我外甥小方。这家伙本科毕业去当什么游戏主播,家人不同意给劝了回来,现在想让他重新复习考研。有啥活儿就安排给他干。"闲聊几句,我又提到了开题答辩。导师说:"这学期开题的只有你一个人,所里让咱们自行组织。等忙完合同，随时可以进行！"说到合同，我表示希望尽快拿到甲方项目总体规划，作为设计者不了解全局很容易犯错。

等亚芬开完组会，我们再次来到测试现场。仔细分析一番，眼下只有电涡流传感器方案最可行。我准备再去工地找工人用钢筋焊两个支架。就在翻找配件时，亚芬意外发现两个标准支架，真是天助我也！接下来的测试任务很简单，只需搭建三路信号采集通道即可。若能在小模型上找到规律，就可以正式对大模型进行测试。现场弥漫着轻松的气氛。亚芬来自农村，做饭水平比我还高。我们年龄相差虽大，但配合非常默契。不过一听她妹妹是2001年的，我半晌没说出话来。我第一次意识到年龄差是和单位新人聊起"非典"，听说他彼时正上小学把我惊呆了，没想到这次又体验到了更强的冲击感。

然而欢快气氛没有持续太久。测试结果并不理想，油箱故障侧和非故障侧特征差别很不明显。仔细分析原因太多，模型制作、数据采集等环节都有无数可能。其中数据处理程序是亚芬提前编好的，这也是关键环节。我们仔细检查了算法，终于发现了问题。原来程序在对比两个测量点位移时，忽视了振动方向不一致的情况。亚芬当场修改了程序，再次计算终于发现了规律。

接下来就要轮到大模型出场。好消息是电焊机有了，可如何把组装后的模型搬上四楼依然令人头疼。师傅们提醒我可以找物业借用电梯，这才解了燃眉之急。为了保险起见，我计划焊接两次。首先不安装侧板，待取得测试结果后再按实际情况焊接，这样就能对比两次测量结果。不过得上下楼搬运两次，无论如何这个麻烦都值得。焊接过程很快结束，不过期望中干净利落的焊点没出现。理想很美好但现实也得接受。我推着模型赶到电梯口，正好碰到调试人员检查电梯，在他的帮助下总算把模型送到了实验室。

重新搭建完系统，我也更加谨慎，逐渐意识到我现在犹如在黑暗中摸索的根本原因在于没有理论指引。通过对密封理论的学习，我明白了理论是核心，其他内容都得围绕它展开。这与工程中围绕现象来找原因截然相反。但这个理论究竟属于振动分析还是疲劳分析，我又拿不准。查阅文献发现不管是振动或疲劳，基本可以作为硕士甚至博士课题。看来只能从实验和仿真入手，如果找到数据差异就成功了大半。好在我的有限元建模还算顺利，经过不断尝试，终于进入加载环节。

　　晚上家中传来坏消息，安兰因为学习又和陶阳吵架了。我提醒只要开始做就可以，别幻想立刻见到效果。安兰沮丧地说："感觉带不下去了。"我安慰说："马上就回去了，总会有办法的。"一提到回去，安兰又想给陶阳再拍套艺术照，她强调从小到大只照过一次。我说："记录一张笑脸远不如记住一次教训有意义。"安兰反问道："那你学摄影有什么意义呢？"我笑了，是该改改刻板印象了。

　　第二天一早，我和亚芬就赶到实验室准备测试大模型。原以为开机测试三分钟完事，没想到又是一堆问题。现场没有制式冲击器，只能找了把锤子代替。实验室地面光滑，测量结果变化剧烈，最后搬来所有重物才勉强解决固定问题。最让人头疼的是之前获得的结论没能在大模型上得到验证。分析原因可能是大模型板材厚、形变不明显，后来大幅增加冲击力才明显改观。现场处理数据已经能看出明显差异，这让我们非常激动。我随即把模型弄下楼准备进行第二次焊接，孔师傅答应明天一早焊好。正巧遇到课题组同学做实验，一交流才想起来组会交流又轮到我了。好在开题报告基本完成，正好可以拿到组会上练练手。

　　虽然研究仍然以概述为主，但所有内容已成体系，也经受过竞标考验。然而当我胸有成竹地做了汇报后，没承想却遭遇了重创。由于涉及工程应用，老师们都非常谨慎。有老师认为这么高的压力需要考虑多级密封，还有老师认为回转结构利用胶管就能解决问题，没必要这么复杂。这些意见刀刀致命，让我陷入巨大恐慌。

## 28 开题答辩

  我狼狈地走下讲台，内心充满了困惑与不安。冷静下来想想项目是全新内容，遭遇质疑很正常，就像磁流体课上付老师说的："一听就不可能的方案在创新上肯定好！那些一听就能做出来的是工作不是创新。"我重新厘清思路，挨个找老师解释，终于获得认可。这时坐在旁边的小伙问道："满哥，PTFE密封圈从哪儿买？"我解释说："我刚转过来，还不太清楚。回去帮你问问小西。"他笑着说："我们还一起上过有限元课。你讲过矩阵，我还记得呢！"我这才想起来他是通过复试的另一个学硕吉瑄。

  大模型第二次焊接很顺利。当天下午就展开了测试。马上就要看到结果，我们的心情都非常激动，我甚至向亚芬吹嘘起该发什么级别的期刊。然而当我在隔板上重重敲了一锤后，就意识到麻烦又来了。加上侧板后，隔板振幅小了很多。最尴尬的是测量数据和之前完全不一致。这说明前期结论站不住脚，整个过程又陷入停滞。最后亚芬提议不如用侧板振动来表征传递能量大小，从而间接表征隔板两侧的特征差异。眼下也只能"死马当活马医"。我们重新调整传感器位置，经过多次测试发现故障侧位移远大于另一侧，这才看到了曙光。此后工作进入收尾阶段，亚芬负责处理数据准备答辩，我的仿真工作也不能再拖了。

  晚上正忙着仿真，陶阳打来视频急于展示新发型。我不解地问："你妈妈的技术这么好吗？"安兰解释说："我爸带他出去理的。他觉得理发店理得好，不让我理了！"我生气地说："上次吵架就是为挑衣服。为什么还不长记性呢？"安兰不服气，觉得孩子有主意没错。争辩无果后，我挂了电话，安兰又发信息埋怨我压力大把负面情绪传给她了。我连回复都没空。就在仿真加载时，我想起液体冲击只能是单向的，测试时忽视了这个问题。我给亚芬解释了情况，商议尽快补充测试。

第二天中午我们来到现场。亚芬已完成数据分析，结果非常直观，故障侧的数据差异有力地支持了结论。我们先采集了剩余数据，结果和假设完全一致。此时我是既高兴又紧张。如此一来，载荷方向就变得相当关键。万一方向不对，手中的好数据和好结论全都得否定。而目前能确定方向的依据就是油箱内部回油孔的位置，这些照片都在我的电脑里。返回413的路上，我的心情异常沉重。如果事实证明我们犯了方向性错误，不知接下去该如何收场。然而我迫切想知道答案，唯一欺骗不了的只有自己。

我带着电脑回到603实验室。仔细查看图片后顿时傻眼，果然弄错了方向。我呆坐在原地，眼前一片黑暗。如何参加接下来的答辩呢？向大家展示我们经历的无数次失败？这确实是我们目前唯一可以拿出手的"成果"了。不知过了多久，亚芬打破了沉默。她建议再对照模型找找思路。于是我再度打起精神，继续围着模型展开研究。本以为完全失败，反复讨论发现了转机。原来问题在于我们没理解破坏机理，之前总认为是隔板在X方向上折动导致焊缝开裂，忽视了力在Y方向上更容易产生破坏。重新布置测试点，数据仍存在显著差异。为了使结果更具说服力，我们尝试增加应变片测试，但怎么折腾都没信号。最后重任又落在了仿真上。

仿真模型的焊点问题仍没有解决，翻遍教材都找不到实例。我也渐渐明白仿真并不是万能的。比如焊接问题其实和混凝土一样，其复杂的机理并不能单纯靠模拟来实现。想靠实验走个捷径，没想到又掉进深沟爬不出来。原本觉得这个课题毫无技术含量，现在看来探究现实问题没理论指引就好比在戈壁滩上走夜路。我在艰难探索中感到前所未有的疲惫。晚上第一次十一点上床睡觉，这让舍友很不习惯。

合同正式提交前，需要先由学校专业老师审核。我赶到华业大厦送了合同。审核老师的关注重点是双方可能会产生争议的地方，比如时间、交货地点等内容。厂家对这些不肯让步，我们就具体细节进行了沟通。重新修改完合同，我顺带把开题答辩所需的表格也整理好了。现在参考文献远超五十篇，万事俱备只欠东风。不过导师希望再往后推推，我想尽快了结此事，集中精力着手项目。下周就翻过年了。如果按照合同时间点，甲方马上面临违约，我们的状况也好不到哪儿去。最后导师同意明天一早就安排答辩。

第二天上午十一点，我联系好十楼会议室。课题组同学帮着准备了投影仪，导师请来了两位评委。尽管我对答辩内容已经滚瓜烂熟，不过讲解理论部分仍显底气不足。听完汇报后，房老师认为报告中没有拿出详细技术路线，这是解决问题的关键。孙老师在组会上听过，他再次提醒研究涉及工程应用，需要谨慎对待。问题并不尖锐，但预示着前方并非坦途。无论如何，"长征"开始了。

去系办送完评审表后，我在门口遇到吉瑄。小伙儿得知我完成开题，热情相约去食堂吃饭。席间，吉瑄吐露学习压力太大。他失落地说："本来可以保研，费劲来了这里却感觉不理想。之前不需要努力就是佼佼者，现在发疯学习还赶不上别人。老师也颇有恨铁不成钢的味道，以至于我自己感觉很颓废。"我安慰说："你就看看我这样的基础都晃悠着站起来了，还有什么好担心的？"很多人希望老师多指点抑或学校有着神奇魔力实现"化茧成蝶"，其实最可靠的还是自己。

我们没聊太久，晚上我还要去上课，西藏历史研究课程即将结束。段老师再次展开大手笔送书活动。我吸取了教训，课后找老师签了名。这门课虽然枯燥，但也为我打开了全新视野。正好春季选课系统开放了。我计划选个考古课程再续前缘，遗憾的是合适的课程依然很少，最后只找到一门中亚文化交流课程。好在符合需求的专业课很多，我一口气选了试验设计、交互式设计和嵌入式系统三门课，期待为下学期打好基础。

合同最终解决了争议，甲方也发来了总体方案。经过对比确认前期工作没有偏差，我开始推进项目。导师在外地开会，他给了账号让我从系统中提交了合同，待完成审核后就可以签字了。测试技术也进入收尾阶段。仿真与实验基本吻合，看完动画效果，亚芬决定要放到 PPT 里，这样就完美了。尽管实验有不少瑕疵，但这次作业已成功了大半。

元旦当天，兆业楼好像空无一人。我走进实验室，发现隔壁房间的老师早就在工作了。我继续完善开题报告，这次实验让我越发重视理论学习。实验本质是自由探索，不可能把所有情况都列出来，所以借助理论分析才能有效缩小探索范围，从而使路径更加清晰准确。此外，我开始升级电脑为明年科研做好准备。这项工作又是全新科目，每个小问题都需要想办法解决。不过对我而言也算是放松了。

我计划签完合同就回家，但合同一直显示等待审批状态。去系办咨询后才知道原来提交合同需要先提前和审核老师沟通，无误后再通过系统提交，我向导师报告了情况，建议再和甲方确认一遍。合同前后改动七八次，万一这边走完程序，对方不认可又要折腾。导师让我直接和甲方沟通，同时让新来的博士后于杰跟着我熟悉项目。光这头衔就吓我一跳，看来想找个干活儿的也不太可能。我把所有文件发给于杰，这么多内容够他看一阵了。

测试技术作业组织验收了。老师和助教正在现场逐个提问。原来验收是为了确定参加最后的答辩，很多组都不用准备了。我们的实验被质疑以位移作为参数的可靠性。任凭如何解释，老师们都认为测量方法存在问题，结果有自相矛盾的地方。唯一获得认可的是有限元仿真，可亚芬昨晚重装了系统，仿真结果又没法展示。亚芬急得脸都红了。我安慰她半天，其实心里也很沮丧，不幸又成了高老师口中"最吃亏的人"。

实验室下午要搬家，所有东西都要清理。即将亲手拆掉模型十分不舍，我甚至想把它运到楼下继续完善，可没有测量设备只能放弃。没能找到完美答案成了最大遗憾。匆忙到系里办完合同审批，我又回来收拾场地。此时老师们正从教室出来。想想亚芬跟着我费了这么大劲，我还得争取个上台的机会。我上前表达了想法，苏老师笑着说："听助教安排。"同学们都走了，助教还在收拾教室，我赶过去帮忙。对于上会请求，助教表达了同情。他知道这一个月来，我们整天泡在实验室挺辛苦。

下午路过焊接模型的工地时，我感触颇深。原以为能轻松驾驭实验，没想到过程如此烦琐，这让我深刻体会到了科研的艰辛。此时工地正在进行破碎作业，地面不时传来剧烈振动。忽然想到油箱中之字形隔板结构加上极其坚硬的焊点不正像破碎锤的原理吗？会不会是焊点对侧壁不断冲击导致裂缝发生呢？思索良久，我终于明白这就是"凿击效应"啊！坚硬的冲击头、持续不断的冲击力、稳固的基础三个条件缺一不可。油箱裂缝一侧恰好同时具备这些条件。这个观点还需要文献支持，遗憾的是并没有找到相关研究。

我们最终进入了答辩名单。现场汇报很顺利，亚芬逻辑清楚，表达流利。老师没出席，助教点评和预想一样，没有理论和文献支持，所以结论并不能得到有效认可。我已想好如何用实验验证，下学期的实验设计课应该能助我一臂之力。

合同送审前，我与甲方负责人做了沟通，最终将合同日期确定为2019年1月7日。在系里办完审批手续后，我带着合同再次去华业大厦送审。这次审核速度要快得多，不过到盖章环节，老师仍细致地将八份合同逐一核对。终于走完所有程序，我到快递点把合同寄给了甲方。事情总算告一段落。

课题组最后一次组会主要由获奖候选人介绍科研工作及对实验室贡献。奖项面向毕业生，小梁也在其中。他的论文终于被收录，完成惊险一跳。这对我也是个警示。会议室门上还贴了份参加摩擦交流大会的名单，班里不少同学都上了会，廖俊也在其中。别人经过不断耕耘都开始收获成果，而我才刚起步。

安兰正等我回去一起带孩子照相，不巧的是她感冒了。去图书馆还完书，我沿着河边小道漫步回去。不知不觉已度过三个学期。望着冰封的河面，回想当初的不适，心中百感交集。新的一年开始了，我也终于找到了新方向！

# 29 设计师

安兰预订的摄影室居然在小区民房，直到看到满墙照片我才敢确认。陶阳选完衣服就跟着摄影师走了，我们在一旁等候。店里陆续有顾客带着婴儿来照相。为避免把感冒传染给孩子，我们又换到客厅就座。客厅中央挂着一幅醒目的四世同堂照，温馨的画面让人羡慕。第一次听说四世同堂还是爷爷过六十大寿时。当时大家笑谈四世同堂很难，必须有重孙辈出生。后来我渐渐明白年龄不过是表象，词中和谐之意才是最难的。少年时读过九世同堂的张公写百忍的故事，有了阅历才理解这个抽象的忍字具体化时总会不尽相同。

安兰已向老师请好假，她的课题基本准备完毕。我们原计划等取完照片再回去，算下来后天出发，当天中午就能到 Y 市。市区近期新开了一家吃鱼分店，我们商量着全家带奶奶一起尝个鲜。如今家中氛围出现转折，促和时机已经成熟。尽管一顿团圆饭只是形式上的改善，但意义非凡。不过半夜两点就得起床赶航班又让我犹豫不定。最后安兰拍板说："就这样安排吧！还能吃几顿饭呢？"我给二姑和我妈都打了电话。我妈说得提前联系线路车，家里面包车刚卖了。一听到这消息还有些伤感。好在沟通很顺畅，家庭矛盾即将一笔勾销。如果有兴致，我们也可以去拍张四世同堂照。

午餐选了家网红餐厅。整体体验不错，不过我们因为感冒吃不动，只能打包带回去。遗憾的是没带岳父岳母来，没想到这么匆忙就要出发。我们商议后决定提前去机场附近的民宿住一晚，以免半夜出发打搅岳父岳母休息。

第二天去超市时，安兰对可米妈妈推荐的牛排赞不绝口。我们正商量着多买些留给岳父岳母，二姑打来电话。她为难地说："爷爷不去，他说还没镶牙。"接着是一堆理由，什么奶奶咳嗽容易尿裤子、不好坐车等，大意是大家都不想折腾。我苦劝半天，二姑同意再和爷爷说说。安兰当即给奶奶买了成人纸尿裤。回到家中收拾行李，陶阳躺在地上唱着歌摆弄玩具。我忍不住笑了。这才是童年乐趣啊！以前肯定会训斥他不该这样躺在地下，现在却能以欣赏的眼光去看待，这是学习文科课程带来的启发。

出发前，岳父岳母又包了饺子。问起打包的鱼，岳母说："年纪大吃不了油水，准备给你爸分三顿吃。"我去厨房一看鱼还放在案板上。两人都说冬天坏不了，可现在厨房比夏天还热啊！打开冰箱又是一堆牛排，我好奇为什么不冷冻？岳母说："这样拿出来一煎就好了！我们不吃，都留给陶阳回来吃！"我不太相信肉类能这样储藏，安兰说："我看可米妈妈好像没解冻。"岳母坚决地说："别人家都是这么处理的！没人冻起来。"我拿出包装一看保质期只有三天，当即责怪安兰不该如此轻率地下结论。岳父打圆场说："这两天就吃掉了。"我说："你们平时不舍得吃，非等放坏了才吃。再放几天就得在医院过年了。"岳母气得黑着脸，但我必须说重话，否则根本无法撼动她。

临近天黑总算到达了机场。可还没下车就接到通知，第二趟航班取消了。这边着急联系改签，那边民宿老板也在等着接站。稀里糊涂坐上车感觉开到了村里。房间冷得像冰窖，老板说打开空调十分钟就热了。我正准备重新选航班，三姑突然打来电话。没说几句，她很坚决地说："不出去吃！现在天冷路滑，等夏天我带他们去。"我二话没说直接挂了电话，一气之下准备改签回家。安兰安慰说："回去不就是为了看爷爷奶奶吗？吃饭还能再找机会。"

轰鸣的空调吹了一夜冷风，穿着外套都抵不住严寒。我躺在床上久久不能平静。从"去养老院"到"带爷爷奶奶出去吃顿饭"我的目标一降再降，最终连顿团圆饭都吃不起来。凌晨四点，老板叫我们起床赶车。车上还有两个学生，聊起来都说晚上太冷，不过人家房间还有电热毯。老板解释说是因为我们不会开空调，我也懒得反驳。登机还算顺利，起飞前除冰操作耽误了一个小时。我计划如果晚点就不回去了。

没想到第二班飞机很顺利。辗转到家后，我爸妈都说爷爷没牙吃不成，我没说什么。想想家庭和睦并非一个人能办到，真需要几代人努力。晚上安兰带着陶阳去二姑家，我留在家里忙着撰写实验报告。助教通知大作业也得提交实验报告。想当初计划见刊，现在沦落到连报告都不能按时完成。世事难料，无论是科研还是生活，没什么事是想当然的。

第二天一早大雪纷飞，正好赶上周末巴扎。我妈买了塑料雪橇，拉着陶阳去养老院看望姥姥。姥姥精神状态不错，她希望我再劝劝爷爷来这里多好，大家一起热闹地过年。我突然意识到此时所谓的四世同堂都不再是重点，规律的生活和良好的社交圈才是属于老人的幸福。然而现实总叫人无奈。虽然找到了问题根源，所有条件都准备就绪，却没一个人愿意尝试。

从养老院返回时，我们在巴扎上闲逛，总想着哪些东西爷爷奶奶能用上。安兰劝我说："该回去了，大家都知道你生气了。"看着巴扎上早出晚归的生意人，我想起和爷爷一起卖瓜的日子，酸甜苦辣涌上心头。他们的日子已经按天过了，还有什么可纠结的呢？晚上我们都回去了，看到爷爷奶奶气色挺好，我也放心了一半。安兰给奶奶买了水果和奶糖，陶阳哭闹着不同意留下。我们黑着脸训斥，爷爷笑着开导我们，奶奶拿着糖往陶阳手里塞，这个动作她从没忘记。

我们又拿出平板和耳机"做实验"，奶奶打电话、看电影都可以听清，这让我们非常激动。很快平板的优势再度被发掘——陶阳带着奶奶玩起打地鼠游戏，尽管奶奶只能点中几个，也让我第一次见识了游戏的正面作用。我一直没提吃饭的事，后来二姑悄悄地和我说："爷爷今天后悔了，说应该去吃饭的。"我没接话。安兰转而指着我问奶奶记不记得是谁，奶奶支吾着说出了我爸的名字。爷爷笑着说："傻掉了，脑子糊涂了。"二姑说："现在只记得她大儿子和大闺女，问谁都说这两个名字。"我听了非常难受，她亲手带大的孩子现在离她最远。

因为仍然不能释怀，我始终没和三姑说话。三姑说："奶奶以前手特别巧，现在不行了。"安兰拿出剪刀和纸让奶奶练。奶奶慢吞吞地拿起纸就从中折叠，二姑着急地指挥说："妈！是剪纸啊！"奶奶不为所动，继续把纸一折两半。三姑摇摇头说："糊涂了，肯定干不了。"我已看明白了奶奶的意图。果然奶奶在半张纸上剪出小花后，又去找另一半。她需要重新适应这个世界。

提交完实验报告，我也后悔不该那么冲动地订了返程车票。马上就要走了，我和安兰商量去大姑家一趟。我用雪橇拉着陶阳，安兰陪着我爸走在后面。她随口说起奶奶"见谁都问她大儿子"的事，我爸沉默半晌说："等你奶奶过生日时，带她出去吃个饭。"这一刻我感受到了女性的力量。大姑家住在平房。姑父勤快能干，院子里干净整洁。陶阳着急看兔子，我一直琢磨如何把话题引出来。最后又是安兰说起奶奶的情况，大姑低着头眼圈红了。

去二姑家告别时，安兰再次拉着奶奶说话。三姑夸赞道："还是兰儿有耐心，陪奶奶说了那么久的话。"我生硬地说："我也能陪着聊天，可现在需要的是管长远的办法。"说起养老院，我已无法克制情绪："不管事情好坏，只要没经历过就反对。我大老远回来是为了害你吗？"爷爷跷着二郎腿，笑着不说话。我说："两年前你不是这个理由就是那个说法。奶奶现在成了这个样子，你还要说她傻了！为什么有办法不尝试呢？就像这个平板，上手哪有那么难呢？拒绝接受新事物那才是真老了。"爷爷笑着点头："那是！那是！"奶奶在一旁抹着眼泪。想她为家人操劳一生却在孤独中老去，我的泪水夺眶而出。

平复了情绪，我对爷爷说："你这叫安享晚年吗？顶多叫活着罢了。所谓的照顾体现在哪里呢？话说不到一起，饭吃不到一起，这叫什么享福呢？趁现在还能动，到养老院过几天舒服日子不好吗？等动不了了，照顾你们是儿女义不容辞的责任。"最后爷爷笑着说："那好！等开春以后我带你奶奶去住上三个月体验一下。"我当即把二姑叫来说了这个事情。二姑满眼泪水地说："连队几个老人都去了，感觉还不错。有个邻居特别后悔没把老人送去，不然肯定还能多活些日子。"

我们匆匆踏上了返程。同车厢中是两个锡伯族的老人带着孙子。我们和锡伯族住地仅一河之隔，老人热情邀请我们下次去家里做客。聊天得知他们都是农民，靠着开拖拉机和养鹿供出了三个大学生。总结带孩子的心得，老人反复交代一定不要打孩子。阿姨说当时连吃肉都不舍得，但从没亏欠过孩子，现在对孙子还是一样，要什么都给买。孩子一路都在看平板，老人也不干预。尽管这样的方式我并不认可，但老人对孩子的理解与包容也值得我们学习。

由于买票太急，我的卧铺没到终点。第二天去了硬座车厢，邻座维吾尔族小伙儿热情地分给我橘子吃。小伙儿是师范生，今年想考研去内地。我请教了外来词汇在维吾尔语中的翻译。我们的学术讨论很快就被歌舞打断，很多人伴着手机音乐又唱又跳。有个小姑娘试穿了同伴的裙子，笑得好像绽放的花朵。快乐在这里似乎很简单。因为内心关注的是美不美，而不是有没有。

安兰上学的事尘埃落定。我开导她至少不用发愁孩子上小学了，其实心里也很担心。接下来，她既要工作又要带孩子，还得准备课题中期检查，没一样是轻松的。我的设计工作刚起步，这又是一次从无到有的过程。我渐渐明白设计师有绝对自由却也绝对不踏实，这项工作并非学会软件就万事大吉，从理论计算、方案设计、确定参数到产品选型都要考虑。只有陶阳每天听故事、看平板，生活过得不亦乐乎。我们两人忙得没着落，只能用快乐式教育来安慰自己，毕竟上了小学孩子也就没时间玩了。

晚上去图书馆借书时，无意中听到管理员聊起孩子。其中一个说："以前认为要尊重孩子的意愿，后来发现行不通。孩子写字不认真，成绩根本上不去。而同事对孩子特别严厉，写不好直接撕本子，孩子反而成绩很好。"两人讨论后都认为孩子太小根本听不懂道理，不如强制要求，帮他们形成习惯。安兰说："志华也主张对孩子要严厉，遇到调皮的二话不说就打。"志华是我前同事，后来成了安兰同事。我笑着说："就他那慢条斯理的性格，会对孩子发脾气？"安兰说："人家现在在孩子面前说话很管用！"

有人说孩子的独立是在反叛期学会的，陶阳的这个阶段似乎来得太早。我依赖的是管理经验，总担心约束性过强不利于激发孩子的兴趣。我一直希望安兰学学正统的儿童教育理论，她却迟迟出不了师。日后两人在家如何相处也是难题。正好导师转发一篇文章，大意是管理要有菩萨心肠、行霹雳手段。我们不想管得太严，但任由他随心所欲也不是办法。想想图书馆那人说的也对，所谓快乐教育原本和真实生活状态并不相符。陶阳每个进步无一不是练习的结果。我们商量后决定恢复布置作业。在安兰要求下又制定了错一题罚十题的规矩。

过年期间，我去单位值了两天班。然而回家发现孩子的学习依然令人揪心。压力是加上了，可陶阳连续几天完成不了网课作业，简单算术题也忘得一干二净。安兰坚持要求改完错题才能睡觉，甚至准备带他去单位学习。陶阳吓得大哭起来，我们为此发生了争论。安兰觉得不能让孩子养成放弃的习惯。我认为所有方法都是为了让他认识到问题，而不是害怕我们。有的要求说得严厉些，实际不要求真做了。我说："我现在做项目遇到问题还害怕呢！再说难道你希望他以后像我这样动不动就发脾气？"安兰最终缓和了。

经过连续奋战，项目初稿基本完成。随着技能不断完善，我的画图兴致越来越高。对比初期的窘态判若两人，我也逐渐体会到了设计师的乐趣。虽然转变很漫长，却也让我真正理解了"千里之行，始于足下"的含义。晚上听到鞭炮声恍如隔世。这么多年第一次在家过元宵节，却又是在加班中度过。陶阳马上开学了，我也准备返校了。导师没催促，但我选定的四门课不能再耽误了。

# 第四章

## 30 项目交付

　　主干道正在改造，宿舍门前也大变样。汪雷忙着准备毕业答辩，凌霄的有限元开课了，我把曾老师的教材传给了他。赶到 H 楼自主终端却发现学籍注册系统已经关闭，看来假期严重透支了。我忐忑不安地跑到系办咨询，所幸补注册流程并不复杂，只需写假条找导师签字即可。匆忙写好假条赶到十楼，没等我解释，导师大笔一挥就签了字。我转而汇报了后续工作思路。项目主体设计完成大半，接下去需要安排专人细化结构设计，而我准备集中精力推进液压系统设计。导师表示都可以找技术支持。我松了一口气。

　　沿着小道散步回去，河水缓缓地流淌着，四处生机盎然。这学期不太忙了，我和安兰商量准备入手单反练习摄影了。安兰说陶阳学习还算主动，可我清楚听到他说："妈妈训我了！"原来陶阳昨晚一点还没完成作业，安兰太困睡着了，他抱着平板看了很久，安兰威胁说让我妈把他带走。陶阳以为我会替他说话，我特意要求安兰拿出具体惩罚措施。

　　我选的这门交互设计课由美术学院开设。第一次走进美院就感受到了高雅的艺术气息，虽然我也顶着设计师头衔，但总感觉自己的作品粗笨厚重，希望能在这里找些灵感。开场首先讨论作业。很多同学的PPT图案都是手绘的，视觉效果惊艳。钟老师的点评更多是激发灵感，课堂气氛轻松活跃。课堂还有头脑风暴环节，专注创意的现代交互理念让我瞬间就决定选这门课。

中亚文化课的范老师看起来严肃刻板，课件也谈不上美感，内容却引人入胜。没想到丝绸之路曾如此辉煌璀璨，文物图案中包含的石榴、银器、马尾等元素仿佛都是家乡的召唤。特别是老师讲的文化传承更是一种全新体验。比如兽首衔臂这一形象居然可以从古希腊神话一直演绎到中国传统门神。不过听说作业是要结合专业知识给大家上课，我紧张了起来。课后找到老师希望能给些关照。在花名册找到我这个理科生后，范老师并没有表现出太多同情。他强调作业是人人都要完成的，潜台词是你能完成就欢迎。可我哪有什么专业知识能分享呢？老师让我考虑清楚再做决定。

马上就到退课截止日期。思索再三决定这门人文课不退了，转而忍痛放弃了实验设计。这门课依赖数理统计，而且老师明确表示作业比较多，实在拿不出时间补基础。眼下最纠结的是嵌入式系统，这是本科时的梦想，套用流行语是为了情怀。可错过了两次试听课，万一完不成作业怎么收场呢？忽然想起来其他两门课前八周就结课了，我准备孤注一掷。

嵌入式系统课程单双周教室不同，我一早赶到主楼等候。坐在空无一人的511教室，我担心看错了课表，准备返回六教看看。这时一个手里拿着一卷卫生纸的小伙急匆匆走进来，我赶忙询问情况。他擦着鼻涕，很肯定地说就在这里。眼见快到上课时间，还是只有我们两人。小伙拿出手机一问才知道大家都在旁边的501。

501教室有数十台电脑，现场只有七八个人。助教正挨个介绍实验箱操作步骤。他问："有多少人不会编程？类似'Hello, World'这样的程序。"于是只有我和另一个同学举了手。助教说："你们回去自学就可以了。"我说明了缺课情况，担心基础差拿不下来。助教安慰说："没关系！多看看课件，实验箱还可以带回去。"这样我心里也稍微踏实了。

原来嵌入式系统主要讲解 Linux 系统。系统直接和硬件底层打交道，这就是我梦寐以求的技术，然而这种命令操作方式让人恐惧。好在课堂生动有趣，郑老师有丰富的工程经验，在枯燥的命令讲解中不时穿插精彩实例，让人忘了时间。老师的团队有幸见证了很多企业的发展历程。有的企业一听到新技术就要安排专人详细询问细节，而有的企业只关心新技术能不能赚到钱。这个细节是他们当年判断企业能否成长的重要标志，如今关注技术细节的企业都成为耳熟能详的大企业，而只关注赚钱的企业早已烟消云散。郑老师借此希望大家能在一个行业里沉淀下去。

课后，我向带路小伙儿表达谢意，要不是遇见他这门课就黄了。小伙儿不好意思地说他状态欠佳，感冒鼻塞，吃药也不管用。我提醒他春天来了，可能是鼻炎犯了，得服用抗过敏药物。说到春天，我又想到了养老院，路上我给爷爷打了电话，一提养老院他就说听不清，这让我再度有些隐忧。好消息是安兰去图书馆还书时遇到了楼下刚搬来的邻居，她家孩子只比陶阳大一岁，以后可以互相有个照应。

第二次交互式设计课我逐渐找回"主动权"。讨论作业时，我以"正义之眼"为题，谈了数字时代年轻人的社交，还构思了一种表达态度的电子眼睛。同学们都关注用什么材料？如何用算法识别恶意眼神？这些问题让我茫然失措，感觉我们的角色怎么反过来了？难道创意还要考虑实现问题吗？钟老师倒没问太多，多半是我的 PPT 粗糙到露了底。

课堂头脑风暴的题目是"小题大做的博物馆"。钟老师展示了细菌等微生物博物馆的案例，要求选取值得纪念的生活片段，用数字媒体技术建立迷你个人博物馆。我们坐在边上的前后四人意外组队。我想到的是家庭情绪博物馆，借助交互技术手段建立可回顾的情绪镜子以改善家庭关系。其实这是我自己最想解决的问题。

老师随后又布置了大作业"未来动物园"，要求利用生物学知识和交互技术实现。于是我们这个临时小组摇身一变成了全班唯一的大龄国际组。留学生皮特实力毋庸置疑，两次作业展示相当棒。英才和我情况差不多，但他谈笑风生，毫不怯场。我们三人都是胡子拉碴的中年人，只有大川是年轻人。小伙儿话不多，技术和英文水平十分了得。这趟顺风车我应该能搭上了。

周末天气阴沉沉的。安兰接通电话就说："有两个坏消息！第一是我可能要调到其他单位去了！"我笑着说："这算啥坏消息？又不是个人能左右的，把精力用到工作上就行了。第二个呢？"安兰说："陶阳起床就病恹恹的。昨晚我去洗澡时，他吃了太多蛋糕。"以往生病都是先咳嗽，这次还有些积食，确实麻烦。安兰忽而神秘地说："你记不记得今天是什么日子？"我想了半天说："是结婚纪念日吧！"我们都笑了起来。回想从结婚之初的磨合，到孩子出生后的再适应，如今逐步回归平淡。仔细想想这与滑向麻木完全不同。我们选择的是不断成长，生活其实越过越幸福。

晚上班级召开恳谈会，同学们谈起科研，感觉压力都很大。廖俊成了科研才俊的典型，同学夸他每天早出晚归，成功搭建了几套设备。廖俊在会上与直博女生巧薇"官宣"，真可谓是双喜临门。邵伟私下问我换专业怎么样，他也不想做那个生产线项目了。我不知如何作答，只能苦笑说比以前忙太多！眼下还在项目中苦苦挣扎，科研工作也停滞很久了。

甲方过来查看了项目进度，导师和于杰一起陪同。我利用所学交互知识直观展示了系统功能设计。甲方连连称赞："没想到你们进展这么快！其他各分项目几乎还没推动。"技术负责人询问："能不能把变桨系统一并整合进来？这样我们也不用再找其他人开发了。"系统设计时就考虑到可拓展性，开发难度并不大。不过这部分内容涉及新合同，我根本无暇顾及。项目主体设计完成了，可还有很多工作等着收尾，而且三门课程也不轻松。

交互式作业下周就要开题讨论，大家约定晚上在美院讨论。教室里只有皮特一人，他中英夹杂着向我介绍了手头的百家姓项目，这让我直观感受了视觉化交互的魅力。英才很晚才到，据说是准备辩论比赛耽误了。等人聚齐后，皮特首先宣布有个比赛正好可以拿作业参赛。英才很感兴趣，我表示难以胜任。按计划每人先构思方案，讨论后确定一个蓝本。皮特的想法是捕捉生活在城市周边的动物影像，利用虚拟技术实时显示。我的方案是将动物习性与人的性格建立映射关系以寻找动物伙伴。大川想用虚拟技术投射出动物在空中飞翔的场景。英才因为忙碌没准备方案。

我们讨论许久毫无进展。在国际组里礼貌成了绊脚石，每个人的创意都很棒，结果却难以达成共识。我提议尽快就某个方案细化，皮特和英才坚持高标准，为拿出参赛作品不断进行头脑风暴。直到保洁阿姨进来，大家换到旁边教室继续讨论。这间教室摆满了学生制作的创意作品，我却疲惫到无力欣赏。皮特这时又递给每人两张纸条，然后用手机放起了爵士乐。

这番操作让我迷惑不解。大川说："每人再写两个方案。"我好奇地问："放音乐是什么意思呢？"大川说："有助于激发灵感。"我已理解了灵感不是想来就来，套用一句略显粗俗的话：这压根儿就不是卖嘴皮子的事儿。此时爵士乐好像成了冲锋号角，只有皮特很享受，其他人都明显不上心了。大川坚持原方案，我增加的方案是直播家庭生活给动物观察。皮特让大家把写好方案的纸条依次摆在桌上，又给每人发了四个小纸团，原来是要进行投票表决。这让我非常惊讶，因为结果不言而喻。

皮特的方案最终获得最高票数，接下去的汇报任务也就落到了他头上。离开美院时，我和英才同路。他比我小不了几岁，感觉却不是一个年龄段的。英才的专长是辩论，据说赢了很多大赛还收获了本校女友。我坦言对辩论并没有好感，仅仅为正反观念就要争个高下，和生活太像，生活中辩手多而真正行动的却少之又少。英才立刻反驳这一观点，我没再说话，因为不想争辩。聊天中最让我惊讶的是他刚从外校毕业，这是他攻读的第二个硕士学位，现在每周课程都是满的。

陶阳只上了一天学又开始咳嗽，据说眼睛肿得像烂桃子。我建议用抗过敏药，安兰说："很多小孩都过敏了，有的回内地了，过了这个季节再回来。"我说："可我们哪有条件走开呢？"安兰想叫我妈来帮忙，我觉得局面还可以掌控。但理性探讨很快变成争论。直到听说安兰熬稀饭差点把锅烧干，我在气愤与后怕中给我妈打了电话。结果我妈正帮表妹照看孩子，暂时也过不来。安兰听完委屈地哭了起来，我夹在中间也很为难。最后只能安慰她更难的日子都经历过，别被眼前困难吓倒了。

嵌入式系统进入实验课。短短三页教程就让我满头大汗。这次实验需要建立虚拟机与终端之间的联系，我感觉完全是在黑暗中爬行。一遍遍请教并不断查找问题，直到最后我才明白虚拟机的含义。助教建议提前熟悉教程，不然下次到六点恐怕也完成不了。我准备装个虚拟机练练手。课后，我赶到图书馆发现借不了书，因为已达到上限三十三本。好在唯一借到的一本书也让我对开源操作系统刮目相看，原来这条举世无双的路是无数爱好者自发踩出来的。

交互设计作业开题检查时，大家无一例外都青睐虚拟现实技术。尽管同学做出的画面效果非常棒，老师的点评却很不客气，直言还不如本科生做的东西。老师说："作业的初衷是想让大家和自然交流，结果未来动物园连动物都没了。"随后展示的两个学生作品让我彻底改变了认识。创意并非天马行空就能得来，与其他科学研究一样也需要深厚积累。正因为它太容易飘起来，所以能落地的方案才更受青睐。

周末单反相机到货。第一次成功在二手网站购买贵重物品，靠的还是独门秘籍：先看人后看货。带着相机出去溜达一圈，在漫山遍野的野花中我又想起送爷爷奶奶去养老院的事情。这次我先和二姑商量，她只说没法开口。爷爷接了电话说："我想通了，你奶奶还没想通。"我沮丧地说："这可能是我最后一次说这个事情。"经过这么久的拉锯战，我也快泄气了。好消息是我妈到了，陶阳也恢复不少。安兰笑着说："你妈说你打电话是命令语气，她气得不想来。"我一听火冒三丈，埋怨她明明能坚持却要白找麻烦。冷静下来想想还是自己心态不正，潜意识里大概总希望别人说自己好。

皮特再度召集讨论，群中已无人回复。为避免尴尬，我表示愿意交流。碰面时，除了皮特还保持着激情，其他人都没了动力。大川闷头不说话，英才全程看手机，偶尔抬头插一句："行！挺好！"尽管皮特不断鼓励大川发力，但看得出他没任何兴趣。最后大川起身离开没再回来，我提议尽快分配任务，没必要再继续讨论，这样下去合作难以为继。

# 31 分工合作

早晨进入兆业楼，感觉周围异常安静。待看到空空如也的垃圾桶，我才想起来已是清明假期。本周任务实在饱和。项目初稿很快就要交付，"援军"却迟迟不见身影，我只得亲自检查核对所有内容。看着三份报告和整套设计图纸，我倍感欢欣鼓舞。我也清醒知道这些内容不过是基础技能，但心中自豪感依然汹涌激荡，毕竟这是我两个月前根本不敢想象的。

午饭后，沿着小道走了一圈。河边春色盎然，景色优美。想起重金买来的单反又沉寂了，我担心它的命运很可能和茶具一样，最终沦为落灰的摆设。路过龙香园，我看到青年调研训练营活动又动了心，这是学习统计分析的好机会。正琢磨要不要参加，身后突然传来巨响。我回头一看，两辆电动车撞在了一起，学生没事，外卖小哥飞出去很远。最追求时间效率的人群以这种方式交会实属无奈。

晚上给家里打了电话。本想让二姑继续动员，没想到她委屈地说："现在根本不能提养老院，爷爷要么推说听不到，要么生气骂我是不是不想让他住楼上。整天絮叨着这是谁出的坏主意。"我苦笑半晌，决定等暑假再当面试试。安兰得知情况后也劝我放弃，我说："现在就得像对待孩子一样对待他们，只要对他们有利当然要去做，哪怕他们怨恨我。"谈及学习，气氛异常凝重。中期检查只剩两个月，安兰感到压力越来越大，说着就哭了起来。我也替她着急，可除了语言安慰想不出办法。

皮特还想择机讨论作业，他在群里发了"空闲时间"调查问卷。其他两人都没填问卷，英才直接贴出一张密密麻麻的课表。我礼貌表达了支持，尽管忙得几乎忘了一周有几天。手头作业要完成，项目PLC控制亟待推进，图纸也要修改。导师安排于杰接手后续工作，他却提出了一系列新建议。不知是他误解了意思还是导师没说明白，我只能客气地请他再看看文件。项目早过了规划论证阶段，现在需要干具体的活儿。犹豫再三，我最终决定还是自己动手吧！说实话，到了收官阶段，细节决定成败。嵌入式系统课上郑老师说意大利的奢侈品轻易模仿不了，因为沉淀久了，看问题和新手不一样。虽然我也有志于此，但其实更担心辛苦做出的产品毁于一旦。

中亚文化课的作业交流好似八仙过海。有研究书画的留学生介绍了明清时代的绘画风格。有同学是研究佛教雕塑的，对佛像造型、手型等做了详细讲解。听他介绍日本某寺庙的雕塑手型和新疆地区相似，我想起参观佛寺遗址时的见闻，瞬间明白所谓的生殖崇拜纯属谬误。而我以探险著作和研究文献为蓝本，对新疆地区佛寺遗址、防御围墙以及壁画做了交流。出生在少数民族地区，我亲身体会到文化的生命力在于传播交流。每个习俗都有历史渊源，看似平凡的土坯都是技能传承。如今学会新的研究方法，认知上也多了一种视角。比如家乡少数民族多半没攒钱意识，以前觉得是短视，现在明白这也是活在当下的范例。

同学们听得很认真，提出了很多问题，比如壁画中的技法特征，我只能请老师解答。范老师称赞讲得很有趣，也客气指出作为研究还差些，最后建议大家再次以热烈掌声表示感谢。我知道这并不是以专业取胜，只是故事般的讲授并不像研究论文那么枯燥。此后我也开启了发问模式。课程马上结束，不问就没机会了。

到了约定的交互作业讨论时间，我赶到教室发现只有皮特一个人。我帮不上啥忙，想讲完新点子先走，皮特建议等大家一起。他的意思是我填写问卷时只选择了一个时间段，没照顾团队需求，这让我不知该说什么。等了一个多小时没见人影，我着急在群里询问。大川说太忙准备退课，英才最后姗姗来迟，不过一听大川退出就没了动力。

第二天上课汇报方案时，英才向老师请求增加专业选手。钟老师建议立足现有力量吧！下周就要答辩，各组都有了新方案，虚拟技术大幅减少。皮特的新构想是做一个观察树上虫子的装置，英才提议直接安排任务。在皮特的坚持下，大家晚上又在老地方会合讨论。我注意到桌旁放着两盒外卖，原来皮特课后没离开教室，一直忙到现在。看到屏幕上逼真的场景，我是又敬佩又激动。皮特美术功底十分了得，这趟顺风车是搭对了。

英才这次没迟到太久，不过因为约了女友看电影，马上就得走，于是皮特边吃外卖边讲解。他构想了一种能沿着绳子滚动的机器人。英才一直低头打字，最后却成功将话题引向如何选取结实耐用的绳子上，两人转而讨论起绳子的测试问题。我在一旁干着急。这个爬绳机器人从原理上就难以实现，讨论这些细节没任何意义。很快，英才起身准备离开，皮特苦苦恳求他以团队为重。这下英才绷不住了，大声嚷嚷着："你到底要我干什么？直接分配任务！"现场气氛骤然紧张。

皮特沉默半晌，安排他画树枝和背景，并测试绳子性能。而我的任务是为爬绳机器人建3D模型。英才一口答应道："好！我回去画背景！绳子这里就有，你们帮我测试了！这样可以了吧？"说完起身离开。场面非常尴尬，我打着圆场说："大家确实都很忙。"皮特沮丧地说："之前参加的小组，成员表现非常优秀。"我说："大家能力差异大，目标不同，达不成共识也不奇怪。"

看时间不早了，我也准备告辞。皮特却要带我看看走廊墙壁上的获奖作品。此时他又来了精神，兴致勃勃地推荐起设计软件。本以为他只是传授经验，没想到是想激励我拿出最好的设计作品。当他特别提出要那种能渲染出逼真效果的模型时，我总算明白他并不是在开玩笑。不过看到他的热情和坚持，我只得答应回去试试。皮特却希望得到像英才那样肯定的回答。我苦笑到无语。明眼人都能看出来如果他真心想做，早动手了。有那么一瞬间我也想咬牙拼了。然而回到实验室，看到桌上堆满的书，我立马清醒了。这个机器人非常关键，如果最后弄出个四不像，连补救时间都不够。我最终推掉了任务，转而投身文献调研。

周六吃早饭时，我还在犹豫要不要参加明天的调研训练营。项目初稿如期交付，甲方非常满意。接下去就是加工环节，核对图纸的工作量很大，不知能否抽出时间参加活动。此时身后两个留学生的对话引起了我的兴趣。他们正抱怨组员讨论作业时不是没时间就是做不到，两人都气得放弃了。联想自身情况，我实在有些羞愧。皮特非常不错，面对同样的局面，他积极推动项目落地。然而很多问题并不是依靠热情就能解决的。无论是筹划项目还是分配任务，我们小组一味追求高标准，却始终没做出切合实际的规划，当然我很清楚自己直接导致小组25%的能力受损，遭遇合作不畅的情况也不奇怪。倘若将其视为一种现象也值得思考，正好可以借助训练营活动探寻答案。于是我狠心决定不后退了。

青年调研训练营活动共有五次课程学习，而后各组就某一课题开展调研。每组七八个人，名单已分配好。第一节课是统计分析，看着花花绿绿的曲线我挺激动，感觉即将获得一件全新工具。老师说统计分析的经典应用就是预测总统选举，不过也有失灵的案例。问起原因，台下鸦雀无声。我大致记得这个老故事，因为运用电话调研时忽视了没电话的底层与有电话的中产之间的差异，所以使用电话调研得出的结果与预期结果并不同。看着老师殷切的眼神，我犹豫着说了答案。真没想到反向信息差也成了优势。课堂气氛很快活跃起来。比如有个做数据分析的同学就问道：有了数据挖掘还需要调研吗？老师解释后，我明白了差异。大数据不需要和被调查者交流，主要是看你怎么做，而调研更注重主观交流，着重是问你想怎么做。若把两者结合起来倒是挺有趣的课题。

交互作业答辩前一天，皮特又召集碰面。我上完嵌入式系统课直奔美院。这次皮特和英才都在，两人正准备去皮特宿舍启用台式机，这样英才就能用这台笔记本画图。我总结了昆虫生活习性，希望能用在开篇，皮特忙得头都不抬，英才表示用的时候再看看。皮特最终自己完成了爬绳机器人设计,渲染后的图片着实漂亮。我连该不该夸赞都犹豫起来。这背后大概是东西方思维差异。东方思维讲究平衡之道,西方思维看重标准以避免主观猜测。皮特不善察言观色,即使是我们一眼就明白的情形,他也不做任何推想。然而所谓标准的认定其实又不免带有主观色彩。比如他认为选择两个时段就是照顾团队,这同样也是基于主观判断。

  第二天是作业答辩的日子。我在去美院的路上又收到于杰的消息。这次他对回转结构设计产生怀疑,说想了两个新点子希望讨论一下。我耐着性子解释了原理并再度提醒他看调研报告,他却说找不到了。我在手机里重新翻找文件时,安兰突然打来电话说陶阳又发烧了,还起了疹子。她想带孩子去医院看病,我建议再观察两天。我妈已经走了多日,孩子生病在家没人照顾。陶阳想让我回去,可我根本没时间。

  走进教室,我第一眼就看到坐在一台超大电脑前的皮特。为了赶进度,他直接把台式机搬到了教室。老师也被这台醒目的大电脑吸引过来,接连赞叹皮特的敬业程度。此时皮特一边画着树枝和背景,一边修改讲稿。在第一页上他把我排到第一,自己放在中间。我再三推辞,他把英才排到前面,自己排到最后。我苦笑着请他不要再搞"中国式客气"。最后皮特把我和他的名字掉了个儿,英才仍排在第一。答辩很快开始。钟老师让大家合上电脑,坐到前排来听听创意。皮特留在原地继续忙碌。

  同学们的作业完全超越专业广告水准。老师鼓励提问,我开始放飞自我。现场问题越来越多,气氛越来越轻松。小组展示时,英才讲了开篇部分,昆虫习性也没用上。皮特讲解时没了往日激情,因为他忙了一个通宵。所幸这件画风优美的作品得到了普遍欢迎。最后一组作品是用灯柱展示候鸟的来去以倡导环保意识。我想起参观授时中心原子钟的场景,提议建立一种由生物习性驱动的时间。让人们意识到不同的时间观念，可能要比讨论环保更有意义。他们感谢我帮助拓展了主题。

课程在轻松愉快的氛围中结束。英才提议去食堂吃个散伙饭并商讨下一步参赛计划。我建议皮特先找到合适的人，把事情推动起来再不断完善。皮特认为只有高标准才能实现高质量的作品。我觉得如果团队成员都很专业，这种做法无疑是对的，可现实情况并非如此。皮特没有反驳，这应该是出于礼貌。

最后一次中亚文化课上，我发挥了头脑风暴般的"攻势"。以至于同学讲完后，老师都要问问我还有没有问题。有个同学讲了去拜访古法造佛像的经历，提出非物质文化遗产传承问题。我的问题是文物必然承载了当时的社会共识和文化内涵，如今虽然也能造得一模一样，可所谓的传承到底还是不是当时那个东西？尽管外表看起来一样。范老师也很赞同这个观点，认为很多脱离时代的东西消亡也是历史必然。这让台上同学有些尴尬，她原本是呼吁保护的，现在也有些动摇。随后上台的同学首先表达了对上个同学的强烈支持，他们两人是一起的。不过他大概没搞清提问的意义，这并不是在争论对错。

有个美院同学研究的是某个欧美艺术家的作品风格，还曾漂洋过海去现场观摩过真迹。我很疑惑难道真迹和赝品表达的内容有差异吗？细想这和之前的问题本质相同。我随后又想起音乐导聆时的问题：顶级艺术家是不是教出来的？社会背景的作用是否更重要？问题没有定论，我也没期望答案。只是希望能抛砖引玉，增加些许不同视角。

课程结束了，范老师再次点了我的名字，让我受宠若惊。我不过是个"搅局者"，有时可能会歪打正着。本想找老师表达谢意，没想到那个美院学生课后过来交流。当得知她来自高考大省，我好奇地问："搞艺术的有没有不花功夫就能学好的？"她坚定地说："绝对没有！有也是装出来的。"我们都笑了。最后我问艺术品在现场看和看照片有多大差别呢？她说结合环境和氛围的感觉无法用语言来形容。看来我这种热衷于逛二手网站的实用主义者离艺术还有些距离。不过回想参观莫高窟时，在昏暗的洞窟中仰望那些栩栩如生的壁画时，多少也能理解身临其境的含义。

本以为经过学习对 Linux 系统有所了解，没想到一看程序就头大。嵌入式实验涉及修改编译源程序、挂载等操作，我又一次被打得满地找牙。不过挣扎着总算和大家进度相当。课后，我们帮着助教收拾现场。当得知我三十七岁时，助教感叹这个年纪学习挺不容易。我说："必须给自己点压力，不然坚持不下来。"问起下次实验，助教说："下次课好像赶上五一放假。"我当即动了回家的念头。

## 32 调研训练营

甲方正式决定将新增设计交由我们完成。我接受了新任务。至于签合同，导师说都交给于杰。我没精力管了，前期设计全改了一遍，我自己终于满意了。其间于杰找过我，讨论仍没法继续。我的工程师思维大概占了上风，只得一再提醒很多产品并不能随意创新。正好凌霄发来消息求教有限元作业，我借机结束了尴尬的讨论。重新翻阅有限元课程，我依然深受鼓舞。我也意识到现在该分出精力推进科研工作了。

节前，我向导师请了假，又去图书馆借了一本最薄的 C 语言教程。登上火车后即开始学习，在人来人往的过道小桌上竟然找回了当年学编程的感觉。同车厢的两个孩子一直抱着手机看视频、打游戏，我都忍不住想劝劝，可女孩妈妈似乎毫不在意。聊天中得知我们都是同龄人，她是蒙古族，大学时是学音乐的，后来和老公在 W 市做木门生意。她说：

"我们每天起早贪黑，和孩子都碰不到面。两个孩子从小到大都是自由生长。老大会做饭，还负责照顾妹妹。我儿子和这个男孩差不多大，体重都快六十公斤了。我第一眼就看出这孩子身体不好。"

这个判断果然准确。男孩妈妈不久也过来了，说是带孩子去北京看过敏，现在他已严重到哮喘。她详细描述了全家为消除过敏原所做的努力，从每日更换全套床上用品到连续换了五个保姆。而频繁更换保姆的原因是：男孩妈妈嫌她们带孩子都不够细致。她说："我们孩子从小连红枣皮都是大人给剥好，到幼儿园不敢吃带皮的红枣，怕卡住。"女孩妈妈摇着头说："我们没这个精力，只能散养。"我坐在旁边笑而不语。两个家庭好像两个极端，一个完全放手，一个事无巨细。两种方法孰优孰劣似乎从孩子健康上一目了然。看来懒父母才能带出勤快孩子是有些道理的。

很快我就见识了什么叫自由生长。小女孩早晚身上仅有一件秋衣，倒头就睡，起床就玩，半句哼唧都没有。她妈妈说："我儿子有病就会自己买药，睡一晚上就好了。"反观我们不是操心天气冷热就是担心睡没睡好，就连喝水冷热都要管。小女孩一直喝矿泉水，她妈妈从没提醒一句。我们正在说话，她抱着瓶子说要尝尝自己制作的水。我仔细一看发现她把上车时玩的小星星全部装进了瓶子。我连忙劝阻，她妈妈只淡淡说了句："能喝吗？喝完肚子疼！"随后眼睁睁看着孩子把水喝到底，又拿出了在地下滚了无数遍的小星星。整个场景让我惊讶到合不上嘴。

到了吃饭时间，小女孩筷子用得麻溜。说到孩子能识数，她妈妈说："没人教，应该是想玩手机，因为要解锁密码。"小姑娘插话说："我让哥哥把数字写在墙上，自己对着按会的。"听到这里，我一时感慨万千。我觉得虽然这个家庭的做法实属无奈之举，但其实还有不少值得借鉴之处。女孩妈妈认为孩子不光只有学习一条路，还要先学会生存。

回想我们小时候，父母都要为生计忙碌，不都是自由生长吗？我七岁第一次学着烧火并炒出了没放油的韭菜，我妈放羊回来还觉得挺好吃。这在今天看来无疑有重大火灾隐患。

当然个例对比不足以形成科学结论，用专业术语来说是缺乏足够样本。况且这种对比并未包含孩子未来成就、幸福感之类的长远目标，加之当前社会环境、生活条件等因素都发生了深刻变化，仅选取父母这单一因素也不够科学。从这个角度看，人生就像一场永远不可能重复的实验。不过作为另一种思路，也不乏借鉴意义，特别是对我们这样偏向管理无孔不入的家庭。倘若将整个人生视为不断学习的过程，更早具备独立能力，无疑也是优势。

小女孩人见人爱，最终成了车厢里的小明星。不过她最喜欢的还是手机，嘴里不时冒出网络流行语。我再三劝说应该控制一下，她妈妈说："我儿子也这样，只要把作业写完别让老师找我，随他们怎么都行。"我笑着说："你妈妈没时间管，不如跟我回去。不过叔叔要求多，可能你容易反感。"虽然是句玩笑话，但想想老人苛求少，孩子反而容易听得进去；父母管得太多，孩子也就不在乎了。所以如果只坚持一定原则会不会好一些？一切没有固定答案。

两天行程收获颇丰。我几乎按照学校作息时间看书学习。不过火车一直晚点，而陶阳还在发烧，我巴不得早点到家。好在没出站就换乘了回家的火车。半路上，训练营小组召开了视频会议，商讨调研内容。我希望调研在校学生对合作的态度，而活动要求从指定题目中选。恰巧火车开进山洞，直到会议结束我也没进去。到家后，我向联络员解释了情况，得知小组决定采用给定的创新创业题目。

陶阳除了疹子还没消退，精神状态不错。看了火车上小女孩吃饭的视频，安兰也很惊讶四岁孩子能做这么多事。至于过敏，我觉得陶阳和那个男孩一样，可能都是带得太精细。小时候哪个孩子不是在土里长大，谁听过什么过敏情况呢？好消息是安兰和楼下邻居结成了互助同盟。两个孩子都喜欢拼积木，甜甜还当起了陶阳的拼音老师。不过安兰说我妈走之前又买了盒积木，本来两人准备合作完成，结果因为一个配件找不到，两人互相埋怨，最终不欢而散。

我鼓励陶阳趁生病在家继续拼搭，没承想又引发了第二场冲突。起因是安兰不小心碰掉个零件，陶阳一直哭着埋怨。我耐着性子安慰半天无果，最后留他在客厅哭闹。我们回卧室午休，他又跟到床前絮叨，这耗尽了我的全部耐心。我警告说："这个行为要受到惩罚。晚上动画片没了！故事也不能听！"陶阳哭着说："你们也要受到惩罚的！"我生气地把他推到卧室门外，他很快也把自己房间反锁。安兰笑着说："你现在知道了吧？他这样让我哪来的好心情说一遍又一遍？"

节前最后一天，陶阳去了幼儿园。班里正在为六一排练节目，这也是幼儿园的毕业演出，安兰不想让他落下太多。陶阳下午回来激动地说："给我也分配了角色。"我们问他演了什么，他说演了一团火。原来全班准备表演孙悟空借芭蕉扇的片段，前两天已定好角色，他只能饰演背景火焰山。我们都笑了起来。幼儿园假期作业是了解少数民族特色，正好带他去W市转转。

带着陶阳去了大巴扎。我们一进门就看到广场上满是跳舞的人群。在欢快的乐曲中，每人脸上都洋溢着幸福的笑容。一个汉族大叔不时邀请维吾尔族女孩跳舞，没有任何尴尬羞涩。陶阳问："为什么这个舞是转圈圈？"我说："咱们可能看到了几千年前的胡旋舞。"生活这么多年，我对当地音乐和舞蹈并没有什么特殊感觉。如今在了解历史后，对于穿越千年保存下来的文化艺术深感震撼，简单、热情、奔放，无不透着生活的真谛。

我准备直接飞回学校。安兰计划下月回去参加中期答辩。我们商量着趁暑假把车开回来，这样带爷爷奶奶出行也方便。详细规划好行程，我迫不及待地给二姑打了电话。本想让她督促爷爷多下楼活动以方便出行，二姑失望地说："他现在哪儿也不去，要在楼上照顾自己，最近方便面都吃了快一箱。"我大吃一惊，赶紧打电话沟通。爷爷说："我问了别人养老院的情况，人家都说刚开始还可以……"我打断说："不提这个事了。这次你为什么不去连队了？"爷爷说："这样好！我们想吃啥就能吃啥。"我说："都这样了你还能吃啥呢？这样下去奶奶的问题会越发严重。"爷爷说："就这样吧！你不要操心了，好好安心工作学习。"安兰建议问问三姑具体情况，我拒绝了。忽然有些同情我爸，也许他年轻时也曾想改变，但最终选择了放弃。

返回学校后，正赶上组会。临近毕业的同学都在答辩预演。老师希望大家多提问题，还特别提醒不要认为博士毕业标准变了就会轻松，其实竞争难度更大。近期学校出台了新规定，博士生将更加注重多样性评定。回想自己忙了三年连硕士标准都够不上，真心理解了很多老师说过的这个工作并不适合所有人的含义。眼下科研工作不能再拖了，我准备先推进仿真研究。不过有限元一上手就发现很多细节都忘了，只得问凌霄要回了书从头复习。

晚上训练营小组开了见面会。现场来了四个人，大家推选了一个男生为组长。调研题目是"研究生创新创业面临的问题"。我想先充分讨论做好规划，其他人都希望尽快分配任务以免有人完不成影响进度。听着田野、访谈等术语，我作为门外汉，是两眼一抹黑。她们三人都是相关专业，对流程和方法很熟悉，很快就梳理出各项任务。我主动选了设计问卷，希望能在这个题目下夹带些私货来个"曲线救国"。

由于调查问卷和访谈提纲直接制约其他任务，我丝毫不敢怠慢。经过努力，很快规划了四大方向。首先是本人对创业的态度以及遇到的困难，其次是本人专业和创业的关系，然后是团队合作对创业的影响，最后是对创新创业的建议。其中团队合作是我的私货，因为我认定创新创业都是需要团队合作的。细化问题是如何组建团队、专业分工以及管控分歧等，这些问题应该能解答我的部分疑惑。

设计完问卷后，我私信组长尽快组织讨论。组长认为大家都很忙，见面讨论不现实，有意见直接在群里反馈。这不免又让我担心起来。简单向舍友征求了意见，两人都给不出有益反馈。凌霄转而咨询起有限元中期考试。看他着急的模样，我把书又给了他，随口问道："听曾老师讲课是不是很棒？"凌霄摇摇头说："没听过！"我惊讶地说："就是这本书的作者啊！他不是讲前半部分吗？"凌霄说："这学期都是卢老师讲课。听说曾老师好像生病了。"我感叹道："错过那么精彩的内容太可惜了。"

嵌入式实验课前，我提前把内容打印出来做了复习，很快就完成了实验。现场有个同学还在做第一个实验，我帮他把系统和外设连接起来，指导他按步骤进行。其他同学都走了，我继续尝试端口连接。助教问："你不是都做完实验了吗？"我说："有个地方没搞懂，再试一下。"看到我打印的材料，助教感叹说："你是进步最快的！之前什么都不知道。"虽说一个老同志受到年轻人表扬也不是什么长脸的事儿，我还是忍不住激动了许久。

去芬芳园吃饭时，门口有很多同学在热情送票。据说是国标舞专场演出，发票者再三恳求大家去现场观赏，我出于礼貌也顺手领了票。仔细一看原来是毕业季演出活动。想想还有半年也要冲刺，我还没有完全进入状态。流体理论刚起步，仿真没进展，同时面对多条战线作业，不免又慌张起来。

晚上陶阳自己在家听故事，安兰开会很晚才到家。她抱怨以后每晚都要加班，我劝她个人困难没必要在会上说，毕竟这是特殊条件。安兰生气地说："连你也不帮我说话。"我说："我们单位长期在戈壁滩工作，该找谁诉苦呢？医院哪个医生不值夜班呢？"安兰哭着说："我也没有指望你干什么，就是说两句安慰的话，不能总是认为我不行。"我说："一个人带孩子确实辛苦。但你也要改变啊！不能自认为很辛苦，大家就要来安慰你。咱们都过了这个年龄了。"谈话不欢而散。

睡前于杰发来信息问项目怎么样了，这话让我不知如何接。很快他又说想问一下合同细节。我没参与谈判，建议他看一下设计报告再和甲方沟通。新增部分应该为原系统功能扩展，最好先熟悉之前的合同和设计说明。然而这些文件他又找不到了，我只好再发了一遍。

## 33 毕业演出

挖掘机挖开了宿舍门口的地砖，持续多日的施工快结束了。所幸家庭热战也没有演变成冷战。我主动给安兰打了电话，她刚参加完幼小衔接的家长会。幼儿园即将举行毕业演出，接连几天都在彩排。虽然陶阳只演了一团火，但他把所有人的台词都背会了。这样的表现让我们都很高兴。

周六上午课题组还有重要会议。我坐在现场一直流鼻涕，想来应该是昨晚跑完步去超市排队付款时吹空调着凉了。可手头项目和科研进展都不顺，我也只能咬牙坚持。有限元仿真建好了模型，加载怎么也做不出来。小西建议求助于杰，说他对仿真很熟悉。说起于杰，原来是小西同门师兄，怪不得小西一来也询问合同。于杰大概是想通过小西向我求助,显然他把事情想复杂了。

为避免误解,我邀请于杰过来当面讨论。他这次应该看了文件,但仍不清楚要干什么。我已经把话说得很明白:活儿我来干,你只要搞定合同就行。而具体内容当然要根据谈判情况定夺。讨论多时不知是否达到目标,我也没时间继续解释。甲方传来消息准备联系加工企业,我还得加快推进控制系统设计。由于我总以优秀工程师和设计师自勉,为打造出最完美的产品,考虑的细节太多。这也导致系统越来越复杂,已到了让人崩溃的地步。而我所用的PLC学习机无法模拟此驱动信号,又严重影响了控制程序的调试。

好在团队任务有了新进展。小组成员顺利做好了调查问卷。看着亲手设计的问题变成问卷的感觉很新奇,我试填了一遍感觉还不错。接下来就要争取获得更多反馈,高效便捷的社交软件大大简化了调研过程,大家只需将问卷发到各自朋友圈即可。有同学提醒要私信不要群发,因为大家不喜欢参与这种活动。这应该属于心理学的范畴了,不过就合作来说已成功多半。小组未曾谋面,能走到这一步确实令人意外。

据说课题组要来新人了。趁着导师过来重新安排房间格局时,我汇报了PLC学习机无法模拟驱动信号,程序没法调试的问题。导师说:"这个不急,等甲方买来PLC再说。你再给新合同把把关,马上要走签字流程了。"然而当看完新合同时,我直接崩溃了。于杰压根儿就没理解新增项目要做什么。这份合同几乎照搬了之前的内容,如果照此签订,我们将不得不继续向甲方提供几十份过程文件。冷静下来想想,别人很可能没时间理解项目。毕竟自己是主导者,解铃还须系铃人。

忙碌到下午终于重新修改完合同,我给导师和于杰都发了一份,心头巨石总算落地。安兰忽然打来电话激动地说:"我被推荐参加新单位面试了!"我说:"你得做好两手准备,咱们这个年龄恐怕没什么优势!"

此外幼儿园毕业演出改为放录音，陶阳被选为给主角配音。我笑着说："你得告诉他坚持没有白费。"安兰说："还有个事，宋老师觉得陶阳不怯场，想让他演完节目后接受采访。你儿子激动地问我，他是不是要出名了？"我有些犹豫，不希望孩子把注意力用错方向。说起演出，我随手翻看桌上的演出票正好在今晚。节目单上的《权利的游戏》主题曲舞蹈还有点吸引力，干脆顺路看一眼。

演出地点在体育馆，我找了个靠门的位置方便随时离开。坦白地说，除了应付对发票者的承诺外，我对跳舞没任何兴趣。我妈年轻时热衷跳迪斯科而不顾家，所以我从小对这个时髦活动没好感。不过坐在现场没多久，感觉就发生了奇妙变化。当衣着华丽的舞者在大厅中央翩翩起舞时，我竟然看得有些入神了。整个场面美妙灵动，让人忘记一切。我终于理解了传统文化中强调的阴阳调和之美，男性的阳刚之气和女性的柔美之姿在优美的旋律中完美交融。舞者脸上洋溢着的自信深深打动了我，这种由内而外散发出的光芒不正是我苦苦追寻的目标吗？那一刻我体会到舞者用外在的肢体语言表现出了内在的优雅华美，虽无声却胜有声。离开场馆时，我决定下学期要加入这个社团，尝试这最不可能的体验。

回到实验室，组长在群里发了刚整理好的调研报告，特别说明自己已经尽力但对于结果并不满意。鉴于在团队的积极表现，我最终被委以制作PPT的重任。这和做项目类似，方向都是我规划的，其他人并不清楚设计目标。

调研训练营即将答辩，时间所剩无几。经过摸索，我发现调查其实和实验相似，要从原始数据中提取有价值的结论相当困难。幸好制作问卷的同学已将结果做成图表，新闻学院的同学还发挥了专业优势，做了很有特色的话题舆情分析。这让我们的调研工作看起来全面而富有特色。不过看到问卷的后台信息表让我十分汗颜,班里填表的人就四个,大部分都是私信的。最让人不安的是调研结果并不理想,我所期望的答案很不明显。看来抱着结论去找论据的想法在这儿也行不通。

当我把制作好的PPT发到群里后,大家都表达了感谢。可组长对图表不满意,而负责的同学认为不用改。双方僵持不下。组长让我用EXCEL重画,可我哪有那么高的水平?组长回了"呵呵"两字并气愤地说:"好!我自己来画。"不知他对谁有气,我只能建议决战前夕没必要太抠细节。此时联络员正催着上交报告和PPT。负责讲解的同学又认为篇幅太长,组长再次发来新模板让我更改。我将内容压缩到五十八页,实在不忍心下手。最后组长亲自挥刀做了大幅删减。负责图表的同学回复说还是希望用上个版本,但很快又撤回了消息。

答辩当天,现场参与人数远低于预期。我们小组来了三个人,正好一个女生负责访谈。我详细询问了设计的问题,以及相关反馈。受访者对合作是什么态度。她说:"效果还不错,但关于合作都没说太多。"我说:"其实所有访谈内容我都仔细看过,感觉这些人不像是典型的创业者。"细问才得知原来访谈对象都是接受资助的创业者。我倒希望能对比下真正的创业者,看结果会有什么差异。为了不冷落组长,我特意问了课件中图表的做法,他反问道:"你不是做了吗?"组长大概认为连不会用Excel表格这种假话都说得出口,实在是太假了。

答辩评委是组委会上届学员。我听了课程总结才知道完成调研项目已成功一半。有的小组调研都没完成,还有两组提前放弃了。我们小组无论是从内容上还是调研手段运用上,都是最好的,如果没有意外很可能成功问鼎。一时间小组士气高涨,群中讨论热烈。但最后一组的出场终结了我们的梦想,他们的调研题目也是关于创业的,而且内容更完整。而我们相差的恰好是被组长砍掉的那部分问卷内容。不过令人迷惑的是两组的结论几乎完全相反。

小组最终屈居第二。在颁奖环节，我大概因为出勤率高而获得了"优秀学员"称号。现场负责讲解的女生两手空空，怕她一个人尴尬，我索性也没上台领奖。仪式结束后，我和夺冠的小组详细讨论了调研结论的差异。原来我们的访谈对象是创业小白，他们选择的是创业大咖，所以结论并不矛盾。经历不同的人对同一问题认识肯定不同，这反倒说明我们的数据都是可靠的。而调研活动对个人也很有意义，它说明想学习好得靠自己，想做成事几乎离不开合作。

幼儿园毕业演出圆满收官了。安兰高兴地说："小朋友都知道现场放录音，很多人都不张嘴。但陶阳每一遍都很认真，而且嘴巴张好大。"我听了心里很是欣慰。陶阳也顺利完成采访，这让很多人挺羡慕。安兰说圆圆妈妈私下抱怨幼儿园快结束了，感觉孩子没得到太多机会。比如这次圆圆练得也很认真却没表现机会。其实作为家长都希望孩子得到最好的机会，我倒担心把成人社会某些思维方式投射给孩子是否合适。

然而说起过节礼物，气氛又不融洽了。据说甜甜收到了她爸爸送的六一礼物，陶阳也想要。我说："要过节礼物可以，那平时就不能买了。"陶阳一听又不乐意。正好听安兰说起最近开会太晚没时间接孩子，我灵机一动有了新想法：为什么不让孩子自己去幼儿园呢？这比过节更值得纪念。安兰有些担心，陶阳也不愿意。最后在玩具的鼓励下，他勉强答应。

第二天安兰把陶阳送到路口走了一半。我希望一步到位，她觉得要慢慢锻炼。我说："假期让他去超市买菜就是锻炼啊！"安兰说："超市离得近。"我笑了："就三五十米的距离，至于吗？"安兰又担心天阴孩子穿少了。我说："犹豫不决时就想想火车上的小姑娘。人家一件秋衣从早到晚没问题，咱家孩子'宽容度'太小，温度变化个三五度就不行了？"我们都笑了，用数据来量化生活也是一种进步吧！

嵌入式系统最后一次实验是 GPRS 通信。不知是网络还是机器出了问题，大家都没做出来。我赶在下课前把其他实验都尝试了一下，终于了却了心愿。刚出教室就收到甲方信息，负责人想让我写个简短的系统运行说明给制造厂家看。这些内容在设计说明书中介绍得清清楚楚，为什么没人愿意看呢？不过进入制造环节，总算看到了毕业曙光。

## 34 会议风波

"满哥！满哥！"刚进门就听到有人叫我，走近一看是大师兄。我忙问："怎么样？过了吧？"大师兄高兴地说："应该没问题。"我笑着说："上次看到你的答辩通知了，最近太忙没空去现场观摩。"这时两个老人从厕所出来站在他身边，应该是他父母专程过来参加他的毕业典礼。大师兄没介绍，我准备的话也没说出口。他这一路走得不容易，不过日后回望这段经历也许不过是莞尔一笑。

来不及多说，我着急参加组会。课题组老师都忙着参加毕业答辩评审。山中无老虎，猴子称霸王。自从通过文科课程打开任督二脉后，我彻底管不住嘴了，懂的不懂的都问。不同项目中的模型、公式、数据、图表以及研究方法，慢慢都能看出些名堂，于我而言也是巨大进步。不过等我上台时却无人发问。大概是因为我的交流内容还是以设计加编程为主，仅有的一点仿真内容也算向研究迈进了。正好仿真建模中遇到不少问题，所以我又反客为主向大家请教建模技巧，比如载荷、材料性能等细节如何处理。课题组大神提示很多研究都不相关，需要自己尝试。这时台下有人示意有办法解决，原来是于杰。他热心讲了很多技巧并建议采用另一款仿真软件。我在表达感谢之际，也很庆幸之前克制了自己的脾气。如果照以前的暴脾气来一遍，那么现在就不知该怎么向别人开口求助了。

于杰很快把我拉进了试验台制造群。原来甲方要来学校正式签订新合同，顺带讨论设备加工事项。按照合同协定，导师推荐了制造企业。我急切关心企业能力以及遇到问题如何沟通的具体细节，于杰安慰说："这些都不用担心！工厂业务很熟，我和小西用的往复密封试验台就是他们做的。"这让我更加有底气了。甲方准备正式签合同时，我的工作已圆满完成。加工环节所需文件都准备完毕，设备图纸改动到第三版，项目整套系统基本完成。我放弃了复杂设计，力求先实现基础功能。毕竟这是工程应用，简便可靠才是第一要义。甲方看完大为赞赏，并答应尽快提供目前急需的新增系统的工作原理说明。至于我建议设备先在学校完成调试后再移交，他们还是没松口。

进入合同签字环节，我返回413继续忙碌。于杰不久带着甲方负责人下来找我。他用手机联系了加工方，当即召开了视频会议。开会目的是希望讨论技术细节，但我很快就没了耐心。我本想一起探讨加工难点以便继续改进设计，没想到变成了普及基础知识的会议。工厂的姜经理并不是搞技术的，我要求他先看完设计说明书再讨论。交流期间，他们还在不停接打电话，气得我当即痛斥了这种行为。于杰在一旁不断打着圆场。送走甲方后，于杰劝我还是要客气一些，日后免不了要打交道。想想我应该是心理上觉得别人不重视自己的成果，毕竟花了这么多心血，总希望它能完美诞生。

周末北操场来了一群训练足球的小朋友。一旁的家长们端着水杯、拿着衣服，无微不至地叮嘱着，我仿佛看到了自己的影子。成年人进阶为家长，除了不太完整的记忆外，没人受过专业训练。我们总希望给孩子找到各种"拐杖"甚至是"轮椅",为什么不想想怎样让孩子腿脚锻炼得更结实点呢?这个隐藏在"全是为你好"的名义下的做法可能也会带来一些限制。如果给孩子更多自主空间,他们是不是能成长得更好更快乐呢?

陶阳连续两天独自去幼儿园,我听了很高兴,可安兰情绪十分低落。原来没入选新单位,她可能被调到修理厂,而中期答辩也将于月中展开,两件事堆在一起让她倍感压力。最令她头疼的还是陶阳的学习,安兰生气地说:"最近总想出去玩,英语网课都不想上了。一让他看回放视频就又打又闹的。人家甜甜无论什么时候安排上课从不争辩。"我提醒还得运用惩罚手段,一味迁就恐怕也不好。我们精力本来就不够,所谓的快乐教育更像是伪命题。

端午节前,实验室来了新人。三个小伙都是联合培养硕士,刚上完基础课程准备跟着做项目。导师带着大家重新安排了场地,房间被隔成办公区和会客区。我换到了靠墙的位置,俨然有了媳妇熬成婆的感觉。我也没好意思向导师开口索要援军,最难的阶段已经过了。甲方发来的新增系统工作原理说明与我之前的设计没有差异,这预示着项目工作基本结束。我同时调整了学习计划,开始全面转向科研工作。眼下实验做不了,只能寻求在仿真上尽快突破。

端午假期基本在颓废中度过。多半时间混迹于毕业专场演出,提前感受了释放压力后的狂欢。在人气爆火的街舞社团现场,我琢磨着不如让孩子学个舞蹈练练节奏感。而听着阿卡贝拉活动的 B-Box,不禁回想起年轻时屡屡半途而废的艺术梦。很多时候梦想没外力逼着太容易丢在半路了。梦想究竟是靠兴趣引领还是靠压力推动也是个问题。想到陶阳即将迎接新挑战,我的内心十分惆怅。如今没让孩子上兴趣班都感觉像在走钢丝,这种方式对孩子未来有多大影响,我真的没底,毕竟人生这场实验容不得马虎。

原本拍了街舞视频要给陶阳看，安兰回信息说："我马上开会，你儿子正在家发火呢！"我赶紧打了电话，陶阳哭诉道："我做不出题，妈妈没讲就跑了。"听着电话里的哭声，我是干着急也没招。不知孩子遇到困难就退缩的问题是否和我们要求过多有关，就像我觉得浪费掉的三天假期，其实只是想利用好每分钟的念头在作怪。陶阳希望我陪他把题改完，可他不认识字，连题目都读不出来。等安兰回来，两人又开始争吵。安兰威胁着让我妈把他带走。我提醒她不要吓唬孩子，而要用好惩罚措施。两种方法本质不同，一种是纯粹唤醒恐惧，另一种是明确要对自己的行为负责。比如对这次发火，我告诉他计划买的零食要扣掉一部分。

安兰正式去修理厂报到。由于仍在读书，她只能算编余人员。岗位调整加上简陋的工作环境让她很不适应。我安慰说："事情落地就踏实了。想想我们单位哪有工作环境可言呢？陈主任都退休了还在一线奋斗呢！不管咋样，干好手头工作！前段时间我做项目压力大，后来明白了专注压力容易失去重心，专注手头的事就能享受过程。"好在回学校参加中期答辩的事已获得批准，她这周就准备请假出发。

宿舍门前施工接近尾声，摊铺机开始在路上铺油。我站在现场闻着浓郁的沥青味，好像回到了戈壁滩。其实无论是施工组织还是摊铺技术的好坏，我都能看出些门道。杂学的特点是什么都懂又不太精通，如今踏上了科研之路感觉还是半瓶子水晃荡。虽然各项能力都在提升，但专业技能仍未成体系。何时才能打通科研中的"任督二脉"？

这时电话突然响起，助教通知我嵌入式系统还有最后一节课。由于我不在课程群里，现场只差我一个人。我匆忙赶到自动化系会议室，原来这次是交流答疑。许多精彩内容都已错过，不过有段话令我印象深刻。郑老师提醒大家想想大一和大四时心态上的区别。恰恰以为懂了很多，学习效果反而不好，等有了阅历后发现认知并不准确。所以理想和抱负一生必不可少，如此才能不被杂音干扰。我真希望把这些话录下来给安兰听听。很多事只有亲身走过弯路才能理解。等真正能悟透了，年龄和精力又赶不上趟儿了。然而坚守理想不做随波逐流的人，也不失为走好平凡之路的良策。

周末下午，安兰和陶阳顺利到达西安。好消息是她的中期答辩应该很快就能完成。坏消息是我们的车坏了，遥控钥匙连车门都开不了。虽然故障很简单，可岳父和安兰都不懂车，折腾半天也无法判断电瓶是否损坏。我反复交代别让岳父岳母插手，等我回去处理。结果岳父找人试车又出现了自动熄火的情况。岳父描述不清，安兰说在网上查了有好几种可能。我笑着说："身边就是专业人士，你居然还去网上找答案。可能性确实很多，关键是怎么应对。如果电瓶坏了，车在半路熄火，处理起来就很麻烦。"眼下也没法分析，最后果断在网上订购了电瓶。车子换完电瓶运转正常，我这才放下心来。

晚上跑步回来发现澡堂人满为患，好不容易排上队又洗得很不踏实，一听门外有人等待就感到过意不去。此时回想对待岳父岳母的态度很惭愧，总觉得家人什么都不懂，总怕给别人添麻烦。把笑脸留给别人，把情绪带给家人。这不就是窝里横吗？所幸意识到问题，希望以后能内外兼修，早日克服。

安兰预计本月底就能完成中期答辩。谈及假期计划，我又给二姑打了电话。二姑叹气说："你爷爷和奶奶身体状况还好，就是都恢复到以前的状态了。"我说："前几天梦到他们都在训斥我，吓得我从梦中惊醒。我也不指望能送他们去养老院了，只希望你能督促他们多锻炼，为暑假出行做准备。"二姑无奈地说："两人吃完饭就坐在沙发上看电视，怎么说都不愿下楼。也只能由着他们，不想太麻烦了。"我感叹说："怕麻烦的结果一定是最麻烦的。"

天空开始刮风下雨。我打着伞骑车赶往兆业楼。手中的伞剧烈晃动时，我突然意识到这个现象背后就是伯努利原理啊！虽然持续半个月的流体理论学习有了些收获。然而仿真进展不顺。我听从建议，更换了仿真软件，可建完模型怎么也做不出结果，很多操作细节从文献上找不到答案。正好于杰来找新来的江涛做项目，我请教后终于明白了问题所在。不过重新设置参数后仍没解决问题，看来只弄懂软件操作步骤还远远不够，有限元理论肯定绕不过去。

两地幼儿园都举办了毕业典礼。安兰失落地说："两地小朋友都毕业了，陶阳哪个都参加不了。"我安慰说："人生重要的事情多了，不用在乎这一两件小事。"听说安兰周五可能答辩，我也开始为回家做准备。考虑到旅行途中需要摄影，又动了剁手的念头。而陶阳想要的水弹枪，我也一并买了，就算送他的毕业礼物吧！

# 35 车祸

毕业季的脚步临近了。兆业楼里也充满了喜庆的氛围，系办墙上即将多出一张 2019 年毕业生的全家福。望着这面照片墙，我心想如果选择年底毕业，不知照片能否上墙呢？眼下项目已经完成，若甲方能在暑假完成设备加工，下学期一来就能做实验。这样两年半的毕业愿望就能实现了。

汪雷顺利完成了答辩，每天睡到自然醒。他的小论文还被国际大会选中，正纠结要不要出国参会。凌霄忙着收拾个人物品准备搬家去天津，我随手给了他一些纸箱。两人都很惊讶我有这么多箱子。这学期购物成了解压良方，就是耽误了不少时间。不过也该想想自律和活得太累之间的区别了。我总希望把时间都用到正事上，这种想法有时并不好。

于是我准备回家前听几场讲座打发时间，本想参加帆船社团组织的摄影课，走到半路组织者发来消息：救救孩子！一个人没有，太尴尬！我没好意思过去，临时改道去了经管学院参加中美学者经济论坛活动。现场人满为患，台上大佬云集。嘉宾有很多观点相互碰撞，担任主持的李教授会让每个人把话说完，这给我留下深刻印象。我有时喜欢打断别人讲话以表示自己已经听明白，这并不是好习惯。散场时，大佬们都在走廊里聊天，我原本动了蹭合影的念头，最后寻思不如看看下学期有没有相关课程。

讲座结束已接近饭点。骑车路过龙香园后门时，我隐约看到一辆三轮车下坡转弯时突然侧翻，骑车的老大爷被压在车下。前面小伙儿迅速跳下车，冲上前扶起老大爷。我们一起协力把三轮车翻过来。原来车上装着满满的厨余垃圾，硕大的黑塑料袋散落在一旁。我犹豫着要不要继续帮忙收拾，心想老大爷没啥大碍，自己装几袋垃圾应该没问题。可眼前这个背书包的男生没有丝毫嫌弃，他立刻开始四处搜集袋子，我也赶忙投身其中。目送老人离开后，我的内心十分感慨。当年我们这代"80后"被戏称为"小皇帝"，事实证明很多担忧无疑是言过其实。文明的传承总有它独特的方式。如今为人父母的我们是否也戴上了同款有色眼镜？

就在我订好车票后，安兰又听说中期答辩可能推迟。早知如此就晚点回去了，这样都能动笔写专利了。不过想到孩子，我决定还是按时出发。在岳父岳母的溺爱下，他的很多习惯又得矫正。晚上还完一批书，在路上慢走一圈。路口一个小伙坐在灯箱下聚精会神地敲着电脑，旁边停着一辆共享单车。他应该是来参观的，临时又有了任务。这种精神挺符合校园气质。此时校园里更多的是拍照留念的家庭，一家人其乐融融地围着身着毕业服的孩子。等我毕业时能不能带爷爷奶奶来看看呢？这个想法俨然有些"奢侈"。

凌霄一早去了天津，汪雷计划下月离校。本想请他俩坐坐，我又忙得抽不出空。明天就要出发了，东西还没收拾好。上午本来去实验室下载了一些资料，可一看项目文件，我又不踏实了。过完暑假陶阳就要上小学了，我大概率不能回来太早。尽管人机交互界面和旋转密封结构设计都完成了多轮修改，可万一开学就要用，难免会影响甲方设备加工进度。于是我又花了很长时间进行修改。直到发现过了饭点，赶紧骑车奔向食堂。

穿过十字路口时，我没做任何减速。就在快要到达路口另一侧时，猛然感觉身后受到重重一击。倒地的瞬间，我反应过来是出车祸了。脑海中霎时闪过：安兰和陶阳怎么办？这个念头没来得及发酵，我意识到自己还活着，只是尴尬地躺在路中央，自行车压在身上。我挣扎着爬起来，看到凉鞋从脚上脱了一半，紧接着剧烈的头痛迅速袭来，上手一摸居然有个馒头大的包。我赶紧检查身上，除了头部外，左手臂也擦伤了一块。

不远处一辆绿牌车停在原地。原来我是被电动汽车撞了。司机跑过来问："你没事吧？"司机年龄比我大，完全一副蒙圈状态。我恼火地说："你是怎么开的车啊？"他说："我没看到你啊！"说着就又跑去看车子。我努力克制自己的情绪，让他报警。他帮着我把车扶起来推到路边，准备送我去校医院。我说："我的医疗关系不在这儿，你最好先联系保险公司出险。"上车之后，他的电话不断。原来他是老师，大概是约人聚会，约的人正在门口等着进来。他回复让爱人去接。我当即制止了他打电话的行为，担心他再弄出事故来。我断定他刚才肯定是在看手机，而他实在搞不清怎么就撞了人。

赶到校医院，相关科室医生不在，护士让我们在房间里等待。我让司机赶紧报警联系保险公司，他却不知道该打哪个电话，最后打了110再转接交警说明了车祸情况。医生过来一看就说："头部看不了，赶紧去三医院吧！"上车后，我又建议他先联系好保险公司再出发，以免出事，可他不知道怎么联系保险公司。这时我才知道有过出险经历的好处。我指导着他打了电话，保险公司说交警出具鉴定责任的单子就可以了。我说："这没什么争议，你肯定负全责。"

快到校门口时，司机接到电话，话务员说交警赶到现场没找到人。如果伤者不严重最好去一下，不然还要去交警队处理。于是我们又折回事发地。这次坐车经过路口才看出这个路口存在严重盲区，很容易忽视人行道上的行人。我感叹说："一直关注电动汽车技术，没想到以这样的方式相见。"在原地等待多时也没见到交警，司机又给总台打了电话得知交警在校医院。我们再度来到校医院门口。交警分别询问了情况，随后给车辆拍了照片。在明确了司机负全责后，交警说："你是学生，可以通知学校安排专人陪同你一起处理事故。"我坚持自己处理。

我们再度向校外驶去。我注意到车里还有记录仪，我说："你查下记录仪就明白车祸怎么发生的。"司机不知怎么查看，我告诉他读取方法，请他给我也发一份，正好从第三视角看看自己被撞的狼狈模样。快到三医院，道路堵车严重。司机找了很远的停车位，他抱歉说："要不打个车过去吧？"我说："还是慢慢走过去吧！"走在拥挤的路上，感觉身体对车有了天然警惕。我说："今天要换个麻烦人，必然得让你把人给抬进医院。"司机不好意思地笑了。

医院里人很多，我担心何时才能排上，没想到交通事故直接走急诊。前台医生首先询问有没有头晕眼花症状，我说："除了头上一个大包，其他没有什么。"她嘱咐说："这几天一定要留意，如果有症状要马上就医。"之后前台建议由医生判断需要检查的部位再进行处理。护士提议先买个冰袋处理头部大包。看着司机挺费心，我不想为难他，坚持怕冷不要冰袋。

门诊医生很快根据我的受伤情况开具了头部和骨科检查单。头部CT因为人多还得排队。等待就医时，我们聊起最近的超级细菌。感觉司机对医学知识懂得很多，一问才知道原来是研究病毒和传染病的专家，他和爱人曾在国外大学工作多年。碰到学术大牛我也没放过发问机会，很快我们就热络地谈起了学术问题。只是由于我分不清细菌和病毒的区别，导致问题和对话都有些混乱。

做完头部CT后，医生说没有明显异常。而骨科医生询问情况后要求做X光检查。我担心又要排队太久，就强调脖子扭着很疼。医生摇摇头说："只能拍片子，看有没有骨折。"我说："骨折应该没有。"说完这句话也有些后悔，其实就想让他给个结论是不是软组织损伤。医生没多说，我最终决定不做了。医生说："你想好，能动也可能是骨折。"司机也一再劝我，我觉得应该没太大问题。

出门已是下午四点。司机建议先吃点东西，于是我们进了旁边一家牛肉面店。他坦言在国外多年从没出过事故，没想到这次居然把人撞了。聊天中事故原因也搞清了。我是因为着急回家看孩子，他是急着接待朋友。所以十个事故九个快确实有道理，但凡有一个人不着急就出不了事儿。吃完饭我们直接回了学校，一路上聊了很多话题。我几乎忘了是过来看病的，感觉像是参加了一次学术研讨会。

回到学校，我直接去实验室继续工作。头上的包小了不少，皮外伤并不严重，想想还是不给导师说了。不过医生说要实时监控的话还是萦绕在耳旁。我搜索了一下，发现头部撞伤的最大问题在于颅内慢性出血，特别是前三天是最危险的。这让我犹豫不定，留下来观察几天显然是上策。但车票已经订好，还是按计划出发吧！安兰正忙着答辩，我不想让她分心。

下午经过路口我停下来拍了张照。地面上有道轮胎印应该是我被撞时的痕迹。突然想到如果用有限元仿真一定能重现撞击时各接触部位的应力变化，这个视角想来也挺有趣。回到宿舍，我忙活到晚上终于收拾好了东西。这时课题组秘书妙妙通知说原定欢送毕业生仪式改为"轰趴"，不知道是什么活动，我也没时间参加了。

睡觉前，我让汪雷明早起床叫我，他有些不解。我解释说这是头部事故后的必要操作，防止出现昏迷。好在第二天一早就醒了，顺利度过最危险的一晚。然而很快就发现情况不妙。不知什么原因我想起床却坐不起来。仔细测试了各部位才发现是颈部问题，感觉完全失去了操控能力。最后转到床边扶手一侧，借助手的力量才勉强撑起身体。我试了试抬头很困难，应该是颈部肌肉出现了应激反应。汪雷建议我赶紧去医院。想想现在并没有出现其他症状，应该是软组织损伤，即使去医院查也是白折腾。

吃完早饭，我赶到实验室完成了最后的工作。当把所有资料发给导师后，我的心里轻松了，可身体却越发疲惫，连背着书包去图书馆还完最后一批书都感到吃力。司机接连发来信息表达歉意，说给孩子准备点小礼物送来，我婉言谢绝了。此时我打定主意搭出租车去火车站，正好导航软件中自带叫车功能，我将打车起点设在观潮园。虽然只是一小段路，但将两件行李依次送到楼下几乎耗尽我所有力气。辗转赶到西站，我咬牙把行李提上车，浑身都已湿透。

## 36 上小学

望着窗外明亮的阳光,我长舒一口气,又度过了惊心动魄的一晚。颈部依然无力,还得用手托着才能勉强起床。艰难返回家中,只能装作若无其事。可看到孩子,心情十分沉重,毕竟还处在观察期。安兰听说出了车祸很是震惊,责怪我为什么不早点说,至少应该让肇事司机送我到车站。我不想给人添麻烦,回想起来也有些后怕。其实正确做法是主动联系肇事者去医院检查。然而无论何种补救措施都是下策,防患于未然才是真正的上策。

陶阳的学习荒废多日,每天痴迷于买卡换卡的炫富游戏。我本想承担辅导孩子的任务,但小朋友接连来家里玩,也不忍心太刻板。安兰担心开学就要上小学,陶阳连拼音都不会。我安慰就当挫折教育吧!说起英语,安兰说班主任又在鼓动买课,我建议等等再说。感觉英语网课整堂课都在鹦鹉学舌,我觉得还不如增加绘画和舞蹈练习让孩子体会到学习的乐趣。

中午可米妈妈来接孩子,岳母切了西瓜招待。安兰最爱吃西瓜,可米妈妈和我一样都不喜欢。聊起来才知道她家在农村也是种瓜的,这让我们有了不少共同话题。此时岳母非但没离开反而逐渐有主导谈话的势头。岳母喜欢话中带话地找自信,我特别担心会让可米妈妈感到不适。其间安兰不断更正,岳母毫不示弱地扬言要揍她,场面实在尴尬。我明白岳母只是想表现权威,然而这情景也好似一面镜子,提醒我们别忘了随时照一照自己。

经过几天休息,我的身体渐渐恢复,起床终于不用借助外力。新添置的广角镜头让我有了练手冲动。学了两天图片处理后,我动员了岳父岳母做模特,带着他们在院子里拍摄。"长枪短炮"的老法师装扮博得了些眼球，然而处理照片才发现实践出真知。老年人面部细节在大光圈下难以称得上有美感，仅凭我的小技能只能调出大红大绿来弥补瑕疵。回想当初拍结婚照时，我是那么排斥化妆，现在终于明白经过后期处理的照片也是美的。每个人都希望看到自己最好的一面，这与自然之美并不冲突。

课题组聚会如期举行。和小梁道别后，我忽然注意到妙妙转发了一则消息，反复看了几遍都不敢相信自己的眼睛——曾老师千古！我赶忙询问情况。妙妙和我同上过有限元课，她说曾老师应该是因病去世，好像上课时就生病了。这个消息犹如晴天霹雳，让我一整天都没了精神，连安兰的答辩都没过问，她还以为是陶阳惹我生气了。晚上学校正式发布了讣告，系里将组织追思会。回想课堂一幕幕不免扼腕叹息，没想到我们是老师最后一批学生。

安兰顺利完成了答辩。前期工作得到评审认可，导师安排好了下一步工作。本希望她能顺带把实验做了，可实验室的相关设备还没做好。我提议干脆回去借助修理厂设备自己加工，现在我对设计信心十足。我开始筹划长途旅行。安兰担心我能否吃得消，建议月底出发。而我归心似箭，早一天回去就能让爷爷奶奶早点过来。

这次旅行大致规划了方向，不再追求严丝合缝的计划。首站是经壶口瀑布赶往延安。在气势磅礴的壶口瀑布，我开启了风光摄影之旅。参观了延安景点后，我们商量着让岳父岳母过来转转。离得这么近却从没来过，不能再留下遗憾了。

从延安离开后，我们随机选择了银川作为目的地。不过在看完银川博物馆后我意外有了新发现。课堂上听到的兽首含臂、迦陵频伽、胡商等文化元素居然都能在这儿看到，这种感觉就像将理论成功运用于实践。于是接下来的风光摄影变成了文化考古之旅。在西夏王陵博物馆看到了西藏历史课上老师送的书。陶阳则体验了活字印刷术，希望能为他即将到来的学业开个好头。此后历经沙坡头、丹霞地貌、魏晋古墓、榆林石窟终于完成心愿，顺路还看到美院作品《大地之子》，一路相当完美。

不过赶到瓜州时，安兰嗓子疼得说不出话。我给她买了个西瓜，没想到这个瓜在火焰山引爆了矛盾。我一路背着相机、提着西瓜在景区转，安兰非但不领情还埋怨不该带来。于是欢快旅程在结尾变成了冷战。我觉得安兰喜欢听漂亮话却看不见别人付出，导致孩子也存在同样问题。不过矛盾根源在于我的固执己见。我将家庭琐事置于安全风险之上，显然是大事糊涂的表现。事后回想从车祸开始的诸多争议，核心都是遇事着急。所以修养提升之路任重而道远。

返回家中，我们开始筹备旅行计划。二姑对带老人坐火车没底气，最终我将希望寄托在了我爸妈身上。我爸这次欣然同意，而我妈一听就坚决反对。我妈说："坐火车不行！万一路上有事怎么办？要是开车过去还可以。"听说她们正筹划买新车，而我根本不放心我爸长途开车。争论到最后，我妈生硬地说："要接你自己回来！"气得我匆匆挂掉了电话。

单位调整改革完毕，机关常驻办公点搬往C区。老总去了新单位担任专家，陈主任也退休了，杨工也回了老家。回想大家共事的日子，我莫名伤感。无论多艰苦的条件，老总总是鼓励大家坚持学习。杨工博学多识，一直关注和倡导新技术，退休前留下了三柜子专业书籍。陈主任心里随时装着每个人的困难，虽只当了两年技术室主任，但称呼保留至今。尽管他们学历和职位不高，但都是年轻人心目中的榜样。

包哥晚上发来消息说准备和关鹏等人自驾游，可能会路过这里。三人都是我的高中同学，我极力邀请他们顺路来家中做客。安兰说不如托他们把爷爷奶奶送来，我心动了，但细想又不现实。包哥没跑过长途，更别说再照顾两个老人。详细询问了他们的行程规划后，我更不淡定了。原来关鹏要回老单位取档案，只请了三天假。担心包哥对绕道上千公里没概念，我特意发了地图提醒。包哥对三个老司机相当乐观。

就在包哥出发后，少华又打来求助电话。F区的桥梁任务很急，两台发电机组都出了问题。为了给新建预制厂供电，生活用电都停了。这让我左右为难。一边是戈壁滩忍受酷暑的兄弟们，一边是跨越千里登门拜访的同学们。思前想后，我只得向少华表达歉意，请求推迟一天上去。然而到了晚上，情况出现了变化。包哥在开了一天车后，发消息说行程太满不来了。我客气邀请他们下次再来，同时收拾好东西准备前往戈壁滩。

不料第二天一早，包哥又想到了新方案。他邀请我当晚赶到K市见面，我告诉他工作日没法请假。在接连两次放弃后，包哥最终打定主意要过来。我只能提醒他到达后已是深夜，周围什么都没有，毕竟这里是村镇而不是城市。包哥笑着说："我就是来看看你，说说话。"关鹏喝了酒，开不了车。他接过电话说："我们推掉了各种应酬，包哥就是要去看你。"我只能苦笑着欢迎。

考虑到他们一早就要出发，我们赶到超市买好干粮。临近傍晚，我不放心又给关鹏打了电话。本想嘱咐天黑小心驾驶，但关鹏他们都建议去K市会合。可对我来说，这是最不可行的方案。此后对话几乎到了僵持的地步，最后两人说："你看着办吧！"算了！破碎就破碎，要什么完美呢！我无法等下去了，就让安兰陪他们转转吧！

晚上十二点包哥发消息说不来了，全程他一个人开车，实在开不动了。望着一大堆东西，安兰说："能不能把这些都退了？"我只能苦笑。明知道完不成的事还硬着头皮接，即便这样别人也不一定理解。包哥愿意多跑上千公里来看我，我却连百十公里都不想跑。如果用西方实证思维来看，这个数据对比一目了然。然而东方智慧早将这样的境地定义为将别人架在火上烤，根本解决之道是避免陷入这样的局面。如果包哥有经验，就不至于置我于如此尴尬境地。也许正是他这样随性才有这么多朋友吧！其实根源仍在我，假如一开始就明确拒绝，自然不会让事情发展到这个地步。更深层意义上讲，我不愿拒绝的原因不过是想让别人眼中的我看起来更完美而已。

好在终于如期赶到F区。我和胡师傅花了两天处理完故障，总算让大家告别了桑拿生活。胡师傅新婚宴尔，年底铁了心要走。听说少华也准备走，这让我非常诧异，连连问他上中班意义何在。他笑着说："我只想证明自己也能做到。"少华素来乐观洒脱，他的选择我能理解。只是好兄弟要各奔东西，心中又难以释怀。

从戈壁滩返回家中，小学已准备开学。带孩子去医院体检时，我们顺带也做了检查。结果我们两人胆囊都有问题，看来真是被学习吓破了胆。不过听说医院最近来了个擅长针灸的医生，安兰觉得可以让奶奶来试试。我不爱服软，这次却准备放低姿态说服我妈。可没等开口，我妈说："二姑住院要动手术，三姑正在医院照顾。肯定去不了！"安兰打了电话，手术已顺利完成。二姑还有些虚弱，她埋怨我妈不该告诉我们。好在我爸妈负责给爷爷奶奶送饭，这让人感到些许安慰。

安兰再次建议我去找医生看看关节。这是十年前某个冬天我去外地出差，坐了三天绿皮车落下的病根，这些年为缓解疼痛没少折腾。听说这个医生扎针效果显著，我确实动心了。可一看现场人山人海实在等不起。我的专利写作仍没有上道，这种措辞风格实在难以把握。给安兰设计实验设备的想法也没实现，她的课题需要定制特殊绕组。

小学报名前还有个学前测试。测试内容是写名字和认字，陶阳当场感受到了压力。很多孩子能认不少字，他连名字都写不好。回到家中，陶阳一直喋喋不休。安兰感觉孩子情绪不正常，我希望这个挫折能产生促进作用。晚上我们又带着他出去散心。户外几乎没孩子了。路上遇到圆圆爷爷带着老二在外面溜达，说是好让圆圆在家学习。老人觉得给孩子养成习惯也好，就是心疼孩子学不完不让吃饭。一听这情况我们都惊呆了。别人是用力加压，我们却总怕压力太大。如今孩子单词不愿写，做事总想走捷径。我不禁感叹是不是弄错了方向，安兰也开始怀疑宋老师的判断是否可靠。

开学当天首先是抽签分配老师。陶阳相比其他孩子确实专注，一直盯着台上不走神。三个班分配老师后，孩子们回到各自班里开始上课。圆圆妈妈担心老师太年轻管不住孩子。我倒觉得老师要求学会坐四十分钟就挺严了，没必要给孩子再增加压力。等到课间休息时，学生在户外做完操就组织活动，老师全程在一边照看。这和我们小时候整天撒欢的状态完全不同。此时我忽然意识到自己的身份已经升级为小学生家长了。

第一天放学，家长聚在门口等着接孩子。大家议论着孩子要打扫卫生怎么办？要学这个怎么办？看来大人也需要适应。等孩子们排队出来，陶阳一脸不高兴。一问原来是没选上班长，我安慰他敢参加竞选就很了不起了。晚上我们忙着给孩子准备书皮、计数棒，跑了几个地方总算买齐。回家又开始帮他包书皮，忙完已经是深夜一点。汪雷发消息问我什么时候回去，他想回宿舍取行李。我这才想起来该抢返校的车票了。

陶阳很快遇到了第一个挑战——背记《弟子规》。安兰失落地说："很多孩子都能背到第五段，他连一句都不知道。"陶阳反驳说："我跟着大家可以背！"我笑着说："这不就是滥竽充数吗？"老师发了材料，可陶阳不识字，我只能播放音频让他反复听。而陶阳总惦记着出去玩，所以不断出错。最后我建议熟读几遍，没必要什么都是痛苦记忆。安兰不同意，觉得这是在帮他找理由。陶阳急得哭起来，我好说歹说才让他出去了。

户外没有一个同龄孩子，陶阳自己也很无聊。安兰和健身器材旁的大姐聊完更郁闷，她感叹："为什么别人家的孩子都这么优秀？人家都是名校苗子。"我安慰说："这可能是选择性样本问题。"基础训练固然重要，可如何让孩子既开心又能培养毅力，并没有现成答案。总之我们上路出发了，唯一能确定的是路途不会顺畅。

火车路过沙坡头时，我想起了旅游计划，当即给岳父岳母订了去延安的旅游套餐，同时也萌生了带爷爷奶奶来北京参加毕业典礼的想法。二姑出院了，说起这一想法，她觉得更不可能。我相信亲自参与肯定能做成，只是要想这学期就毕业，恐怕得掉层皮了。

# 第五章

## 37 科研成果

　　主干道修缮一新，宿舍前的晾衣场也建好了。整栋楼都很冷清，好像都没有新人入住。房间里也空荡荡的，那株榕树突然长大许多，枝繁叶茂，极具活力。我仔细查看原来是用来垫花盆的罐头盒生了铁锈，榕树应该非常喜欢。想起水房里那些被遗弃的花，我决定有机会把这些花先送回家。

　　中午 H 楼前的十字路口水泄不通，一年一度的社团"招新大战"上演了。如今终于走到学有余力的边缘，我顺势报了骑马、茶社、击剑等高端社团，准备让业余生活丰富些。离开招新现场，我沿着小道漫步，欣赏着焕然一新的河岸景观，心情犹如阳光般明媚。然而闲情逸致很快被打破，据说陶阳上课和后座同学玩被罚站了。安兰非常生气，我觉得应该给孩子足够时间适应。安兰强调说："别的妈妈都说孩子小学就要考好，不然容易产生自暴自弃的想法。"首战必胜的道理我懂，可对孩子是否适用我心里完全没底。

　　汪雷下午回来取箱子，我请他在食堂吃了晚饭。汪雷现在已华丽变身为总经理助理,薪资待遇不错,连住宿问题都解决了。听说他放弃了出国参会机会,倒挺可惜的。待送汪雷出了门,忽然意识到我的时间也所剩无几,怎么感觉仍停留在原地?尽管这两年拿够了学分也做了项目,实际上我却没有任何科研成果,能否迈过毕业这个门槛仍然未知。

最堵心的要数发表论文。我本想先看看投稿要求,结果随便翻了几本杂志,发现专业论文的核心就是理论和实验,哪个都离我太远,而且单论格式要求都够我喝一壶。想到论文、专利、仿真、实验都刚起步,恐慌情绪瞬间袭来。我试着安慰自己大不了学位证不要了,潇洒地放飞自我好了,但这三年不就白忙活了?

周末天气一直不好,坏消息很快纷至沓来。旅游公司通知延安当地接连十天都是雨天,旅行计划只能取消。最闹心的是陶阳早饭喝黑芝麻糊吐了两次,安兰记不清孩子发病前有无异常。我一路焦急询问:"拉屎没有?大便状况如何?"一抬头才注意到四周众多错愕目光。习惯了优雅的年轻人可能无法理解中年男人的关注点,但这就是生活啊!问了半天,我失去了耐心,埋怨她没把孩子照顾好,让我无法专心学习。安兰当即和我争吵起来,最终挂了电话。

晚上计划恢复锻炼,却发现小树林的设施被移走了,空地上都种满了灌木。我只能放弃了这块僻静的"根据地",转向人来人往的北操场。从小树林换到北操场,仿佛再次从戈壁滩来到大城市。身处追求力量和速度的年轻人中,我渐渐冷静下来。其实当前困境和以往并没有区别,不过是受到不自信与求快求成的双重攻击。看到现状不如意就想立刻改善,什么都想做又感觉什么都做不好。

我仔细分析当前状况,觉得专利应该是唾手可得的成果。框架基本完成,只差细节亟待完善。于是我调整了心态,从文字到图片逐一雕琢。不知不觉中推进不少,心情大为好转。正如旅途中常说:开车不怕慢只怕站，不管多慢只要动起来肯定能到目的地，最怕原地不动。然而得知陶阳吃鸡蛋饼又吐了！我一下又到了发火的边缘。明知鸡蛋饼不好消化还给孩子吃，我让安兰赶紧带孩子去医院，现在必须排除肠梗阻、阑尾炎等危险情况。不久，安兰回复说急诊医生看完说有问题但又不确定，肠梗阻没办法排除。我们都着急，说话针锋相对，火星直冒。

好在孩子病情并没有恶化，周一正常去了学校。我也顺利完成第一篇专利，内心如释重负。导师鼓励有空就多写，争取毕业时拿上五个专利！我也想多拿些成果，可论文才是硬指标。不过手头项目都是设计，没实验数据怎么发表呢？我向小西请教了经验。小西说："没数据不一定不能发啊！主要是创新点要及时总结。"突然想起这不是写作课上高老师反复强调的重点吗？当前困境是因为科研进入总结写作阶段，我没经历过所以感到陌生恐慌。其实这个阶段并没有本质不同，只要沉下心干好小事，相信很快就能度过。这一年完成了那么多内容，怎么可能写不出文章呢？

我将目光重新聚焦到项目上。由于有大量文献积累，很快就确定了发掘内容。看来从干工作到总结还有个过程，就像从矿石中提炼金子一样。如今身为矿工的我也彻底理解了文献的用法。相同问题是否研究过？研究到什么程度？遇到哪些问题？这些都是别人给的肩膀。晚上在北操场上慢跑，内心重归平静。抬头仰望夜空，我忽然感觉余下的时光弥足珍贵。

此后加班加点再次开启超负荷工作模式，直到看到北电网送出中秋免费下载福利，才想起来又要过节。中秋少年宫推广兴趣班试听课，安兰想让陶阳学尤克里里。我担心孩子能否坚持下来，她觉得应该把弹琴当作锻炼毅力的机会。说话间，陶阳正在客厅看动画片。一听我说不能再放纵看电视，他就瘫坐在沙发上生闷气。我笑着说："你们看看这个花！放到铁水里长得欢腾，一拿出来就蔫了，看看和陶阳像不像？"陶阳让我把它放回去，安兰心领神会："你这个人就是这样，别人喜欢的事情非不让干。"我说："碰到铁水那是运气，碰不到就需要生存本领。"

小西上午带着家人来校园参观，看我还在实验室忙碌非常惊讶。对我来说哪有节假日呢？我拿纸杯给他们泡了茶，闲聊中得知小西父母都是大学老师，刚退休就来帮忙带孩子。说到孩子入园经历，我以过来人的姿态谈了一些经验。至于应对家庭琐事的纷扰，想必小西是没有机会体验的。小西是乐天派，父母都是知书达理之人。不知原生家庭这个词是如何产生的，它说明家庭传承确有其事。然而这又是你人生中无法自主选择的东西，个人能做的是正视问题，至少在对待孩子时能减少情绪干扰。

遗憾的是本学期两门专业课没选上，我只能到现场去蹭课。摩擦所开设的这门实验课主要介绍实验理论和设备，其中不乏电镜、UMT等高端仪器操作，正好可以补齐我的短板。同学大多是新生，像我一样没选上课的还有不少人，妙妙也在其中。听詹老师说正协调增加名额，我激动地筹划着如何干点"私活"，至少那个遗留的润滑油老化问题又有了研究机会。

然而这次好运不再，新增名额连抢的机会都没有。此外我本想借助纪录片课程提升拍摄技能，但这门课只对新闻专业开放，而且上课时间与实验课冲突。如此一来，本学期只有经管和体育两门非学位课。于是在接到国标舞社团面试通知后，我克服了叶公好龙的心态，强打着精神去了现场。

国标舞社团面试地点在艺教中心。我特别向门口负责登记的同学说明情况，她安慰说："没问题，很多同学都是零基础。"很快我就和两个男生一起进入教室。面试官先让大家谈谈为什么会选择国标舞。两个小伙都希望能习舞健身和增加社交关系，而我希望能提升自信的想法显得颇为另类。最后在节拍测试环节中，我穿着凉鞋尴尬扭完一段舞后，仓皇逃离了现场。

我选的这门经管课程主要介绍中国经济发展。很多重量级嘉宾都是政策制定者，独具特色的宏观视角吸引了众多听众。第一次课上，老师介绍了全国城镇职工养老保险的发展史。小时候看到这些内容就感到枯燥，如今才明白每个数字背后都牵动着世间冷暖。我们全家除了奶奶都是职工身份。奶奶当年为照顾孩子放弃工作机会，只能在家属队出工出力，晚年借助这一政策也享受了保障。奶奶常感慨自己赶上了好时代，没想到家属也能领工资。尽管钱不多，但她很自豪自己也得到了公家认可。

实验室新人都接手了项目。坐在我对面的江涛跟着于杰做密封。听着他们的讨论，我仿佛看到当初的自己。如果当初有人带，我可能会少走很多弯路，但必定没现在这般坦然自信。第一篇论文和第二篇专利即将完工，其间经历了修改格式、编辑公式、处理图片、写英文摘要、提炼结论等诸多细节，我也不再是当初那个担惊受怕的"天外来客"。我又向小西请教了投稿经验。

但小西没说几句就忙着打电话。她的孩子入园没几天就咳嗽发烧，一家人正焦急想办法。我建议只要不是严重问题，顺其自然的做法要好得多。我推荐的很多处理方法都无须药物干预，她不一定听得进去。很多事情还需要亲身经历，所以我也没好意思夸口疗效。如今有了科研思维后，感觉对中西医的认识更加清楚。西方实证医学强调指标观测，形成了明确诊断标准；中医注重病症演化过程，扶正祛邪是最常见的治疗思路。两者是看待同一问题的不同方式，倘若不加分辨地迷信某种方法都可能会出现偏差。

我最终决定一次投两篇文章来增加命中概率。由于不同杂志有着不同要求，启动第二篇论文的代价是工作量大增。好在项目成了挖不完的金矿，越挖越有信心。忙碌之际，家中又传来陶阳因上课说话被罚站的坏消息。安兰生气地呵斥道："连续两次被批评了！上课还不专心。"陶阳连声说："我说了下次改！"我说："承诺说一遍就够了，重要的是做到。"

细问原因，原来是陶阳上课向同学借削笔刀。在家安兰一直帮他削好笔，我觉得这样反而导致孩子好奇心很重。我说："你听过渔夫的故事吗？渔夫总把鱼身留给孩子，自己只吃鱼头，结果孩子为吃鱼头把他推到海里。对孩子而言，不吃苦咋知道甜呢？我们总以自己认为好的方式关心孩子，但他没阅历怎么理解呢？所以即便是小事也不能代替他做。"安兰说了一堆理由，什么老师没说让带，怕把书本弄脏。我说："尽操些没用的心，真正问题又不管。"战火迅速蔓延，谈话最终不欢而散。

说起岳母，我又想起旅游来。近来天气适宜，我重新订了旅游套餐。两个老人第一次出行让人很不放心，诸多细节需要考虑。安兰也同意了规划，我们都没提争议。吵完就忘是好现象，希望能早日过渡到无架可吵的境界，那样就真正跨越了原生家庭困扰。不过那只是理想，生活永远少不了摩擦。

在国标舞面试石沉大海之际，前八周的体育课意外空出个名额，我果断做了调整。学校体育课一向火爆，只有太极拳稍显冷门。教室在体育馆二楼，老师是个老太太。我解释了自己刚从后八周换过来，老师对我能否跟上进度表达了担忧。不得不说，这种质疑很容易成为我爆发的原动力。接二连三地被拒绝后，我觉得有必要证明自身协调能力。我搞训练出身，当过大学生教官、训过新兵，不相信这个老头老太太都能耍的把戏拿不下来。

课前首先活动身体。武老师说："很多同学压力太大，没事可以练练动作缓解压力。"随后她展示了几个踢脚过肩的动作就震住了全场。开场先回顾上节课四个动作，我瞬间方寸大乱。教室整面墙都是镜子，连东郭先生都当不了。看来这个漏真不好捡。其他同学大多也是半生不熟，只有前排一个女生动作相当流畅。后来才知道人家得过不少大赛冠军。

岳父岳母顺利踏上延安之行，而家中再度出了状况。陶阳不想练琴，态度还很蛮横。安兰生气地说："昨天去圆圆家玩，孩子稍不听话，人家妈妈上去就是一脚。"这也让我们反思光说不练是不是在孩子眼中真成了假把式？孩子仅凭自觉能不能养成好习惯呢？毕竟很多技能训练非常枯燥，如何让他认识到坚持的价值呢？当然安兰不能把握赏罚分明的度也是问题。所以我把奖励临时改为惩罚，威胁说背不出《弟子规》就把玩具收起来。说起回家，安兰让我买套《进阶数学》，据说很多人都在给孩子教。

晚上的班级会议上，国奖（国家奖学金）评选成了热门话题。成果丰硕的廖俊作为候选人备受瞩目。而我刚完成两篇义章的投稿，经历完全套流程感觉就像带孩子，过程很辛苦但回忆也很幸福。接下去实验成了重点，可甲方设备还没开始加工。实验室只有一台唇封设备，想利用得增加高压油路和密封腔。我找导师汇报了情况，准备在十一假期后动手改造设备。

我带着两盆花踏上了回家的旅途。此时阳光灿烂，天空湛蓝。树木的倩影整齐地倒映在主干道上，车轮的滚动仿佛在追逐着时光的脚步。虽然身影依旧忙碌，但我已能体会到学习知识的快乐。

# 38 仿真实验

经过两日颠簸，两盆小花重新安了家。陶阳吃饭也有了着落。甜甜妈妈怀了二胎，阿姨要来照顾。坏消息是陶阳和圆圆课间追逐时撞倒小朋友，又被罚了站。安兰说："圆圆说不要给妈妈说，但陶阳回来就说了。"我认为孩子不是故意的，没必要太严厉。谈及学习，我们都很迷茫。很多人都说小孩子只要能专心就可以了，这和宋老师的说法一致。然而陶阳可以把课文一字不落地背下来，就是不喜欢认字。没想到曾经的优势反而成了制约他学习新技能的障碍，对成年人来说又何尝不是如此呢？

好在陶阳也有积极变化，这几天起床就背书，不知是不是"新政策"产生了效果。其实管与放的度一直让我纠结。管得太死担心扼杀孩子的创造力，但不立规矩又不行。我提醒安兰这是系统工程，只能慢火清炖。且不可以因为一时见到点效果，就把问题忘得一干二净。这在我有限的管理生涯中并不少见。此外，延安之行非常成功。尽管岳母当初坚决反对，如今却在院里有了新的谈资。所以快乐与否的决定权都在自己手中，我们也希望能借此逐步改变她的认知模式。

过完十一假期匆忙返回学校，我的训练太极拳再度"欠了账"。眼见课程过半，我也开始怀疑能不能拿下来。比起队列和舞蹈，太极拳动作变化太多。而且一招一式强调舒缓而不是节奏感，这与茶社的品茶活动有些相似。课后拿到了教材，大家笑称适合留给老人，因为所有动作都是用文字和图片描述的。不过照着秘籍连续练了两次，我发现结合文字说明比看视频更有效。终于理解古人习武修身也得靠勤奋，不花功夫同样不可能轻松学会。

系里组织了研究生就业动员会。我和廖俊作为局外人，一直坐在后排闲聊。他的国奖参评问题不大，论文主体也完成多半。遥想我们初次相遇的场景，一不留神就到了冲刺阶段。廖俊成功实现了学有余力，我却连毕业条件还没达到。看来不能只停留在规划阶段了，要尽快用具体行动去逐步落实。

然而在摩擦学实验课上得知实验前还要制备样品，我才知道大麻烦来了。原计划在网上买点密封圈就能轻松搞定，结果一了解才发现材料配方涉及核心机密，这意味着我之前规划的实验根本无法开展。眼看遭遇灭顶之灾让我再度焦虑起来，而唯一能做的密封圈性能测试实验又完全取决于那台唇封设备。课后赶到603查看设备，却发现传动部分没有减速结构，管路能否承受高压也未知。我咨询了设备使用者小熊，确认改造计划完全泡汤。

午饭吃着最爱的大骨汤味同嚼蜡。我一度动了退掉马术社团活动的念头，但占了名额，这么晚退了不好。硬着头皮去吧！马场距离学校两小时车程。我们被分成两组先后参加室内训练。有同学不用教练辅助就可以策马奔腾，我虽然出生于天马故乡，不过是亲眼见识了哈萨克族男女老幼的精湛骑术。当亲自坐上马背离开地面，单视角变化带来的不安就难以平复。相比开车而言，骑马存在太多变数。比如起步、停止、转向等信息该如何及时传递给马儿？它愿意执行吗？整个过程似乎都充满了不确定性。

教练介绍了动作要领。骑手需要主动去适应马的起伏，如此动作称为"打浪"十分形象。这个动作看别人做简单，自己上去没骑几圈就深感疲惫。咬紧牙关坚持到最后，下马后几乎走不动路。如此体会到当年蒙古大军远征欧洲的实力不是吹出来的。返回途中，带队的小姐姐分享了很多经验。她说："初学时感觉怎么做好像都不对，后面练多了慢慢就会了。"细想这和练太极拳很像，经历初学者过程确实不容易。至于对马的驾驭，感觉和管孩子有几分相似，两者都不是追求绝对控制的事儿。

刚到学校，安兰突然发消息问我在不在实验室。我推测又是孩子的问题，心急如焚地询问一番也没得到回复，我最终平静下来。无论处理得好坏，她必须学习管控矛盾。晚上一打通电话就听到陶阳在号啕大哭。原来老师在作业本上写了：如果上课能像写字一样就好了。安兰询问老师后得知陶阳喜欢上课和圆圆说话。我觉得陶阳应该没太大责任，圆圆在家被管得太严，到学校容易失控，我们只要专注自身问题即可。可安兰正在气头上，坚持要给陶阳调换座位。谈话很不愉快，电话两次被挂断。不知接下去如何收场，只希望别弄得大家下不了台。

我实在无暇顾及家事，眼下所有研究规划都面临调整。根据调研情况，我又增加了密封材料性能研究以便利用摩擦所的设备完成实验。虽然工作量大幅增加，整个研究工作也迈上新台阶，但由于部分实验周期很长，当务之急是准备材料。我向小西请教了流程，再次体会到被压到窒息的感觉。原来试样不仅需要订购，还需要根据实验自行设计。我忐忑地联系了密封圈售后，他答应先发一份样本。然而实验设备在哪儿？如何预约？这些都需要学习。

唯一值得欣慰的是设备终于进入制造环节。甲方带着制造厂家来交接项目文件。来人正是视频会议中的姜经理，这让我还有些尴尬。好在销售人员的优点永远是一副笑脸，我也装了糊涂。我以人机交互界面为蓝本详细展示了系统结构和功能，甲方非常满意。不过新增设计与全系统联合调试需要协调不少问题，我担心销售经理拍不了板，后期又得改动设计。导师笑着说："没问题！姜经理是总经理，企业就是他爸创办的。"

办完交接手续后，项目设计彻底翻篇了，我开始集中精力准备实验。然而就在查看密封圈手册时，我突然发现密封间隙设计存在问题。当初接手项目时，没搞清密封圈分为外用和内用，结果疏忽大意埋下隐患。庆幸的是在制造加工前发现了问题。现在对密封领域更熟悉，很多细节正好都改了。只是对建模软件有些生疏，我花了一整天才将图纸重新修改完。

安兰一早打电话祝贺我生日快乐。这是在学校过的第三个生日，感觉一个比一个忙。包哥也发来祝福，还断续说起科室主任辞职了，自己要去 W 市进修三个月。我听明白他大概进行了岗位调整，本想告诫他管理之路不易，又拿不出时间详谈。正好于杰安排江涛做压缩实验，我准备跟着熟悉流程。

我和江涛都是新手，材料学院管设备的老师详细讲解了操作流程。我负责测量尺寸和放置试样，江涛操作设备。试样很多，重复压缩多次才完成。整个过程就像练习击剑动作一样枯燥，可如果不亲自操作，很多细节都不知道。从材料学院出来，我又直奔兆业楼 AD11 实验室查看环块摩擦设备。这间实验室摆满了设备，我向门口一个女生请教，她带着我到里屋找到设备并介绍了预约流程。仔细查看设备结构，我立刻明白了文献中提到的试样和钢环作用，真是百闻不如一见。

经过一番努力，总算完成了试样设计。我把清单发给售后让他尽快报价，本以为三五天就能完成，却被告知加工周期是以月为单位计算的。小西解释试样都是小批量定制，等三四个月都有可能，而且批量采购还得签合同，所以一定要提前计划好实验，否则后续试样不够想补充都很难。这让我大吃一惊。如果赶在甲方设备调试前还没拿到试样，后续问题就更麻烦。至于材质种类，小西建议两种就可以了，太多了费时费力，没必要。可我总希望研究能做得更全面些。

鉴于试样十分关键，我带着图纸又赶到 AD11 实验室。这次现场有个同学要用设备，我正好跟着学了操作。尽管实验时间只有几十秒，但要完成不同材质、不同参数的组合，工作量着实不小。而且实验过程不能出差错，只能提前做好规划并考虑好诸多细节。回想在测试技术实验室度过的日子，那种枯燥的过程是必经的，只是这次连个助手都没有。

摩擦学实验课共有九个实验要完成。各组首先汇报了实验方案，老师们提出了很多意见。我原以为磨损实验很简单，没想到还有不少坑。在这次课上，我也认识到实验不可能验证所有因素，当即放弃了贪多的想法，只保留两种常用材质。此外磨损实验的钢环也要定制，我又参照唇封实验设计了两套安装装置，这样凑成了一组加工包。

我的想法是不超过两千元就不用签合同。没想到很多店家要么报价高，要么精度无法满足要求，有人甚至一听预算连报价都懒得发。经过艰难搜索，最终找了一个号称专做院校订单的老板。看他展示的设备和订单我放心了。至于表面粗糙度要求，老板说可以上高精度磨床，再多送两个都没问题。至此实验前的各项准备总算完成。

系里刚通知大家上报毕业时间，我的投稿论文还是杳无音信。这意味着提前毕业的计划要黄了。来不及松劲，我随即又开启了仿真工作，因为仿真无须借助任何设备，最有可能提前完成。不过经过长时间搁置，很多内容又得重新拾起来。忙碌中想起晚上的击剑课程，学费都交了，不去又可惜。出门迎面碰到吕博士，他正为预答辩借会议室，我连连表达祝贺。吕博士尴尬地说："上次预答辩没过，毕业推迟了半年。"我安慰说："我当初两年半毕业的愿望也彻底没戏了！"

来到击剑馆，简单活动完身体就开始训练。之前在体验课上只学了几个简单动作，这次才知道整套动作也没几个。两个教练一个主张两人对练以提升兴趣，而另一个则主张统一组织基础练习。尽管动作看着简单，要做好肯定得花时间。而且就我膝盖的状况而言，不知这种高强度训练能不能拿下来，就当是放松吧！其间遇到一个哈萨克族女博士，聊起来都感觉毕业压力太大。

晚上新任带班助理莫名发来信息。一番寒暄后，才明白原来他是想给毕业生疏导解压。可是这个年龄的压力岂是三言两语能解决的？我没浪费彭助理的宝贵精力，也为自己省点时间好去练拳。我现在渐渐体会到太极拳的独特之处在于它并不是帮你增加力量，看似绵软无力的动作更注重内在体验，就像品茶喝的并不是水而是意境。虽然我还达不到这个境界，但至少可以用另一种视角去看待快慢问题。

仿真工作终于取得突破。在于杰的帮助下，模型顺利启动计算。看着屏幕上跳动的数字，我的心情异常激动。不过于杰对高压力下的仿真很不乐观，他坦言遇到最多的问题就是计算难以收敛，更何况是测压高达50MPa的压力。尽管结果未卜，能走到这一步我已相当满意。计算持续了一中午，当屏幕出现了期待已久的应力云图时，我的内心无比自豪。再次提高加载压力，计算又获得成功。它意味着历时一年多的仿真见到成效，接下去只需要提高加载压力即可得到结果。

为庆祝这个重大成功，我准备给自己放半天假：明早睡个懒觉，再去学校博物馆看看特展。然而当晚家中又不太平。陶阳一接电话就哭着说："不要打电话了，妈妈又生气了！"原来安兰想让他多练练拼音，陶阳嚷嚷着她不是老师不能布置作业。我说："你基础差，除了反复练习确实没什么好办法。我学太极拳比别人落下很多，每晚坚持练习终于跟上了节奏。"安兰生气地说："前两天可米妈妈过来出差，说起孩子学习，人家都是拼命报补习班，孩子也没叫苦叫累。"我也不知该说什么。我们小时候学习压力不大，那时候还号召要减负。谁想几十年过去了，家长都习惯了自我加压，做完作业就玩的自然学习法几乎被淘汰了。看来如何让孩子达到学好和玩好的平衡状态还真棘手。

半夜蚊帐进了蚊子，我忍了又忍，最终痛下杀手，结果也毁了美梦。第二天打扫完宿舍卫生，我赶到博物馆看了特展"与天久长"，算是放松。返回实验室，我将加载压力提高到10MPa继续仿真。由于计算过程较长，我转而开始学习润滑理论。最近理论迟迟没能突破，我又惦记起另一门专业课来。这门摩擦学原理课本来有机会选上,但全英文课件又让我望而却步。

没过多久,我就注意到仿真停止了,软件提示单元错误。尝试调整单元格又遭遇失败,反复降低加载压力仍然失败,最后发现压力最多只能加到3MPa。难道这就是所谓的不收敛?失败来得如此快,成功的喜悦还没来得及品味,整整一下午我都被失败反复无情拷打。我就知道"麻烦"这个老伙计一直不舍得离我太远。如果连10MPa的小门槛都过不去,别说投稿,毕业论文也没着落,因为这代表着毕业论文中仿真部分都黄了。

# 39 仿真失败

怀着郁闷的心情来到食堂,失败的阴影挥之不去。这时餐桌对面突然沉重地坐下一个身影,"满哥!压力实在太大了!"我抬头一看又是吉瑄。谈及近期工作,他大倒苦水:"现在连工作都没时间找,就是一门心思忙小论文。人家林帆不仅论文发了,连工作都找好了。"我们三个是课题组同批硕士,林帆显然更胜一筹。我安慰他说:"别害怕!你们基础都很好。我连理论和仿真都是现学现用,去年你们搞定的内容我还没玩转,你说我压力大不大?"我是有心帮他解压,却不知道如何发力,因为拿不出令人信服的成果,所以我只能示弱,让他知道还有人在地板上蹲着。这并非战术谦虚而是肺腑之言,不过这对我来说倒也成了变相激励。回想自己上学期在组会上分享的内容让研究者无法直视,现在终于可以远远望见前方尾灯了。

周末茶社活动是讲解黑茶知识。主讲者是一位七十多岁的老先生,他穿着正式且言辞讲究，随手还带着一份书写得极其工整的讲稿和数张黑茶照片。尽管现代多媒体手段颠覆了传统备课方式，这种严谨的做事态度依然让人敬佩。老先生详细介绍了黑茶历史并从中引出了著名的茶马古道。我才知道原来新疆广为流传的砖茶，虽然看着粗糙低端，但其背后居然有着如此悠久的历史。这一口下去竟然也喝出了家乡的味道。无论是远隔千山万水的距离还是跨越百年的时空，都被这个熟悉的味道瞬间打通了。

然而刚品出点境界就被坏消息冲淡了。待我身心放松地返回实验室，却发现仿真算例再次失败。挨了这一记重拳还没缓过劲，安兰又说最近要进行职称评审，像我们这样任期内没立功的必须回去参加述职答辩。此时她正带着孩子在单位值班，电话那头不时传来咆哮："教了一上午，连个钝角都不会画！"我不知道怎么劝导，只好转移话题问她仿真有没有不收敛。安兰最近也在做仿真，不过软件完全不同。她讲了一些注意事项，气氛总算缓和了下来。

连续两天铩羽而归。我之前总以为是软件设置有问题，现在从模型入手也失败了，计算总是止步于最后 0.3 秒。于杰建议查查失败前的计算有无异常。仔细查看了结果，我发现某一接触面在加载时居然有分离趋势，这明显不符合实际情况。重新设置并提交计算，屏幕上终于出现了期盼已久的三秒钟动画。但逐帧检查动画时，我发现轴面居然压入了密封件内，这也不符合常理。在关键时刻有限元理论终于派上用场。我意识到这是网格划分导致的问题，重新更改模型后，居然一次成功，我的心情格外激动。

然而当加载压力提升到 25MPa 时，计算又不能收敛了。我索性把笔记本电脑也带到实验室。两台电脑同时仿真提高了效率，失败次数也随之双倍增加。为弥补仿真带来的挫败感，我准备去摩擦学原理课上寻求些灵感。结果去教室一问，同学说现在都讲到分子间作用力了，我想听的流体润滑早讲完了。转身想走，老师正巧进来，还顺手关上了门。没办法，等着中间休息时再悄悄溜走吧！

尚老师在前沿课程讲过分子力。我当时还问过牙膏泡沫游动现象，老师特意强调那是活性剂而不是分子力作用。比起那时的概述，老师现在的讲解要精细得多。我很快就意识到自己从一开始就搞错了方向，这个课程的理论才是我急需的内容。如此复杂的公式经过庖丁解牛般的分析，连我这个门外汉都有了游刃有余的感觉。为什么胶水到水里就不粘了？粒粒橙饮料中的颗粒物为什么能悬浮？人的手为什么不能轻易粘到物体表面？这些普通的生活现象可以用公式分析清楚。看来我之前指责家长拼命投资教育导致孩子压力过大的观点也有失偏颇。从宏观层面看，这是人类认知不断拓展的体现，传导到个人层面当然是要学的知识越来越多。我觉得最好的策略应该是打好基础，以不变应万变。

回归现实却让人很无奈。晚上再度听到陶阳的哭声，我的头都要炸了。安兰气愤地说："我胃疼得不行！给他听写生字，他又喊又打，不愿意。"陶阳一直嚷着："你走！你自己去看！我不给你拿！"我努力控制了情绪，转而练起了太极拳。明天还有最后一次课，连续两周的训练让我信心十足。尽管没能踏上展现自信风采的舞者之路，却意外找到了通往内心平静的旅程。电话保持通话状态，我告诫安兰要给孩子灌输害怕时就要行动起来的理念。读书百遍，其义自见。初学者不需要懂太多，重复就是最适合的方法。骑马、击剑、太极拳这些训练无不彰显这个简单的道理。

摩擦学实验开始了，十个小组在楼上楼下交叉进行。由于对 AD11 实验室非常熟悉，我又是旁听生，不需要完整参与每个实验，所以我在实验设备间四处穿梭，不时琢磨哪些设备能用到自己的实验上。现场一个学姐用显微镜拍照，我也跟着学了很久。针对我的需求，她建议用白光干涉仪测表面形貌效果更好。旁听表面张力实验时，指导老师特别强调学实验就是学操作，要弄懂每个步骤背后的意义。比如简单的烧铂片动作，在老师的亲自示范下，大家明白了原来细微差别也会带来不同效果。这些内容并非文献所述及的，看来再多的文献也不能代替亲手实践。

从 AD11 实验室回到了 413，我收到了密封圈售后发来的报价单。供货周期需要二十天，加上签合同、审批环节，时间非常紧张。我立刻上楼找导师汇报情况。半路上同事打来电话通知我准备职称续评材料。同年三个续评的只有我要去现场参加答辩评审会，原则上还不允许代述。我只能委托同事先帮忙填报申请。

眼下仿真没进展，实验没条件，合同还没办妥，意外又飞来一座"大山"。原本想给安兰抱怨两句，还没等我开口，她怒不可遏地说："中午我把陶阳推倒了，因为他不想练琴！"我觉得初期只要能坚持就行，没必要太专注细节。安兰认为我不在现场，难以感同身受。我生气地说："你拿不出解决措施，光抱怨有什么用呢？我还得回去述职，这一堆事还不够乱吗？"安兰正在接孩子回去的路上，只听坐在电动车后座的陶阳小声说："爸爸没事！"我忍不住笑了。

这已经是仿真计算不收敛的第五天。其间光模型就做了五十多个，数百次的失败导致后续工作停滞不前。没这个经历确实品不出科研的真实滋味。我渐渐明白文献都是总结了成功路径，并不会告诉你探索中遭遇的失败。这也让人误以为成功很简单，其实背后的失败才是重要组成部分。当然无数次失败也换来了成果，现在我对有限元软件使用和相关理论更加熟悉，无论是教材还是文献都无法满足我的需求了。晚上史文思学院还有一场约瑟夫·奈的讲座。出发前，我给自己设了期限，如果这次再失败就暂时不做了，等于杰出差回来再当面请教。

这是我第二次参加约瑟夫·奈的讲座。他的行事风格颇具东方特点：务求聚焦内力，通过对话管控分歧，倡导合作共赢以面向未来。仔细想想，其实个人发展也差不多。努力奋斗固然很重要，但不能忘了差异性和连续性，每个人的起点、积累等都决定着现状。有时候我们以为只要奋斗就能企及他人的高度，却往往忽略了发展是个连续的过程。所以客观看来，你只能和自己比。

去实验室的路上，我已调整好心态。果然两台电脑仿真都失败了。原本计划暂时搁置，可一坐到电脑前又不甘心。如果等于杰回来也解决不了怎么办呢？所以不能空等，哪怕还是失败，至少也知道某个方向不用走了。仔细查看这0.6秒的结果，我发现问题主要集中在"O"形圈与沟槽上。从理论上讲，网格数量通常与精度正相关，所以我之前的思路是不断对"O"形圈加密网格。结果分得越细，失败越快。为何不尝试一下加粗网格呢？由橡胶制成的"O"形圈加载时变形最大，而粗网格更有利于大变形。

我立刻重新调整了模型，没想到这次计算又快又稳，很快就得出结果。原来大量计算都被浪费在了"O"形圈这个配角上，而过密的单元格在大变形时很容易出现异常。反复尝试后，仿真模型已经可以在40MPa的压力下稳定收敛，但再增大压力后，加粗网格的办法也不行了。无论如何已接近目标，甚至可以说大获全胜。

周末，我特意去芬芳园吃了顿湘菜。品尝着成功的喜悦时，意外听到邻座女孩抱怨受不了室友的声音，她一再强调："我不是对她个人有意见，只是不喜欢这种声音。"我笑了，大家真不容易。因为声音不被人喜欢，谁能改变呢？如果从管理者角度看，就不能有这种分别心。因为个人的好恶分明对别人都会造成压力，所以容人的度量是首要的。回想陈主任、老雷以及很多基层领导倡导用人长处的理念学问很深，而自己年轻时的最大失误就是盯着别人的缺点，如今在面对孩子的问题上还不时闪现出这种影子。每个人起点不同，不能奢求人人都能变得优秀，只要比过去有进步就是了不起的成就。

午后阳光明媚，风和日丽。沿着河边小路信步徐行，心情格外愉快。我告诉安兰仿真实现突破的好消息。安兰现在学习压力很大，因为又要参加排球训练。听说我妈想来给陶阳过生日，我也同意了。只是述职时间未定，我不知道能不能赶回去。好消息是陶阳上课说话的问题改善了，老师给他调换了座位，倒是原同桌的妈妈担心这件事会影响孩子期中考试。

原本想睡个午觉犒劳一下自己，结果宿舍楼前要进行勘探施工。我决定干脆回实验室准备述职答辩材料吧！出门时碰到知贵，我俩聊了一路。据说这栋宿舍楼很快就要翻新，我们大概是最后一批入住的毕业生。我问他论文准备得怎么样，知贵尴尬地摇头说："我那些留在本校的同学都在核心期刊上发了好几篇论文，我现在还没着落。"我安慰说："别着急，毕竟有基础实力。"知贵和吉瑄情况相似，他们大概还没找到将基础优势转化为科研优势的方法。

晚上班级开会讨论邓博士转正的事情。我本以为是例行公事，没想到龚博士直言不讳地开了火。邓博士本人并没有出席，很多同学都为他的现状担忧。听说他项目做不了，工作也不想干，每天都见不到人，这让我非常震惊。第一次班级见面会也是在这间会议室举行的，当时听到邓博士激情喊麦"小鲜肉"时，我还以为他是来分享经验的学长。没想到三年后陷入如此境况，实在令人惋惜。联想我自己的情况也不乐观。虽然攻克了仿真难点，但科研成果还远在天边。接下来既要撰写文章又要规划实验，还得围绕应用继续进行仿真工作。

为了抢些回家时间，我急于开启应急模式。无奈状态迅速滑落，一早起床就头昏脑涨。中午我挣扎着去上摩擦学原理课，发现本次课由印度教授做磨损研究报告，本想着就当锻炼听力，但他的口音实在难懂。正好工物系组织的小河墓地考古报告也在今天，于是我改道去了工物系听讲座。来自故乡的阿所长亲自参与过很多考古挖掘，他详细介绍了挖掘小河墓地的经过和出土文物。听说展品正在京海大学一个叫赛什么的地方，我又动了去看展览的心思。

我感冒症状越发严重。原本计划去参加电镜实验，中午吃药又睡过了头。本来就是旁听，还不守时，显得没诚意，最后去未来多媒体教室听了纪录片课程。这门课我断断续续上了几次，理解了一镜到底、视角切换等拍摄技能。这次同学们展示的作业让我大开眼界，比如一个切火龙果的过程都能拍出恐怖片效果。忽然感觉拍摄和实验颇为相似，都需要认真规划每个细节。我意识到现在面对繁杂的工作不能着急，放平心态踏实推进即可。

试样合同终于完成审批，我开始全力准备实验。目前老化实验难度最大，开机就没有回头路。而我只看了一些文献，没经验才是大麻烦。603实验室有台老化箱，我仔细看了性能、参数都没问题。正好林帆也在现场，聊天中得知他毕业后就要去某大厂写程序了。林帆感叹密封相关知识是用不上了。我说："你的知识面更宽，跨专业肯定会带去不同视角。"关于老化实验的操作细节，林帆建议咨询小熊。然而了解完情况，我瞬间到了崩溃边缘。原来老化实验开机必须有人值守。小熊说之前做过七天实验，他们四个人买了行军床轮流睡在实验室。而我筹划的是二十八天的实验。

# 40 投稿失败

设计实验忙到很晚,直到安兰打来电话说她不用参加排球训练了,我才意识到又到了周末。本想放松一下,可仿真到了决战阶段,岂能围而不攻?这期间也多次遇到计算不收敛的情况,不过我已具备丰富的处理经验。剩余工作水到渠成,此后就是总结仿真成果,撰写投稿论文。如此一来将实现三箭齐发的局面,无论如何都得中一篇吧!回想这忙碌的一个月就像块压缩饼干,理论、仿真、实验、设计、论文等工作都在快速推进。所以对毕业也无须焦虑,因为这样的压缩饼干至少还有七八块。

此时小河墓地展览又出现在我的脑海。一搜索才发现那个叫赛斯德考古与艺术博物馆就在京海大学校园。这么近还不用预约,于是我吃完午饭就骑车出发了。虽然博物馆公众号开篇就是:终于等来了您!可到现场才发现保安根本不让进门。我一连问了三个门,都被告知必须预约或有人带才可以进去。我哪有认识的人呢?最后无功而返。晚上却看到同学晒出在京海游园的照片,羡慕不已,原来展览名叫"千山共色"。

晚上我正在实验室写论文,陶阳突然打来电话哭着说:"妈妈走了,现在也没回来。"不出意外,孩子学习又没了劲头,弹琴、读书一个都不想干。安兰气得去了单位,我只能劝她尽快冷静,她执意不回去。好在说起"双十一"购物节总算扭转了颓势。我给陶阳买了积木当作生日礼物。安兰激动地说:"我在购物车加了一万多的东西,希望今晚能获得免单机会。"我苦笑着说:"就我们这样露头就被打的地鼠还奢望什么好运呢?带个孩子比谁都操心,到头来还被现实无情地反复暴击。"

回去的路上,陶阳不停打来电话,我一个也没接,算作惩罚。而此刻我的内心是矛盾又复杂,没想到自己刚有些积极变化,孩子又出了问题。当然暂时的问题并不代表什么,可不尽快解决必然非常危险。论原因，家庭环境、成长氛围等因素分析不完。是老人溺爱的恶果显现？还是我们自身问题没改善？是不是要求多而鼓励少？还是我们过于仁慈而没有惩罚措施？一系列问题萦绕在脑海。

第二天安兰情绪大幅好转。"陶阳特别听话，昨晚他说保证让我一天比一天满意！"她高兴地说道。我打断说："他就是个孩子，谁也不能保证不犯错，为什么还要让他承诺做不到的事呢？"安兰有些不快地说："又不是我要求他保证的。"我说："你要告诉他承诺是件很严肃的事情，不能让他陷入不断打破承诺的恶性循环。"安兰气得不说话。

感冒基本痊愈，我又去体育馆参加了后八周的太极拳课。同学都换成了新面孔，武老师认出我并热情指导了动作。此时因为没了手足无措的状态，意念更加集中，学习效果突飞猛进。课后同学都围过来询问到底能不能学会。我说："第六周时我什么都不会，最后两周每天练练就好了。"我忽然发现这与做仿真的经历本质上没有区别，从量变到质变也需要不断积累。

然而无论在哪个阶段，意外总会不期而至。原以为仿真做完了，论文框架也搭好了，后续都是"高速路"，一路畅通。没想到我在提取密封面数据时，哪里也找不到参考，一下又进入摸黑开夜车的状态。最后在于杰的帮助下才做出期望的图形，终于驱散了黑暗，想想孩子对拼音没兴趣的原因大概也如此。沉浸在反复失败的痛苦中必然会动摇信心，当他能用拼音认字时，兴趣点可能就会被激发出来。

晚上视频时，我们没再提争议。安兰说今天在群里看到家里买了新车，好像还是辆越野车。我根本没时间过问。说起期中考试，安兰激动起来："陶阳数学考了98分，只错了一道题！今天语文也考完了。"我笑着问："能得70分不？"安兰说："咋样也得90分吧！"此时陶阳正半躺在沙发上弹琴。我提醒安兰弹琴就要认真起来，坏习惯养成容易，改掉太难。陶阳虽然也行动了，但总显得不那么积极。

摩擦学原理课再次让我明白了理论的重要性。原来规划实验时为规避大坑而绞尽脑汁，其实这些在理论上都能找到答案。讲到表面形貌时，尚老师特意提到做项目如果不理解参数的含义很容易引起合同争议。我这才想起钢环来，当即联系了店家。老板让我放心，绝对保证质量。想来实在后悔，自以为绕过合同审批流程节约了时间，却将最关键的质量问题暴露在了风险中。如果表面粗糙度不准确，研究结果自然不可信。这就是想走捷径的后果，想想这就是快即慢。

刚出了教室，安兰打来电话。本以为又是孩子惹事了，没想到她惊慌失措地说："你爸妈开车出车祸了！人没事！表弟庆良去现场救援了。好像安全气囊都弹出来了。"我一听顿感脊背发凉，能触发安全气囊必然受到剧烈撞击，再加上我爸妈不系安全带的习惯就会相当麻烦。我立刻拨通了我妈电话，看她言语表达正常，估计问题不大。他们都坚称没撞到任何物体，这无论如何都说不通。

不过在我妈支支吾吾的描述下，我大致猜到了问题。两人这趟是去4S店搞装修，回家的路上决定抄近道试试越野车性能。车子过坑时不减速，于是就出现了他们都觉得不可思议的一幕。表弟描述的情况和我预想的差不多，保险公司已经定损，之后他就会把车开去维修。我表达了感谢，家里遇事都是亲戚们出力。我和安兰总结的教训是要避免情绪化。就我爸妈那坏脾气，两人互相埋怨的场景我们都能还原出来。

下午刚走进食堂，安兰再度打来电话。原来陶阳语文只考了80多分，这个成绩基本倒数。为避免火上浇油，我不断安慰，还连发了几个表情包缓解气氛。虽然我劝安兰不要过于纠结，其实心里相当苦闷。俗话说虎父无犬子，我从小好学上进的优点居然一点也没遗传到这孩子身上。

没心情吃饭，我转头回了宿舍。原本想让安兰看看错题集中在哪部分，却听到陶阳坚持认为老师改错了，这让我非常生气。安兰生气地说："没人像我一样每天给孩子辅导。"陶阳插话说："有啊！就是你啊！"我忍不住训斥道："你这样耍嘴皮子的行为都是小聪明！让你每天读书偏不读，到现在连一篇课文都读不下来。从今天开始睡小床。如果在奶奶来之前还是这样的表现，那你直接跟着奶奶回去！"我特意把惩罚措施定得非常严厉，希望达到猛药去疴的效果。

晚上躺在床上心力交瘁。我们并不会因为孩子成绩不好觉得丢面子，但这些问题关乎孩子未来，我们始终在盲人摸象。是给了他太多自主权，还是我们反思太多导致威信扫地？比如一再向他道歉，他反而记住了自己是胜利者。我几乎一夜未眠，甚至幻想着谁能提供个公式就好了。可现实问题哪有标准答案呢？第二天一早我就打电话回去。原本想对惩罚措施再加码，结果安兰支吾着说："昨晚还睡在大床，不过说好是最后一晚上。"我愤怒地挂了电话。安兰又心软了，尽管昨天她看起来是多么生气。

原本打算放弃晚上的击剑训练，最后想想重压之下还得慢慢来。到现场才知道大家已经进入分组对战阶段。我本想独自练习劈靶，在教练的劝说下以替补身份加入小组训练。小组一共四人，首发出战的小伙自备头部护具，动作十分专业，很快就赢得了比赛。等他下来休息时，我去请教了一番。小伙还参加了进阶班训练，可见他是真心喜欢这项运动。而我以运用所学为目标希望能展现出击剑选手优雅从容的姿态，结果上场仅一回合就被对手打得狼狈不堪。我这才深刻体会到基础训练的重要性，再简单的动作只要运用娴熟都能幻化出令对手捉摸不透的战术套路。

对战相当耗费体力，不过这种训练模式深受大家欢迎。全场表现突出的还是首发男孩，最后大家都累得动不了了，他还在四处寻找对手。

正好有个女生想找人练习，首发男孩欣然应战。从他迈上赛道的那一刻起，我就好奇他将如何面对这场对战。结果他那猛打猛冲的进攻气势一出手就把女生吓得花容失色，连观众都惊叫起来。教练赶紧跑过来查看情况，最后批评了他的鲁莽行为。小伙脱了护具一副讪讪的表情，好像不太明白发生了什么。从专业角度看，竭尽全力打好每场比赛当然是每个优秀选手的必备素质，但灵活调整应对策略也不失为另一种展现实力的手段。在这种条件下，认真你就输了。

晚上听说陶阳正在看电视，我顿时火冒三丈。安兰辩解道："这并不是短时间内能解决的事。他今天按时写完作业，态度还可以。"我认为这会导致孩子做事没毅力。争论不下，我让安兰打开免提，让陶阳听到我反对他看电视，坚持认为强硬措施还要执行。安兰叫陶阳来跟我说话，他死活不干。感觉我们的角色突然换了，之前她要蓄势发力，现在我主张严厉。细想由我扮演坏人比较合适。只是强硬措施到底能不能起到作用，我也动摇了。

投稿论文终于有了反馈。然而我一看评审结果就泄了气。审稿人希望针对产品增加实验验证环节，编辑则要求在两周内回复。由于甲方设备遥遥无期，短期内不可能开展实验。所以这两招直击死穴。这篇论文生死未卜，另一篇被寄予厚望的拳头产品居然首先阵亡——编辑直接拒稿。盼望中三箭齐发却已断了两支，这当头一棒不免让我产生严重怀疑：以我目前的能力何时才能实现目标？

# 41 峰回路转

最后一次摩擦学原理课上，尚老师介绍说摩擦是尚未破解的科学奥秘之一。我一直以为这是个很传统的学科，没想到还有很多未知研究领域。老师用模型打开的微观世界丰富奇妙，我很清楚只有真正掌握这些内容才算迈入科研的大门。然而何时才能具备迈出校门的资格？这个问题同样十分紧迫。

投稿失败的阴影未散，我再次踏上征程。重新搜寻了大量杂志，精选出最有可能的目标刊物。为避免重蹈覆辙，我决定等下周向小西咨询后再改论文格式。接下去再等两个月也来得及，毕竟现在手有余粮经得起折腾。第一篇关于仿真的论文基本成型，尽管还有诸多问题亟待完善，我也渐渐有了迈入研究队伍的感觉。当前要争取造出更多的"箭"，不信来个乱箭齐发还能一支都射不中？

周末如期推进第二篇关于仿真研究的论文。在那些焦头烂额的日子里，我注意到密封件与轴间接触角问题很有研究价值。研究需要重新建模，这并没有太大难度。不过这个设想更像是对仿真工具的实战应用，至于能否得出结果，我心里根本没底。最大的问题是经过调研找不到相关文献。按照老师在课上教授的判断方法来看，这个研究存在不少风险。所以这要么是一座无人知晓的金矿，要么就是一处无人问津的废坑。好在仿真优势就在于成本极低，无论如何总得试试，哪怕失败也能为应用提供一些参考，毕竟项目最终要用于工程实践。

规划好研究内容，我开始学习处理数据。海量的仿真数据处理起来十分麻烦。在高强度忙碌一整天后，我又发现了新的大坑。文章的精华是要从数据中提炼出有价值的结论，研究的关键不是向别人阐述你做了什么而是发现了什么。这个工作背后还需要很多专业知识支撑。毫无疑问，这又是一条坎坷崎岖之路。不过既然开始了，就无论如何也得见到结果，而且从功利角度上讲，成功了就可以连投四篇论文，单论数量就足够达到目标。

上午空旷的楼道不时传来孩子的嬉笑声。老师周末带孩子来办公室加班已是司空见惯。在这座令人羡慕的学府内，让孩子早早接受熏陶可能是很多人的梦想。然而对孩子来说，闷在这个横平竖直的大楼内肯定无聊，但她依然用笑容陪伴着忙碌的大人。我去水房接水时，小女孩正在门口等妈妈。看到孩子眼中的单纯与天真，我一下释然了。我几乎忘了一贯秉持的理念：孩子是无辜的，问题肯定出在我们身上。一味责备孩子没毅力、不努力是不对的。

我主动给安兰打了电话，本意想抛开争议回归正途。一听这两天陶阳仍没分床睡，刚升起的慈悲心又化为乌有。安兰解释说最近忙着准备考试和年终考评，还要写合同，实在没精力管孩子。看陶阳正在一旁专注地剪着纸，我之前满脑子盘算着如何升级加码的想法瞬间消散。细想我一个自律意识挺强的成年人遇到困难都忍不住想看手机来躲避，更何况孩子。此外，我们总希望在最短时间内见到最佳效果，这种想法本身就有问题。还需要给孩子足够时间，我们也要有更多耐心。

周一上午我得到了振奋人心的好消息。小西认为那篇被要求修改后再审的文章得到了审稿人认可，按要求修改完善后，文章肯定可以收录。这意味着我的一只脚即将迈过毕业门槛。至于时间要求，小西建议及时和编辑沟通，多宽限些时间应该没问题。而我甄选的那些投稿期刊，她建议都不用考虑了。密封行业本来就是小众体量，瞄准行业中那几本专业杂志就可以。之前被拒的恰好就是设计类杂志。其实我的科研工作都是围绕密封方向开展的。观念转变后，我的目标更加明确。

为了提前准备台架实验，我主动联系了姜经理。没想到设备加工进度快得出乎意料，预计下周就能调试。这不免让我着急起来。如果不能尽早启动老化实验，后续实验都没法进行，然而设备值守问题仍没有得到解决。我想到利用导师在603实验室的空房间，但这又得考虑如何把几百公斤的老化箱搬到四楼。突然想到为什么不看看有没有小型设备呢？一搜索发现还真有小型的老化设备，这样正好可以放在413实验室。

在充分评估了环境、安全、人员值守等因素后，导师同意了方案。订购的试样和密封圈还在加工，我开始联系老化箱和辅助用品。此外钢环老板表示所有东西都做好了，只是钢环有难度，师傅接连干废了好几个，现在重新做了夹具，应该很快就能赶出来，如果着急可以先把做完的发出来。我不敢催太紧，只能强调务必确保质量。

中午去参加电镜实验的路上，突然接到安兰的电话。她支支吾吾的，言辞中难掩失落。原来考试没通过，写合同又被批评了，年终评奖也一无所获。我安慰他说："要论认真程度，你可能满足条件。论其他方面，我们都差得很远。我大学第一年没获得优秀学员很失落，很多年后才明白了内在提升比外在的奖励重要得多。"安兰没说完话又着急开会去了。

进入五楼高端实验室要先穿鞋套，学习白光干涉仪时我已熟悉了流程。这次实验正好遇到妙妙，不过由于她和搭档没提前处理好试样，老师隐隐有些不悦。我忐忑说明情况后，获得旁听许可。妙妙从样品间出来已过了上课时间，老师严厉批评道："实验人员要养成严谨细致的习惯。无论做什么事都要有这种意识。"现场顿时非常尴尬。

不过很快大家就发现老师并非刻板之人，一讲课就变得风趣幽默。她能将复杂的电镜原理解释得生动形象，而且鼓励大家随时发问，号称越刁钻的问题越好。大家不时展开讨论，气氛轻松活跃。在操作阶段，老师特意嘱咐让我也动手操作一遍，这让我受宠若惊，但我婉拒了。毕竟四百一小时的费用挺宝贵，作为旁听生没理由占用。

晚上视频时，安兰还在伤心流泪，陶阳在一旁安慰。我以为她还没走出阴霾，原来陶阳在学校被人推倒磕破了眉毛。安兰生气地说："明天开家长会，我去找他家长！"我开导说："孩子之间闹着玩，没必要较真。"然而一看孩子眉毛破了挺大一块，我心里非常难受。半夜躺在床上辗转反侧，担心万一把眼睛磕坏怎么办？思前想后发现自己唯一能做的就是感激坏事没发生。毕竟这就是生活，有我们能掌控的，也有无能为力的。无论结果好坏只能照单全收。

仿真本已收官，但我在分析图形时又发现接触压力存在反常现象。这意味着所有仿真结果可能都存在问题，这么多相互关联的数据要重做实在恐怖。于是赶紧修改了模型对比研究。好在我接连重新做了三个对比模型计算都成功了。于杰帮忙看了结果也认为是合理的，这让我松了一口气。如此一来终于可以进入总结阶段。

下午钢环也到货了，再次见到自己的设计变成实物，我相当激动。不过仔细检查后，我又大为光火：铝合金装置做工粗糙，钢环表面质量控制太差。我当即质问老板拿着我的订单当招牌，最后做出一堆什么玩意儿！老板解释说铝合金可能是在热处理时发生了变形。而钢环选用的45号钢材质经不起磨，换用合金钢肯定能抛光。最后他诚恳地表示可以退货重新加工。算算时间来不及，还是优选几个钢环重新调整实验内容吧！我知道老板应该是尽力了。然而从设计到产品的距离全然映射出理想和现实的差距。无论是个人还是企业，没有点滴积累就想轻松跨越并不现实。这不免让我担心起甲方的设备来。

晚上视频时安兰正在辅导陶阳写作业。陶阳写的拼音还是容易出错，写了五句话每句都有错误。安兰生气地说："家长会上老师说陶阳喜欢说话，现在坐到第一排了。"看孩子情绪十分沮丧，我连忙亮出礼物："妈妈说你这几天知道努力了，特意让我给你买了个大城堡作奖励。"陶阳一下来了精神。安兰说我妈这两天就要过来，二姑可能也跟着来转转。答辩依然没消息，我也不知道能不能赶上孩子的生日。

出门打开水时，碰巧遇到了陆森。他去国外交换一年刚回来，现在忙着毕业和找工作。陆森感慨还是第一年生活最好。我苦笑着说："要是能重新来一回多好！"还没走到宿舍就听到手机铃声，我一看是同事的电话，顿感不妙。果然，同事通知我答辩暂定在下周二，眼下只能搭乘明早的航班才有可能当天到家。我赶紧和导师请了假，匆忙收拾东西。仿真数据和即将完工的论文都在实验室电脑里，还得带回去继续推进。

凌晨四点的校园十分幽静，平日车流滚滚的主干道空无一人。我先赶到实验室拷贝了文件，又摸黑赶往东南门。近期开通的机场大巴听说可以从校门口出发，可车站具体位置也不清楚，我只能见机行事了。好在出门没多远正好在路口赶上了车。来到候机厅，到处都是匆忙的乘客，每个饮水机旁都是端着泡面的长队，所有厕所几乎满员，大小问题一律排队。第一次在机场感受到了火车站的感觉。很快当早高峰客流慢慢散去，机场才恢复平静。登机时恰好遇到以前的同事一行三人来开会，我又幸运地搭了便车顺利返回家中。

# 42 过生日

我妈和二姑正张罗着订蛋糕。陶阳对我带回来的积木爱不释手，我建议写完作业再打开。安兰想让陶阳给大家展示一下诵读成果，但他很不乐意。直到安兰发火，陶阳却又摆出一副想哭的模样。

我拉着安兰出去散步，商讨应对之策。安兰列举了一堆孩子不愿读书的理由。我觉得核心问题是孩子没养成好习惯，应该尽快纠正他的学习态度。达成共识后，气氛大幅缓和。陶阳不仅完成了作业，还主动要求明天早起读书。然而第二天他又改了主意，不想读书只想尽早拼积木。二姑说起我一年级就知道用功了。我妈则列举了我在地边晨读的奋斗史，但这些都难以激励他行动起来。后来在吃蛋糕和看动画片的激励下，陶阳总算积极起来。

安兰带着陶阳做《进阶数学》，我开始处理仿真问题。整理数据时，我注意到组合密封圈的"O"形圈变形很大，而对应的方圈接触压力为零，这个问题有些反常。很快我的仿真工作难以为继，因为安兰和陶阳从争论变成争吵。我妈劝了几句无果，嘟囔着："这孩子怎么变成了这样？"我过去安慰说："遇到问题别害怕，多看几遍总能找到办法。"陶阳皱着眉头抱怨："是妈妈没讲清楚。"安兰说："他老惦记着拼积木，干脆收到地下室去。"陶阳嚷嚷着："这是我的东西，不让玩就不要了！"说着就把积木扔到了门外。我被彻底激怒了，严厉呵斥并威胁让我妈把他带走。我妈连忙拒绝说："他这样我带不了。"

我把安兰叫到卧室。她认为没必要对孩子发那么大火。我认为无论是做题还是学拼音都是小事，习惯养成才是大事。如此本末倒置的培养方式自然会造成困境。安兰听不进去，我也很不高兴。这时门缝里突然塞进来一张字条：爸爸我错了，你别训妈妈了，要训就训我吧。我把陶阳叫来，指着字条郑重地说："这就是学习的好处，你可以把想法展示给别人。不过你得先把上面的错字改了。"我们都笑了，家庭氛围终于回归了正常。

答辩时间仍未明确。我的材料都准备好了，可想起处理上千例故障的成果又不太自信。万一评委问起数据来源，如今身为科研人员的我该如何解释呢？索性拿出故障记录本挨个数了一遍。两年内有记录的故障接近二百例，工作中通常只记录典型故障，按照十选一的比例应该够了。想想自己这些年在工作中积累了不少经验，可在实验领域还没跳出小白身份。手头的仿真问题越发棘手，重做多个模型都没能验证假定，这让我越发慌张。

家中祥和气氛也没有持续太久。陶阳午休后穿衣磨蹭，还抱怨安兰不帮忙，最后开始拳打脚踢。我警告他自己走路去上学，他嘴里絮叨不停，气得我把他推倒在地。陶阳最终挂着泪花走了。我埋怨安兰狠不下心结果弄成这个局面，比如分床就是例子。安兰认为没有必然联系。我反问："那什么事有必然联系？"她支吾着说不出口。我知道我妈的出现可能让陶阳觉得有了依靠，但如此糟糕的表现也怨不了任何人。多年来打掉牙往肚里咽的情景经历太多，眼下这个局面还得让我爸妈看笑话。想到这些我的头都要炸了。

最无奈的是，我现在连生闷气都没时间。仿真结果出错的可能性越来越大，一想到要面临推倒重来的风险就让我心惊肉跳。最后经过一下午测试发现了问题。所谓的反常现象其实是源于我没能理解组合密封圈的工作机理，这也是没接触过实物埋下的隐患。由于我在仿真建模时没考虑到密封圈内径，所有轴对称模型可能都是错的。千仔细万小心最终还是没能摆脱掉进大坑的命运，这就是学艺不精导致的。

吃完晚饭，我带陶阳去少年宫学琴。兴趣班只有两个孩子，陶阳在课堂上很认真，可基础还很欠缺。回去的路上，我给他讲了自己大学时学吹笛子的经历。当时我们几个初学者都恨不得赶紧吹首歌让人羡慕，有个叫阿峰的哥们儿却不一样。明明感觉他水平很高，可刚开始从没听他吹过一首歌，每天只重复练音阶。最终我们一无所获，他却能登台表演。如今阿峰的照片都挂回学校成为学弟们的榜样，这并非偶然。不知陶阳能否听懂，希望他能借此培养出耐心和毅力。

刚到家，我就接到答辩通知。第二天一早就要开始，每人只有五分钟。几十页的 PPT 来不及改了，但形象还得注意一下，于是我立刻赶往商业街理发。理完发回来发现安兰和孩子又陷入了争吵的境地。为防止事态失控，我赶紧过去帮忙辅导。这次是数学配套教材，我耐心提示他如何寻找解题思路。陶阳只是胡乱猜测，继而哭诉抱怨。我问安兰平时都是怎么应对的，安兰说："吵一架就好了。"我知道她不是在开玩笑。

我妈散步回来直接回房间关了门。陶阳嘴巴上不服输，你说一句他要回两句。安兰发火拿走了作业，陶阳哭喊着追出去抢回本子并转身把门关上。安兰冲进去质问道："为什么回来就发脾气？"陶阳躺在床上哭喊着："我心里不舒服为什么不让我发泄一下？听你们的有什么用？你都是对的，我都是错的，行了吧？"此时我已忍无可忍，时间都浪费在吵架上了。我说："你上楼就抱怨作业太难，没写两分钟就开始发火。你跟着奶奶回家就不难受了？"安兰要收拾衣服，他又跑去阻拦。最后他的哭嚷加嘴硬耗尽了我的耐心。我狠狠打了他屁股，把他的床铺也扔了出去。安兰要把他推到门外，我担心孩子穿得太少又把他拉回来。陶阳的嘴巴终于停了下来。

无数育儿宝典都强调要正面鼓励，但自古也有棍棒底下出孝子的说法。就童年经历来看，小时候离开奶奶后我没少挨揍。我爸虽很少打我，可坏脾气也是随时爆发。而陶阳一直感受着呵护，根本不知道体谅父母。细数我们一次次反思换来的却是他的飞扬跋扈，我甚至一度怀疑这些育儿作者有没有亲自带过孩子？是不是有意美化了这个过程？就像人类发展史无不伴随着血与火的历程，后人却常常刻意淡化。即便是写论文也同样选择性遗忘了艰难探索的过程。

家里一片狼藉。我的内心无尽酸楚。我们不玩游戏，没不良嗜好，业余时间全花在孩子身上，为什么会得到这样的结果？回想我们与父母的紧张关系，是不是无形中给孩子带来了不良影响呢？岳母生气时常絮叨：将来你的孩子也会这样对你。这话难道成了现实？为什么陶阳会刻意追求和大人平等？比如他反复要求应该给他和妈妈单独讨论的机会。我甚至怀疑是不是我们每次遇事分析太多导致的？原本就是些难改的小毛病，在归因分析下，他逐渐学会了找理由。不过若以实验的视角看，影响因素实在太多。文献查不了，经验又不可靠。想当初看别人的问题是明察秋毫，还自诩能带好兵就能带好孩子，现实却狠狠给了我一巴掌。

最后说起开车出行，我感觉找到了问题的核心所在。比如我每次遇到问题时总会生气发火，孩子可能也在潜移默化中学到了这样的做事方式。他不正是过去那个我的缩影吗？深入剖析后，我觉得还是不自信在作怪，以至于总想追求最优解。然而最优解的代价往往是信心受挫，继而导致不良情绪持续传导。明白了这个逻辑，我的心里又异常难受。陶阳生性胆小又希望表现得很棒，当他被情绪控制时，只能一再使用我无意中示范的方法。想到孩子面对困境时，非但没得到帮助，反而被无情责备，我们都忍不住流下了眼泪。

就今晚的事我们也制定了对策。首先不能随意道歉，因为他没有分辨能力。其次不再用言语威胁，这样的做法只能适得其反。最终还是要通过设立一些容易实现的小目标，引导他逐步改变认知模式。从卧室出来，我们一起去看他写作业，好像什么事都没发生。陶阳很吃惊，动作也快了许多。写完作业，安兰带他一起收拾了床铺。说起来他总担心写不好字要重写，我安慰他只要用心肯定没问题。陶阳晚上给我们读完故事后，主动要回小床睡，我好说歹说总算把他留在了大床上。

参加答辩的人很多。考评要完成口语测试和述职答辩两项内容。为了不耽误进度，我带了笔记本去现场，在等待时继续跑仿真。眼下出错的仿真模型没有任何补救措施，只能推倒重来，我现在只希望能在返校前做完。忙碌中，导师发来了几张设备照片，我看完激动到忘了所有烦恼。亲手设计的试验台终于诞生了！试验台非常精致，瞬间感觉所有苦累都值了。不过仔细查看图片却发现设备改了结构，这会对甲方新增实验产生影响。我赶紧给导师反映了情况。

没来得及细说，考评轮到我上场了。口语测试是随机选择翻译一段话，我抽到的内容是关于乐观和悲观的介绍。经过这么多磨炼，这种入门级对话根本不用准备。不过在述职答辩时却被问到"焦黄"。现场评委都指出材料不严谨，有人指出五年任期不可能只干了这么点工作，有人指出述职报告还有文字错误。答辩完毕，我返回单位修改材料。这才发现工作内容只填了三项，难怪被评委痛批态度不端正。

陶阳下午又念叨着不想上学，因为有测试。我心平气和地安慰说："我学习也遇到了巨大问题。尽管犯了错误，但改正后也进步了。"晚上他的情绪变得很糟糕。嘴上说想做作业，看得出来是害怕了。作业是一张语文试卷，我看了也很惊讶，很多题居然一眼看不出答案。陶阳还没上手就恢复了老状况。我提议与其在家生闷气，不如去超市给奶奶买些在火车上吃的东西。我妈想多待几天，我建议还是回去吧，孩子情况还不稳定。

从超市回来，陶阳很快写完了作业。我妈带着他出去玩，安兰陪着二姑说话。还没换房子时二姑来过，当时正赶上我和父母关系降到冰点，二姑开导说我爸妈都是大方的人，让我别太计较。没承想这次又赶上我们教育孩子这事。二姑没明说，只是好奇为什么那天教训完孩子，晚上又带着他在大床睡呢？还让我想想我爸妈如何带我的。她的记忆中我妈到哪儿都很骄傲，逢人便夸她儿子学习好。我只能露出苦涩的笑。想当年我爸妈拿我撑面子，结果是越来越有面子。而我不在乎面子，反而越来越没面子。

二姑准备去K市看朋友，坚持不带吃的。我们准备去商业街给她买两瓶酒。一路细想二姑的话也有道理，小时候我妈再想收拾我也得等客人走了，而我们连这个耐心都没有。我觉得应该试试其他思路，比如日常批评要减少，尽快帮孩子改变做事态度，同时也要避免琐事中的无效催促。安兰担心笑脸多,他又会得寸进尺。我觉得我们自身需要改变,同时对待这种行为的方式也要改。

陶阳晚上主动写了日记,还收拾了书包。大家都很高兴。没想到睡前再次出现问题。安兰用毛巾给他擦了脸,他就发起火来,直接躺在卧室门口耍无赖。我走过去轻声说:"这样不好!你也听到了我们的讨论,我们都不想那样对你。那种氛围你喜欢吗?"他摇摇头。我说:"你要哭就坐到椅子上痛痛快快地哭。"他很快站起来做自己的事了。

我妈和二姑第二天一早出发。我送她们去车站,两人走了不同方向。有时生活的巧合让人无奈。上次二姑见证了我和父母决裂的场景,这次又看到孩子和我们的决裂场景。当年换岳父岳母来带孩子时,我说关系再搞不好,肯定是我的问题,结果不幸言中。我们毫无疑问存在不能容人的问题,这可能是独生子女的心态。等陶阳起床,我们没像往常一样催促他喝水吃饭,只告诉他如果饿了要记着是早餐没吃好。我也有意讲了多吃菜的好处,比如跑得快的小动物都吃草。陶阳听进去了。看来试着变说教为讲故事也是提高情商的表现。

下午放学时,陶阳激动地说:"我今天得了100分,全班只有四个人得了100分!"安兰高兴地说:"老师在群里表扬了陶阳。可惜你奶奶已经走了。"我知道安兰的意思,明明是长脸的事情却来得不是时候。回到家中,陶阳很快吃完饭,写作业也很认真。等他写完语文卷子,我们一起拼了积木。感觉阴霾终于散去。

晚上又遭遇不快。陶阳刷牙很敷衍,洗澡也是象征性地前后抹两下。看网上别人的孩子很自律,我们轮番教育半天,他没有任何触动。洗完澡,安兰准备了牛奶,陶阳说要喝酸奶,结果再次爆发冲突。最后他躺在小床上生闷气。本来一天都是祥和状态,没想到出发前还是留有遗憾。但这就是生活的常态吧。

# 43 老化实验

火车一路过山洞信号不好。能打通电话时，陶阳又不高兴了。两人刚谈完话，安兰说什么陶阳觉得小朋友老扣他分，我提醒她不要陷入细枝末节的问题中。安兰认为了解孩子的真实想法并没错，我觉得很多情况到底是实情还是借口很难分清，不如讲讲孩子的优点。以前对很多问题没当回事儿，但亲身经历的那些尴尬场景不禁让人心有余悸。我建议安兰当前要对陶阳的各种不良习惯实施精确打击，比如这次要围绕孩子害怕困难发力。切记孩子出现问题时就是需要大人帮助的时候。

赶到机场顺利登机。飞机起飞后即进入黑暗状态。在黑夜中出发，又在黑夜中返回。夜晚城市灯光如此璀璨，坐在飞机上看万家灯火，心中莫名激动。落地后我给导师销假。导师说："甲方正在工厂验收，马上可以去做台架实验了。新增设计也让康康发给他们了。"所有内容都交接过了，我很纳闷这个新增设计是什么。

回到实验室后，我随即开始准备台架实验。上午康康来找同屋小伙儿搬设备，我帮着一起送到实验室。康康好奇地问："你做的是什么？老师前两天让做个油缸推动齿轮的东西，说签了合同却没看到，甲方挺着急。"我当即联系了姜经理，他说在文件中找到了。我想起来操作系统有三个页面需要切换，甲方大概没看仔细。而对于我提出的设备布局问题，姜经理以为我要更改结构。经过解释，他才明白是他们变更了设计。看来只能到现场想办法解决。姜经理建议我下周和甲方一起去。我随即给导师报告了情况。导师让列个清单，将一将提供给甲方的文件，将其作为项目进度报告。我算了算不到一年时间给甲方提供了二十六份文件，还不包括设计图纸。

眼下需要尽快启动老化实验。密封圈和老化箱都已到货。经过测试老化箱性能正常，眼下只差测量试样表面硬度的仪器。我找小熊借了测量橡胶的硬度计，而测量PTFE的硬度计没着落。导师想起实验室有台测量塑料硬度的仪器，我去现场看了，应该可以满足要求。忙碌到晚上，所有实验条件完全具备了。我仍在小心检查方案，生怕遇到仿真那样的大麻烦。

天气越来越冷，晚上锻炼的人少了许多。我给家中打了电话。安兰说陶阳近来表现不错。我担心她被短暂变化蒙蔽，特意提醒她要未雨绸缪。不过想想自己有时过于悲观，就像答辩时抽到的那段口语翻译。无论对学习还是孩子教育抑或是家庭生活，大抵都如此。尽管告诫自己不要陷入那种状态，但有时身处其中也不自知。

第二天一早，我准备启动实验。然而打开老化箱就傻了眼。昨天测试设备时忽略了水质问题，盛放自来水的圆桶内结了厚厚一层水垢，前后耗费个把小时才清理干净。此外按照既定方案，密封圈应装在铝合金模具上，结果发现一个都装不上，仔细斟酌后只能放弃。经过一上午折腾，老化箱正式开机运转。我在实验表格上记录了时间：2019年12月3日。

江涛下午预约了白光实验。本想跟着测一下钢环表面粗糙度，结果设备忙得轮不上，我转而继续推进仿真论文。重做的仿真内容基本完成，我再也不敢掉以轻心了。重新检查设置发现密封间隙存在问题，无奈又做了十几个模型对比。忙到很晚才修改完文章，这已经是改动的第七版。在食堂吃晚饭时，我突然又对仿真中的渗透法不那么有信心。返回实验室，我又迫不及待地测试了新方案。这次终于解决了问题，可之前的内容又白做了。感觉转了一圈好像又回到了半个月前，不过我这次对仿真结果再没有任何怀疑了。

正在冲刺考研的小方包揽了夜间值守任务。按照实验计划，试样要每日检测表面硬度，每隔一周取出一组供后续实验研究。表面硬度测量仪是手动操作，按标准要在一秒内读数，我试了几次发现误差太大。这对抗老化能力较强的PTFE材质来说几乎没意义。测量到第三块试样时，我注意到当把试样转换某个角度后，数值明显出现变化。查询后才知道仪器使用前还要调平底座。虽然复测数据差异不大，我还是决定全部重来一遍。

摩擦学实验只剩原子力显微镜实验。与电镜原理不同，这是用极其尖细的探头去物理触摸待测物体表面。两者都是顶尖测量手段，老师也提醒大家高端设备不一定最适用。比如外单位送来的样品，其实没必要用这个设备。我正筹划磨损实验后用上电镜，好让研究看起来更上档次，看来还得再斟酌。最后一个实验圆满结束了。我向老师和同学表达了谢意。作为旁听生，我没受到区别对待。作为问题先生，我的诸多问题总能得到耐心解答。这门课程拓宽了视野，对我的实验规划产生了很大帮助。

安兰去学校参加了公开课。据说老师提问时，别的孩子都把手举过头顶，陶阳只举到耳朵后面，有时还悄悄放下。我觉得这与我们平时的教育方法有一定关系。我总是强调低调，其实正向激励更容易让人坚持。安兰说老师特别表扬了陶阳，说他期中考试没考好，但上课一直很认真。现在陶阳放学前就能完成作业，日记每天都在坚持写。想想如果当时采用强制办法，也许孩子也会改善，可我们会在错误道路上越走越远。

晚上，巧薇在同学群中推送了一篇国奖专访。廖俊不负众望成功问鼎。三年来他的科研成果真不少，SCI论文就发了两篇。廖俊的付出确实和标题一样：努力踏实也是成功的捷径。随后选培群里也传来魏尧获得国奖的消息。两人一时间收获无数夸赞。有人羡慕之余表示现在努力已经晚了。我倒觉得除了获奖时机晚了，其他方面应该不晚。

转眼到了周五，恍惚间又没了时间概念。每天测量数据成了新的生活习惯。下周就要取出第一组PTFE试样，我赶到实验室提前熟悉设备。按照说明调试完设备后，却怎么都测不出数据。辗转联系到厂家也没解决，最后查看设备工作原理，我才明白了缘由。这台洛氏硬度计利用的是力和位移之间的关系，再根据不同压头面积算出硬度值。由于PTFE材质相对硬塑料太软，对这台仪器来说就是没硬度值。看来我的实验理论也没白学！

给导师报告了情况后，我又紧急下单购买了邵氏硬度计和配套支架。这次我选了价格较高的双针表，店家许诺下周能到货。忙完已过了饭点，晚上还有击剑训练，最近膝关节老毛病又犯了，我决定留在实验室继续整理仿真内容，论文还有大量数据需要处理。经过这两天的努力，我学会了制作专业图形，终于理解了一幅好图胜过千言万语的含义。回想第一次修改论文格式时的窘迫，现在就像跨过了学习太极拳时的初学者阶段。

回去的路上，我给安兰打了电话，没想到家中又开始大闹天宫。因为作业改错的问题，陶阳闹起了情绪。安兰气得要把孩子推出门外，我质问道："还要吵个输赢吗？为什么总要陷入死循环？"她直接挂了电话。我在空无一人的操场上走了很久，渐渐冷静下来。再次拨通电话，陶阳恢复正常。我说："不要怕别人说你错了，妈妈指出错误是在帮你。你受表扬不正是因为改掉了错误吗？"我没有和安兰说话，一想到这么冷的天把孩子推出门外我就来气。

回到宿舍，我的膝盖隐隐作痛。想起抽屉里那盒放了三年的艾灸，我对照说明书上的穴位一次点了四个。房间里很快烟雾缭绕，我担心引发楼道火灾报警，只得在寒风中打开了窗户。待艾条燃烧完毕，我又用水逐个浇了一遍。正准备关窗户时，楼内突然传来敲门声。我开门查看情况，几个保安正在挨个检查宿舍。

其中一个年纪大的保安问："有没有闻到烟味？"我意识到肯定是艾灸惹事了，赶紧主动解释情况。这个保安回头对其他人说："这下明白了！应该就是这个味道。"他转头对我说："你得给同学解释一下。他们没接触过这个，以为楼里发生了火灾。刚才找了几圈没找到，差点就报告综合管理处了。"原来是同学给值班保安反映楼内有烟，队长带人楼上楼下找了半天。我赶忙把剩下的艾灸拿过来，队长一看说："这个不是用明火点的吗？楼内不让用明火。"我当即承认错误并表达了歉意。

第二天吃完早饭准备出门，突然又出现敲门声。两个楼长过来进行安全检查并让我写出情况说明。对于刚刚完成三篇论文的人来说，写个说明真不算什么。我讲了事情的来龙去脉并将使用艾灸的必要性讲清楚了，最后承认错误让整个说明有些检查意味。赶到楼下，值班室只剩一个楼长。她看了情况说明后，关切地问："你这个关节问题还能不能治好？"听到这句话，我的怨气瞬间消失。楼长说："你们楼长休假，得等她回来处理。现在把艾灸带出楼吧！"

上楼取了艾灸交到值班室，时间已过九点半。想想昨晚惊动那么多人来排查，确实是自找苦吃！不过路过十字路口时，我还是深切体会到了欲哭无泪的感觉。别人双手撒把骑得欢，而我是稍一逞能就被撞。别人苦读三年一飞冲天上头条，而我是苦熬三年犯个错就被逮个正着！

还没走到实验室，安兰打来电话说陶阳发烧了。我说："你昨天是不是把他推到外面去了？"她说："就两分钟。"我说："你忘了我给你说过惩罚新兵把人家手都冻裂的例子吗？"安兰不吭气。我说："你不跳出狭隘认知，怎么希望孩子走出来呢？"这次我主动挂了电话。虽说赏罚分明是好事，但真心相助效果更好。就像楼长并没有指责过错，而是很关切地询问病情。安兰的方法有问题，但一个人带孩子不容易，而我大多时候充当幕后指挥。还是尽快翻篇吧！晚上陶阳病情也没加重，安兰也诚恳接受了意见。

小西也开始做仿真了。听着她和于杰的讨论，我知道她刚进入初级阶段。回想自己走过的"沼泽"，不禁唏嘘感慨。无论道路如何曲折，困难已被我远远甩在身后。目前两篇仿真论文基本完工，这次尝试用仿真来解决实际问题，应该能获得编辑重视。此外，那篇被拒论文经过修改也具备了投稿条件。俗话说慢工出细活。我决定等等再投稿，每次信心满满的时候冷不丁就是当头一棒。

路过系办时，意外看到吕博士论文答辩的通告。我正盘算着是否有空去现场看看，忽然收到姜经理发来的消息。他开口就问电机功率是怎么设计的，我顿时紧张起来。鉴于近期在多个低级问题上翻了车，搞不好又是个大坑。我赶忙拨通了姜经理的电话，原来甲方在现场验收设备时发现电机发热严重，据说已经烧坏一台。姜经理要求提供计算报告，还建议国产设备选型要加大余量。这下真麻烦了！整个项目都是我在做，想找个背锅侠都没有机会。

# 44 项目问题

陶阳又拉肚子了，可我连分析病情的时间都没有。重新查阅计算报告并没有发现问题。虽然当时我是新手，但整个过程严格遵循了规范。幸好我的维修经验及时发挥作用。我怀疑电机过热很可能来自装配误差。设备关键零部件精度要求很高，没技术实力很容易出问题。我提醒姜经理仔细查看制造和装配过程，还要排查变频器或电机低速运转导致的散热不良问题。姜经理说加了外部风扇，我认为这肯定没什么效果。

电机发热原因很多，不去现场无法掌握实情。我决定力争下周去工厂做台架实验。

姜经理随后又发来甲方的实验流程。这些内容都是从我们提供的实验方案中摘取的，并没有太大问题。不过仔细看完全文才发现原来甲方搞错了实验目标。他们想测试最大扭矩，而实验目标是希望扭矩越小越好。经过这一番解释，姜经理表示马上重新测试。尽管我也有撇清设计责任的想法，但毕竟是我设计的第一个产品，总希望它完美无缺。

这个突发情况已影响了我的投稿进度。顾不上吃晚饭，我赶紧把两篇仿真文章投出去。手里还剩那篇被拒文章，干脆也投出去算了。这个杂志要求把文章发到编辑邮箱就可以了。终于完成了三篇文章投稿，心中石头总算落地。想起吕博士的答辩，我赶紧发了问候。吕博士答辩顺利通过，他预祝我早日毕业，顺手也给我戴了顶高帽子。他觉得我如果不被耽误完全可以博士毕业了。我苦笑半晌，我的起点本来就低，到最后才明白科研的"套路"，时间又所剩无几。

陶阳病情好了不少，听到孩子熟悉的笑声真让我欣慰。然而投稿工作的进展又让我紧张起来。本来计划撰写台架实验方案，我却发现那篇设计文章居然有了回复。编辑说文章需要完善后再交给主编审核，七至十天就可以确定能否录用。这是目前投稿中最接近发表的一篇了，我却没有一丝激动心情。这么快的流程很可能意味着杂志没有审稿人把关，万一出问题还得自己扛着。我只能停下手头工作重新修改，很快就发现多处细节错误，越检查心里越不踏实。

第二天上午，朝思暮想的硬度计终于到了，我一路飞奔到快递点取货。进电梯时碰巧遇到卢老师。说起因病去世的曾老师，大家心里都很沉重。卢老师关切地问起我的科研情况，我说了有限元的帮助。其实再多的赞扬也难以表达这门课给我带来的启发。回到实验室，我迫不及待地组装好仪器。测试结果非常完美，双针仪表巧妙解决了读数难点。我当即决定把测量橡胶的仪表也换了，可要废掉之前所有数据又让我左右为难。

这时姜经理打电话说找到了问题。测试发现电机减速比远小于设计值，电机售后也承认存在这种问题。所以解决方案就是重新购买更大减速比的电机。听到这里，我长舒了一口气。仔细看了整改方案，发现甲方选的实验参数严重超出密封件的使用条件，显然这也是问题。我反馈了情况并督促姜经理尽快完成空设备空载扭矩测试。

下午姜经理发来了测试数据。设备空载扭矩在 36 上下，这说明设计、制造、装配环节都没问题，根源就在于错误的实验方案。甲方只是盲目选用了我们实验方案中的两个最大值，没有分析应用目标以及参数意义。项目要验证的是极低转速下的承载情况，高转速对工程没意义。我也直观认识到了数据的魅力，一个数据就能说清所有问题。

晚上支部组织活动。第一组试样也达到设计老化时间，我也将获得一组重要的数据。虽然从装满热油的桶中打捞出密封圈非常麻烦，但是我的内心着实激动。取出所有试样后，我来不及清理现场，匆忙赶到会议室参加班级恳谈会。如今的会场气氛与以前大不相同，谈及科研就显得有些压抑。全场除了乐观的思宇和谦虚的廖俊，这个阶段大家都倍感压力。于我而言这倒是个里程碑式的节点。以前总感觉自己的科研工作拿不上台面，现在情况大为改观。此外关于进入京海大学我也找到了正规途径，原来可以以借书的名义进去。

回到实验室，我赶紧开机启动实验以免影响下次取样时间。记录数据时，猛然发现居然把取样时间弄错了。算起来到今天不是第七天而是第八天。复测发现数据相差不大，但实验程序必须合规。经过慎重考虑，我最终决定放弃所有数据。这意味着之前连续十四天采集的数据都要重测，原本可以拿到一组对比数据也没希望了。这一刻我明白了很多。科研工作确保流程完整不难，但具体过程和细节还有很大自主空间。强调科研工作者的学术素养正是体现科研价值所在。否则得出错误结论又有什么意义呢？

我的那篇设计文章收到了正式录用通知。导师表达祝贺并批准了录用付款证明。至于专利审核，导师让我登录账号自己填报。整个过程比较简单，我直接在系统里就完成了提交。早出晚归的日子总算告一段落。趁着短暂闲暇，我准备把经管课程作业提上日程。这大概是读研期间的最后一份作业。我计划结合亲身体验谈谈对农村现状和未来的思考。回想儿时生活很艰辛但也充满乐趣。随着老一代人远去，农村未来会呈现什么样的局面呢？农村如何与城市竞争呢？

周六踏实睡了个懒觉。起床发现窗外白茫茫的一片，冬天悄然来临。安兰一早打电话说准备带孩子去医院，据说陶阳嗓子疼得话都说不出来。这让人不免紧张起来，因为嗓子疼往往预示着病情比较严重。我说："昨晚不是还好好的吗？"安兰说："昨天上体育课，陶阳负责整队。小朋友们不听话，他喊了一下午。"我笑着挖苦道："你真是个神医！得告诉孩子这就是用进废退原理，用不着去医院。再说入冬前生场病也是好事。"

下午茶社举办了最后一次活动——《茶经》导读。主讲老师从陆羽生平开始，精妙解析《茶经》文字。以前总以为传统文化笼统、模糊，这堂课彻底颠覆了我的认知。《茶经》从源、器、具、煮、饮等方面详细介绍了与茶有关的所有知识，区区一个泡茶过程就做到了细致入微。这种专业精神完全不输在英文写作课程上看到的那篇 19 世纪的论文。两小时的课程让我第一次在品茶课上忘记喝茶。

晚上陶阳开始伴有发烧症状。这下麻烦了，搞不清是不是嗓子喊哑导致的。我认为可能是叠加户外受凉导致的发烧。当然这是最好的情况，现在并不能排除其他传染性疾病。安兰生气地说："下次谁不听话就要扣分，别只扯着嗓子喊。"原来陶阳担心别人不给他投票，不好意思扣分。我建议孩子："要尊重大家的意见，不是特殊情况没必要太严厉。"

  第二天一早安兰带孩子去急诊做了检查。情况不是很乐观，医生说嗓子充血很危险，要吃激素。一听血象指标都正常，我不同意用激素。安兰说："医生都说了很严重，怕肿得再厉害会把呼吸道堵了。"我说："急诊医生偏保守，不如等周一去看专科。"好在陶阳睡了一下午就退烧了。我打趣说："幸好没像你妈一样给孩子乱吃药！这些年啥情况没见过？"安兰说："再难的情况你都不在家。"这话不假，但我记录了陶阳自出生以来的所有病症，这次为了排除手足口病，我甚至还查了文献。

  工厂那边也传来了好消息，姜经理说甲方设备完成了整改，我准备出发去现场做台架实验。听我询问工厂零件的表面粗糙度如何控制，姜经理声称他们是专业厂家，这些都不是问题。我其实想看看钢环有没有解决办法，眼下摩擦所的白光设备到放假都预约不上。明天取试样的工作只能委托江涛帮忙。为防止危险，我提前准备好了所有工具，又手把手地教了他操作步骤。至于测量数据，还是自己回来干吧！最近发现不同操作手法也有影响。比如按压速度不同，测量结果相差很多。而刚测的几组数据又没有统一标准，所以还得从头再来。

  周一，陶阳的病情好多了。医生开了雾化治疗并建议打针。安兰让他做完雾化就在家休息，结果他在家看起了动画片。我们狠狠训斥了他一顿。想想最不应该喊叫的还是我，潜意识中，我大概总希望靠吼叫去树立威信。在学校感觉自己情绪控制得不错，回归生活才能明白大隐隐于市的道理吧！睡觉前，保安突然敲门让我签署一份书面警示。这事我都忘了，应该是楼长回来了。

## 45 台架实验

赶到机场又是人山人海。进入安检通道，前面的中年男人急着往前靠，导致上一个乘客完不成拍照。值机台反复提醒，他纹丝不动。我以为他第一次坐飞机，好心提示他后退，他却嫌我多管闲事。年轻时我可能会和他理论一番，现在多看他一眼都不愿。我刚上飞机，江涛就发来信息：准备取试样。之前交代的事他没听明白，我只能打语音指挥着操作。遗憾的是取样时间早了三个小时，但我不好意思让他等太晚。从科研角度理解，如果控制这么精确都无法验证规律，那么这个规律肯定有问题。

飞机落地时，天空正飘着小雨。在门口坐上厂家的车，司机又开到其他航站楼接人。这个客户据说是来催货的，因为工程赶工期，要确保看到产品装车。从机场到工厂还要走两三个小时，一路上雨越下越大。不过想到台架实验我又激动难耐。那篇要求补充实验数据的论文总算见到了希望，只有这篇文章被核心期刊录用，我才能正式达到毕业条件。

车子下了高速，雨也变小了。姜经理在门口热情迎接我们。他先组织人陪同客户开会，又让秘书带我去会客室休息。我执意留在大厅看看企业展板。这两年参观过不少企业，像这样的家族企业还是第一次见识。姜经理坚持带我上二楼会议室了解企业文化。他爸是创始人，接我的司机是他哥，他负责企业管理和销售。回想我们初次视频时的尴尬，人确实要有度量。

来到加工厂房，我迫不及待地想直奔主题。姜经理邀请我再看看企业制造能力。原以为他们只是做液压站的小工厂，没想到工厂主打全自动液压驱动闸门。有毛坯加工、CNC车床加工、组装、焊接、测试等几大车间，具备全产业链制造能力。这样看来，之前担心的问题实属多虑。姜经理介绍工厂一直产销两旺。听说甲方也催促发货，我更希望尽快开始实验。

在穿过三四座厂房后，我一眼就看到了照片中的设备。没等姜经理开口介绍，我就冲了过去。设备太漂亮了！左看右看都不过瘾。从最初的一无所知到完成构思，这期间经历了多少困难？从一个个简单零件到一份份加工图纸的出炉，又走过多少弯路？一步一步艰难走来，个中滋味只有自己最清楚。

对照现场实物，我指出了更改设计结构带来的问题以及解决方案，他们表示会尽快想办法处理。现场没有联调设备，大家很难理解问题所在。而且甲方既然已验收设备，我这就是在给工厂增加负担，但现在处理总比日后处理好。至于电机发热问题，我解释了实验参数不合理的问题。姜经理说已按甲方意见重新订购了电机。我也不再坚持了，这个问题不了解密封知识是难以理解的。而且作为设计方不应该越俎代庖，显得太强势。

随后，现场负责装配的侯师傅启动了设备。看到控制系统中的熟悉画面，我瞬间体会到设计师的成就感。我希望立刻开机测试，侯师傅说做控制的魏师傅不在，明天一早过来。我问："甲方对这部分有什么意见？"姜经理说："甲方说缺了一个油缸推动齿轮的东西。我们当时也不知道是什么。最后他和老师联系说合同没完成。"这下总算明白了原委，就是一个细节引发的误会。本想再了解一些技术细节，姜经理建议先去食堂吃饭。我这才意识到耽误了工人下班，连忙表达歉意。

第二天一早我提前赶到现场。魏师傅负责 PLC 编程控制。他向我演示了系统功能。我更关心设计目标能否实现？电机发热问题有多严重？经过一番操作演示，我心满意足。所有目标都实现了，除了电机发热的问题没出现。现场的师傅们都说高转速长时间运转就会出现。这说明故障确实是超载引起的，系统本身没任何问题。

屋外小雨淅淅沥沥，设备恰好在门口。此时从门外吹来的阵阵冷风也抵挡不了我的热情。试机完成后，我便开始进行台架实验，按计划先测试密封舱内这组密封圈性能，然后再换上我带的两种密封圈测试。然而很快，我就发现控制系统存在不少问题，魏师傅当即打开电脑蹲在现场改程序。于是我亲自动手操作设备，随即又更改了很多与设计初衷不一致的地方。写程序的人往往只专注实现具体功能而没领会设计者的意图，做出的东西能用但整体感觉很不协调。所以强调执行者具备宏观视野非常重要。修改程序十分烦琐，魏师傅认真解决了每个问题。我知道自己并不是甲方代表，可总想把问题及时解决。经过不断改进，控制系统非常好用。我也能熟练操作设备了。

临近下班，秘书过来叫我吃饭。可我连第一组数据还没采集完，我总算见识到台架实验的复杂性。原以为只要像摩擦学实验那样严格按方案执行即可，可现场多种因素相互影响，理想中保持某一参数恒定的情况根本做不到。比如实验中密封舱升温很快，这种困油现象在文献中看到过，在现场才明白含义。吃完饭，我戴上护膝返回现场继续测试。姜经理安排了一个老师傅过来帮忙测量我带来的钢环。工厂常用的是检测仪和样板，这种检测思路明显和科研目标不一致。看来回去还得预约白光实验。

经过连续奋战终于采集完第一种密封圈数据。尽管大家都表示愿意加班，我还是停止了第一天的工作。返回宾馆后，我就忙着整理实验数据。虽然提前做了详细规划，但没想到现场这么复杂。整理对比后，我发现数据还有不少问题，明天还得补充测试内容。为防止师傅们一早拆了密封舱，我赶紧又给姜经理发信息。此时已是深夜一点。查看邮件发现仿真文章已收到杂志社回复，编辑要求重新修改论文格式。这只能等我回去再处理了。

第二天气温骤降，我赶到现场正好采集了一组低温数据。待温度上升后，重新采集了几组数据以使研究结果更具说服力。我已经意识到数据量并不是越多越好，选择最有代表性的数据才是关键。随后更换密封圈的过程非常困难，特别是拔轴过程相当麻烦，三人合力试了很久才取出来。我萌生了重新做台设备的想法。只需增加一套拔轴装置即可，那台被换下来的电机正好可以为我所用。此外轴上的磨痕引起了我的注意，这说明密封面出现磨损。这个问题可以在磨损实验时进行深入研究。

更换完密封圈后我立刻开始测试。两种密封圈性能差异明显，数据上一目了然。我已熟练掌握操作技能，实验过程相当顺利。还有最后一组密封圈需要更换。这时密封舱温度很高，工人们为节省时间直接开干。这让我备受感动。所谓的科研实验对他们来说只是增加了工作量，但大家感觉能给科研工作帮上忙都挺自豪。

设备即将安装完毕，姜经理带着一群客户过来参观。他的营销水平很高，这标识牌一挂就是最好的广告。大家进门先看这个设备，甚至有人还拿出手机拍照。我向姜经理盛赞了现场技术人员，没有他们实验做不完。为了给工人减少一些劳动量，这组密封圈不准备拆了，等发货到甲方场地后再取出来。

这是最后一组实验，所以我做得格外仔细。秘书再次过来叫吃饭，正好到了温度变化的关键环节，我让工人们先走了。最后在偌大厂房里，只剩我一个人操作机器。采集完主要数据后，姜经理打来电话一再表示大家都在等我。此时系统温度迟迟没升到理想状态，我只好匆忙赶往食堂。由于是中途到场，我不用多说话。不过姜经理已经向众人介绍了我，如果摆出一副拒人于千里之外的模样也不合适。很多人都对我很感兴趣，但我没给他们开启话题的机会。快速吃完饭，我立刻订了返程的高铁票，预留了两个半小时以便把最后数据采集完。

重新返回现场，温度已经升到 80 多摄氏度。刚把数据采集完，司机打电话催促出发，我向现场的工人一一致谢告别。赶到办公楼前，客户们都在门口等着坐车。有个老大哥一路尊称我为教授，还要找我攀谈。任凭如何解释，他坚持认为我就是老师，因为谦虚故称自己为学生。老大哥张口就要讨论高科技，让我有些尴尬，关于科研并不全是高科技的解释他更是不太能理解。而我此刻心急如焚，也没办法畅谈下去。最终姜经理安排了另一辆车先把我送去车站。

终于踏上返程高铁。我给导师报告了项目完美收官的情况，随即开始整理数据。虽然这次来工厂的时间短暂，但没这个经历，恐怕后续台架实验会更麻烦。至于老大哥的问题，其实也值得回味。或许就像那些参观校园的人群一样，大家想看的是想象中的轰轰烈烈和万众瞩目，过于平凡的真实因低于预期反而不太能令人信服。很多人不理解万丈高楼平地起的道理。无论是新技术还是个人成长，哪个不是靠漫长积累换来的呢？

## 46 困境

周日校园异常安静。看到路旁的条幅，我才想起来又到了考研日。我顺路去了六教。此时楼前拉着警戒带，路旁整齐排满共享单车，只是品牌都换了新的。我站在门口一时思绪万千。老师的温暖鼓励仍回响耳边。如今经验逐渐发挥作用，我的科研之路也越走越顺。

我向导师汇报了实验情况，建议重新设计一套实验装置。眼下只需增加一套拔轴装置即可，而那台被换下来的电机正好可以为我所用。整套设备花费不会太大，这样也不用往甲方场地跑了。这个想法获得了导师的认可。谈及论文投稿情况，我希望能多投几篇。导师鼓励多多益善。这让我挺激动，以目前完成的工作来看，放开投还真有一些量。之前担心发不了，现在感觉发太多都不好开口，有时候困难是自己强加的。我早已不是当初的状态，可记忆一时没跟上。

需要补充实验数据的文章即将提交。手中只剩一篇待投文章，我还有些不习惯。杂志社要求写出详细修改说明，这简直和写篇论文没区别。转念一想文章都改完了，写个说明怕什么呢？对着标准一条条过吧！此次修改共完成二十九处变更。经历炼狱般的考验后，我也练就了一双火眼金睛，文章中的细节问题我常常能一眼识别。本阶段投稿目标基本完成。如果文章都能录取，下一步就是瞄准更高水准的期刊发论文了。既然得到了老师的"尚方宝剑"，我可要"大开杀戒"了。

系里硕士毕业群正式成立。朋友圈里却都在分享日食，看来博士们还没到发力时间。而我已奔波在了做实验的路上。本来攒了三组试样准备做压缩实验，结果听说材料学院的设备坏了，我只得调整计划继续撰写毕业论文。设计和仿真内容基本成型，但搞科研与做项目差别很大，整合时还需要重新修改。其中又涉及海量数据和图片，稍不留神很容易出现纰漏。在看了无数篇文献后，我最不希望在自己的论文中出现低级错误。

下午我提前赶到纪录片教室，第一次完整地听了课程。本次课邀请毕业学姐讲解商业纪录片拍摄。原来纪录片与拍摄电影一样，题材、团队、资金等要素缺一不可，仅靠一人一机就能拍出好片子的想法不现实。本次课打破了我的很多固有理念：虽然真实性是纪录片的灵魂，也不能否认创作的必要性。就像摄影一样，美也需要装扮。教育孩子更是如此，否则我们提倡的东西到孩子耳朵里都变成了难以下咽的大道理。好食材也得借助烹饪技巧才能成就美味。

那篇补充数据的论文很快收到录用函，这意味着正式跨过毕业门槛，我反而波澜不惊。我向小西咨询了英文写作流程，她介绍SCI论文收录难度有差异。比如她最近一篇文章被拒的理由是审稿人认为只有实验而没有理论推导。看来想攀登这座山峰还得夯实理论基础。至于专利，小西建议交给代理机构就不用操心了。可我总觉得别人没理解思路又忍不住插手。

为了尽快完成实验装置的设计，我又赶到603实验室查看液压站。于杰正带着江涛和老杜费力地更换试验台的油缸密封圈。看来拆卸问题必须解决，不然我以后还得找帮手。返回413实验室，我开始重新构思液压系统和拔轴装置。这时门口突然传来急促的电话声。听电话内容是女士先安排人去幼儿园接孩子，因为孩子又打人了。第二个电话则开始痛斥孩子被惯得太厉害导致现在没办法管。听着她声嘶力竭的抱怨声，我感叹真是家家有本难念的经啊！

周末老总出差顺路来看我。我陪着他转了校园，在食堂吃完晚饭就赶紧送客。实验数据采集量越来越大，稍微耽误点时间就得忙到半夜。望着密密麻麻的数据我不免有些头大。前期光顾着记录没整理，其间老化实验多次出现意外，数据记录本都快满了。我筹划着得尽快把数据录入电脑。刚打开电子表格，胃部忽然感到一阵灼热感，这种不适感还是第一次出现。大概是晚饭吃得太油腻，跑跑步应该能消食。

晚上得知陶阳语文测试第一次考了100分。我说了些话算是鼓励，也像是一通大道理，只怕他翘尾巴。安兰说："这次测试全班只有两人考了满分，还有考60多分的。"我说："你得告诉他别人考60分也是凭自己的能力。很多开店、种地的父母哪有时间辅导孩子呢？你也得逐步脱手，总不能一直指导。"安兰说："这学期铅笔就用了两把，也不能说他不努力。听说他们班里学习最好的女孩每天做题到晚上一点。"我惊讶到说不出话来。

在数据堆里忙碌多日后，我终于得到第一个平均数。尽管只是个普通数字，可一想到马上就能看到数字背后的规律，幸福感溢于言表。然而整理完数据，我就笑不出来了。相比橡胶试样清晰可辨的漂亮曲线，PTFE试样的数据变化几乎没规律。由于影响因素太多，只能先排除测量误差。就在复测橡胶试样时，我意外发现某个试样两面硬度不一样。我百思不得其解，最后决定再从老化箱中现取一组试样对比。就在从桶内打捞试样时，我猛然意识到老化箱当初为了承载将加热部件设置在侧面，橡胶试样如果贴在桶底就会导致温度不一致。我终于明白有文献要求试样老化时要悬置的道理了。不过希望还能亡羊补牢吧！

重新测完所有试样已到了深夜，我真切体会到了科研的艰辛。每天重复着同样的工作，只为采集上百个数据，然而结果却无法掌控。我还没有来得及整理数据，不知道如果还有问题该怎么办。连续二十八天的实验数据要是再来一遍，想想都头大。此时胃痛仍没有得到缓解，藿香正气水用完也没见效。想来可能是压力太大，我决定干脆去京海大学看看展览。

我到学校图书馆开具了介绍信，老师详细介绍了办理流程。由于我的学籍有效期只有半年，借书证只能办理六个月的。这次进京海校门很顺利，我连车都没下直接骑了进去。京海图书馆老师检查了材料，很快就办好了卡。新证隔天才能启用，老师允许我今天就进去。我谢过好意直奔主题。参观赛斯德博物馆只需要简单登记换票。终于看到了盼望已久的小河公主和来自家乡的文物。正如阿所长所言，出土的贵重文物并不多，因为当地生活并不富裕。然而历经沧桑沉淀的文化至今依然鲜活。我没来得及逛校园，还是等毕业时带家人一起来吧！

2019年最后一个夜晚，兆业楼比平时安静许多。很多人出去聚会，更多人在实验室忙碌，比如已毕业的吕博士正帮女朋友修改论文。

275

我自拍了几张工作照作为新年纪念。虽然脸上挂着笑容，内心却十分沉重。重新整理完数据，结果仍不太理想，测量误差并不大。我准备用这组新出炉的试样来验证结果。等待试样冷却时，我查了回家的车票又看了农产品代购直播，算是跨年活动。最近网上直播挺火，我向小方请教了业务知识，感觉这个技术在跳出游戏圈后普惠优势显现了。想着啥时候家乡也能这样卖产品就好了。

测完数据，我又被浇得透心凉。测量误差并不大，想要的曲线还是没得到。我垂头丧气地离开实验室，心绪异常烦闷。穿行在昏黄的路灯下，汇入行色匆匆的人群中，我渐渐冷静下来。忽然明白作为科研工作者要尊重的是实验结果而不是自己的预想。尽管略微不同的测量手法可以让数据看起来更有规律，但我们只是实验数据的搬运工。最佳方案还是增加老化时间，采用这种笨办法代价不菲，我还要继续忍受煎熬。可这又是找出答案的唯一捷径。

晚上训练场上空无一人，我独自享用了整个场地。由于见识到科研的不确定性，我催促安兰尽快把论文弄好。这让她摸不着头脑，我们很久没探讨过学术问题了。说到假期，我觉得本月中旬应该能回去。今年过年早，机票接近全价，我还是准备坐火车。手头工作陆续收尾，然而胃部问题越发严重，吃点油腻的东西就不舒服。眼下到了冲刺阶段，还是忍忍再说吧！

# 47 看病

导师计划周五组织新年聚餐。我琢磨着如果不去看病周末又得挨两天。去医院前，我刚办完专利付款，临走时又收到仿真论文审核意见。

审稿人指出许多问题，最后认定文章结论完全是常识性的。这一记闷棍打得我眼冒金星。原以为另辟蹊径会更受编辑青睐，没想到审稿人直接给了差评，以至于我开始犹豫要不要继续修改。我耐着性子逐条看完意见后，相当不服气。可还得赶紧写一封谦虚的回复邮件。编辑没有难为我，审稿人可能也不是故意找碴。

眼看到了中午，我打车直奔医院。护士告知现在挂号只能下午两点看病。沿着奥林匹克公园走了一圈实在无聊，我心想还不如回去改论文。走到医院门口已经十二点半，正好课题组聚餐开始了。看着一盘盘硬菜，可惜我无福享受啊！干脆在附近吃碗面对付一下吧！医院旁的这家面馆人满为患，点餐交钱后我在边上找了一个位置。服务员不断从后堂端面出来，不知怎么区分先来后到，反正大家都喊着是自己这里的。等了很久，服务员好像报出了我的面。我腼腆地叫了一嗓子，声音立刻被其他大嗓门淹没。这时同桌一个大哥也吆喝道："这边的！"连续喊了好几遍。看他这么急迫，我心想就让他先吃吧！等服务员把面端来，大哥没要，指着我说："这边的！"那一刻我心里真温暖！连忙表达了谢意。

来到诊室，我向医生详细描述了病情。医生说："要没吃饭可以做个胃镜。"这把我吓了一跳，赶紧回忆各种诱发因素。医生没细问，递给我一张处方说要坚持吃十四天药。我一看药名稀奇古怪就不想吃，而医院又没有我想要的健胃消食片。想起安兰网上买药的经历，于是在返回路上，我也体验了一把。

回到实验室，课题组聚餐也结束了。小西建议查一下幽门螺杆菌。我不知道是什么东西而且医生也没建议。小西说："吹气实验不像胃镜那么痛苦，只要对着小瓶子吹气就可以了。如果数值大于某个值就是感染了。"我一听这方法好啊！不过眼下还是先按我的思路来治吧！

下楼取完药，正好导师过来询问我的病情，我顺带报告了回家的打算。说到课题组报奖，导师和小西都鼓励我试试。我婉言谢绝了。眼下审稿人指出的这个所谓常识性结论让我焦头烂额。全文共指出十余处问题，除了格式等小问题外，最具杀伤力的意见共两处。其一是提出论文仅为仿真研究，缺少实验验证。其二是质疑密封圈的偏置状态不合常理。两个关键问题如果不能很好解答，文章自然不可能通过，连我自己都没脸再投出去。

晚上取完试样，我又赶去参加纪录片最后一课。虽然学习时断时续，但这门课也让我熟悉了很多知识点。然而懂行的代价是不能享受情节了，看到画面第一反应是摄像机在什么位置。此外课程又给了我剁手的动力。网购的二手摄像机到货了，不过试机时感觉好像翻了车。这是第一次失手，原因就是贪图小配件，忘记了先看人品的大原则。我没有退货的习惯，只希望未来区块链技术能解决这个难题。

上完课后，我返回实验室测完数据，看到桌上的药有些心动。健胃消食片吃了没用，查了幽门螺杆菌确实和胃病密切关联。发现该病菌的人还因此获得诺贝尔奖。国内由于不分餐的特点发病率超过50%。除了缺少抗生素，医生开的药也是治疗幽门螺杆菌的常用药。我后悔没做吹气实验，不然现在就不用纠结要不要吃药。不过病人懂太多也麻烦，要么是讳疾忌医，要么是被各种绝症吓得半死。所以专业的事得交给专业的人。

天气阴沉，路上行人稀少。我带着药回到宿舍，浑身倦怠。只是面对一把胃药压力巨大，最后咬咬牙吃了。现在胃里有没有幽门螺杆菌不知道，但不吃药就得继续受罪是肯定的。视频时，安兰看我穿着羽绒服很惊讶。说起看病，她着急起来，建议应该再看看胆囊息肉。这倒提醒了我，说不定和胃病有关联，但也只能下次再去了。安兰建议搭联航回去，可以直飞K市，这样当天就能到家。不过听说联航机场在大兴附近，而且乘机流程也不清楚，我不想折腾。

第二天起床，我感觉胃明显舒服了，看来医生是对症下药了。返回实验室继续研究审稿人意见。随着思考不断深入，我的态度也慢慢变了。别人能这样给出反馈意见说明认真看了。很多细节如行文、措辞等都很重要。如果本着虚心求教的态度，写作能力必然能得到提高。就像医生开的药效果明显，而我平时信赖的两种药都没有作用。

小问题很快处理完，面对两大关键问题我还有些心虚。本想找人求助，转念一想有谁比自己更了解这些问题呢？我回想台架实验瞬间来了灵感。现场发现的回转轴的磨痕不就是问题核心吗？当接触面出现不均匀磨损后，密封圈必然出现偏置状态。而我之前的表述存在歧义，现在改用图形和数据就清晰明了，按照这个思路重新修改之后，论文核心内容也得到提升。如此一来心情大为好转。短时间让论文起死回生靠的还是平日积累。假如没做台架实验，我对问题的理解也不可能这么深刻。这也让我对攀登SCI的高峰更有信心。

实验室中午组织评奖，我向课题组秘书请了假。胃病刚有所好转，感冒症状又越发明显，本来杀灭幽门螺杆菌的三联用药是叠加抗生素，现在要不要叠加感冒药让人犯愁。犹豫一番后，我决定下一剂猛药，兴许明天就能全身心投入工作了。吃完药迷迷糊糊睡了一觉，下午起床已过四点，我又昏昏沉沉地赶往实验室取试样。昨晚第一次九点半回来，今天第一次四点半过去。这一来一回时间表错乱，我感觉周围的一切都和平常不一样了。

安兰打听到联航八九点起飞，每周有两三班，但是联航机场比大兴还偏，能否坐上也不一定。正好抢票也成功了，我决定还是坐火车。原计划再去一趟医院，看到系办老师发的毕业日程后慌了，原来论文四月底就要送审。我赶忙打电话联系实验，得知压缩实验设备还是坏的。只能先准备毕业论文。我改变了前期重结构轻细节的策略，逐章推进，尽量不留隐患。这个庞大的系统工程做起来确实不容易。由于项目工作不是重点，很多内容只能忍痛割爱，否则一不小心就成了本科毕业设计。

晚上走出兆业楼，周围白茫茫一片。密集的雪花让人睁不开眼，我取了摄像机一路拍摄。北操场上挤满了追逐嬉戏的身影。有打雪仗的，有滚雪球的，无数星星点点的手机灯光在黑暗中舞动，欢声笑语响彻云霄。我不由得感叹：青春真好！在雪中漫步时，我忽然有了新想法。毕业论文中还有另一篇设计内容需要整理，为什么不直接按发表要求总结成论文呢？这岂不是一举两得的美事？不过图片要改，实验数据还得补充，整个工程量不小。但念头一旦萌生就停不下来，我还是先干起来再说吧！

回到宿舍听说陶阳刚哭了一场。我以为是期末没考好，原来是安兰买了份比萨想带给甜甜两块，他就急哭了。安兰觉得情有可原，毕竟孩子很久没吃了。我生气地说："在吃的问题上不能让步。这不又回到了在你家时的状态了吗？"安兰气得挂了电话。我知道说了低情商的话，可实在不愿看到刚填起来的地方再烂个大洞。

再次来到医院，我首先向医生表达了感谢。胃部基本恢复正常，医生建议至少吃完七天药再停。说起吹气实验，医生说："停药三天后才可以做。你不如直接做个胃镜也能看出来。都是无痛的，根本感觉不到。"我犹豫半晌还是没敢做，最后只做了胆囊检查。息肉和上次差不多，医生认为和胃没太大关系。我又让医生开了些感冒药和藿香正气水备用。安兰想让我帮岳母开一些药，我拒绝了。相比花点钱，我更担心她没病吃出病来。

来到楼下窗口，取药进度很慢。排队的老人几乎都拎着一大袋药离开。我前面的这个大爷就带了两个兜。相比之下，我这两盒药算少得可怜。大爷装药费了不少时间，我好奇地问："您吃这么多药能受得了吗？"大爷轻松一笑："慢性病，也就千把块，都给报销。"看来我的问题不够精准，我指的是身体，大爷说的是经济。

为庆祝胃病痊愈，我去紫苏园食堂四楼点了老三样，放开肚子整了一顿。结果还没躺下午休，熟悉的感觉又回来了。安兰建议再去医院看看，我觉得这次应该是饱食引发的消化不良，服用健胃消食片足矣。考虑到身体状况，安兰坚持要我搭乘联航回家。我手头工作都在全力冲刺，没太多时间分心。正好宿舍楼大厅贴出了送站安排。我仔细研究一番，原来可以搭乘专线去大兴机场，然后再打车去联航机场乘机。而预订专线类似拼车，最低四人出发，只要出发前一天在网上报名就可以。

"满哥，准备回家了吗？"身后忽然有人喊道。我回头一看是吉瑄。没聊几句，他又在为刚投出的小论文担忧。我告诉他审稿可能需要两个月，加上补充数据至少得三个月。得知我已有两篇被收录，吉瑄惊讶地说："上次见面你还在愁这个事，这么快就搞定了？能不能发给我学习一下？你的研究不错！我做了太多工程，研究内容有些单薄。"我说："我的论文工作量大，但理论部分还是空白，编程和润滑理论都得从头学。"吉瑄感叹道："你一个人在楼下，平时也没人交流，没想到成果挺多。"

我没提及正在计划第五篇文章投稿，担心给他带去太大压力。回想三年前，我们一同参加复试，如今大家同时到达终点线。与田忌赛马问题类似，如何扬长避短是我们首先要考虑的。大家都说做工程不容易出成果，我如果不在工程哪儿来的成果呢？

最后一组试样取出，艰难的老化实验目标终于完成。只是胃部问题还没解决，眼睛又开始不舒服，这应该是写论文太投入的后果。现在写作犹如行云流水，所有图都快画完了。鉴于杂志社初审非常重视论文格式，我又花了半天时间仔细检查核对，以确保直接送至审稿人手中。中午没休息，确认无误后顺利提交，整个人都轻松下来。从心血来潮到投出文章，只短短四天时间搞定。以前我肯定会质疑能否完成，现在一心只想把事做好。这就是变化和进步吧！

  晚上测完最后一组数据。橡胶试样的实验结果形象直观，但PTFE试样规律就没那么鲜明，这为后期数据拟合带来不少麻烦。无论如何，持续两个月的忙碌终于可以画上句号。我正准备清理封存设备，忽然收到送站工作人员的消息，仔细看完直冒虚汗。由于去大兴机场的同学不多，我又要早晨五点出发，只能做好两手准备。如果前一天晚上凑不够人，就得自己想办法。我又查了当天回家的火车，航班落地后要在四十分钟内赶到火车站，机场又没办法打车。我一向习惯未雨绸缪，现在居然感觉两头都在"走钢丝"。

# 第六章

## 48 家庭矛盾

事情很快出现转机。据说有同学要去大兴机场，明天上午就能确定是否发车。而安兰的同事当天要坐这趟飞机回家，有便车可以把我送到火车站。听说这趟飞机一般会提前到达，不用担心赶不上火车。棘手的问题解决了，然而胃部状况又回到了吃药前。我怀疑幽门螺杆菌再度死灰复燃。很后悔没听从医生建议，现在想去看病也来不及了。

毕业论文完成大部分，寒假用的文献也准备好了。我退掉了火车票，开始做回家前的准备。下午接到陌生电话，说是第二天一起坐车的。经过解释我才明白原来她们是去马来西亚的团队，只差一人没坐满，我算是搭顺风车的。她再三强调明天五点二十准时出发，务必提前赶到。我当即表达了感谢。晚上打扫完实验室，离开前给所有花浇了水，希望它们能撑到下学期。

皮箱的滚轮声划破黑夜的寂静。网球场旁停着一辆车，我找司机确认是去大兴机场。等到五点半，路上还没人影。我赶紧打电话，那女孩说她们还在准备，行李比较多，问能否让车开到楼下。我指挥着司机一路向前，终于看到路旁昏暗的灯光中有人出来。等到六点，人员才陆续到齐。他们都带着大箱子，车没后备厢，我和司机忙了半天才把行李装满过道。

车子终于驶出校门。小伙伴们很快进入梦乡，而我则紧张地观察着路况。窗外明晃晃的月亮还挂在天空，与城市的点点灯光交相辉映。路过大名鼎鼎的新发地批发市场，四下都是忙碌的身影。无数个体户起早贪黑支撑起光鲜亮丽的城市，不能不说是另一种奇迹。我盘算着毕业前一定要去看看这些充满烟火气的地方。三年来好像从没在这座城市生活过，身处都市一不小心又过成了戈壁滩的生活。下学期哪怕只是坐公交车转圈，也得补上这落下的一课。

快下高速时，车子突然慢下来。还没到收费站就出现堵车现象，走近才发现ETC车道空空如也。司机说担心ETC多收费，大家宁愿走人工通道。看来技术推广还需要实践检验和认同。好在司机大哥性格沉稳，主动让了插队的小车，不急不躁过了收费站，最后顺利到达机场。

大兴机场的航站楼富丽堂皇，我却无心驻足欣赏。一路连跑带问总算来到打车区域。又经历一番颠簸后，总算按时赶到了联航机场。机场航站楼不大，售票员说不用订票，现场刷卡买票。原来航班票价都有标准，优惠折扣固定，放在平时根本没吸引力。登机手续和民航一样，只是安检更严格。为赶时间，我不想托运行李，只得忍痛抛弃了刚买的4.99元的相机支架。登机旅客不多，大都因民航折扣少才选坐这趟航班。

期盼的提前到达并没有实现。飞机晚点半小时，我只能去汽车站搭乘线路车。此时天气阴沉沉的，看样子快下雪了。车子驶上高速，熟悉的景色迎面而来。我打开摄像机练起拍摄，一旁的维吾尔族老哥饶有兴趣地看着。老哥是附近村子的牧民，汉语不流利，勉强交流还行。得知他和妻子平时管理牛羊近五百头，我表达了敬佩之情。想想我们骑马是体验，人家骑马是日常生活的组成部分。我详细了解了他们的收入、医疗、孩子教育情况，特别询问了他们在羊群繁殖时怎么办。记得小时候我爸妈常彻夜照看产崽母羊，所以印象深刻。老哥说村里会组织人帮忙，不然他和妻子饭都吃不上。忙完后，他们会宰羊答谢众人。这倒提醒我可以拍部纪录片了。

回到家中顿感安静平和。只是跳出城市喧嚣的速度过快，一时有些恍惚。陶阳已放寒假，能坚持早睡早起，偶尔也难免懈怠。安兰每天从早到晚忙着捣鼓仿真，没精力看管孩子。看她已能熟练运用MATLAB跑仿真，我计划等胃病缓解后就开始推进理论编程计算。还有一周就过年了，杀死幽门螺杆菌的念头再度浮现。然而单位医院做不了吹气实验，最终还是先服药观察。为防止半途而废，我决定这次必须吃够十四天，同时开始分餐以免家人被感染。

两篇仿真论文都有了好消息。一篇初审结束，这次审稿人意见不多，我主动增加了多处改动并写了修改说明。而那篇从悬崖边抢救回来的论文也收到了录用函。算起来从退修到录用仅用了半个月。如果不是审稿人提出刁钻问题，恐怕我也不会有这么大收获。这一来一回看似"唇枪舌剑"，实则共同发力让研究趋于完善。所以我在给编辑的感谢信中特别提到对审稿人的致谢。

春节临近，传统节目正在紧张筹备。礼堂广场上的舞龙、舞狮、威风锣鼓都进入带妆彩排阶段。单位整编后，节目也合并在一起，场面更加壮观热闹。我和少华回忆了当年参加威风锣鼓表演的情景。我们那时都是新人，他打镲我敲鼓。虽然因过年回不了家而多少有些不情愿，如今回忆起那些日子却感到无比珍贵。少华的离队申请要等三月份才能批下来，我那时肯定没法给他送行。经过再三邀请，他终于同意周末聚餐。

当晚下起鹅毛大雪。我们坚持带着陶阳去雪地跑步。户外空无一人，陶阳在满是积雪的马路上肆意撒欢，我用摄像机记录下了温馨画面。回到家中，想起上个月给家里买完年货也没操心，于是打电话告诉我妈第二箱酒是给爷爷买的，让她过年带回去。我又给岳父岳母置办了年货，这样他们也不用再往外跑了。

志华今年也准备走了，我邀请他一起聚餐。算来我们同年来的走了多半。"两华"与笔杆子凯哥第一次见面，我做了简单介绍。凯哥笑着说："好像在立功名单里看到了他们。""两华"都是首次立功，也算圆满收尾。餐后，大家都去买鞭炮准备过年了。

少华邀请除夕去他家里吃团圆饭，我回绝了。中午我们像往年一样贴窗花，我突发奇想在一旁架起摄像机。谁料在陶阳房间忙碌时，安兰不小心撞倒了摄像机。尽管还能开机，但翻转屏砸坏了。新年第一天遭遇意外，实在让人郁闷。然而我们都没料到的是，更多麻烦还在后面。

下午包完饺子，我又给家里打了电话。爸妈和二姑的电话都没人接，这让我紧张到焦虑。春节联欢晚会开始前，我爸突然打来电话。没等我开口，他嗓音低哑地问："你二姑说啥了？"我纳闷地说："什么也没说啊。"他随即嚷着："你管管安兰！不要让她给你二姑乱说话！"听到这里，我如释重负，爷爷奶奶应该没事。我不想给他酒后发挥的机会，赶紧喊陶阳过来给爷爷拜年。可我爸咬着话题不松，反复絮叨二姑说话特别难听。我不耐烦地说："为什么要引到我们身上来呢？有本事你自己当面说！"这下彻底激怒了我爸，他叫嚣着："不行了就断绝关系！大家再也不来往了！"我冷冷地说："你随便！给你们打电话就是想拜年的！"

挂了电话，安兰问："爸打电话说啥了？"我说："喝醉酒吵架了。"我妈的电话还是打不通，二姑总算接了，但开口就是哭腔。原来下午吃团圆饭，大家喝了两瓶酒后就开始为赡养老人争吵。我爸妈都说三姑是为了爷爷奶奶的工资才照顾他们的,二姑说:"不行你们接过去照顾。"我爸暴跳如雷,历数自己当年为家里做了多少贡献。二姑气不过一直和他争论。后来我爸生气地走了,我妈也刚出门。我生气地说:"之前给你说了不要聚会啊!"二姑说:"想着你爷爷奶奶年纪大了,图个热闹嘛。"我问:"爷爷奶奶怎么样?"二姑说:"你爷爷后来问是不是为了他们吵架。"看着辛苦维系的关系崩塌,我心里别提有多难过。

大年初一气氛有些压抑。二姑一早打来电话抱歉地说:"你别往心里去,昨天大家都喝多了。你爸妈早晨还过来吃饺子了。"我只叮嘱她密切关注爷爷奶奶的状况。姥姥暂时离开养老院回家过年,一接电话就说:"你爸妈去你爷爷奶奶那边过年了。"我没接话。有时生活的巧合让人无奈。昨天我反复拨打电话时,他们应该正在争吵。我爸妈以为二姑向我告状了,所以都不接电话。我爸之后还试图通过埋怨安兰来撇清责任,整个过程荒唐可笑。

我什么也没和安兰讲。作为从小被父母疼爱的人,她哪里见过这种场面。家庭矛盾的诱因实在复杂。我爸对我一向充满希望,只觉得我结婚后被蒙蔽了,就像岳母觉得安兰结婚后变了一样。家长都觉得自己的孩子是对的,错都在别人身上。只可惜我费心做了许多工作,如今家庭关系又回到了从前。想想这样也好,如果只是块遮羞布,终究有掉下来的一天。只是胃又开始不舒服,看来和不良情绪有很大关系。

春节过后,我收到了学校推迟开学的通知。

# 49 上网课

全校师生通过 e 课堂共同上了第一课。出席现场的校领导都戴着口罩，神情肃穆而庄重。随后书记和校长分别介绍了学校疫情防控情况以及教学调整安排。一句话总结就是：延期开学，如期开课。尽可能拓展在线学习资源，通过线上课堂的方式把学校的教学资源向社会开放。

没想到偶然用过的e课堂成了主角。不过有同学抱怨没弹幕的直播没灵魂，还有很多人吐槽直播间区区六万人就导致系统崩了实属不该。这让我十分诧异，六万人同时在线还嫌少？然而如今端坐在屏幕前，回想开学典礼时体育馆内人山人海的热闹场景，心头又升起了一种孤独感。

系办随后通知春季课程将以网课方式进行，毕业答辩时间将推迟一个月。导师统计了大家面临的困难。除了老杜在学校，其他人都在家。有人没电脑，有人缺资料。我的毕业论文主体基本完成，但理论计算刚起步。最大的困难是实验设备还没着落，姜经理一直没给报价，估计工厂也没法开工。如果返校前做不出来，势必影响实验进度。只有投稿论文有了新的进展。加上新被录用的两篇仿真论文，目前四篇文章正式被录用。最后投的那篇文章初审合格，直接进入复审环节。

我开始分出精力向更专业的期刊发力。正好学校推出的系列讲座中有SCI写作教程。主讲人是车辆学院的博士生，他做了不少工程，成果无数。他坦言工程中的实验数据很多都不成功，只能找最有代表性的。回想台架实验的情景，我深有感触。此外得知这位博士早已在"B站"、知乎等平台上声名鹊起，这也让我对这些平台产生了强烈的好奇感。

学校线上课堂逐步开课。很多人感慨一场疫情让自己意外蹭上了名校的课程，我则意外发现视频时代已悄然来临。原来直播并非仅用于卖货，也是获取知识的重要途径。平台上做手工、做菜、中医按摩等五花八门的技能应有尽有。在年轻人聚集的"B站"见识了弹幕、"梗文化"等前沿潮流，也搞清了所谓的"鬼畜"。不过我适应这种简单粗暴的幽默确实花了一些时间。此外，第一次看到通过文献来解读疫情的博主，才知道知识分享也可以不那么严肃，这样的讲座连陶阳都看得入迷。

陶阳也开始上网课。老师要求家里至少有一个人陪着孩子看视频。我们没这个条件，好在陶阳对于上网课比我还熟。不过回归家长身份，面对视频时代又是忧心忡忡。总担心它和当年互联网刚普及时一样，对善用者和不善用者是一把双刃剑。只是那时候面对遍地开花的网吧还能采用物理隔绝法，如今手机把人随时随地绑在网上，我们能做的也只有去主动适应新环境，及早引导孩子成为善用者。

我的胃部问题依然没有好转。午饭只喝了一碗汤，一天都不饿，感觉胃和肠道都不动了。上网查询感觉和神经性肠梗阻病症很像，这一对号入座，我更加郁闷了。安兰劝我放松下来，应该是太紧张的缘故。陶阳说："爸爸你一定要想自己能好，病就能过去。"虽然这些鼓励都是他从故事里听来的，此刻也让我很感动。

晚上跑步前，我带着陶阳看了个吃饭按体重差收费的视频。让他跟着算算账，他说没学过。安兰让他动笔列算式，他哭着拒绝。最后我发现他连百位数都写不出来了。我们近期都在忙论文，虽然每晚坚持带着他读书和画画，可没想到散养多日，他的数学技能滑坡得如此厉害。安兰当即带他回房间重新练习算数。

不一会儿，安兰气冲冲地拿着手机出来说："你看看！"原来大姐在群里发了孩子练芭蕾的视频，我妈回复：你辛苦了！你们教子有方！孩子有出息！这话琢磨起来确实让人不舒服。安兰生气地说："自己儿子生病了不管不问，到现在也没给孙子打过电话。你爸妈简直不可思议！"我只能笑着安慰她别太在乎。但冲突很快升级了。日记说好写一页，陶阳只写了两三句，而且连标点符号都是错的。安兰气得大喊大叫，我忍不住进去叫停。我说："我们没人帮忙，当不了甩手掌柜，问题只能逐个去解决。孩子能自己在家学习就是进步。以前我总认为他没毅力，这也不对，跑步就证明了他能坚持。"

下楼活动身体时，我再次提醒安兰："没见过哪个孩子能在训斥中找到自信。我不就是很好的例子吗？童年时家庭环境对我的影响如影随形。遇事总觉得天要塌下来了，看问题总是悲观视角。所以训斥孩子百害无益，这毋庸置疑。"安兰也承认自己望子成龙的心态太重。等陶阳出来，我们准备继续像往常一样比赛。陶阳觉得这样对我不公平，最后商议我只要跑一半路程就可以抄近道返回。

安兰带着陶阳先出发了。我跟在后面慢跑，一路想着自己的状态有些困惑。所谓的胃和肠道都不蠕动了有什么依据呢？会不会只是自己的感觉呢？不知不觉快到约定地点，想想还是咬牙跑完全程吧！至少不要给孩子留下半途而废的印象。正好安兰和陶阳沿路返回来找我，听说我找到了胃部问题的关键都很好奇。我笑着说："我可能给自己想了一个病。怎么可能感到内脏的蠕动呢？很可能这些器官都迷惑了，我们已经这样努力工作了，你怎么还不满意呢？"于是我的心情好了，似乎也没什么特别问题。

教务处的董老师通知毕业生填报预毕业申请。同学们反馈当前的问题是论文要补充实验数据。老师让大家想办法先推进工作，即使达到最长修业年限也可以办理延期。一听延期，我这才紧张起来。之前总感觉时间充裕，现在才意识到还有那么多工作没完成。此外，硕士至少要参加十次学术报告，我的记录表都在实验室电脑里。这三年我参加了太多活动，根本不可能凭回忆写全。老师说学术活动需要返校后提交导师签字的纸质版才能拿到相应的学分。这倒让我们看到了希望。

晚上安兰带着陶阳做卷子。我在厨房一边炒菜一边听课。网课优势是蹭课方便，免去了奔波之苦，缺点是少了身临其境的感觉。不过比起搞笑视频的播放量，学习类视频显得有些被冷落。这说明快乐是必需品，学习有门槛。此外我也明白了很多人对 e 课堂的吐槽并非空穴来风。很多平台热门直播间动辄几十万人在线依然能十分流畅。回想嵌入式系统课老师讲过的视频压缩传输技术，不禁感叹由技术进步驱动的变革超乎想象。正如有个老师在讲座中说新型媒体传播方式开创了一片新天地。无论是科普知识还是展现日常生活，人人都有了舞台。虽然新技术能更好地助力个人发展，但成功的核心还得有稳定优质的内容输出。

忙碌中，安兰脸色铁青地递过来手机说："你看看！"我一看这架势头就大。我妈最近频繁发的那些夸赞让人尴尬到不知说啥。没想到这次她又变得异常消极，她和我爸感冒发烧拉肚子。不知道她是怎么了，想让安兰打电话问问，回想当年的场景还是没敢迈出这一步。制造误会容易，消除有多难呢？

房间里很快传来一阵哭喊声。我出去一看，陶阳正趴在床上哭泣。原来这次错了很多题，但他坚持认为没错。两人一度又回到我妈来时的那个状态。我不禁感叹难道出现了量子纠缠现象吗？我仔细看了错题才发现两道题都挺难，还有一道题存在歧义，如果按陶阳的思路理解也对。这样一说陶阳平静了不少。可一听安兰说答案没错，他又有些抓狂。最后我建议明天再说。安兰生气地说："只要不是老师布置的作业，他就不想做。"我安慰道："不能太着急，批评也得注意方法。事关原则的问题要严厉，而学习问题不能动辄归结为不认真。可能他认真了，但题确实难。"

周末，我给二姑打了电话，侧面问了我爸妈的情况。得知家人情况都不错，我又让爷爷接了电话。本想告诉他抓紧时间锻炼身体，准备六月份和我一起去学校参加毕业典礼，然而很快就听出爷爷话中明显带气。二姑在旁边说："关他们啥事呢？"说着就要把电话拿回去。我说："你让他说完，不要憋在心里。"原来爷爷是对我们过年没回去以及我爸妈吵架的事产生了误解，他以为我想用这些方法逼他去养老院。虽然觉得很委屈，但我没解释，爷爷听不清楚，多说无益。我只是安慰说："这么大年纪还有什么看不开的呢？"最后二姑接过电话又解释一番，我说："只要对他们好就行，能不能理解不重要。"

晚上躺在床上我又难过得睡不着。我已经竭尽所能去调和家庭矛盾，并为每一次家庭团圆而由衷高兴。曾经以为问题都有解，有了家庭才理解"清官难断家务事"的道理。我们这个家庭中，大家活得太累，稍不注意，鸡毛蒜皮的小事就成了生活重心。我从小学会的沟通方式是用生气解决一切问题。如今感受最深的是：要尊重彼此的差异，哪怕有最充分的理由。

# 50 开学

天气渐渐转暖，屋顶积雪开始慢慢融化。生活也逐步恢复正常。安兰还在朋友圈中买到了断货已久的发酵粉。这段时间我们学会了不少新技能，我甚至准备自学理发了。这期间手机视频功不可没，它极大地降低了学习成本。很多失传的技能都得以保留，感觉人人又向着全能的方向回归了。

学校拟增加八月份毕业的批次。群里的毕业信息表动态显示了每个人的进度。有的同学因于实验没法开展，大部分人都在操心发表论文。我的最后一篇投稿论文改完了，接下来就要面对理论建模和数值计算两大难题。这些内容对我而言都是全新科目，急需集中精力逐一攻克。

然而当前学习效率不及在学校的十分之一。记得当年英语课上讨论时，我还畅想未来只需在家中工作。如今发现工作、家庭、孩子哪个都耗精力，加之手机的影响，没自律意识很容易掉入恶性循环。不过换个角度看，这也是对日后生活的提前适应。现在掌握了解决问题的新工具，获取知识的渠道大幅拓宽，未来一定会出现积极变化。

单位冬季装备维修任务依然繁重。在车场忙碌时，少华过来找我。他的离队申请已被批准，六月份办完手续就要走了。少华准备报名学车，拿到证后把车开回去。他是少有的有车没驾照的男人，因为大部分时间都待在戈壁滩，现在终于有了学车的时间。

回到家中，陶阳又拿着平板坐在飘窗上，看见我回来，他才慌忙声称准备看课程视频。我努力控制住情绪，平静地说："你坐在沙发上把这集动画片看完吧！为这事说假话可不好。"经过这段时间的适应，陶阳独自在家上网课的诸多弊端已然显现。写字没得到一次表扬，单词一个也不会。读书、跑步、画画等的各种坚持至今也没见到正面效果。

尽管这些不良状态令人不安，我们也在饭桌上坦诚讨论了问题原委。陶阳不好意思地说："你们说过只有周末可以看，所以我不敢说。"我说："你得把时间安排好，如果计划看就看一会儿。大人看手机还忍不住呢，更别说你了。"陶阳说了很多话，吃饭动作也快了，他应该意识到错了。其实每个人都充满信心，但不断打破自己定的规矩也是一件痛苦的事。以前我处理这些事情不够成熟，惩罚过于严厉，但正视问题更重要。晚上陶阳终于受到表扬，他自己也非常激动。

私下讨论时，安兰觉得孩子一表扬就骄傲，一批评就沮丧的问题始终没能得到解决。我给她分享了别人的经验：教育孩子是需要分阶段进行的，从他律到自律需要有个过程。谁也不是天生就有多强的自律意识。至于孩子总喜欢关注别人，我觉得这大概和他连续两次适应幼儿园生活有关，因为他必须想方设法和其他孩子一样。所以应对方法只有多表扬。安兰也觉得有道理。不过即将进入三月，开学前要不要带他走挺难抉择。安兰回学校要忙毕业答辩，再把他交到岳父岳母手里我也不放心。

多地中学、小学、幼儿园逐步复课。看到网上一个送孩子上学的妈妈居然把孩子都忘了，我忍不住笑了。换以前，我肯定不能容忍。但现在我觉得这也算是一种豁达心态，笑对困难才是热爱生活的表现。年轻时严于律己，有了家庭才知道自己能做到的事别人不一定能做到。就像《了不起的盖茨比》中的那句话：这个世上的人并非都具备你禀有的条件。从没想过与父母的沟通要参照这样的至理名言，但现实就是现实。学会遗忘、放下、翻篇、难得糊涂也是生活的智慧。

妇女节当天我主动给家里打了电话。我妈开口就问："过年为什么不打电话？"我装作不知情的模样回复："打了几十个电话不是没人接就是挂掉了。之后我爸莫名其妙地说要和我断绝关系，不知道你们怎么了。"她支吾着说不出话。我转而问起家中状况岔开了话题。姥姥在养老院挺好但仍不让探视。听说家里的羊跑出去一只，陶阳关切地问了半天。他现在对农村题材的视频很感兴趣。不知这种从屏幕后面得来的热情能持续多久。很多事情不亲身体验总会产生认知偏差。当在现实中感到落差时，没意识到是自己认知不到位，反而会怪这个事情不对。

晚上安兰和陶阳又为一道数学题大动干戈。安兰呵斥道："做题不用心！"陶阳委屈地说："我就是不会做！"我一看题才发现这就是原来的奥数题。小学第一次看奥数教材时就给我留下很深的阴影，所以我也能理解孩子的苦。我说："题这么难，一年级的孩子一下子能做出来吗？"陶阳一听就高兴起来，安兰绷不住也笑了。她讲起解题思路，我压根儿就没听进去。这是能力问题，并不是态度问题。我觉得孩子不应该为解不出题受到责备。我拿出手机递给她："你看看这段话。"安兰看完深受触动，说："下次发火时，你及时把我叫住。"这段话是：孩子不会因为我们训他们而不爱我们，他们只会不爱他们自己。

我们改变了思路，先从基础做起。比如画画不再模仿教程，而是先练习线条。这样稍微表扬，陶阳变得更有兴趣。我只让他画五个，他自己画了很多。再翻看对比最早画的作品，陶阳看到了进步，也很激动。我让他想想还有哪些事发生了变化，他思索片刻说："跑步、画画、读书。"我说："这就是坚持的力量。长期坚持，进步巨大，而且也帮你管理了情绪。"陶阳这次提前完成了任务，我答应奖励他看电视。本想带他看看家乡的纪录片，意外看到学姐拍摄的那部片子。回想纪录片课程也为我拥抱视频时代奠定了技术基础。只是我雄心勃勃想制作的毕业拍摄计划不知何时才能启动。

董老师通知硕士隐名送审截止到五月初，集中答辩将在五月底进行。此时我如梦初醒，等返校后再完善论文的想法已不切实际。很多实验即便能完成，恐怕也写不到毕业论文中了。正好有同学问起论文篇幅，董老师建议博士学位论文不能低于一百页，硕士学位论文不能低于四十页。我的论文已超过一百页，篇幅已经足够。只是一想到那些耗费了无数心血的老化实验又十分不甘。想当初连SCI都不知为何物，好不容易摸着门道岂能轻易放弃？无论能不能放到论文里，我都计划返校后完成所有实验。

小学也传来月底开学的消息。这样算来再带孩子回去插班就没必要了。最后我们商量还是让岳父岳母过来吧。只是两人都没坐过飞机，一路没人带肯定麻烦。好在下了飞机就无需担心，单位会统一安排接站和住宿。岳父很快做好了出行准备，可岳母又背上了思想包袱，不是担心这就是担心那。我把办理托运与安检的注意事项给岳母交代了一遍，也算帮她解解压。

晚上我们带着陶阳下飞行棋。为了不让他过于关注手机，我们最近带他学会了很多棋牌类游戏。这次我们都没让他，结果他在开局占据绝对优势的情况下败北。这让陶阳非常沮丧。无论怎么帮他分析应该采取

295

的策略，他都只是嘀咕：妈妈不帮我。我让他在日记里总结一下有哪些收获，同时告诫安兰务必重视。岳父岳母马上就来了，这要叠加在一起"共振"起来，必然让人头疼。

# 51 过敏季

　　最后一篇论文收到录用通知，我的投稿画上圆满句号。编程计算也取得突破，解决了这个障碍，离完成毕业论文更近一步了。董老师在群里转发了近期与博士生的交流重点，人家都在关注着学术规范查重。我对重复率不能超过1%的要求没任何概念，隐约记得这些内容在科研伦理课上讲过。不过我对达标充满信心。项目都是亲手干出来的，不存在抄袭的可能。

　　下午飞机安全抵达。岳母终于恢复了正常，连连感叹坐飞机太快了！我问飞机上餐食怎么样，岳母抱怨说："飞机上发了面包，我都没敢吃。戴着一次性手套也不敢摘，手都捂白了！"我听了哭笑不得，真不如什么都别告诉她。还没来得及缓过劲，办理入住时又出了状况。前台拿到的名单里没他们，入住需要单位开证明。不巧晚上机关都在开会，根本找不到人。我让安兰订两份外卖送过去，她又写错了配送地址。就这样折腾到晚上十一点，吃住总算办妥。

　　第二天下午，岳父岳母顺利住进宾馆隔离点。我们买了水果和饮料送去，又把他们带的两个箱子拿回来。岳父岳母把过年买的东西原封不动带来了。

　　晚上，邻居过来看陶阳的学习椅，想给孩子也买一个。说起老大军军的近视，这个妈妈一副恨铁不成钢的模样。据说孩子半夜趁大人睡觉时起来看电视。军军看到沙发上的单反相机就想上手。陶阳说:"爸爸不让动。"他妈妈立刻喊道:"放下!这是贵重物品!"军军不为所动,还模仿起大人的语调,任凭他妈妈在一旁声嘶力竭地吼叫。她平时看起来乐观开朗,此刻愤怒得像变了个人。局面僵持不下,我赶紧出去把相机给军军挂在脖子上,指导他拍了两张照片,化解了现场气氛。可陶阳又生气了,含着眼泪念叨着:"你从来没让我动过。"

好不容易送走客人。我问:"相机里多少照片是你拍的?"陶阳还是气鼓鼓的。跑步时,他下楼没等我们就先走了。我和安兰边跑边讨论。听说军军九岁前都没顶过嘴,我觉得和楼上邻居的情况差不多。楼上的男主人也是直脾气,据说孩子从小也不反抗,但现在每日鸡飞狗跳的没消停过。而对门邻居两人脾气都好,孩子读完博士留校当了老师。看来每个孩子成长阶段问题都少不了,关键还在大人身上。作为父母只能及时调整策略,改变自己以促使孩子转变。

跑到终点,陶阳一个人在练习器械。我走过去对他说:"希望你敢于说出真实想法,别像我一样不善于拒绝别人。"陶阳情绪好转了。我们夸赞说:"没对比就看不到陶阳的优点。就今晚这件事来看,陶阳比其他孩子听话太多。"陶阳更加高兴,每个锻炼项目都做得很认真。这时陶阳突然咳嗽起来,我也感觉眼睛奇痒。这才注意到四周杨树挂满了毛毛,空气中的花粉应该是导致过敏的源头。我主张立刻回去,陶阳坚持做完所有项目,这让我由衷赞赏起来。晚上玩飞行棋时,他知道要凭实力获胜了。

天气转暖,草木吐绿纳新。中小学、幼儿园即将复课,但我月底返校的期望落空了。邵伟、知贵、老杜等同学都更改了毕业时间。董老师再度询问实验是否有替代方案。我的实验替代不了,如果迟迟不能返校,只能"断尾以求生"。计算程序顺利跑完,接下来用程序解算仿真数据又是全新内容,还得摸索前进。

周末我和安兰都要参加春季环境治理,早晨也没叫陶阳起床。劳动中,听同事讨论着准备要二胎,我压根儿没插话。昨晚孩子又咳了一整夜。抗过敏的药也吃了,还提前锻炼了,却没见任何效果。忙了一上午没接到电话,我非常担心孩子,匆忙赶回家中,看他还在沉睡,我这才放下心来。安兰一回来就念叨:"没想到修理厂职工干活儿那么猛,都是五十岁以上的大爷大妈,完全不输年轻人。"我说:"你接触多了就知道他们虽然文化程度不高,待人却都很真诚。"安兰现在完全适应了新岗位。

然而孩子每晚咳到两三点,我们都快熬不住了。我分析可能是花粉在晚上浓度变高所致,查看相关文献也找不到依据。一着急,我差点又准备开启花粉研究实验。我也意识到这明显是剑走偏锋。在掌握了科研"利器"后,像我这样兴趣广泛的人还要警惕走火入魔。虽然视角拓宽了,可时间耗不起。最终还是一次性买了两台空气净化器,希望多管齐下赶快解决问题。

洗鼻器和防花粉眼镜都到了。我指导着陶阳如何清洗鼻腔。结果他轻轻喷了一下就痛苦不堪。我说:"有那么难受吗?看我给你示范一下。"当盐水冲进鼻腔后,我的眼泪直流。作为坚持洗鼻快十年的人,原来以前仅仅是清洗了鼻孔而已。我笑着说:"刚才我这个行为就叫纸上谈兵。"细想这不就是所谓的低质量努力吗?看着也坚持了,只不过是浮于表面。

周末岳父岳母顺利回到家中。原本想让他们多休息几天,但岳母当天就接管了做饭这件事,这为我们省出不少学习时间,不过问题也很快显现。岳父一来就帮陶阳穿袜子,气得我让他脱下来重穿。吃饭时,熟悉的感觉也回来了。好菜照例留给孩子,岳父岳母争抢着端碗,生怕孩子受一点累。我无奈地说:"你可以教他但不要替他干。你以为这是帮他,实际是在害他啊!"岳母阴着脸不高兴。可那一幕幕难堪的场景,她们压根儿看不到。我解释了分餐缘由以免误会，不过一听我说起胃病，岳母又成了惊弓之鸟。

进入四月，工作异常繁忙。各施工点都在赶工期，我去戈壁滩工作了一段时间。好消息是陶阳咳嗽消停不少，这让我们也能喘口气。不过一听安兰的论文马上要送审，我才意识到毕业在即，再一看群中的毕业信息表，我顿时陷入恐慌。没想到时隔几日，同学们的工作进度纷纷快速达标。而我的理论计算还没完成，一不留神又掉到了队尾。

# 52 查重危机

论文送审前要先提交系办查重。系里要求初检 1% 以下才能申请答辩，1%—5% 的自己修改，5%—10% 的导师和学生需要提交修改说明，10% 以上的不允许答辩。最后申报学位之前再进行终检，若出现问题研究生院则要调查。董老师提醒大家注意论文篇幅，字数太少很容易出现重复率过高。听到这儿我就彻底放心了。

我一边火急火燎地推进编程计算，一边还要分出精力帮安兰检查论文。她的论文初稿只有五六十页，我更担心出现重复率过高的问题。此外，她的论文各章结构没遵循统一模式，读起来有些跳跃，我感觉要改动的地方很多。安兰觉得我在小题大做，毕竟连导师都认为没有大问题了。我总希望能以审稿人的眼光帮她突出研究特色，这才是论文送审的目的。

天气突变，下起了暴雨。我与安兰又因论文问题发生争论。时间非常紧张，她还在反复修改仿真计算。我觉得既然结果差别不大，不如聚焦在论文结构和研究结论上。可她不听劝，什么路难走她偏要走。而我的理论计算再次遇到高压不收敛问题。如果放弃这部分，又与仿真内容对不上。此外论文中还有回顾与展望、个人简历、致谢等部分要完成，最早做的研究路线图和计算流程图等也要重新制作。这一系列工作压得我喘不过气来。

回想数值分析课程内容，我忽然意识到问题根源。程序原本设有不收敛时减少增量步的子程序，检查调试却发现子程序根本没起作用。重新修改程序后，一次性计算成功。还没来得及高兴，身体又出问题。先是吃香蕉过敏，半夜又突然感觉到肺部疼痛。去医院检查也没发现异常，很可能是锻炼时拉伤了肌肉。

论文马上就要提交，安兰显得胸有成竹。原来网上有一种叫"查重券"的东西，正式提交前自己可以先自查，再根据反馈修改后一般都没问题。安兰建议把我的论文合在一起提交，这样既省钱又省时。仔细分析无非就是花点钱买个同样的服务，应该不涉及学术诚信。但我最终还是拒绝了。一来我的论文部分章节还没完成；二来这样没法知道她的整体重复率。再说总感觉这样有拉低工作价值的嫌疑。既然能完成论文，必然也有信心一次通过。

经过一天焦急等待，安兰的查重反馈了结果。整篇重复率在5%，她非常满意。反馈文件中对可能重复的地方做了标注，还给出了可能涉及抄袭的文献。我让安兰修改时多留意系统是如何判定重复的，以便我也能防患于未然。此时我手头还有大量计算数据需要整理，实在无法分心。既然她的论文能取得这样的成绩，那我更确信没必要提前查重。

学校一百零九周年校庆活动开始了。系里毕业答辩工作也正式启动。安兰如期完成论文送审，同时接到了返校答辩通知。我的论文主体基本完成，压力得以缓解。同学们开始陆续上传论文查重，我计划五一前完成提交以确保有足够时间修改。查重前还要进行格式审查，教务老师提醒往年硕士学位论文格式审查的不合格率远高于博士学位论文，特别强调这不是能力问题而是用心程度不够。我觉得自己应该不会犯类似问题，毕竟有着投稿文章直接过初审的经历。

格式审查很顺利，我很快收到上传论文的通知。提交查重很简单，只需把论文发送到教务邮箱即可。整个过程大概需要一天时间。等待中，我不时翻看着群里消息。很多同学都顺利通过，我的信心更加饱满。不过等到下午就不踏实了。我仔细对比了一番，同时提交的同学好像都没得到反馈。而且董老师说查重没通过会通知本人，所以没消息就是好消息。

晚上还是没收到消息，我叫陶阳出去跑步。可陶阳听故事入了迷，三番五次叫不动，这让我大动肝火。杨树毛落光了，陶阳也不咳嗽了，刚到货的两台空气净化器又得闲置了。总算熬过了过敏季，希望他尽快恢复规律生活。孩子现在病好了，懒散状态也回来了。我和安兰一路讨论着怎么应对返校后的问题。最好的结果是在我返校前，她能顺利完成答辩回来。我们最担心的还是把孩子留给老人，再回到之前的状态可就麻烦了。

跑完步回到家中，我一看手机顿感五雷轰顶。导师发来两张截图，论文总体重复率是3.3%，第一章绪论部分的重复率达到12.1%，另一章弹流润滑理论达到4%，其余是0。导师安慰说："别担心，论文没问题！只是局部重复率过高。可以把引用部分总结一下或删掉就可以了。"此时我大脑一片空白，很久才缓过神来。仔细查看重复内容，原来第一章中介绍弹流润滑理论的发展史那段被大面积标红。这是调研时整理的内容，我只改了结构，文字和语句是原样照搬的。本想查看更多细节，导师说这些都是董老师发的图。听到这消息我犹如被一盆冰水从头浇到脚。

得知我的查重没通过，安兰大吃一惊，继而抱怨道："看吧！就不该省去自查环节！"我起身去了书房，内心满是悔恨。初检页面一再警告提交后不能修改，结果将记录在案。可我一副豪气冲天的模样，结果被狠狠打了脸。省小钱吃大亏算是教训，可大意和无知才是根本。其实我一直没弄清什么是重复，却又固执地认为肯定没问题，最终酿成了大祸。现在学术生涯产生污点，再谈什么高水平成果不都是笑话吗？我的整个世界忽然坍塌了，12.1%在脑海里整整盘旋了一夜。

五一节前只剩最后一个工作日。我一大早就联系董老师说明情况。老师说局部重复率过高肯定不行，随后给我发了重复的认定标准。这些内容很早就发在群里，我几乎没注意过。再次翻阅引用规范后，我哑口无言。原来我违背的是第一条"有整段重复"的情况，甚至还明目张胆地出现在开篇第一段。这属于赤裸裸的低级抄袭，尽管我主观上并没有认识到。董老师最终同意修改并写出说明，再交由导师签字。我没好意思开口索要查重报告，毕竟给系里抹了黑。

想来想去还是先写修改说明吧！说实话，写这点东西真不算什么，可我一想到辛苦三年居然有污点被记录在案，情绪就变得很糟糕。我责怪安兰为什么在我自信满满时不提醒我。如果我们调换身份，我一定会毫不犹豫地制止。可她什么都没做，也没给出任何建议。而我不明就里却自信心爆棚。这不就像骑车被撞吗？只要心存侥幸就离危险不远。如此想来心情难过到极点。更让人气愤的是，安兰又在为孩子做错题猛训他。家中气氛降到冰点。

认真修改了相关内容后，我终于明白为什么这两段概述会被认定为重复。其实这些内容无论谁介绍都差不多，但只要写出来就属于作者的成果。你也可以讲述同样的事实，但需要自己组织语言，否则算作抄袭并不冤枉。所以追根溯源还是科研伦理这门课吃了夹生饭。谭老师在授课之初就曾详细介绍了各种学术规范。我当时对科研一窍不通，压根儿就没注意这些细节。没想到在撰写开题报告时就埋下隐患，直到现在引爆了。

距离论文送审截止日期只剩四天，我是一把好牌打得稀烂。少华约了五一假期聚餐。这大概是他最后一次组织聚餐，无论如何都不能再推了。此时院子里的杏树挂着白花，记得我和少华刚来报到时，那时枝头的杏子刚刚泛黄，转眼又到了离别之际。聚餐让我全然忘记了烦恼，席间多半是回忆过去的艰难生活。说起那些卸红砖、扛水泥的细节，大家都沉默不语。我们都是常年顾不上家的人，家人只知道我们很辛苦，但具体怎么个苦法并不知道。我们不太喜欢甜言蜜语，大概也是在特殊环境下的经历使然。聚餐结束后，我和安兰也和好了。其实我一直记着她的答辩讲稿，再耽误下去真没时间改了。

再次动手修改论文，我的内心相当平静。我把论文所有章节都彻底检查一遍。严格区分了那些借鉴了别人的内容，以体现对他人工作的尊重。当时在课堂上没理解的内容，犯错之后都明白了。这不和教育孩子一样吗？大道理怎么说都不听，最终还得自己走一遍弯路才能领悟。如果提前查重了，肯定不能领悟得这么透彻。这样想心里还挺高兴，这大概是我在京新的最后一课。

然而还要不要自查呢？我本来信心更足了，但安兰这次怎么都不肯让步。1%的标准确实很高，而且论文其他重复内容都不清楚。眼看离送审截止时间只剩两天，一旦再出问题就没时间改了。此时"查重券"水涨船高，价格居然飙涨了两三倍。犹豫了一会儿，最终决定还是下点血本。好在检测速度相当快，很快就返回了结果。全篇重复率1.4%，反馈的问题很模糊，列出的很多文献都没看过，基本无须修改了。

论文最终通过了查重，我正式提交了匿名送审版。安兰过完节就要返校，考虑到孩子在家闷了太久，我们商量抽空带他去B湖转转。岳母不愿去，嫌天气太凉。景区游客少了很多，零星几个孩子在沙滩上踩水嬉戏。和卖油炸小鱼的大姐聊了聊，她说往年这时候忙不停，现在几乎没生意。只有水鸟安然游弋在湖中，它们大概很享受没人打搅的日子。说起我在附近修路三年没到过湖边，安兰几乎不敢相信。我笑着说："这次又是在万春园旁学习三年没进过景区"。

返回停车场时，我们碰到了圆圆和他爸爸。两人又是骑车来的，他妈妈待会儿开车带着老二过来，全家玩到下午都坐车回去。看着陶阳挺羡慕，我们也很无奈，毕竟手头还有一堆事。回去给岳父岳母带了些油炸小鱼。岳母说起净化器又嫌我们乱花钱。她并不知道孩子整晚咳嗽，我也懒得解释。回到家中，安兰忽然激动起来。原来是收到了论文评审结果，专家给出的评价都不错。我的评审没有任何反馈，这不免让人担心是不是查重产生了不良影响。

# 53 论文盲审

假期只剩最后一天。我去商业街拍毕业照，安兰带陶阳去生态园看动物。原本要骑电动车去，陶阳非要骑车。这辆童车并不适合长途，但他坚持骑了个来回。这应该是受了圆圆的激励。我们以前拿这事批评过他，现在看来孩子的优缺点也需要理性看待。比如圆圆上课注意力很不集中，经常被老师点名。而陶阳的学习成绩一直在稳步提升。这样看来，幼儿园宋老师的眼光确实独到。

设计所硕士答辩群正式成立，这意味着我们只能参加网上答辩。我的论文盲审仍没有回复，系统里也看不到任何信息。董老师说结果会以电子版形式反馈给答辩秘书。一听又是这种操作，这让我惊恐万分。所幸那篇险些暴毙的仿真文章被杂志推荐为优秀论文，这大概是查重危机以来最正面的消息了。此外班级群里还发了多个评奖项目，毕业生都可以填报参评。回想这三年的辛勤劳作，我也有些心动。是不是也该给自己一个机会？

我和陶阳一早送安兰去了车站。以往都是她带孩子送我，现在场景的转换让人很不习惯。接下来我要一个人在家带孩子，还要直面岳母的唠叨。好在答辩前的短暂空闲时间可以用来辅导孩子了。陶阳英语网课学习效果越来越差。和老师沟通后，我觉得有必要转换思路，初学者还得靠兴趣引导。正好网上有英文版动画《西游记》，我计划每天睡前带他看两集。

陶阳第一天放学回来就怒气冲天的。原来在体育课上，几个男生说话被老师罚做蹲起。陶阳生气地说："那些女生就在旁边笑。"我说："这只是可笑而已啊！"他很不服气。我问："有人踩到西瓜皮摔倒了很滑稽，你看到笑不笑？"陶阳说："笑啊！"我说："你这是在嘲笑他吗？"他想了想说："不是。"我说："这个情况不是一样吗？"陶阳态度缓和下来。我说："我小时候，人的素质普遍不高。这个滑倒的人可能要去收拾旁边笑他的人，因为觉得丢了面子。他选择责怪笑的人而不是反思自己为什么会摔倒，这样做的后果是下次遇到类似情况他还会跌倒。而且别人能笑得出来，说明人家认为你开得起玩笑。"陶阳这下听进去了。

吃饭时，岳母又给陶阳盛了满满一碗米饭。我说："他每次都吃不了，还盛这么多干吗？"岳母说："剩下就剩下吧！这样他能吃饱些。"我无奈地说："你怎么对你自己就怎么对他，不要让他觉得自己很特殊。孩子没对错观念，你不教，他就觉得所有愿望都是合理的。"陶阳随后又开始满盘子挑肉，被我严厉喝止。我说："你要在自己碗里怎样挑都可以。"岳父说："孩子还小，长大就好了。"我说："餐桌上得有规矩和礼仪。除非你永远是个孩子，否则等别人不再把你当孩子的时候，你还像个孩子，那麻烦就大了。"

岳母一副很不屑的表情，她大概觉得我一个农村出来的人哪有这么多讲究！我说："你们应该看看那些视频，看看我们怎么度过艰难日子的。你们以为这样挺好，麻烦来的时候怎么办？"在这个问题上我不想做任何让步。我只能划出明确界限，以防所有努力付之东流。

等陶阳写完作业，我们一起去了广场公园。夏天悄然来临，遍地蒲公英顶起了朵朵小伞，四处白茫茫一片。眼前美景也让我想起了该重新拾起摄影技能，然而从拍夜景的构想又转向户外野营调研，一不小心又发展成了"全产业链器材党"。

回家后，我问接下来要做什么，陶阳说要做两道数学题。我让他先自学，不会的再来问。很快，他拿着书本过来，我一看题型都惊呆了。这么小的孩子竟然学习奇偶数用法。比如已知初始状态，问开关按几下后灯的状态。我连连夸赞："学这个很好，以后你就能熟悉计算机的基础知识了。"

晚上同学转发了返校通知。学校计划从下月起安排毕业生分批次返校。研究所也确定了答辩时间，答辩秘书孙老师让大家尽早准备答辩材料。我的论文盲审杳无音信，我每天只能坚持苦练讲稿。不过每每讲到实验部分，我就好奇到底是什么规律？忍不住想揭开谜底。眼下对理论建模不太满意，模型和实验结果还有差异。感觉返校后肯定不会太轻松。

马上就到六一，学校要组织少先队入队仪式。陶阳一进门就兴奋地说："我想入队！可我不知道怎么写申请书。"听说全班只有八个名额，我说："这得看自己达到标准没有，而不是单纯凭想法。"岳母着急插话："这是好事！孩子能入队多好！咱看别人干啥跟着做就对了！"我没接话。很多事情看似一样又不一样。比如我们平时都很注意节约用水，但岳母那是为省钱。所以遇到不收费的水时,她往往大肆浪费。

我告诫陶阳应该把这件事当成促进自己进步的目标。不过看孩子愿望强烈,我还是决定帮帮他。自己年轻时不也一样吗?很多理念也是在成长中逐步形成的。陶阳态度非常端正,草稿打了三遍,每个字都写得很认真。无论能不能加入,目的都达到了。然而一写作业问题就来了。看他的解题方法和课程要求不一致,我提醒说:"虽然结果也是对的,但没有运用括号的知识。最好再算一下!"陶阳皱着眉头说:"老师就是这样教的!"眼看又要争辩,我建议先出去跑步。

来到健身器材旁,陶阳和同学玩起游戏。我给安兰打了电话。她已顺利通过了预答辩,不过正式答辩可能会推迟。如果我返校前她赶不回来,孩子就得交给岳父岳母管。这是最让我头疼的事情。

回到家中,陶阳独立完成了作业,还主动要求练习新算法。之后我们又探讨了更多解法。但语文作业还差一道收集歇后语的题。我上网找了一些。记得小时候看我爸修羊圈门,他用一根钢丝比画半天也绑不上。我突发奇想第一次应用了刚学会的歇后语:瞎子点灯——白费蜡!当场遭到呵斥。然而要和当今网络流行语相比,歇后语的生命力绝对顽强。今天很多热词来得快去得也快,如果能对比研究一番应该很有趣。

周末收到第一份评审意见让我如释重负。评价内容中除了创新方面是良,其他各项都是优。专家质疑的仿真偏置角度问题和当时审稿人意见一致,所以连回复都是现成的。第二份评审意见总评成绩也是 A。专家建议在后续研究中考虑特殊环境的影响。这条意见毫无修改压力,但我更关心论文中那些还没解答的疑惑。比如理论和实验结果无法很好拟合的问题,目前不做实验也难有定论。

答辩材料中两份评审意见必不可少。董老师让大家收到评审意见后尽快填写回复表,还需要导师签字确认。有同学问参加线下答辩是否要准备？这让大家相当惊讶。原来深研院已有同学返校，可选择线下答辩。我们只能答辩完再回学校。这样正好集中精力做实验。接下来开始整理学位审批材料。这些材料都要签名，教务老师说可以用电子签名。我压根儿就没用过这个系统。

手头忙得不可开交时，陶阳又拿着《进阶数学》来找我。他说这是妈妈布置的任务，周末至少得完成四道题。我一看题慌了，是关于排列组合的，我要怎么给孩子讲清楚排列组合方法呢？看封面确实是二年级的教材啊！对我这个正在申请硕士学位的高才生来说，真是颜面尽失啊！我好奇这本教材为什么只有题而没讲解呢？陶阳想起来还有一本书，以前安兰先看那本书再带他做题。拿出来一看，我才知道原来这才是教材，而陶阳做的是练习册。

这本教材更像是培养孩子思维习惯的工具，我们一起看完相应内容就明白了解法。我问："妈妈平时辅导你看教材吗？"陶阳摇摇头说："没看过，都是直接做练习册。"我瞬间明白安兰为什么会和孩子产生冲突了。我当即调整了学习方法，先通读教材然后按照例题学习解题思路。练习册上的题只做一道，但至少要用两种解法实现。

去生态园的路上，我们一直讨论如何用身边熟悉的场景设计类似题目，陶阳兴趣很浓。我打电话问安兰为什么不用教材？安兰说："让他自己做才能学到更多东西啊！"我笑着说："教材总结的解题思路是用来训练孩子的逻辑思维能力的。你让孩子自己想办法，这不是产生问题的根源吗？做完题只看答案对错不去总结思路，这种方法就是错误的。"安兰并不服气。显然我们有着不同的思路。我的数学起点不高，更容易感同身受。幸好这次自己做了，不然还要让孩子委屈很久！我也彻底明白以前自己做不出奥数题并不是比别人笨，而是没有经过专门训练。这疗愈了我多年的困惑和不安。

返程的路上,陶阳骑车累得汗流浃背。我故意没提醒他带水,以此让他记得凡事都要提前准备。回家后,陶阳忙着洗衣服,安兰走前刚教会他用洗衣机。我没时间操心,赶紧把材料先发给导师签名。导师很快回复:"在外地出差,中午给你电子签名。"我问:"那需要我自己签字的地方怎么办呢?"导师说:"你自己做一个啊!写一个拍照就可以了。"我这才恍然大悟,原来大家口中的电子签名就是照片。我还一直推想技术实现方式,甚至都联想到了区块链技术。没想到如此简单。

# 54 网络答辩

网购的理发工具悉数到货,我带着陶阳去外面的居民小区取快递。这是他第一次骑车出门。乡村路上挤满了电动车、三轮车、拖拉机,我虽然紧张到额头冒汗,也打定主意让他去尝试锻炼。路口有卖鸡鸭的,毛茸茸的小家伙们十分可爱,陶阳蹲在旁边不想走。我告诉他小鸡不是宠物,不容易养活,即使养大了,又不舍得杀。然而走了一半看他还念念不忘,我掉头回去给他买了两只。看了这么多农村题材视频,总得让他有点直观感受。

我们用箱子把小鸡圈养在客厅,它们叽叽喳喳吵了一天。岳父岳母一来就围坐在小鸡旁,兴致勃勃地给陶阳传授着如何准备饲料。岳父岳母一直留恋着农村生活,陶阳这代人几乎和土地失去联系。我们作为承上启下的一代人对土地的感情其实淡漠了许多,记忆中更多是靠个人奋斗走出农村的经历。那些奋斗史看似逻辑缜密,却往往忽略了时代变迁的力量。

答辩进入倒计时。群里有同学担心返校后过了论文提交时间,想请老师给个补充实验的机会。董老师明确表示不太可能放宽期限，建议向带班助理提交返校申请。这瞬间燃起了我的热情，毕竟这是将全部研究写进论文的最后机会。不过仔细算起来距答辩只有三天时间，我不仅要向学校提交申请，还得向单位请假。万一要在路上答辩岂不是更麻烦？

孙老师组织所里五个硕士进行了设备测试。吉瑄随后又建了个同学群，特别提醒如果明天对汇报内容感兴趣，答辩完再好好交流。林帆打趣说：不如每人提前准备个问题来占用老师们的时间。作为"问题先生"，我没法接话，只能再绞尽脑汁对自己的讲稿找找碴。答辩后就要提交终版论文，我总觉得还有问题没解决好。

陶阳吃午饭时一直闷闷不乐。听说老师组织了投票，他担心入不了队。我安慰说："你肯定能入。"陶阳说："你上次说我当不了班长，最后就没当上。"我笑着说："你当时不想着怎么为大家做好事，只想发号施令，肯定不行啊！现在你入队态度很端正，知道首先改正自身问题，这结果当然不一样！"

晚上投票结果出来了。陶阳以排名第六的结果入选少先队员。据说有三个孩子哭了鼻子，我希望他能认识到成长之路才刚开始，而不是觉得自己比别人厉害。

我几次想让岳父把小鸡端走，陶阳都不肯让步。这次听说会影响我明天答辩，他同意了。晚上我洗完澡出来，发现陶阳不仅把事做完了，还把要换的衣服准备好了。睡前陶阳主动帮我关了灯，躺下后说想妈妈了。我本想带他回大床睡，他坚持要睡小床，我陪他躺了一会儿。想想孩子很懂事，而我那种不断指出问题的模式其实很不好。突然想到所谓"三岁看老"可能蕴含着另一层意思：不是因为孩子在三岁性格固化，而是作为父母的我们早已失去了改变自身的动力。

毕业答辩正式开始。答辩委员会共由六名老师组成。此时老师们都集中在会议室，现场挂起了熟悉的毕业答辩横幅。随后答辩委员会主席宣布了答辩程序和要求。每人有二十分钟汇报时间，然后由答辩委员会提问。出于对科研成果的保护，不允许对他人答辩内容录像。我本来准备了摄像机，只能等自己答辩时再录！等第一个同学出场答辩后，我就赶紧去吃早饭。陶阳去上学了，我让岳母中午不用做饭。由于时差原因，那时答辩肯定还没结束。

我是第三个出场答辩的。来到这个神圣时刻，我的内心波澜不惊。答辩讲稿早已滚瓜烂熟，我按照原定计划一口气完成汇报，时间正好控制在二十分钟。提问环节先后有四位老师提出了问题。由于这些老师都是本领域专家，很多问题都集中在研究关键点上。我从容不迫地给出了详细解答。无论是做项目还是做科研，我已轻车熟路。不过对于我最不放心的内容，老师并没有提出质疑，这倒让我很着急。

所有人答辩完成后休会，答辩委员会将进行投票表决。导师打来电话祝贺说："答辩很不错，现场表现堪称一流。"我谦虚地表达了谢意。论研究水平和最好的还有差距，不过要论准备工作的充分程度应该能排在前列。孙老师让申请优秀论文的同学在十二点前报名。我又变得犹豫不决了。评优当然是对工作的肯定，客观上讲查重出了纰漏让我惭愧。再说我也过了靠奖励来证明自己的阶段。仔细斟酌后，我选择了放弃，包括之前下载的所有评奖项目。这样年轻人也能多个机会，奖励对于即将迈入职场的他们来说更重要。对我来说，与其费心整理评奖材料，不如把时间用在完善论文上。

表决会议开了很长时间。就在准备复会时，陶阳突然推门进来。我连忙摆手示意，他才退了出去。答辩委员会向大家表达了祝贺。每个同学都发了言，我也简短地说了几句感悟。从数次徘徊在退学边缘的状态到一路艰难跋涉迈过终点，其中的酸甜苦辣难以言表。今天的结束又意味着新的开始，我知道自己可以做更多事了。此时，陶阳一直在外面喊我，直到老师宣布答辩结束。私聊群中同学们约定开学见面撮一顿，我只发了个庆祝的标志就气冲冲地推门出去。这么严肃的场合下，我感觉陶阳是在有意捣乱，他平时都知道该干什么，今天表现实在不好。

　　当我走到客厅，发现他正一个人坐在餐桌旁。原来岳父送来饺子，陶阳是在等我吃饭。他不仅拿好了碗筷还帮我倒好了醋，因为担心饺子凉了，所以一直催我。此刻我心里满是幸福感，这比任何奖励都贵重。我说了很多鼓励的话，既是对孩子也是对自己。我说："小时候我的学习成绩一直很好，没遇到多少挫折就取得了些成就。多年后才发现这样的成就并不能带来真正的自信。现在经过重新学习后，我才体悟到人需要具备跌倒了再站起来的勇气。就像你刚入学时成绩并不好，但很快追赶上来并成为第一批少先队员。我从全班最差的一路走到现在，经历这样的过程就会认识到自己潜能有多大。希望你也能重新找到迈向自信的平坦之路。"不知这段话能否表达出我此刻的复杂感受，但头脑很清楚，这一段学习之旅完美结束了。

　　下午孙老师通知大家尽快整理材料。我对论文中理论模型还是不太确定，于是重新修改了模型参数进行计算。反复尝试后，我发现弄错了模型边界条件，由此导致结果看起来有些异常。这一刻我是又激动又担心。激动的是幸好在最后一刻找到了问题，担心的是如果要改动，之前所有工作又要推倒重来。

　　既然过了终点，还要跟自己较真吗？稍微闭闭眼也就过去了。说实话，从专业角度看，这个细节很难被注意到。即便遇到像我一样的偏执狂，也完全可以用合理解释去掩盖这个瑕疵。而更为理性的声音也在不时提醒我：是否要继续将这种较真发展成偏执状态？是否要将这些所谓的科研精神带入未来生活呢？这些声音彼此交锋，最终将到底是要"闭闭眼"还是要"咬咬牙"的选择踢到了我的面前。

经验告诉我怕麻烦的结果一定是更麻烦。既然选择了这条路，那就得按照规则走完全程。这一切和当时的仿真问题一样，似乎又是一场迷宫探索。好在计算方法我已驾轻就熟，很快就重回正轨。全神贯注的状态让我仿佛回到了学校，眼睛里除了要完成的内容，其他什么都看不见。忙碌一整天才把全部数据重新采集出来。仔细对比原图发现两者差异不大，图形趋势并不影响结论。折腾这么一大圈感觉白忙活了，不过心里倒彻底踏实了。

返校具体方案终于出台。论文也即将提交，我还得抽空再检查几遍。虽然时间有些紧张，但终于到了收尾阶段。

# 55 提交论文

转眼又到周六，这是三年来首个没有压力的周末。我计划上午把材料寄走，再带孩子去生态园转转，也给自己放个假。目前材料中还缺一份导师评语。导师还在出差，登不上校园网。我给教务处老师和孙老师解释了情况，先把其他材料寄走。从快递点出来，我忽然想起康康是咋解决的？这一问才知道他是从导师账号里生成的文件。导师也给了账号让我登录试一下。忙碌半天终于生成了文件。但时间已花去不少，今天恐怕没时间去生态园，我向陶阳表达了歉意。

下午教务群里突然满屏信息。大家都在准备材料，各种问题层出不穷。有关于签字日期的，图片旋转方向的，还有找不到论文提交通道的。我已深刻明白当看不懂群里问题的时候，说明自己的实力可能还没到那一层次，恰恰需要极度小心。董老师建议大家确定没问题再申报学

313

位，终检论文一旦提交就不能再修改。当然对论文格式有信心的同学可以不用查了。其实论文前后也过了几十遍，要说没点信心不可能。可一朝被蛇咬，十年怕井绳。原计划等提交前花点时间过两遍，看来还是趁早动手吧！

对照新版要求逐一检查后，我发现小问题还真不少。最让人头疼的是很多图片中标注格式不统一。尽管这些内容并没有明确标准，但我认为应该尽量整齐划一。随着检查不断深入，我对许多地方仍不满意。之前写的内容沉淀一段时间感觉又看不上了。忙到凌晨，因担心孩子睡得太晚只能作罢。本以为答辩完就轻松了，没想到又忙成这样。

周日起床继续开工。教务老师半夜四点发来了导师评语，我打开文件发现又是错的，赶紧把昨天生成的文件发给老师。这时彭助理又反馈说返校理由选择"急切补实验"选项通过概率不大，因为答辩都完了。我只能以毕业生办理离校手续为由，申请第三批返校。

答应孩子去生态园的事情也不能再拖。忙完手头的事，我带着孩子匆忙上了路。路上给安兰打了电话，谈起带孩子，我笑着说："最近几乎没争吵过。"安兰不服气地说："没吵架是因为没带他做题。"其实改变学习习惯是我的着力点，力求专注而不贪多。比如奇偶数问题，我们花了两周终于理解。希望他能明白学习不仅是为做题，能应用才是目标。

晚上十二点是论文提交的截止时间。我从生态园回来后，一刻不停地忙到了晚上。原计划四个小时的活儿干了四天还不满意。只要检查到错误就得重来一遍。不知这应该叫精益求精还是吹毛求疵，我总希望呈现一个完美无缺的作品。不过我也很清楚这种完美主义精神是一把双刃剑，使用场合要分清。最后在论文转换成PDF格式时，我又发现表格线条粗细不一致，接连做了十几个版本才解决问题。当点下提交按键那一刻，浑身毛孔无一不舒畅。

周一单位为少华等人组织了送别仪式。听到"逢山开路，遇水架桥"这句话时，我的眼角湿润了。只有亲身经历过磨炼，才能感受到每个字背后的分量。仪式结束后，少华着急赶去练车也没来道别。

教务群终于安静了。同学们偶尔还有小问题，老师打开学位申报系统让大家尽快上传。这又激起了我的修改欲望，不过重新检查两遍确实没啥问题了。当我准备在日记中记录下这个重要事件时，忽然意识到学习生涯结束了。只是我仍然沉浸在紧张氛围中。

晚上陶阳写完作业后，记得还没罚站。因为早晨上学前他要挑衣服，被我惩罚了。这次我提高了要求，按照立正动作要领进行规范。想想学术规范为什么那么烦琐？就是让初学者知道边界，然后在这个框架内任意发挥。在我讲解要领时，陶阳笑了。他说："班里有几个同学知道怎样站，现在我也能体会到他们被罚站时的感受了。"我说："你体会不到！如果他们被罚站时能认真站好，那么坏事也能变成好事。但他们大都觉得自己委屈，所以应付心态很重。以至于每次被罚站都是这样的想法，结果丧失了进步的机会。"说到这里，我突然意识到干什么不都是这个道理吗？

少先队员正在为庆祝六一彩排入队仪式。经过两天训练，陶阳抱怨彩排太累。我说："这正是锻炼自己的时候，怎么能有退缩的想法呢？"陶阳不吭声了。最后只剩一口饭，他磨叽不想吃，岳母趁我不注意赶紧把碗端走。这让我相当生气，当即又罚了站。我对陶阳说："每次都坚持不到最后！马上就要成功了，你居然放弃了！"

最近发现陶阳练琴纯粹是在应付，写作文都是一句话。坚持写了两年日记，还上了写作网课，这效果让人啼笑皆非。难道是强迫写日记让他养成了粗枝大叶的习惯？晚上辅导他学习时，我建议他多用形容词，他又不高兴。这气得我一直没理他。静下来想想自己秉承严于律己的态度没错,但将它推及家人恐怕不妥。孩子毕竟没阅历,不能奢求他从每件事上都能得到启发。陶阳能独自承担擦桌子和洗衣服的任务,这就不错了。我也改变了态度,让氛围轻松起来。我解释了"起个大早赶个晚集"的含义,希望他能认识到做任何事不花精力肯定不行。

第二天早晨送陶阳去学校,我问起平时彩排位置,他说就在教学楼前。我一看大吃一惊,所有树都被锯掉了树冠。陶阳说:"那天刮大风,有树枝掉下来差点砸着人。"我夸赞说:"你们很厉害!就这样在太阳下晒着,我都不一定能坚持下来!"陶阳很高兴地进了学校,我却有些愧疚。陶阳有些娇气,但批评他怕苦怕累也有失公正。不知孩子和大人之间的隔阂是不是从批评开始的,就像我爸眼中的爷爷和我眼中的可能并不是一个人,因为他用了不同态度对待我们。倘若爷爷能够像对我这般耐心地与我爸交流,今天他们父子间的关系是不是会改善很多?

中午好消息接踵而至。安兰顺利通过答辩,陶阳正式加入少先队。陶阳还带回老师亲手做的蛋挞给我。据说全班同学每人一个,最后还剩五个蛋挞不知怎么分配。陶阳说:"我的想法是八个少先队员三个人不要了,其余一人一个。"我说:"入队目的就是更好地为大家服务,不能有了好事先为自己考虑。"陶阳又问:"那你怎么分配?"我说:"就分给那些平时没怎么吃过的同学。"陶阳说:"那我也很久没吃呢!"我说:"你从小到大吃了上百个也不止啊!"他不好意思地笑了。我说:"其实这和你想当班长的问题一样。想当班长就要先学会如何公平公正地处理事情,要考虑如何照顾弱者。很多孩子父母不在身边,也有家庭条件不好压根儿就吃不起的。这时候就需要展现爱心。"陶阳认同了我的这个看法。

周末我花了两个小时给自己理了发,兑现了学技能的承诺。此后我花了三天时间收拾完柜子,接着转向地下室这块硬骨头。三年来这里就像貔貅一样只进不出。岳母总抱怨我们乱买东西就是因为地下室进不了人。这次我准备将它彻底恢复原貌。动手前我先拍了两张照片发给安兰，她立刻回复说回来一起收拾。考虑到两人干活可能会发生争吵，我决定先规整好，要处理什么等她回来再做决定。此外我希望借此来锻炼陶阳的自学能力，逐渐摆脱依赖的心态。

学位分委会已结束，大家被正式授予学位。接下来就是参加毕业典礼。走到这步我也没太激动，因为自认为与理想还有不少差距。不过新生活即将到来。我制订了新的学习计划，电路制作、3D打印、数据挖掘等都能安排上了。以前擅长解决具体问题，现在我要尝试用新方法解决系统性问题。

谈及未来的生活规划，也令人十分期待，我和安兰甚至讨论能否全家一起去参加我的毕业典礼。最终还是决定回家带爷爷奶奶在附近转转吧！正好安兰抱怨说结婚十多年连家门口的景区都没去过，这次一并解决。

# 56 返校

第一批毕业生返校启动了。当我准备填报返校时间却发现15号选不上，彭助理说每批限额一千。如此只能按原计划坐16号的航班返回。我开始准备返校后需要处理的事情。除了提交论文和准备实验，有些材料还要找导师签字。专利和论文的报账工作也得尽快完成。麻烦的是论文版面费发票被快递寄丢了，我给导师报告了情况。

地下室整理工作圆满结束。耗费十天完成这个大工程，我相当满意，当然我也知道最省力的方法是先处理掉没用的东西，再去整理那些真正有用的东西。所以站在局外人角度看，我仍然没有摒弃过去的思维方式，套用专业术语是：学有所成，但格局没打开。如果把这些时间花在社交、学习上不是更好吗？不过我追求的目标是利用做家务来放松，这倒也是一个合理借口。

马上就要期末考试，我催促陶阳复习生字。可他写完又不想让我看，因为写得很潦草。口算练习效果更差。我反复交代先观察，他听不进去；让他养成检查习惯，他也全当耳旁风。听不进去，算不对。晚上终于有了起色，错题越来越少，最后一次训练全做对了。我让他出去玩，他还要再练一次。没想到楼下孩子嬉戏让他分了心，结果错误百出，他又很失落。我安慰他只要保持进取心就可以了。

第三批返校工作即将启动。安兰不准备参加毕业典礼了，直接赶回来带孩子。所有行程都确定好了，可系统突然显示我的返校申请被退回。原来学校暂停了返校工作，后续安排要等通知。

在焦急中度过一天，我最终等来陶阳口算比赛惨败的消息。这次他是边做边检查，连题都没做完。陶阳说着大哭起来。我安慰他别在乎结果，但也不能平时训练怕麻烦，回头又想考出好成绩。刚吃完饭，他就把一切抛在脑后。我叫他出来擦桌子，岳父打掩护说："在房间学习呢！"我一听火冒三丈，他主动跑到房间肯定不是学习。岳母嘀咕："你不要再说他了。"我说："现在不说什么时候说呢？都不当坏人怎么办呢？你能养他一辈子吗？"岳母气冲冲地走了。

安兰顺利回到家中。我却收到了停止返校的通知，学校随后决定毕业典礼采用线上形式如期进行。毕业生退宿和行李搬运可在线上办理，由院系帮助打包寄送。看来现场授予学位的愿望落空了。

而原本被我寄予厚望的地下室，却意外成了家庭矛盾的导火索。安兰提着箱子去地下室时，我满心期待会得到赞叹。结果她回来默不作声。我笑着说:"是否被惊讶到了?"安兰板着脸抱怨:"给你说了别收拾,你不听!现在找不到东西,还要重新收拾。"我的笑容僵在了脸上。我用业余时间做这些只为让她轻松些,没承想却受到她无端指责。我们从冷战变为热战,又从热战变为冷战。我甚至都在反思为什么要找个和自己一样的独生子女呢?

周日很多同学晒出了毕业生画像,其实这就是一份个人校园生活的"数字画像"。我的数据是提交作业41份,去图书馆149次,借书152本,去过8个食堂,吃饭3309次。好一个数据分析啊!这不就是在思维训练营所讨论的数据价值所在吗?个性化生活通过数字来映射,看来当年畅想的"数字人"时代也近在咫尺了。此外,我三年学了20门课,如今回想起来,每堂课都历历在目,这是网课无法带来的体验。

研究生毕业典礼如期进行。我透过屏幕看着熟悉的校园和老师同学,这三年求学生活的点滴浮现眼前。初入校园的不适应,被课程考试吓破了胆,面对挑战时的迷茫无措,换专业后"白手起家",接手项目后奋起直追,在渐入佳境时却突遇疫情。尽管一切都不完美,处处都还有遗憾,然而我也在这个过程中逐渐找回了自我。尽管自己依然不完美,性格上还有缺陷,但这不就是生活本来的模样吗?这也是我们不断努力的动力。

在一种神秘力量的感召下,我选择了与安兰和解。她在地下室忙碌了两天,不过是重新摆弄了几个鞋盒。安兰一再强调很早就计划好怎么干,每天都在想着不同的方案。我觉得这不过是独生子女心态作怪而已:自己的想法必须实现,对家人的批评直言不讳,狠话不说出来就不痛快。当然这些问题同样存在于我身上,有时还带有很强的迷惑性。只是经历了这三年后,我有信心改善这些问题。

小学暑假比以往早了很多。为了改善陶阳干什么都懒散的状态,我们制定了激励措施并以身作则坚持学习。比如带他去公园晨读,还带上

GoPro拍摄来激发他的热情。这些都得转化为主动性才行，否则靠生拉硬拽肯定不能长久。

为帮助驻地农民，单位组织大家自愿认购本地水果。我买了两箱梨让岳父岳母也尝尝鲜。岳母一听就不高兴，只要涉及花钱总会让她焦躁不安。当然我和安兰身上也有这些影子。正好陶阳最近总念叨别人有钱能买东西，看来也到了培养孩子金钱观念的时候了。

系里送的硕士服到了。我也没试穿，就当是个形式吧！而且我总觉得如果穿了可能就回不去了。虽然能不能返校依然没有明确，但我仍心存一丝希望。大部分毕业生都已办理完离校手续。学校没有催促办理委托邮寄行李，这是个好兆头。正在这时，我接到了去F区吊装盖板的任务。再度燃起的返校愿望又得搁置了。

# 57 第二次返校

桥梁即将进行吊装作业，计划出动两台大型吊车协力完成。我懂设备但不懂操作，对双机协作两眼一抹黑。以前的思路是先干再总结经验，现在知道先查文献以减少试错成本。虽然我的工作主要是保障装备，但施工任务也得了解。只是文献没敢下载太多，担心账号异常被通报。

好消息是全国高考如期进行，学校也同意毕业生可以回去收拾东西。只是返校申请还没有开放，具体方案仍需要等通知。可眼下吊装任务等不及了，我只能先去施工现场了。吊装任务要持续多久现在还不清楚。这成了我心中最大的担忧。

我一早搭车赶往F区。如今戈壁滩的通行条件大为改善，三年前修的路早已通车。回想当年离别时的情景，仿佛一切就发生在昨天。经历科研训练后重返施工现场,我有了很大底气。科研重视打破常规,施工强调遵守规范,而我将在二者之间找到创新的天地。

两台吊车都已就位,操作手都是经验丰富的老手。汤总预计两个月完成,可我连一个星期都等不了。安兰中午又打来电话说带班助理通知申请特殊情况返校的学生要写书面说明。我让她拨通彭助理电话询问详情,于是安兰同时开了座机和手机免提,我们就这样进行了隔空沟通。原来申请返校需要由院系和学校两级审批,必须有充分理由才有可能获批。比如承担了大型项目之类的情形。其实我的目标是回去完成实验,可承担的又不是大型项目。只能强调人脸识别过不了,且不具备校外居住条件。彭助理表示会尽力向研工部老师反映。我让安兰赶紧帮我向单位提交请假审批单。

在预制厂进行训练后,吊装作业随即展开。随着指挥人员一声令下,两台吊车缓缓吊起平板车上的盖板,稳稳地放置在桥墩上。现场一片欢呼赞叹。第一块盖板上桥是综合施工能力的象征,就像取得毕业证一样。因为能走到这步,前面一定是完成了无数艰难探索。随后的施工非常顺利,而我也得到了振奋人心的好消息。

系里最终同意了我的返校申请。我指导着安兰在系统里填完申请,此时离返校不到十天,我希望施工任务能尽快推进。经过几天的观察,我找到了制约工作效率的问题。由于预制厂排满了盖板,吊车需要多次调整位置才能完成装车。这期间烧沥青、刷防腐、挂钢丝绳等工序都需要人工参与。而且随着施工现场离预制厂越来越远,吊车需要在两个场地来回折返,作业时间被浪费大半。最后我和负责吊运的师傅们商量了新方案:当天完成吊装任务后,首先将预制厂盖板重新排布,以便提前完成刷防腐工作,吊车也不用多次调整位置。关键环节顺利打通,吊装效率大幅提高,工作量由每天四块直接提升到十块以上。

完成施工任务后，我搭车回家。毕业证和学位证都寄到了，返校申请也通过了。不过这已不再是我的关注重点。由于领导都在 C 区，审批单刚签完字。负责人说哪怕提前一天送来都能审批完。领导刚去无人区，最快 17 号才能签字。我硬着头皮尝试更改返校日期。彭助理这次直接发来了他和老师的聊天记录。何老师回复说目前申请已排到 24 号，我需要在 30 号之前退宿并离校。如果错失机会，我就算回去也没时间做实验了。

这个消息犹如晴天霹雳，几乎将我击溃。整整一天，我坐在窗前一言不发，沉浸在沮丧失落中。假如我不那么逞强，早点下来去请假，可能不会陷入这个尴尬地步。现在除了接受结果，别无选择。安兰安慰说万一不需要审批了呢？这简直是天方夜谭，明天就要出发，还能指望什么呢？然而放弃返校的念头又让我彻夜难眠。

第二天，我准备联系彭助理帮忙处理行李，安兰突然打来电话说："审批权限降低，不需要上级批准了！"我立刻来了精神，可一查航班又泄了气。如果现在从 W 市出发，只能坐中转航班，这样又会错过学校的批准时间。安兰劝我看看 K 市航班。由于赶往 K 市的火车没了，我压根儿就没有想过这个方案。现在一查发现中午两点还有一班飞机，也是中转航班，但今晚就能到达。我赶紧给彭助理说明情况，同时联系志华请他开车送我去 K 市。

待车子上了高速后，我才敢动手订票。不知为什么，之前挺宽裕的机票突然紧张了，票价上浮了很多。在系统提交了返校信息，彭助理仍没回复。最近他忙着参加高考阅卷，我只能留言说准备换个机场试试，能不能赶上航班不知道。好在志华技术高超，我顺利到达机场。我让他先在停车场等着，万一走不了还得坐车回去。

进入候机大厅，工作人员说登机必须符合当地防疫政策。第一程是飞往咸阳，这个我符合要求。至于转机后能否登机还得看当地机场的规定。思前想后，我决定孤注一掷。通过安检后，我让志华回去了。乘客正排队登机，这时系统中的申请仍显示为审批状态。我告诉彭助理马上飞第一程，第二程晚上十点到北京，请联系老师把返校申请批一下。我觉得四个小时应该能批下来。

本次航班上座率很高。很多人都是临时赶到 K 市来坐飞机的。怪不得机票价格短时间出现飙升。而我担心的是下个行程能否登机。怀着忐忑不安的心情到达咸阳机场。刚打开手机就看到有人主动加我微信，原来是系里研工部的副组长，他本来是要我提供必须返校的证明，一直没联系上，所以帮我草拟了一份说明。副组长说让何老师先报上去，如果有问题再补充。

我眼下也没心情吃东西了。历经千辛万苦，好不容易到了这里，在门口来个折戟沉沙就尴尬了。正好航班登机口已有工作人员，我赶忙上前询问情况。这时，我注意到系统内的返校申请终于通过了。

# 58 重回校园

飞机下降时已是傍晚。夜幕下璀璨的万家灯火再次浮现眼前，上次见到这个景色是开题答辩回来。那时盼着尽快启动实验，没想到这次也一样。接下来如何回学校仍是问题。出了航站楼也没见到接站的，我打了辆出租车赶往学校。彭助教让我先去雨轩斋报到，之后再回宿舍。

远远望见学校东南门，我感到无比亲切。这一天过山车式的颠簸犹如梦幻泡影。校门四周空无一人，路过兆业楼，我在昏黄的灯光下驻足良久。这个昔日颇爱热闹的巨人忽然沉默寡言，静谧中带着一丝忧伤。主干道仿佛是被冰封的河流。路旁的树下散落着细小花瓣，如雪花般细腻。踏雪而过，留下浅浅的足迹。滚轮声又在耳边响起，这声音在空旷的校园中回响。路过工地、穿过十字路口，周围熟悉的一切好像都变了模样。我的眼泪忍不住流了下来。

来到雨轩斋，楼长核对信息后，给我分配了住宿的地方。这里都是教室改造的单人间，屋内有单人床和桌子，还配有无线路由器。我去卫生间简单洗漱，又去开水房打了热水。隔离点很热而且蚊子特别多，翻来覆去睡不着。经过这番颠簸胃又开始不舒服，计划走时再去医院做个检查。胃里到底有没有幽门螺杆菌，现在这就和我的实验一样都在等待答案。

我给安兰打了电话。原本想讨论如何回家，结果安兰生气地说："我把陶阳狠狠揍了一顿，他下午在家看动画片，还说假话！"我安慰她得慢慢改善。

我向导师报告了曲折的旅程，导师安慰说："平安到达就好。先休息一下，明天见。"接下来的工作相当繁忙。论文没打印，学术报告没整理。丢失的发票仍没下落，杂志社同意提供发票复印件，我还得去财务询问如何处理。实验大概只能精选一些内容做了，还不知导师能否同意，毕竟论文都提交了。

从雨轩斋回到宿舍楼，一切都显得与往日不同。楼内静悄悄的，走廊里零星飘荡着的衣物少了许多。拿出钥匙打开房门的瞬间，我仿佛被接通了压力开关，浑身肌肉都紧绷起来。半年闲散的生活让我对这种感觉有些陌生了。默默坐在书桌前，真希望时光能倒回从前。去年在宿舍拍了很多视频，当时看着平淡无奇，如今都有了不同意味。

今天去不了实验室，正好收拾东西。茶具成了累赘，被褥和衣服都不要了。所有书本得带回去，这又将化作满满一箱回忆。晚上躺在床上吹着空调，感觉这美好时光得按分钟过了。

第二天我像往常一样，起床先去操场跑了三圈，又去食堂吃了早饭。操场、食堂、主干道上再也看不到熙熙攘攘的人群。兆业楼变得异常冷清。实验室的绿萝全部干枯了，只有桌上那瓶转运竹还倔强地坚持着一抹绿色。我花了一上午把论文和学术报告整理好，提前联系了文印店打印。准备完所有材料后，又找到彭助理当面表达了谢意。他感叹这趟旅程真不容易！问起离校安排，我没敢奢求太多时间，争取一周内办完手续。原本要向其他老师当面告别，结果他们的办公室都锁着。乘电梯下楼时正好看到何老师，我赶忙上前做了介绍并致谢。何老师笑着说："研工部会尽量为大家考虑，不过你的情况确实太特殊了。"

下午签字时，我报告了希望完成实验的想法，导师爽快答应了。至于丢失的发票，学校财务同意用底联报账，但要求写情况说明。导师让我把材料都交给亮亮，他最近一直在这儿值守。到系办交了论文和学术报告表。教务老师不在，我自己取了两证（毕业证和学位证）封皮。值班老师给发票和情况说明盖了章。亮亮在系统里做了报账单，我到兆业楼东门找到自助报账机，在保安大叔的指点下完成投递。所有工作都完成了，进展顺利到让我都有些不安。不过眼下终于可以全力以赴推动实验了。很多内容一搁置又有些模糊，还得重新拾起来。

当电话铃响起时，我才意识到不知不觉中又忙到傍晚。这次又是学校研工部老师。他很抱歉地告诉我不能去实验室了，先暂时回雨轩斋等消息。我给导师报告了情况。导师让我好好休息，有时间考虑写写专利。

再次回到雨轩斋，我已轻车熟路。一切安排妥当后，我给亲戚都打了电话。小姑正在居家隔离。她说爷爷前段时间想让她回去，冉冉忙着小升初补习，她也回不去。家中情况都好。我让三姑转告爷爷好好锻炼身体，等我回家带他出去旅游。我又给我爸打了电话，为家庭矛盾画上了句号。一家人是是非非太多，不遇到事情就难以和解。要争取在自己身上断了根，千万别再传给下一代。

我联系了安兰，说起孩子，安兰支吾着说好了些。我知道问题哪能一下子就好。正好我看到书上有段话说：人们不想看到个人失败被呈现出来，这会让他们感到恐惧。我总是强调直面问题才能成长，这种做法与正面鼓励截然不同。比如陶阳期末数学考了满分，我劝他不要骄傲。这种说教方式在无形间打击了孩子的自信心。此外自我要求过高的期望投射在家人身上就变成了不允许出错，一切都要按计划实施。由此很容易形成生气、争论的不良氛围。所以孩子的身上问题还是源于我们大人的认知，至于今后怎么改善也是任重道远。

此后我渐渐适应了新的时间表：每天早中晚三次锻炼，白天看文献，晚上看视频。然而平静生活很快被打破。学校要求毕业生在31号前必须办完离校手续，这样留给我的时间只剩一天。做实验的愿望已变得相当渺茫，能早一天收拾东西都是奢望。最后想到学校研工部老师，我冒昧打电话讲述了目前面临的问题。老师客气地说已经考虑了我的情况，尽力再为我争取些时间。

驾校也停业了，少华的驾照也没考下来。他和志华都把车办了托运，直接从K市坐飞机走了。我从担心如何做实验彻底转变为如何回家了。

# 59 告别学校

晚上，廖俊想约我明早在兆业楼见一面。他15号就返校了，目前还在做项目，这让我非常羡慕。不过我马上要办理离校手续，明天见面的机会十分渺茫。

第二天下午，我顺利离开雨轩斋。返回宿舍收拾东西，晚饭前总算装满两个箱子。趁着吃饭时间，我去 H 楼附近的快递点咨询，准备先把行李寄走。结果四处一问就慌了。所有快递都暂停收货了，只有一家物流公司说没接到通知不让收货，可物流能否到我们那个小地方也是未知。

吃完晚饭，我赶到实验室处理报账材料，完成了最后一项工作。安兰再度提醒一定要做双抗。我立即赶到校医院，值班护士说明天早晨可以过来抽血，下午就能出结果。至于出发前能否拿到结果，听天由命吧！

返回宿舍忙到深夜，只剩下明早封箱。这将是我在这里度过的最后一晚。楼道里静得让人发慌，大部分人都走完了。我像往常一样作息，有意淡化这仓促的离别。然而一想到即将到来的麻烦又心神不安。快递发不了怎么办？双抗结果拿不上怎么办？就这样迷迷糊糊地过了一晚上。好像刚来时的状态，只是现在心中满是留恋。

第二天一早，天色有些阴沉。我先订了回程的机票。去 K 市没有直达航班，当晚要在中转机场过夜。落地后如何回家也没着落，眼下只能走一步看一步。

去医院抽完血后，我去了紫苏园餐厅，特意坐在平时常坐的靠窗位置，享用了熟悉的早餐：两个包子外加一份用铁盘装的豆子稀饭。快递点还没有人，我去实验室收拾了一遍。看着那些倾注无数心血的试样，心中无比遗憾，历经艰辛最终也没能获得答案，然而很多事并不是想到就能做到。好在宿舍的那套茶具总算找到了归宿，我把它搬来放在实验室茶几上当了摆设。

再次赶到快递点，现场一片繁忙景象。今天是办理毕业手续的最后一天，很多同学都在忙着寄行李。彭助理也在不断询问是否退宿，目前系里只剩我和廖俊两人。我焦急问了一圈仍没找到接收包裹的快递。走投无路之际，再次想起物流公司。我赶到现场询问，小伙说可以收货，只是现在太忙，等下午闲了应该能上门取货。我留了他的联系方式，约定直接去宿舍收件。

还没顾上吃饭，我又赶到 H 楼银行办理业务。此时阴沉沉的天空突然下起了小雨。大风呼呼作响，被吹断的枝条散落在北操场旁的道路上。银行下班了，负责人特意安排专人帮我办完业务。出门本想协调快递赶紧收货，可小雨转眼间变成暴雨，所有快递点空无一人。道路上的积水没过脚踝，我脚踏浪花冒雨冲了回去。短短几百米路程让我由外到内湿透了。我到宿舍换完衣服，窗外还是白茫茫一片。从没见过这么大的阵势，整整下了一个小时还没有一丝减弱的迹象。

安兰打电话说托邻居找到了便车，明天从机场回家有了着落。这下解决了大问题，可行李又成了累赘。万一物流公司过不来就惨了。今晚飞机定了，无论如何都得出发。联系快递小哥，他说现在不在校园，等雨稍微小点再过来。不知道他是否了解实际情况，现在到处都是"汪洋大海"。

天要留人，我可坐不住。我找到楼长先退了宿舍，正式办完毕业手续。我把箱子搬到楼下，雨水都倒灌进了大厅。楼长让我先回宿舍，等雨停了再说。倾盆大雨依旧，我静静坐在窗前发呆。保洁人员很快会彻底清理这间屋子，一切熟悉的印迹都将被抹去。不过它将深深刻入我的心中。

雨还没有完全停，快递小哥就到了。他浑身上下都湿透了，站在大厅脚下都是一摊水，三轮车直接停在了门口水坑里。小哥进门就投入工作，听他操着山西口音，我的头脑中顿时闪现出晋商历史。其实小哥完全可以找借口不来，但他信守了承诺。现在就算让我多付两倍价钱也愿意。我帮着把所有箱子装上车，并把宿舍里的剪刀、刻刀都送给了他。

我把皮箱留在宿舍楼，只身前往医院。顺利取到双抗检测报告，沿着河边小道向宿舍走去，心情悠然自在。此时雨过天晴，夕阳洒满了整个河道。校园被雨水清洗得干干净净，树木绿得耀眼，鸟儿开始放声歌唱。我有意放慢脚步，静静欣赏着一花一木。路过西操场器械场，想起这是我刚来时锻炼的地方。脑海中不自觉地响起《小马王》的主题曲：It's a new world, it's a new start, it's alive with the beating of young hearts……猛然意识到这是最后一次走在这条路上，不知不觉已泪流满面。

我返回兆业楼交还了实验室钥匙，又向导师和同学们一一作别。站在兆业楼门口，我努力平复着激动的心情。三年来这里见证了我的成长，点燃了我新的梦想。走出东南门的那一刻，我忍不住再次落泪。回归校园生活带给我全新体验，离开时的这一步迈得踏实坚定。虽然没做出沉甸甸的成果，但我已尽力打破了"自我限制"。这里是终点也是起点。

返程之旅一切顺利。回到家中正好赶上周末。好消息是不用再隔离，坏消息是我的假期没批准。按规定当年毕业没有假期，这意味着我们无法回去看望爷爷奶奶，只能重新规划其他方案了。最令人头疼的是陶阳的各种问题均有变本加厉之势。生气发火，嘴里嘀咕，一下回到"解放前"，简直让人崩溃。

直到重回戈壁滩，回归单调的生活，我才逐渐清醒。感觉我们还是把对自己的要求硬生生投射到了孩子身上，美其名曰帮他改正缺点，反倒让孩子迷失了方向。此外，潜意识中处理故障的想法总有无限扩大的倾向，其实这与家庭生活中的问题本质上完全不同。生活中没有明确故障点，任何问题都具有多面性，关键在于如何看待。悲观者看到的都是悲观的，乐观者看到的都是乐观的。归根结底还是如何让自己更加积极平和。不急躁，不苛求，就像做实验一样。我们可以谋划事情，但无法掌控所有结果。坦然面对每个挑战，这才是平和自信之道。

在场区一段时间后，我返回家中准备推进新计划。学校账号仍然可以下载文献，据说还能登录一年，之后，我们将彻底告别学生身份。这趟学习之旅收获颇丰，也让我理解了山外有山的道理。如今手握解决问题的"金钥匙"，它将帮助我深入探究各种问题。知识没有尽头，学习也没有止境。

我翻出了家里的旧台灯，最近学了 LED 电路知识，总想上手实践。在书桌前忙碌时，电话铃声突然响起。看到是三姑的来电，我心头骤然一紧。接通电话后，三姑平静地说："你爷爷走了！"我的大脑空了，连话都接不上。三姑说："下午做饭时看你爷爷躺在沙发上，叫了几遍没反应，我过去一看人已经没气了。"我恍惚半晌说道："知道了！我看看能不能想办法回去。"

# 60 结尾

当我亲口告诉安兰噩耗后，猛然意识到爷爷去世了，我再也见不到他了！眼泪止不住地流淌。脑海里飞速盘算着：人还有没有救？是不是暂时呼吸困难？我又拨通三姑电话焦急问道："有没有叫救护车？是不是确定没有抢救的希望了？"三姑哭着说："人已经凉了。我正在给家人打电话，现在都在居家，必须经过社区同意才能过来。"

我转而开始想办法回去。小姑也着急回去，但连楼都出不了。我告诉她："还是别折腾了。爷爷走得很安详，没任何痛苦，这就是福气。"说完忍不住哭出了声。不久，我妈打电话说："你别回来了！这边要求尽快火化，回来也见不到面。我和你大姑父正给你爷爷擦洗换衣服。"

我爸和大姑父送爷爷去火化。我妈叫我不要再操心了。她处理过姥爷的后事，对一切都熟悉。我给我爸打了电话，一路关注着进展。直到晚上他们把骨灰带回来安放在太平间，我才清醒了。一想到那个正直、善良、慈祥的老人永远离开了这个世界，我又忍不住放声痛哭。

第三天早晨，我按计划坐车去了戈壁滩。望着窗外熟悉的风景，满眼都是爷爷的音容笑貌。回想起我们爷儿俩经历的日子，我几度哽咽。耳边一直回响着《一生所爱》：苦海翻起爱恨，在世间难逃避命运，相亲竟不可接近，或我应该相信是缘分……很后悔没和爷爷说上话，也许那次告诉他我马上就要回去，可能结果会有所不同。

在戈壁滩上，我用工作和学习占据了所有时间。专注让我暂时忘记了一切，直到接到去L区送设备的任务，回家的念头再度燃起。

这次任务很不顺利，途中接连两次遭遇爆胎。后一次平板车在搓板路上直接扎进了路边土堆。从下午忙到半夜，勉强修好了车，车头却怎么都拖不出来。最后只能向路过的罐车求助。车上一对夫妻当即表示会鼎力相助。他们常年在荒漠的这条公路上奔波，风餐露宿忙碌多年，刚换了这辆新车。罐车载重六七十吨，我担心可能会造成传动机构损坏。

司机大哥没有丝毫犹豫，挂上钢丝绳就开始拖曳。轮胎与石子路面剧烈摩擦，车身在跳动中发出巨大声响。艰难尝试了两次总算成功。此时已是凌晨四点。月亮挂在半空中，透过斑驳的云层散出柔和的光芒。在忙碌的人群中，我仿佛看到爷爷那瘦弱坚定的身影，顷刻明白了沙漠绿洲的含义。在这片不毛之地上，无数善良朴实的人用真诚和热情带来了希望和力量。

我踏上了回家的旅程。随身携带的照相机和摄像机沉甸甸的，它们本是为家庭团圆而准备的。我爸晚上开车去车站接我，一路说起很多细节。我爸当晚开车把爷爷送去太平间，我正坐在爷爷最后坐过的位置上。

爷爷的电动车静静地停在楼下，车头还细致地包着尿素袋。我本想去太平间看看，大家建议逢七烧纸时再去。卧室里摆放着爷爷的遗照，他生前戴的表放在一旁。这是安兰送给爷爷的礼物。我独自坐在床边，轻轻抚摸着这块表，不禁潸然泪下。养老院成了横在我们之间的一座大山。我总认为对家人直言不讳是关爱，其实"事要直着做，话要弯着说"。

奶奶的状况更加令人担忧。一只眼皮耷拉，嘴角有些歪斜，走路很困难。我带着奶奶去楼下活动，我爸搬着凳子跟在后面，闲暇时就坐在路牙石上刷视频。我尝试让奶奶看相机中我爸的影像，她仍能清晰地叫出他的名字。午饭时，大姑一家都来了。奶奶坐在桌上不声不响，她亲手带大的两个孩子一左一右陪伴在身旁。两人都是满头白发，恩怨情仇总算化解。大姑在一旁撕碎了肉喂到奶奶嘴里，我爸给奶奶倒上她最爱喝的啤酒。只可惜奶奶既嚼不动肉也喝不下酒了。

吃完饭，三姑拿出一大摞照片。看到这些照片我大惊失色。虽然已经有了心理准备，却一时又难以接受。三姑说："土房子都被扒了。厨房相框里的老照片也拿回来了。你把喜欢的都带走吧！"我带着奶奶一同翻看。很多照片是我用安兰的卡片机照的，那时他们精力充沛。爷爷骑着那辆三轮摩托车，神情坚毅果敢。奶奶坐在车上，脸上洋溢着幸福的笑容，爽朗的笑声好像依然回响在耳边。三姑随后又从卧室里拿出个盒子，递给我说："这个还是留给你保存吧！"这是团场十年前颁发的屯垦戍边五十年纪念章。爷爷包得很仔细，连里面的塑料袋都还留着。算来爷爷已在这片土地上奋斗了六十年。

附近团场的养老院都合并到了一起，姥姥嫌其他的离家远又没朋友不愿去，于是搬回了团部的院子。我家连队院子也卖了，东西都堆在姥姥家的旧房子。我在杂物中翻出了不少日记本，最早的一本是小学三年级写的。看完这些模糊潦草的流水账，我清醒了很多。记忆中的我充满了正能量，但其实给同学起外号、捉弄人的事没少干，作文连陶阳一年级的水平都不如。如今对标理想中的自我，想当然认为养不成好习惯就是孩子不努力，这显然有失偏颇。所以教育孩子也不能把理想和现实混为一谈。如果用科研的眼光来看，希望掌控部分因素就让实验结果重复再现的想法过于简单。我们并非生而完美，酸甜苦辣都是生活的调味品。人生并非只有一条路，喜怒哀乐不过是沿途一时的风景。所以在培养孩子进取精神的同时，也要保持开放包容的态度。

中午在我妈的提议下，全家人一起下馆子。姥姥和奶奶坐到一起，姥姥拉着奶奶的手说个不停，奶奶却回不了几句。我注意到奶奶主动夹了丸子，再次为此事和三姑沟通。三姑坚持认为吃牛羊肉更健康，而且爷爷奶奶以前就不爱吃猪肉。这与我的记忆是相反的，特别是牛羊肉本来就不容易嚼，三姑却选择视而不见。冷静下来想想，这不就像教育孩子一样吗？总把自己认为好的东西硬塞给孩子，从不管人家喜不喜欢。

此后的时间，我骑着爷爷的电动车带着奶奶四处闲逛。去二姑家时，连队正在整治环境，未来将改善村貌，以期吸引更多年轻人。二姑商店里还寄卖着四姑家的清油。正好有邻居来买油，看二姑娴熟地操作着油提子，我想起爷爷讲解的动作要领，心中涌起无尽的思念。

四姑家的榨油厂也是爷爷帮着建起来的。现在都是自动化，一人就可以操作。四姑的两个孩子都在团部上学，姑父的妈妈在楼上帮忙照看。我们见面自然说起晶晶，不免勾起了伤心过往。姑父全家都选择了原谅，我们一直很愧疚。如果没有那场车祸，晶晶已到了该出嫁的年龄。然而生活没有假设。无论面对什么结果，都得勇敢地向前看。

爷爷奶奶的院子空旷了许多。那栋土房子只剩瓦砾。三姑说："连队一直让把危房处理掉。前段时间请了铲车过来扒掉了。没想到那些铁疙瘩那么重，废铁就卖了两千多。"我知道这些东西在爷爷心中是无价的，但这一天总要到来。站在废墟之上，我仿佛又听到榨油机的隆隆声，感受到了那带着瓜子焦香气的热浪扑面而来。

奶奶坐在院子中央,面朝菜地。这大概是她最后一次回到这里。三姑不准备种地了,专心在楼上照顾奶奶。我取了四周的老物件,奶奶会拿在手里拍拍灰,然后磕巴着说出名字和用途。奶奶和爷爷性格迥异,她不爱强调是非对错,只是努力尽到母亲的责任。如今才明白这种隐忍更具东方智慧,一种顾全大局的智慧。此时夕阳余晖洒落在奶奶身上,金光灿灿的,她好像一位远道而来的公主。她用女性的坚忍和乐观,为这片土地增添了力量。

红柳滩里的坟头已星罗棋布。重回墓地一如当年的场景。奶奶留在车上,我和三姑在沙包窝中漫步。说起找墓的过程,三姑抱怨说:"你爸明明不知道地方,还指挥着人瞎跑。"我爸送了爷爷最后一程,某种意义上也代表了团圆吧!我们很快找到了地方。四周的红柳长势茂盛,枝头开满紫红色的花。我让三姑去照看奶奶,独自在地上坐了很久。沙土松软而细腻,在阳光的照射下温暖舒适。不远处的农田里,绿油油的棉花和金灿灿的向日葵正茁壮成长,它们即将迎来秋收时节。

爷爷从没做出什么惊人成就,他只是众多屯垦戍边人中的普通一员。这群平凡的英雄来自五湖四海,操着不同方言,各自还保留着不同的家乡习俗。然而无情的岁月从不曾褪去他们善良的底色,艰苦的环境让他们一直保持着创业者的开拓精神。他们携手并肩,勇往直前,直到荒凉的沙漠变成一片片绿洲。如今安息于此,应该不会再有遗憾!

爷爷去世的第二十八天,天空一早下起蒙蒙细雨。我爸带着我前往太平间祭奠。骨灰盒安置在太平间靠墙的一张小桌上,桌上摆着香炉和果盘。大姑父和大姑、我爸分别烧了纸,告诉爷爷我回来看他了。骨灰盒上有一张爷爷的证件照,我抚摸着冷冰冰的照片泪如雨下。尽管他不是完美的父亲和丈夫,一生留有不少遗憾,但他用一生诠释了责任和担当。对家庭，也对这个他深爱着的第二故乡。无论身处何地何境，爷爷总是身体力行地高举手中火把，那火光虽微弱，却足以为平凡生活照亮前进的方向。

晚上我和奶奶告了别。拉着奶奶瘦骨嶙峋的手，我的泪水簌簌滑落。小时候的我胆小懦弱，总喜欢依偎在奶奶身边寻求慰藉。成年后的我学会了坚强，学会了处世之道，对他人向来不吝啬夸赞，然而我却从没在言语上对奶奶表达过爱意。直到她老了、听不见了，孤零零地生活在无声世界，与我渐行渐远。奶奶面颊淌着泪，嘴里艰难说着："走吧！快回吧！外面太黑了！"她不肯进屋，直到看着我离开。

2020年在10月4日上午11点，连队为爷爷开了追悼会。在去世的第四十九天，他终于入土安葬。时隔一年，我们一家人再次来到爷爷坟前诉说心中的思念。坟墓堆起的沙包掩映在红柳丛中。微风拂面，柳枝摇曳，枝头那一抹抹紫红色分外优美。

回家的路途中，在火车上遇到了从安徽过来支教的大学生。聊天中得知她们要在基层工作一到两年以改善当地面貌，我买了瓜果送给她们以示感谢。整节车厢一路歌声不断，四处充满了欢快的空气。想必这些年轻人也将为家乡注入新的活力。恍惚中，我仿佛看到了爷爷年轻时来戈壁滩的场景。此时他正在一群朝气蓬勃的青年中专注地拉着弦子，悠扬的曲调在荒漠中久久回响。